INFO · Wilhelm Kelch, Mit Zopf und Gänsekiel

Wilhelm Kelch

# Mit Zopf und Gänsekiel

Das Leben des
kurpfälzischen Mühlenknechtes
Johannes Feld

Ein historischer Roman

INFO

INFO VERLAGSGESELLSCHAFT KARLSRUHE

INFO-Reihe
Dokumente zur Landesgeschichte
Herausgegeben von
Klaus E.R. Lindemann

Redaktion und Gestaltung
Susanne Levin-Ali
Bernd J. Schorn
Evi Baam

Illustrationen
Zoran Petrović

1. Auflage 1989



INFO Verlag GmbH
Postfach 33 67 · 7500 Karlsruhe
Telefon 0721/2 43 50 · Telefax 2 31 91

Satz: PL-Software

ISBN 3-88 190-112-4

# Vorwort

## Politisches und militärisches Umfeld

Der zwischen Karlsruhe und Bruchsal gelegene Ort Weingarten gehörte mit kurzer Unterbrechung von 1349 bis 1803 zur Kurpfalz.

Während der kurpfälzischen Zeit war Weingarten als eine von fremden Herrschaftsgebieten umgebene Exklave mit Heidelsheim, Zaisenhausen, Rinklingen, Eppingen, Gölshausen, Diedelsheim, Mühlbach und zeitweise Sprantal eine zum Oberamtsbezirk Bretten gehörende Gemeinde.

Die Kurpfalz regierte vom Januar 1743 bis zum Februar 1799 Kurfürst Karl Theodor. Im Januar 1778 wurde der Herrscher zugleich Kurfürst von Bayern.

Von 1789 bis 1799 wurde Frankreich durch die Revolution schwer erschüttert, die sich schon Jahre vorher angekündigt hatte und sich auf die Kurpfalz auswirkte.

Das revolutionäre Frankreich löste 1792 die Koalitionskriege aus. Vom Februar 1792 bis April 1795 waren Österreich und Preußen gegen Frankreich verbündet.

Der Erste Koalitionskrieg dauerte von 1792 bis 1797 und der Zweite Koalitionskrieg von 1799 bis etwa 1800.

Vom 15. Juli bis zum 13. September 1796 war Weingarten von den Franzosen besetzt.

Das Volksheer des revolutionären Frankreich war den Söldnerheeren der Koalition überlegen und siegte deshalb in beiden Kriegen. Erst viel später beseitigte Scharnhorst die menschenunwürdigen Zustände im preußischen Heer.

Die Kurpfalz wurde unter Karl Theodor wirtschaftlich ausgebeutet und mit harter Hand regiert. Karl Theodors Nachfolger Max Joseph dachte zwar fortschrittlicher, aber die kurpfälzische Beamtenschaft regierte im alten Trott weiter.

Das führte 1801 in Weingarten lange vor der Revolution von 1848/49 zu einem Volksaufstand, der durch ein Dragonerregiment niedergeritten wurde.

# I

## In fremden Diensten verwundet

Über dem kurpfälzischen Marktflecken Weingarten liegt tiefe Mittagsstille. Das flimmernde Weiß blütenschwerer Obstbäume leuchtet im Mai des Jahres 1793 im hellen Sonnenschein aus allen Gärten und von den Hügeln.

An der Durlacher Straße sitzt vor dem Schlagbaum am Tore ein ärmlich gekleidetes kleines Mädchen. Mit seinen großen traurigen Augen schaut es am Friedhof vorbei die Straße entlang, auf der vom Gäßler her eine alte Frau tief gebückt mit gefülltem Grastuch auf der Schulter heranschlurft. Die ganz in Schwarz gekleidete Person hält in der einen Hand eine Sichel.

Vor der Kleinen bleibt die Alte stehen und nimmt ächzend das Grastuch von der Schulter. Das Kind steht von seinem Steinsitz auf und grüßt höflich. "Guten Tag, Bergerin!"

"Warum sitzt du hier faul herum? Hast du keine Arbeit, du Bankert? Du bist doch die Tochter der Lisa Lamm, der Löwenwirtsmagd?"

"Ja, selle bin ich", antwortet die Kleine ängstlich.

"Wie alt bist du?"

"Sechs bin ich gerade geworden, Bergerin."

"Sechs Jahre und zu faul zur Arbeit. Geh' zu deiner Mutter. Eine Mutter hast du ja wenigstens. Beim Löwenwirt wird's für so eine wie dich was zum Schaffen geben."

"Ich habe auch einen Vater", sagt Margaretha trotzig. "Der ist Soldat bei den Preußen, die ihn hier weggeholt haben. Jetzt ist er im Krieg. Ich weiß das von Mutter. Er hat's ihr geschrieben. Herr Pfarrer Textor hat ihr den Brief vorgelesen."

"Sei nur noch stolz auf so einen Vater. So, Soldat ist der. Auch noch bei den Preußen. Das Soldatengesindel bedrückt uns hier genug. So, so, dein liederlicher Vater, der sich davongemacht hat, schreibt noch. Schreiben war wohl das einzige, was er immer schon konnte."

“Sie wollen sogar heiraten, wenn mein Vater wieder in der Heimat ist. Mutter sagt, dann werden wir eine richtige Familie.”

“Papperlapapp. Geschwätz. Lauf jetzt, Bankert. Geh’ zum ‘Löwen’, zu deiner sauberen Mutter und schaff was.”

Die Alte nimmt umständlich ihr Grastuch und schwankt davon. Margaretha geht hinter ihr her.

“Die Bergerin ist doch eine alte Hexe”, denkt das Kind. Gleich darauf fällt ihr siedendheiß ein, was Herr Pfarrer Textor erst gestern ärgerlich und streng sagte, als er von seinem Krautgarten aus spielende Kinder beobachtet hatte, unter denen sie selbst war. Zur Erheiterung der anderen hatte Margaretha den schlurfenden Gang der Bergerin nachgeäfft und sich dabei mit sägbügelkrummem Rücken und einem Stock in der Hand, nach allen Seiten keifend und scheltend, in der Gruppe bewegt. Alle hatten das sehr lustig gefunden.

Der Herr Pfarrer rief das junge Volk zu sich heran und sagte, die Bergerin sei eine von Kummer und schwerer Arbeit gebeugte, fast siebzigjährige Wittib. Sie wäre eine der ältesten Weiber im Ort. Ihren Ehemann und zehn Kinder habe sie im Laufe ihres langen Lebens zu Grabe getragen. Jeder müsse ihr mit Achtung und Ehrerbietung begegnen. Wer sie eine Hexe heiße oder nachäffe, erhalte künftig eine derbe Tracht Prügel.

“Wenn die Alte keine Hexe ist, so ist sie doch ein sehr böses Weib”, denkt Margaretha und wechselt die Straßenseite, um nicht hinter der Bergerin gehen zu müssen.

Vor einem Ruinenplatz, auf dem große Birken aus dem Brandschutt wachsen, bleibt sie stehen. Im Straßenstaub liegt ein Maikäfer auf dem Rücken und strampelt hilflos mit den braunen Beinen. An den Seiten und zwischen Kopf und plumpem Leib ist er weiß gezeichnet, wie von Mehl bestäubt. Die Kinder nennen solche Maikäfer “Müller”.

“Ein Müller, wie mein Vater einer war”, denkt Margaretha und hebt das Krabbeltier auf.

Als der Dicke auf ihrer kleinen Hand sitzt, haucht sie ihn

mehrmals an, um ihn mit ihrem Atem zu erwärmen und ihm die Entfaltung seiner Flügel zu erleichtern. Dabei summt sie leise ein altes Kinderlied: “Maikäfer flieg, mein Vater ist im Krieg”.

## Ein trauriger Transport

Zu der Stunde, in der die kleine Margaretha dem Maikäfer das schwermütige Kinderlied singt, verläßt ein bäuerlicher Ackerwagen knarrend und rumpelnd das unweit von Mainz gelegene Dörfchen Marienborn. Die Fahrt soll über Wakkernheim und Ingelheim zum preußischen Kriegslazarett in Bingen am Rhein gehen.

Eng gedrängt liegen im Wagenkasten auf dünner Strohschütte sechs preußische Musketiere und allerlei Gepäckstücke. Einer der Soldaten, ein totenblasser schwarzhaariger Mensch von auffallender Körperlänge, heißt Hans Feld. Fünfundzwanzig Jahre ist er im vergangenen Oktober geworden. Er ist Kurpfälzer und stammt aus dem zwischen Durlach und Bruchsal gelegenen Flecken Weingarten. Hans ist der leibliche Vater der kleinen Margaretha, die wir beim mitleidigen Spiel mit dem Maikäfer beobachtet haben. Sein rechtes Knie ist dick verbunden. Die weiße Uniformhose ist zerfetzt und rot von Blut.

Zwei schnauzbärtige, mit Unter- und Übergewehr bewaffnete Krankenwärter begleiten den traurigen Transport hoch zu Roß. Kutschiert wird die Fuhre von einem müde und mißmutig auf seinem Kutscherbrett hockenden alten Bauern aus dem Dorfe Guntzenheim (Gonsenheim). Er mußte sich heute im Morgengrauen mit weiteren neunzehn Fuhrleuten im preußischen Hauptquartier zu Marienborn beim Quartiermeister zu Fronfahrten melden.

Der Mann sinnt über das schwere Los nach, das den geschundenen Bauern in diesen Kriegszeiten zusätzlich aufgebürdet ist. Seit Jahren können die linksrheinischen Bauernfamilien ihre Felder nur noch unter größten Anstrengungen bestellen. Die Hand- und Gespannfrondienste für wechselnde Herren nehmen kein Ende. Frauen und Kinder müssen die meiste Arbeit im Stall und auf den Feldern verrichten.

Was wächst, wird häufig schon vor der Ernte rücksichtslos geplündert oder sinnlos verwüstet. Oft fehlen die Arbeitskräfte, um die geringen Erträge vollständig und rechtzeitig einzubringen. Speicher und Scheunen waren deshalb nach der letzten Ernte zur Hälfte leer. Von dem wenigen, was man in Sicherheit wähnte, requirieren ständig bewaffnete Soldatentrupps auf eigene Faust und "bezahlen" mit wertlosen Quittungen. Das bisher noch verbliebene Vieh steht hungrig und abgemagert im Stall.

Das alles hat die Herzen der Bauern verhärtet. Ihnen ist es ganz gleich, was sie fahren müssen, Verpflegung oder Munition, Steine oder Verwundete.

Hans Feld liegt im vorderen Wagenteil zwischen einem blutjungen Burschen und einem altgedienten Korporal eingezwängt. Sein Gepäck benutzt er als Kopfkissen. Hans kennt den Jungen. Sie waren in der selben Kompanie. Der Bursche ist etwa 18 Jahre alt und stammt aus der Schweiz. Er heißt Uli Churer. In Frankfurt am Main haben ihn preußische Werber beim Wein übertölpelt, als er nach dem Tode der Eltern sein Brot in den deutschen Landen als Hausierer zu verdienen versuchte.

Ihn hat es am schlimmsten erwischt. Unerträgliche Schmerzen, die ihm eine schwere Bauchverletzung bereitet, rauben ihm zeitweise die Besinnung. Sein Gesicht ist von hohem Fieber gerötet. Er stöhnt nur noch leise.

Plötzlich schreit er laut auf: "Mutter, ich komme."

Dann ist er still. Hans Feld richtet sich ein wenig auf und schaut nach ihm. Das bisher schmerzverzerrte Gesicht ist nun entspannt. Auf seinen Zügen liegt ein unnatürlicher Glanz, als habe er soeben etwas ganz Wunderbares erblickt. Hans erkennt mit Schrecken, daß er neben einem Toten liegt. Er drückt seinem Kameraden die Augenlider zu und sinkt auf sein Lager zurück.

Der Korporal, ein Preuße aus Potsdam mit bandagiertem

Kopf, dreht sich zur Seite und schläft. Lange Dienstjahre haben ihn stumpf gemacht.

Die anderen drei Lazarettaspiranten im hinteren Wagenteil kennt Hans Feld nicht. Einer von ihnen soll die Ruhr haben. "Dem widerwärtigen Geruch nach zu urteilen kann das stimmen", denkt Hans. Als einer der Begleiter nahe am Wagen reitet, ruft Hans ihm zu: Mein Nebenmann, der Junge, ist gestorben".

"Laß es gut sein. Von euch sterben noch mehr. Am Abend sind wir in Bingen. Dort wird er mit abgeladen."

"Ich habe Durst", sagt Hans. Der Reiter reicht ihm seine Schnapsflasche. "Da, trink. Aber nur einen Schluck. Ihr Verwundeten sollt nichts trinken."

"Danke, Kamerad. Wann sind wir in Bingen im Lazarett?" "Mittag sind wir abgefahren. Gegen sechs können wir dort sein, wenn sich dieser Bauerntrottel mit seinen dürren Kleppern sputet."

Weiter geht die qualvolle Fahrt über holperige ausgefahrene Wege durch sonnenbeschienene Felder, an Weinbergen vorbei und durch ein Waldstück.

Am Nachmittag ist man in Ingelheim angelangt. Vor der Gastwirtschaft "Zum Rabenkopf" lassen die Uniformierten anhalten, binden ihre Pferde an und gehen schnurstracks in die Wirtschaft.

Der Bauer, der die ganze Zeit kein Wort gesprochen hat, macht seine Gäule vor dem Haus bei einem Trog an einem Eisenring fest. Er nimmt den schwitzenden Tieren die Kummets ab und lockert einige Riemen. Unter seinem Sitzbrett zieht er einen Futtersack mit Heu und Hafer hervor und füllt von beidem etwas in den Trog. Am Brunnen holt er Wasser und tränkt die Pferde. Liebevoll streicht er den müden Tieren übers Fell. Für die Reitpferde reicht sein geringer Futtervorrat nicht. Erst jetzt geht er, wie die beiden Reiter vor ihm, ins Wirtshaus. Dort setzt er sich an einen leeren Tisch.

Draußen laufen Kinder am Wagen zusammen. Einige

Jungen steigen auf Radspeichen und schauen über die Bretter. "Lauter Preußen", ruft einer denen zu, die keinen Blick auf die menschliche Fracht werfen können.

Hans Feld nutzt die Gelegenheit und sagt zu einem schon etwas größeren Knaben: "Junge, bring denen von uns, die etwas essen können, christmitleidig ein Stück Brot. Bitte lauf, Wir haben großen Hunger."

"Wir haben selbst kein Brot im Haus", sagt der Junge.

"Aber gekochte Kartoffeln werdet ihr haben."

"Will mal fragen", sagt der Knabe und springt davon.

Nach geraumer Zeit kommt er mit einigen in der Glut gerösteten Kartoffeln und einem kleinen Krug mit Milch zurück. "Mutter hat gesagt, Menschen in Not muß man helfen. Das steht schon in der Bibel und gilt auch bei Soldaten, sagt sie."

Dann verteilt er seine Kartoffeln und läßt die Verwundeten und den Kranken von der Milch trinken. Als er bemerkt, daß ein Toter auf dem Wagen liegt, wird er blaß und verschwindet eilig.

Schließlich kommen die Pfleger und der Bauer wieder aus der Wirtschaft. Hans meint, er rieche Schnapsfahnen. Die qualvolle Fahrt geht weiter. Vom Blutverlust geschwächt und hilflos der "Fürsorge" verrohter Transportbegleiter ausgeliefert, schläft Hans ein.

## Im Lazarett

Es ist schon recht dunkel, als der Wagen in Bingen vor einem großen Gebäude hält und Hans durch die ungewohnte Stille aufgeschreckt aus seinem Dämmerschlaf erwacht. Dann hört man Stimmengewirr. Jemand leuchtet mit einer Laterne in den Wagen. Ein Feldscher erteilt Befehle. Hans wird, wie die anderen auch, aus dem Kasten gehoben. Sein Bein schmerzt bei jeder Bewegung. Man trägt ihn in einen großen kahlen Saal, in dem er im flackernden Kerzenlicht die Verwundeten und Kranken in langen Reihen liegen sieht. Dort legt man ihn auf ein Leintuch, das über eine Strohschütte gebreitet ist.

Trotz Schwäche und Müdigkeit ist Hans sehr darauf bedacht, daß nichts von seinen Sachen abhanden kommt. Daß die Lazarettgehilfen wie die Raben stehlen, hat schließlich jeder Soldat schon gehört. Tornister und Hut läßt er sich unter den Kopf schieben und mit dem Rock deckt er sich zu.

Später bringt ihm ein brummiger Kerl eine Schüssel mit dickem Erbsbrei mit Sauerkraut. "Seltsame Krankenkost, aber wer nicht ißt, der sieht die Heimat bestimmt nicht wieder", denkt Hans, und er zwingt sich, etwas zu sich zu nehmen.

Nach dem lieblosen Abfüttern verläßt das Personal den Krankensaal. Hans schläft den unruhigen Schlaf des Erschöpften. Die Schmerzensschreie einiger Schwerverwundeter schrecken ihn immer wieder auf.

Niemals in all den Jahren in der Fremde hat Hans so oft an seine Weingartener Heimat gedacht, wie in der Verlassenheit dieser ersten Nacht im Lazarett.

Bilder aus früher Kindheit, aus Schule und Beruf und den kurzen Tagen seiner ersten Liebe steigen in wechselnder Folge vor ihm auf und versinken schnell in ferne Vergangenheit, wenn er die Augen aufschlägt und im Schein des trübflackernden Öllämpchens das unsägliche Leid um sich erkennt.

Hans sieht sich als fünfjähriges Kind weinend am Totenbett der geliebten Mutter, als sie nach der Totgeburt eines kleinen Schwesterchens verstorben war. Dankbar denkt er daran, wie ihm die Frau des Mittelmüllers Rupp die Mutter zu ersetzen versuchte.

Er meint, den Schulgeruch nach Ofenruß, Lampenöl und ungewaschenen Mitschülern zu atmen. Hans hört die Stimme seines strengen Vaters. Er sieht ihn dann bleich und mit eingefallenen Wangen auf dem Sterbebett liegen und hört ihn mit schwacher Stimme seine letzten tröstenden Worte flüstern.

Dann ist ihm, als hörte er den Walzbach übers Mühlrad rauschen und das Knarren und Klappern des Mahlwerks.

Hans erinnert sich an die Ängste, die er ausstand, wenn in stürmischen Regennächten Kettenhunde anschlugen, nachdem tags zuvor in den Gesprächen der Erwachsenen von wilden grausamen Räubern die Rede war, die man in Weingartener Wäldern gesehen hatte.

Auch jetzt noch empfindet er das beruhigende Gefühl, was ihn damals überkam, wenn er hörte, wie der Nachtwächter die Stunde anblies oder wie gar die schweren Schritte einer bewaffneten Bürgerwache über die Dorfstraße stampften.

Oben am Hang, über den Dächern, sieht Hans den alten grauen Turm im Sonnenlicht und er hört die oft vernommene Drohung: "Wenn du das nochmals tust, sperrt dich der Schultheiß bei Wasser und Brot in den Turm."

Immer wieder erscheinen ihm Lisas helle schlanke Gestalt und frisches Gesicht. Hans denkt an den heißen Sommersonntag, an dem er mit Lisa in den Grasgarten des alten Burgstadels ging. Er sieht neben sich die bunten Wiesenblumen und hohen Gräser und – Lisa. Da wird die Stunde seines Lebens in ihm lebendig, in der er so glücklich war, wie nie zuvor und nie danach.

Das laute Wecken am nächsten Morgen ist überflüssig. Einer schläft inzwischen den ewigen Schlaf, und die anderen sind entweder längst wach, oder sie haben überhaupt kein Auge zugetan.

Krankenwärter teilen Getreidekaffee und eine pappige, muffig schmeckende Mehlsuppe aus. Dazwischen laufen Nachttopfschwenker herum. Leichter verwundete und gehfähige Kranke werden zu Nachtstühlen geführt.

Am Spätvormittag folgt die Visite durch den leitenden Chirurgen. Der befiehlt bei einigen Leuten Verbandswechsel. Einer soll einer Nachamputation unterzogen werden. Anderen verordnet er Klistiere.

"Daß mir aber neben jedem Klistiergeber ein fixer Nachttopfschwenker steht", raunzt er streng. "Die noch reinlichen

Laken dürfen nicht gleich wieder versaut werden. Verstanden! Klistiere sind Lebenselixiere, wichtig für schnelle Genesung. Der Mensch wird von innen heraus gesund, wenn er innerlich gründlich gereinigt wurde. Naturalia non sunt turpia. Das wußte schon Vergil. Verstanden?"

Die Wärter, die das Latein nicht begriffen haben, schauen bewundernd zu ihrem Herrn auf.

Als der große Mann an die Lagerstatt von Hans kommt, ruht sein Blick etwas länger auf diesem Patienten, als das bei den anderen Neuzugängen der Fall war. Dann entfernt er selbst die festgeklebten Verbände. Hans beißt die Zähne zusammen, um nicht schreien zu müssen. Die Schmerzen sind teuflisch. Der Oberchirurg tastet das dickgeschwollene, zerschlagene Knie ab und ordnet einen nassen Verband an. "Morgens und abends wechseln", sagt er.

Hans faßt sich ein Herz und fragt: "Herr Feldchirurg, wird mein Bein steif werden?"

Der Oberfeldscher sagt mehr zu den ihn begleitenden uniformierten Wärtern gewandt als zu Hans: "Der Mann soll nicht so viel fragen. Man kann seinem König auch mit einem steifen Bein nützlich sein. Ein steifes Bein, was ist das schon? Mein Hund lahmt auch, seit er sich mit einem Metzgerköter gebissen hat, und er ist trotzdem ein braves Tier."

Nach diesen Ausführungen, die der Begleiterschwarm mit zustimmendem Kopfnicken aufnimmt, geht der Gemütsmensch zur nächsten Lagerstatt.

Hans bleibt mit seinen trübsinnigen Gedanken allein.

"Sein Hund lahmt auch", geht es ihm immer wieder durch den Kopf, und Bitterkeit steigt in ihm auf.

Als die Visite beendet ist, wickeln Totengräber den in dieser Nacht Verstorbenen in ein altes Tuch und tragen die Leiche aus dem Saal. Die Visiten des Oberchirurgen fallen während der nächsten Tage aus. Hans ist in einen stärkenden Dauerschlaf versunken, den er nur zum Essen und Verbandswechsel und zu der in seinem Zustand sehr lästigen Verrichtung der Notdurft unterbricht.

Das Essen ist eintönig und schmeckt meist widerlich. Jede zweite warme Mahlzeit besteht aus einer dünnen Kartoffelsuppe. Wenn sie ekelerregend riecht, wissen die Patienten, daß verdorbenes Fleisch darin schwimmt. Kürzlich trommelte in einer Saalecke jemand mit dem Löffel auf die Schüssel und sang dazu: "Kartoffelsupp, Kartoffelsupp, alle Tag Kartoffelsupp." Der Essenausgeber nahm ihm sofort Löffel und Suppe weg.

Den Verbandwechsel muß Hans oftmals anmahnen. Das ärgert den Wärter jedesmal sichtlich. Unlängst sagte der Fettwanst mit gespielter Unterwürfigkeit: "Euer Gnaden machen meiner Wenigkeit mit höchstdesselben Knie unnötige Arbeit." Seine Hantierungen sind seither besonders grob und schmerzhaft.

Eines Abends wird Hans von dem rechts neben ihm liegenden Leidensgenossen angesprochen: "He, Kamerad!"

"Ja."

"Wer bist du und wo kommst du her?"

"Ich heiße Hans und komme aus der Kurpfalz. Mein Heimatort heißt Weingarten. Das ist ein schönes und großes Dorf, ein Marktflecken, zwischen Durlach und Bruchsal gelegen. Ungünstig ist nur, daß wir dort allseitig von ausherrischen Landen umschlossen sind."

"Hast du einen Beruf gelernt?"

"Ja, Müller. Und du?"

"Meine Eltern haben mich Friedrich genannt. Bei den Preußen heiße ich nur Fritz. Mein Zuhause ist der Ort Graben. Wir sind badisch, aber zum kurpfälzischen Weingarten ist's nicht weit, nur zwei bis drei Stunden Fußmarsch. Als Kind war ich alle Jahre mit meinen Eltern auf dem Weingartener Sebastiansmarkt. Mutter hat mir dort immer eine rote Zuckerstange gekauft. Manchmal habe ich sogar eine neue Hose oder ein neues Hemd bekommen. Mit offenem Maul habe ich die vielen Buden und Marktstände bestaunt. Ich meine, ich höre heute noch die Musikanten und sehe noch das bunte Gewimmel so vieler Menschen. An euren Sebastiansmarkt denke ich gern. Beruflich habe ich das ehrsame Schusterhandwerk gelernt. Meine Wanderschaft hat mich bis nach dem fernen Schlesien geführt. Dort haben mich die Preußen in ihre Uniform gesteckt."

"Von Graben habe ich schon viel gehört. Meine Freunde gingen oft zum Kegeln nach dort."

"Oh ja, unsere Kegelbahn ist weithin bekannt. Wir waren schon immer stolz auf sie."

Fritz fragt nach einiger Zeit: "Hast du daheim ein Mädchen?"

"Ja. Lisa heißt sie. Ein sehr liebes Frauenzimmer. Ich bin sogar Vater einer kleinen Tochter."

"Nimmst du an, daß deine Lisa dir treu ist?"

"Das nehme ich nicht nur an, sondern ich weiß das. Wir haben uns geschrieben, und wenn ich wieder daheim bin, wollen wir heiraten. Du mußt wissen, als mein Töchterchen geboren wurde, war ich erst neunzehn und zum Heiratsalter fehlten mir noch sechs lange Jahre. Ich habe Treue mit Treue vergolten."

"Das soll ich glauben"

"Ja, das ist die Wahrheit."

"Da staune ich. Meine Jugendliebe ist das Töchterchen meines Zunftmeisters. Wenn ich die Heimat wiedersehe und sie dann noch lebt, heiraten auch wir. Das ist abgemacht. Sie ist in ihrer Familie das einzige überlebende Kind. Ihr Vater hat ein schönes Haus mit Stall und Scheuer und eine einträgliche Werkstatt.

In Gedanken habe ich ebenfalls meinem Mädel die Treue gehalten. Allerdings war ich in Berlin zwei Jahre lang auch noch einem sogenannten Freudenmädchen sehr zugetan. Die hatte eine eigene Kammer. Jeden Groschen habe ich zu der getragen. Wenn ich Dienst hatte, empfing sie natürlich auch andere Männer. Wie sie mir stets versicherte, waren das sehr vornehme Herren aus besten Adelskreisen oder reiche Stutzer aus Kaufmannsfamilien." "Mag sein", sagt Hans mit Zweifel in der Stimme. Beide schweigen längere Zeit.

Dann fragt Hans: "Wie kamst du zu deiner Verwundung?"

"Das ist schnell erzählt. Eigentlich war es ein Unfall. Ein Gaul hat mich unglücklich getreten.

Wenn ich aufzustehen versuche, werde ich schwindelig und falle auf die Schnauze. Was mit mir ist, weiß ich nicht, und die Metzger in diesem Saustall wissen erst recht nichts. Bettruhe, das ist alles, was sie verordnen können. Von Medikamenten habe ich seit ich hier liege nichts gesehen."

"Recht hast du. Das hier ist ein Augiasstall, der ausgemistet werden sollte", stimmt Hans ihm zu.

"Was für ein Stall?" fragt Fritz.

"Halt ein Saustall. Saustall ist Saustall, egal wie man ihn nennt. Vor Jahren schon hat mich jemand, der es wissen mußte, vor jedem Lazarettaufenthalt gewarnt. Dieser Mensch versicherte mir, die Soldaten aller Heere der Welt hätten im Lazarett die Hölle auf Erden. Ich hätte jedoch nie geglaubt, daß die sonst so auf Sauberkeit und Pflichterfüllung bedachte preußische Armee in einem ihrer Lazarette derartige Zustände dulden könnte."

"Wo hast du dir die Blessur geholt?" fragt Fritz.

"Vor Mainz bei einer Rekognoszierungspatrouille."

"Wie kam es dazu?"

"Eines Abends wurde eine Gruppe aus fünfundzwanzig Freiwilligen zusammengestellt. Ich meldete mich, weil ich den sturen Drill und die Langeweile schier nicht mehr ertragen konnte. Es war eine Neumondnacht. Die Sterne waren von Wolken verhangen. Unter dem Kommando eines forschen milchgesichtigen Leutnants marschierten wir in pechschwarzer Dunkelheit los. Unser weg führte von Marienborn aus an den Heidensteinen (Römersteinen) vorbei. Etwa 400 Schritt vor den Mainzer Festungswällen, hinter denen die Franzosen lauerten, hielten wir an. Dort stand ein halbverfallenes, einfach gemauertes schopfartiges Haus. Unsere Führung vermutete darin französische Soldaten. Wir sollten die Kerle überrumpeln und lebend als Gefangene einbringen. Von allen Seiten gleichzeitig stürmtem wir die Bruchbude –

und fanden sie verlassen. Alles deutete auf eilige Flucht der Schopfbewohner hin. Unser Leutnant, von Wintersteen hieß er, wollte sich und uns vor dem beschwerlichen Rückmarsch eine Pause gönnen. Er ließ Feuer schlagen und eine Kerze anzünden. Dieser Kasernenhofoffizier sagte, er wisse aus Erfahrung, der Franzmann werde das Licht hinter dem Fenster sehen und mit einem seiner sechzigpfündigen Festungsmörser, Kaliber etwa ein Schuh, danach schießen. Dabei vergeude er lediglich seine wertvolle Munition. Wir wären völlig sicher, weil die dilettantischen Festungskanoniere überall hin träfen, nur nicht ins Ziel.

In unserem Fall kam es jedoch ganz anders. Ich saß mit einigen von uns im Schopf. Andere waren mit dem Leutnant nochmals ins Freie gegangen, um das Gelände um den Schopf gründlich zu sondieren.

Da flammte vom Festungswall her helles Mündungsfeuer auf. Kurz darauf krachte und splitterte es über uns im morschen Gebälk. Dach, Decke und ein Teil der Außenmauer stürzten ein. Die Kerze war zum Glück verloschen. Dicker Staub erfüllte die Luft.

Ich hörte gellende Schreie. Unter Balken und Steinbrokken war ich verschüttet und so eingeklemmt, daß ich mich nicht bewegen konnte. Schmerzen verspürte ich nicht; nur Angst und Hilflosigkeit. Ich betete zu unserem Herrn und Heiland.

Die Unverletzten befreiten uns aus den Trümmern. Drei Kameraden waren tot, und ich und andere waren blessiert. Die Toten und Blessierten schleppte man bis zu den Heidensteinen zurück. Dort bewachte uns ein Korporal. Ein Gefährt sollte uns abholen und nach Marienborn transportieren.

Von nun an begann mein Bein arg zu schmerzen und das rechte Knie schwoll an. Ich fühlte, wie warmes Blut durch meine Hose sickerte. Dann umfing mich tiefe Bewußtlosigkeit. Im Verbandszelt zu Marienborn wurde die Blutung schnell gestillt. Jetzt erst geht die Schwellung langsam zurück. Das Knie wird mir mein Leben lang zu schaffen machen."

"Jetzt liegst du hier herum und weißt nicht, wie es mit dir später beruflich weitergehen soll. Und für wen bist du in jungen Jahren zum Krüppel geworden? Für Preußen? Wir sind beide keine Preußen", flüstert Fritz.

Hans sagt nachdenklich: "Manchmal beneide ich die Franzosen. Die singen jetzt ein Lied, in dem es heißt: 'Vorwärts, ihr Söhne des Vaterlands'. Bei uns heißt es: 'Vorwärts, ihr Hunde'. Wir haben halt kein Vaterland, sondern nur hunderterlei Herrschaften, und die hohen Herren gehen mit uns um, wie mit ihrem Vieh oder ihrem Hofgesinde. Ich wünschte mir, wir hätten ein geeintes und freies deutsches Vaterland, in dem niemand gezwungen werden könnte, seine Haut für fremde Herren zu Markte zu tragen."

Fritz hat greifbarere Anliegen. "Ich wünsche mir jeden Tag einen fetten knusprigen Schweinebraten, abends eine warme Stube, auf dem Tisch eine Bouteille Wein und nachts ein liebes Mädel. Dann wollte ich zufrieden sein und die Großen dieser Welt könnten machen, was ihnen beliebt."

Als Hans darauf nicht eingeht, fährt Fritz fort: "Wenn ich nur gehen oder reiten könnte." Sehr leise fügte er hinzu: "Ich wüßte, was ich zu tun hätte."

"Nichts könntest du tun. Vor dem Lazarett steht eine Schildwache – ". "Wenn die Posten nicht besoffen sind", unterbricht ihn Fritz.

"Und wenn schon", beharrt Hans. "Du kämst über keine Rheinbrücke. In diesen kriegerischen Zeiten könntest du den an beiden Ufern bewachten, hier sehr reißenden Strom nicht einmal schwimmend überqueren. Schlag dir das aus dem Kopf. Ich habe in Berlin in meinem ersten Dienstjahr einen verzweifelten Versuch unternommen, die Freiheit zu gewinnen. Man hat mich eingefangen und in Handschellen zurückgebracht. Was dann kam, wünsche ich niemandem, nicht einmal meinem Korporal."

"Dann laß es mich meinem Korporal und meinem Feldweibel (damals der Feldwebel) wünschen", sagt Fritz eilig.

Von irgendwo ruft einer: "Schnauze halten!"

“Gute Nacht, Fritz”.

“Gute Nacht”. Die beiden versuchen zu schlafen.

Hans bleibt hellwach. Es scheint ihm eine Ewigkeit, bis der nächste Morgen graut. Die Erinnerung an Lisa, an seine Eltern und an Weingarten ist durch das Gespräch mit Fritz in ihm zu lebendig geworden. Die Schatten, die der Windschutz des nachts ständig brennenden Öllämpchens wirft, gaukeln seiner Fantasie schemenhaft allerlei Gestalten aus seinen Jugendtagen vor.

Am nächsten Morgen ist wieder Visite. Der Oberchirurg ist zufrieden, daß die Schwellung an Hans Felds Knie langsam abklingt. “Wir verzichten auf Amputation”, sagt er. Hans erschrickt, als er das schreckliche Wort “Amputation” hört, obwohl die Gefahr, an die er nie dachte, vorüber ist.

Bei Fritz angekommen, befiehlt der Oberchirurg: “Der hier wird morgen verlegt. Näheres nachher.”

Der Tag vergeht im üblichen Trott. Als am Abend Ruhe eingekehrt ist, nimmt Fritz das Gespräch mit Hans wieder auf. “Kannst du dir denken, wohin mich die Kerle verlegen wollen? Nur hier innerhalb des Hauses? Wohin sonst?”

“Keine Ahnung. Du hättest fragen sollen.”

“Fragen, um zu hören: ‘Der Mann soll nicht so viel fragen?’ Mehr hätte man mir doch nicht gesagt. Du, hör’. Ich habe über unsere gestrige Unterhaltung nachgedacht. Du sagst, du bist ein Müller. Ich gaub’s dir ja. Aber wenn man dich so reden hört, denkt man, du wärst ein rebellischer Studiosus.”

“Ich bin ein einfacher Mühlenknecht, der sein Handwerk redlich und zünftig erlernt hat. Daß ich etwas mehr über Gott und die Welt weiß, als mancher andere, verdanke ich unserem damaligen lutherischen Pfarrer Conrad Boettiger. Der Mann teilte die Menschen nicht in Reiche und Arme, Hohe und Niedere ein, sondern er sagte, daß er seinen Schäfchen in Hirn und Herz schaue.

Dieser Pfarrer wurde im Religionsunterricht auf mich aufmerksam. Von meinem vierzehnten Lebensjahr an erteilte er mir Privatunterricht.Herr Boettiger konnte sich die Zeit dazu nehmen. Die Weingartener lutherische Gemeinde ist klein, und Pfarrer Boettiger war nicht gezwungen, sein Brot mit Feldwirtschaft, Weinbau und Viehzucht zu erwerben.

Seine Ehefrau war eine Tochter des Markgrafen Christoph von Baden und aus einer flüchtigen Begegnung ihres hochgestellten Vaters mit einem Mädchen aus bürgerlichen Kreisen hervorgegangen. Ich nehme an, daß der Markgraf die Pfarrersfamilie mit manchem Gulden unterstützt hat.

In seiner Denkungsweise war dieser Pfarrer sehr frei und seiner Zeit weit voraus. Manche flüsterten damals in Weingarten, er wäre ein Illuminat. Ich weiß jedoch, daß er sich weder den Illuminaten, die dem Kurfürsten und seinen Beratern verhaßt und verdächtig waren, noch anderen Gruppierungen zuordnen lassen wollte. Unter den Illuminaten befanden sich allerdings viele Geistliche."

Fritz will es genau wissen: "Eigentlich war es aber wohl doch wie in der Schule. Du mußtest hauptsächlich Gebete, fromme Sprüche und Kirchenlieder lernen."

"Nein. So war es gewiß nicht. Der Pfarrer sprach auch über den Dreieinigen Gott und die Heilige Schrift, aber er hat mir vor allem vieles von großen Männern der Weltgeschichte, von den fremden Staaten, die unsere deutschen Lande umgeben, von untergegangenen Kulturen und von griechischen und römischen Sagen erzählt. Auch über Fragen des Alltags sprachen wir. Er ermöglichte mir, in den Schriften großer Dichter zu lesen. Außerdem unternahm Pfarrer Boettiger mit mir unermüdlich Schreibübungen, bis ich mit dem widerspenstigen Federkiel schöngeschwungene gleichmäßige Buchstaben zu Papier bringen konnte."

"Braucht man denn als Müller solches Wissen und die Tintenkunst?" wirft Fritz ein.

"Ein guter Mühlenknecht kann auch sein, wer von alldem nichts weiß und kann. Der brühmte Hans Sachs, ein Schuster wie du, der vor über 200 Jahren lebte, hätte bestimmt keine schlechteren Schuhe gemacht, wenn er sich nicht nebenher der Dichtkunst verschrieben hätte. Es ist aber so, daß stumpf wie ein Ochs durchs Leben trottet, wer seinen Geist nicht bildet. Weil ich das früh begriff, habe ich einige Jahre auf Wirtshausbesuche, Kegelbahn und manchen Spinnstubenplausch verzichtet und lieber gelernt. Ich bin dem geistlichen Herrn dankbar, daß er sich meiner angenommen hat."

"Bei den Preußen und hier in diesem Stall nützt dir dein ganzes Wissen nichts. Stimmt's? Diese Leute ärgern sich eher, wenn sie fühlen, daß du ihnen überlegen bist."

"Vielleicht. Laß uns nun schlafen. Nach der gestrigen Nacht bin ich jetzt hundemüde. Gute Nacht."

"Gute Nacht, Herr Magister."

Seit der gesprächige Fritz in ein anderes Lazarett verlegt wurde, fühlt sich Hans trotz der vielen Leidensgenossen, die um ihn sind, wie ein Gefangener in Einzelhaft. Von diesem Augenblick an erscheinen ihm die Tage, Nächte und Wochen in ihrer Eintönigkeit wie eine Ewigkeit.

Während der kalten Tage von Ende Mai bis in den Juni froren alle. Am 1. Juni 1793 fiel in der Binger Gegend sogar Schnee. Nun ist es wieder heiß. Überall summen lästige Fliegen. Sogar Läuse breiten sich aus.

Hans kann sich jetzt mit viel Mühe, aber doch ohne fremde Hilfe an einer kunstlos zusammengenagelten Krücke humpelnd auf seinem Stockwerk bewegen. Er vermeidet es jedoch, allzu behend zu erscheinen, um nicht übereilt ins Ungewisse entlassen zu werden.

## Magister Laukhard

Eines Tages, zu der Zeit, zu der meist die Abendsuppe ausgeteilt wird, ist im Lazarett eine außergewöhnliche Unruhe nicht zu überhören. Schnelle, hin und her eilende Schritte, harte Kommandos und aufgeregte Zurufe stören die übliche verschlafene Stille.

Ein alter Korporal fragt von seinem Lager aus den anwesenden Wärter nach der Ursache. Der sagt, aus Marienborn sei ein neuer Transport Verwundeter und Kranker eingetroffen. Dem Transportleiter könne man nichts recht machen. Einigen alten Hasen im Lazarett sei der seltsame Mann als sehr gefährliches Individuum bekannt.

Kurz darauf wird die Tür aufgerissen. Ein einfacher preußischer Soldat, weder Offizier noch Unteroffizier, tritt in gebieterischer Haltung mit forschen Schritten ein. Seine Uniform ist parademäßig sauber und gebügelt. Ihm folgen zwei Feldschere und einige Krankenwärter.

"Wo sind hier noch Plätze frei?" fragt der Soldat in barschem Ton. Die Wärter zeigen sie ihm. Der etwa fünfunddreißigjährige Mann schaut sich prüfend um und kanzelt dann das mit ihm gekommene Personal ab: "Seht ihr den Dreck nicht? Sollen sich meine Leute auf das niemals aufgeschüttelte Stroh legen? Du hier", wendet er sich an einen alten Wärter, "rufst mir sofort den Oberchirurg."

"Jawohl, Herr Kamerad."

Der Mann beeilt sich und holt den Gewünschten schnell aus der nahen Gastwirtschaft, dem "Wilden Mann".

Der Oberchirurg, der über die Person des Transportleiters nur unzureichend informiert wurde, ist wütend. "Was erlaubt Er sich, mich in meinen medizinischen Vorbereitungen zu stören? Ich werde..". Der energische Soldat fällt ihm ins Wort: "Was Sie werden, erfahren Sie jetzt von mir. Mein Name ist Magister Laukhard. Ich stehe zwar als einfacher Soldat vor Ihnen, aber ich komme mit weitreichenden Vollmachten. Ich verlange, daß hier augenblicklich Ordnung und Sauberkeit einkehren. Wie es mit der medizinischen Versorgung steht, werde ich noch eruieren. Ich habe schon sehen müssen, daß niemand Euer Privet betreten kann. Dort muß es einer Wildsau grausen. Deshalb sind auch alle Korridore voller stinkender Haufen und Pfützen. Selbst Ihre betäubende Schnapsfahne, Herr Oberchirurg, rieche ich noch lieber, als diesen Gestank. Einige starren mich so verständnislos an. Wißt ihr nicht, was ein Privet ist? Ich meine den Abtritt. Ich will jetzt, daß das Personal den Krankensaal verläßt."

Oberchirurg, Feldschere (Wundärzte der Truppe) und

Wärter wissen nicht, wie ihnen geschieht und drängeln eilig zur Tür hinaus.

Laukhard geht von einem Krankenlager zum anderen und befragt jeden einzelnen eindringlich nach der medizinischen Versorgung, dem Essen und der Behandlung durch Feldschere und Wärter. Schließlich steht Laukhard vor Hans. Eine Duftwolke von Lavendel und Pomade senkt sich auf Hans Felds Lagerstatt. Nach der üblichen Befragung sagt Laukhard: "Kamerad, deiner Sprache nach bist du Student. Wo warst du immatrikuliert? "

"Ich war niemals Student, aber die Künste und Wissenschaften sind mir nicht fremd."

"Dann kannst du auf alle Fälle gut lesbar schreiben?"

"Die Schreibkunst beherrsche ich sehr wohl."

"Neben dir liegt eine Art Krücke. Kannst du damit gehen?"

"Im Hause sehr gut."

"Wie heißt du und zu welchem Regiment und welcher Kompanie gehörst du?"

Laukhard wiederholt die Antwort mehrmals leise, als ob er sie sich einprägen wolle.

Hans ist der letzte Patient, der befragt wird. Laukhard verläßt den Saal mit freundlichem Gutenachtgruß.

Hans überlegt, was das zu bedeuten hat. Dieser Laukhard hat mit seinem Auftritt die heiligsten Gesetze auf den Kopf gestellt. Alle haben es sich gefallen lassen. Selbst der allgewaltige Oberchirurg hat vor dem einfachen Landser gekuscht. Niemand ahnt zu dieser Zeit, welche dunklen Gewitterwolken sich sehr bald über dem Lazarettpersonal zusammenziehen werden.

Wer ist dieser einfache preußische Soldat Christian Laukhard, der wie ein Obrist oder General auftritt?

Laukhard wurde 1758 als Sohn eines angesehenen und gelehrten Predigers, der nebenbei ein erfolgloser Alchimist und Goldmacher war, geboren. Seine Jugend verlebte er in Reiskirchen unweit Gießen. Der Junge genoß eine sorgfältige Erziehung, die er aber allzu schnell vergaß, als er viele Jahre hindurch bald an dieser, bald an jener Universität als Student eingeschrieben war. Anstatt zu studieren, saß er in üblen Kneipen herum und ließ überall seine Zechen anschreiben. Er war faul und liederlich. An den Wirtshaustischen hielt er mit glühendem Eifer Vorträge gegen die Allmacht der Fürsten und die Armut der unterdrückten Untertanen. Sogar gegen die Dogmen der Kirche argumentiert er öffentlich mit beißendem Spott. Niemals nahm er ein Blatt vor den Mund.

Jedem anderen wäre ein solches Verhalten schlecht bekommen. Laukhard nahm mit seinem fröhlichen und gewinnenden Wesen die Menschen schnell für sich ein. Selbst unter Gelehrten brillierte er mit seiner Intelligenz. So konnte er sich als Student sein sonstiges Verhalten leisten. Trotz seines chaotischen Lebens schloß er sogar eines Tages sein langes Studium erfolgreich ab. Sein labiler Charakter und sein loses Mundwerk ließen diesen genialen jungen Mann als Pfarrer, als Inhaber einer Professur und später auch als Magister scheitern. Schließlich sah Laukhard keinen anderen Ausweg aus seinen Schulden und seinem verpfuschten Berufsleben als den feiwilligen Gang zu preußischen Militärwerbern. Bei den Preußen nannte man ihn Magister. Auch in den kriegerischen Zeiten, in denen er in Berlin auftauchte, genoß er von Anfang an eine Sonderstellung.

Während des Rückmarsches der Truppen, die gegen Österreich ins Feld gezogen waren, wollte es der Zufall, daß Herzog Friedrich von Braunschweig, Herzog zu Öls, auf Laukhard, den Magister in Landseruniform, aufmerksam gemacht wurde. Der Herzog war damals Befehlshaber der braunschweigschen Truppen. Der wissenschaftlich gebildete Mann zog Laukhard in ein langes Gelehrtengespräch. Danach wechselten die beiden noch lange Zeit Briefe, die meist in lateinischer Sprache abgefaßt waren.

Der Herzog versprach damals dem Soldaten Laukhard, er werde stets ein offenes Ohr für ihn haben. In wichtigen Angelegenheiten möge sich Laukhard freimütig und in aller Offenheit an ihn wenden.

Jetzt, im Jahre 1793, ist Herzog Friedrich von Braunschweig Generalissimus der gegen Frankreich vereinigten Armeen.

Laukhard besaß bei seinem Auftreten im Binger Lazarett keinerlei Vollmachten, obwohl er das dreist behauptete. Das hatte er, der es mit der Wahrheit oft nicht sehr genau nahm, nur erfunden, um sich besser durchsetzen zu können. Davon und von der schäbigen Seite des Laukhardschen Charakters erfuhr der Herzog niemals.

Über die Zustände, die er im Lazarett antrifft, ist Laukhard innerlich tief empört. Er fühlt sich verpflichtet, seinem hohen Gönner darüber zu berichten. Er selbst erfuhr erst viel später, was in Bingen danach geschah.

In den folgenden Tagen ändert sich trotz Laukhards harter Kritik im Lazarett nicht viel. Einige herbeigeholte Handfroner reinigen mit kleinen Schaufeln, Wasser und Wischlappen die Korridore und Aborte vom gröbsten Dreck. Der Oberchirurg betritt den Krankensaal in der ganzen nächsten Woche nur ein einziges Mal. Allen, ohne Ausnahme, verordnet er Klistiere. "Hier bin ich der Chef. Euch doppelten Halunken werde ich die Hammelbeine schon langziehen", schreit er wütend.

***

In der letzten Zeit hat sich die militärische Lage um Mainz entspannt. Der französische Stadtkommandant General d'Oyré hat mit 17 000 dienstfähigen und verwundeten Soldaten kapituliert. Während der Belagerungszeit hat er 11 000 Soldaten durch Hunger, Seuchen und Beschuß verloren. Der preußische Befehlshaber Generalleutnant von Kalkreuth gestattet den tapferen Gegnern den Ausmarsch aus der Festung Mainz mit Waffen, Fahnen und Musik. Nur die deutschen Kollaborateure, die Klubbisten, sind Verfolgungen ausgesetzt. Das preußische Hauptquartier hat man schon am 17. Juni 1793 von Bodenheim nach Marienborn verlegt. Der Kriegsgott schläft ein wenig und zwischen den Parteien ist es ruhig geworden. Die preußische Führung kann sich deshalb schon eine Woche nach Laukhards Meldung um eine solche Nebensächlichkeit wie das Binger Kriegslazarett kümmern.

## Das Ungewitter

In der Mittagszeit fahren unter Führung eines berittenen preußischen Majors drei Fronkutschen mit zwölf Uniformierten vor das Lazarett. Zwei leere Ackerwagen, von Fronbauern kutschiert, stehen ebenfalls bereit. Außerdem sind fünf Korporale mit dem Major eingetroffen. Der Offizier steigt vom Pferd und geht stracks in die Lazarettkanzlei. "Wo ist der Oberchirurg?"

Der Schreiber stottert verdattert: "Jawohl, Herr Major".

"Was heißt hier jawohl, du Dummkopf. Hole Er ihn." Dazu klatscht ein Peitschenhieb auf den Rücken des Mannes. Wie kürzlich schon, muß der Chirurg in seiner Stammkneipe, dem Gasthaus "Zum Wilden Mann" gesucht werden.

Als der versoffene pflichtvergessene Trottel zitternd vor dem Major steht, eröffnet ihm der Offizier: "Ich bin der preußische Major von Jordan. Hole er sofort alle Feldschere, Wärter und Köche. Das ganze Gesindel will ich stante pede vor mir sehen. Nur die Schildwache bleibt wo sie ist."

"Jawohl Herr Major, sofort das gesamte Sanitätspersonal holen, jawohl Herr Major."

Bald darauf treten alle blaß und schlotternd vor dem Major an. Der eröffnet ihnen: "Seine Majestät der König und seine Hoheit, der Herzog von Braunschweig, haben zu befehlen geruht, euch alle zu arretieren. Ihr werdet wissen, warum. Ein preußisches Kriegslazarett soll weder ein Saustall noch ein Straflager sein. Ihr packt sofort eure Sachen und besteigt zu eurer Bequemlichkeit die beiden Ackerwagen, mit denen zuletzt Mist gefahren wurde. Wenn es mit dem Packen zu langsam geht, helfen meine Korporale mit dem Stock nach. Ihr seht, ich tue für euch, was ich kann. Eure Waffen gebt Ihr bei der Schildwache ab. Verschwindet!"

Die Leute stieben davon. Zwei Korporale folgen ihnen ins Haus. Nach einer knappen Viertelstunde rumpeln die beiden harten Bauernwagen, dicht besetzt mit dem völlig verstörten bisherigen Lazarettpersonal, in Richtung Marienborn. Die gefederten und gepolsterten Kutschen fahren leer hinterdrein. Fünf schnauzbärtige Korporale begleiten den verängstigten Haufen vollgefressener Fettwänste und hohlwangiger Säufer.

Nun wendet sich der Major dem neuen Personal zu. An einen würdig aussehenden weißhaarigen Herrn mit asketischem Gelehrtengesicht richtet er die folgenden Worte: "Herr Oberchirurg Klettheim, übernehmen Sie jetzt mit Ihren Leuten das Lazarett. Tut alle eure Pflicht an denen, die ihre Gesundheit für unseren König und für Preußen eingesetzt haben. Zunächst begleiten Sie, Herr Oberchirurg, mich in den oberen Krankensaal."

Als die beiden Herren den Saal betreten haben, ruft der Major: "Wo liegt der Soldat Johannes Feld?"

"Hier, Herr Major." Hans erhebt sich mit Hilfe seiner Krücke. Der Major tritt vor ihn.

"Du bist von nun an der neue Lazarettschreiber. Erfülle deine Aufgaben untadelig. Enttäusche einen gewissen Laukhard nicht. Erinnerst du dich?"

"Jawohl, Herr Major."

"Du gehst sofort in die Kanzlei. Deine Sachen wird man dir nachtragen. In der Kanzlei wird ein Feldbett für dich aufgestellt." An den Oberchirurgen gewandt, fährt der Major fort: "Sie werden nach vier Wochen dem Herrn Generalchirurgen einen ausführlichen Bericht vorlegen. Der Herr Generalchirurg wird gelegentlich das Lazarett besichtigen."

Danach verabschiedet sich der Major mit knappen Worten, springt auf sein Pferd und galoppiert davon.

Für das ganze Kriegslazarett Bingen und für den Soldaten Johannes Feld bricht jetzt eine neue, angenehmere Zeit an.

Hans Feld wird Lazarettschreiber

Hans sieht sich in der Kanzlei sofort gründlich um. Der Raum mißt etwa fünfzehn Schuh im Quadrat (reichlich 20

Quadratmeter). Die Wände waren einmal weiß getüncht. Jetzt sehen sie aus, als habe jemand ständig mit allerlei Unrat nach vielen Teufeln geworfen und dabei immer nur die Wände getroffen.

Ausgestattet ist die Kanzlei mit schwarzem Stehpult, länglichem Tisch, einem Stuhl, zwei Bänken, einem kleinen Aktenschrank und einem eisernen Öfchen. In der Ecke steht ein Spucknapf. An der Wand unter den beiden erblindeten kleinen Fenstern hat leicht ein Feldbett Platz. Auf dem von Sirup und Fett verschmierten Tisch stehen ein Öllämpchen und in Haltern drei Kerzenstummel. Auf dem Stehpult sieht Hans ein großes Tintenfaß, zwei Gänsefedern, ein Federmesserchen, einen Trockensandstreuer und zwei Bleistifte.

Fußboden und Mobiliar sind voller Staub und überall liegen Essensreste herum.

"Das wird nun mein Reich", denkt Hans und setzt sich erschöpft auf eine Bank. Er muß sich ein wenig sammeln und die plötzliche Änderung seiner Lebensumstände begreifen.

Nach geraumer Zeit treten Oberchirurg Klettheim, die beiden Feldschere und der Oberkrankenwärter ein. Hans versucht, sich zu erheben.

Klettheim winkt freundlich ab: "Bleiben Sie sitzen. Wir setzen uns zu Ihnen." Er nimmt eine lange Tabakpfeife aus seinem Rock, stopft sie, schlägt Funken, setzt ein Stück Papier in Brand und bringt seine Pfeife zum Qualmen. Alles schweigt voller Spannung und wartet, was der neue Herr des Hauses zu sagen hat. Klettheim beginnt schließlich mit klarer fester Stimme. Man merkt, daß er jedes Wort reiflich überlegt. Dann spricht er ohne Gestammel und ohne Verlegenheitsfloskeln.

"Meine Herren, (Hans horcht bei der ungewohnten Anrede auf) unser König hat uns eine große Aufgabe übertragen lassen. Sie sind meine engsten Mitarbeiter, jawohl, Mitarbeiter sage ich. Respekt und Subordination sind in diesem Hause selbstverständlich, aber ich will, daß mein Lazarett kein Kasernenhof bleibt oder wird. Ich werde es nach den gleichen Grundsätzen führen, nach denen ich mein großes Bürgerhospital im Elsaß bis zur Vertreibung durch die revolutionären Franzmänner geleitet habe."

Sehr ruhig und überlegt gibt Klettheim seine Anweisungen. Die Feldschere Palmer und Sauerbier haben für Wundöl, Höllenstein, Opiumtinktur, Betäubungsschnaps, Verbandszeug, Scharpie (gerupfte Leinwand) und getrockneten Tee zu sorgen.

Knochensäge, Knochenmeißel und Skalpelle will er selbst schärfen lassen. Als er auf die Lazarettküche zu sprechen kommt, wird er temperamentvoll: "Meine Herren, ich will Ihr Kamerad sein. Wenn ich jedoch erfahren sollte, daß jemand Lebensmittel verschiebt, dann werde ich für härteste Bestrafung des Verbrechers sorgen. Sauerbier, schauen Sie mich nicht so entgeistert an. Jawohl, wer den Kranken und Verwundeten die knappen Lebensmittel stiehlt, ist ein Verbrecher."

Den Korporal und Oberwärter Wachtel macht der Oberchirurg für die Sauberkeit im ganzen Haus verantwortlich. Jeden, der ein Bad verträgt, soll er gründlich baden. Seiner Ansprache fügt Klettheim zum Schluß mit erhobener Stimme und tiefem Ernst hinzu: "Meine Herren, Gott der Allmächtige und unser König haben uns dazu berufen, Helfer der uns anvertrauten Menschen zu sein. Helfer sollen wir sein und nicht Zuchtmeister oder Schikaneure. Vergessen Sie das niemals. Ich werde stets Ihr väterlicher Freund sein, aber wenn jemand gegen die paracelsischen Gebote verstoßen sollte, verliere ich die Kontenance (vornehme Haltung). Gehen Sie nun an die Aufgaben, die heute noch auf Sie warten. Mit den Krankenwärtern werde ich morgen sprechen."

Die Feldschere und der Korporal erheben sich, setzen ihre Uniformhüte auf, grüßen ehrerbietig und verlassen die Kanzlei.

Hans ist mit seinem neuen Herrn allein. Klettheim spricht ihn an: "Nun zu Ihnen, Soldat Fels."

“Feld, bitte, Herr Oberchirurg”, berichtigt ihn Hans.

“Gut, also Feld. Sie sollen in meiner Kanzlei der Fels werden, auf den ich bei allen Schreibarbeiten und Erinnerungsnotizen bauen kann. Ich glaube, keiner meiner Herren ist der Schreibkunst ausreichend mächtig.

Das Stehpult ist vorläufig nichts für Sie. Gänsekiel, Federmesser, Sandbüchse und Tinte werden auf diesen Tisch gestellt, an dem Sie dann auch schreiben. Zu den Essenszeiten humpeln Sie mit Ihrer Krücke in die Küche.

Morgen wird Korporal Wachtel Sie gründlich baden und Ihnen die verklebten Haare waschen und schneiden. Haben Sie noch Pomade und Puder im Gepäck, oder haben Ihnen inzwischen Langfinger diese Mittel gestohlen?”

“Ich habe meine Sachen immer bewacht. Beides ist deshalb vorhanden.”

“Nach der Reinigung will ich Sie wieder ordentlich bezopft sehen, wie sich das für einen Soldaten des preußischen Königs gehört.

Verlangen Sie unter Berufung auf mich saubere Unterwäsche und eine ungeflickte schneeweiße Uniformhose. Die grüne Uniformjacke reinigen Sie selbst.

Demnächst werde ich Ihr Knie gründlich untersuchen. Haben Sie noch Schmerzen?”

Nur wenn ich meinen rechten Fuß anstrenge, verspüre ich in ihm starkes Reißen und Drücken.”

“Ich dachte, Ihr Knie sei verletzt. Was haben Sie auch noch am Fuß?”

“Verzeihung, Herr Oberchirurg. Ich meine in Wahrheit mein Knie. In meiner Heimat, im kurpfälzischen Marktflecken Weingarten, bezeichnet man das ganze Bein von der Fußsohle bis zur Hüfte als ‘Fuß’. Daher meine ungenaue Ausdrucksweise.”

“Man lernt nicht aus. Ihren dünnen dunklen Ziegenbart stutzen Sie auf äußerste Kürze, damit Sie der Korporal, der sich als Bader darauf versteht, rasieren kann. Haben Sie Läuse?”

"Nein, Herr Oberchirurg."

In diesem Augenblick tragen zwei Wärter das für Hans bestimmte Feldbett ins Zimmer. Auf dem frisch gestopften Strohsack liegen eine neue Decke und ein reines Laken.

Als Klettheim das sieht, sagt er: "Auf die saubere Wäsche sollten Sie sich erst legen, wenn Sie gereinigt worden sind, Soldat Feld."

Nach knappem Gutenachtgruß verläßt Klettheim gemeinsam mit den beiden Wärtern die Kanzlei.

Nach wenigen Minuten bringt jemand als Abendessen eine noch von den alten Köchen vorbereitete Kartoffelsuppe. Hans sagt: "Kamerad, ab morgen früh esse ich mit dem anderen Personal im Gemeinschaftsraum. "

Während der nächsten Tage kommt mit der Putzkolonne viel Unruhe ins Haus. Hans ist mit der Reinigung seines eigenen dreckverkrusteten Körpers und mit allerlei Schreibarbeiten voll beschäftigt. Als er gebadet, rasiert und sauber eingekleidet ist, fühlt er sich wie neugeboren. Nach genauer Anweisung legt er Krankenlisten an. Dazu werden nach und nach möglichst genaue Krankengeschichten aufgezeichnet. Anforderungen für vielerlei Dinge muß Hans nach Diktat schreiben, und angeliefertes Inventar muß er in Listen aufnehmen.

Klettheim ist mit seiner sauberen schwungvollen Schrift, seiner Umsicht und schnellen Auffassungsgabe sichtlich zufrieden. Er duzt ihn seit einigen Tagen.

Zwischen dem Personal vom Oberchirurgen bis zum letzten Hilfswärter entwickelt sich schnell eine selbstverständliche, unaufdringliche Kameradschaft.

Die Krankenversorgung, das Essen und der Umgangston im Lazarett haben sich schlagartig geändert.

In den ersten Tagen des Monats August hat Hans Zeit, über seine Angelegenheiten nachzudenken. Er faßt den Entschluß, für alles Geld, was er nicht für Kreide zum Weißeln der Uniform, für Puder, Pomade, Schuhwachs und Seife verwenden muß, billiges Schreibpapier kaufen zu lassen. Er will in seiner freien Zeit, besonders abends, wenn die dienstfreien Kameraden in die Wirtshäuser ausgeschwärmt sind und er allein ist, die Geschichte seines bisherigen, zeitweise sehr bewegten Lebens niederschreiben. Das fertige Manuskript will er Pfarrer Textor zuschicken, damit dieser es bis zu seiner Heimkehr aufheben kann.

Hans grübelt oft stundenlang darüber nach, ob es sinnvoll ist, sein persönliches Schicksal in einem Lebensbericht zu schildern. Haben nicht Tausende, ja Hunderttausende ähnliches erlebt? Am Ende seines Nachdenkens steht jedoch sein Entschluß endgültig fest, gerade deshalb die Mühe des Schreibens auf sich zu nehmen, weil so viele das gleiche mitgemacht, gefühlt und erlitten haben wie er.

Er erinnert sich, daß in Pfarrer Boettigers Bücherschrank zahlreiche Lebensbeschreibungen großer Männer der Weltgeschichte standen, aber keines, das vom Leben jener handelte, auf deren Rücken sich die Weltgeschichte abspielte.

Auf alle Fälle sollen seine spätere Frau und die erhofften Nachkommen einmal erfahren, wie es zu seiner Zeit einem einfachen unbemittelten Jüngling erging.

Wenn ihm Zweifel kommen, ob sein Wortschatz und seine Schreibgewandtheit ausreichen, sagt er sich, daß schonungslose Wahrhaftigkeit für die Erzählung einer einfachen Lebensgeschichte wichtiger sein sollten, als schriftstellerische Raffinesse.

Nur wenige Tage nach seinem unumstößlichen Entschluß ist Hans im Besitz eines Stapels billigen Schreibpapiers, den er in den Aktenschrank einschließt.

Hans lebt sich schnell in seine neue Position als Lazarettschreiber ein. Die damit verbundenen vielfältigen Aufgaben nehmen anfangs seine ganze Kraft bis spät nachts in Anspruch. Dabei ist er über die ihm übertragenen sinnvollen Pflichten sehr froh.

Sie haben ihn, der eine herumkommandierte, geprügelte und persönlichkeitslose Exerzierhoffigur, ein winziges austauschbares Steinchen im Schachspiel der Feldherren und dann ein hilfloser Lazarettfall war, wieder zum Menschen gemacht.

Sein gesäubertes Zimmer ist wohnlich und für das gesamte Personal zum Nachrichtenmarkt geworden.

Eines Abends kommt Klettheim und befiehlt Hans, sein verletztes Bein freizumachen. Er wolle es untersuchen. Der Oberchirurg betastet das Knie bei gestrecktem Bein und läßt es Hans soweit beugen, wie das mit äußerster Anstrengung möglich ist. Immer wieder befühlt er alles mit seinen sensiblen und geübten Händen. Dann sagt er mit väterlichem Gesichtsausdruck: "Soldat Feld, deine Blessur sah wegen der Fleischwunden wohl schlimmer aus, als sie war. Die große Gefahr für dein Leben lag lange Zeit hauptsächlich darin, daß du vom tödlichen Wundstarrkrampf bedroht warst. Daran und an Seuchen sterben bekanntlich in allen Heeren weitaus mehr Soldaten, als Verwundete verbluten oder wegen innerer Verletzungen auf dem Schlachtfeld bleiben.

Du hast die Gefahren des Wundstarrkrampfes längst überstanden. Ich kann am Knie keine Knochenschäden feststellen. Versuche künftig, das blessierte Bein immer möglichst weit zu beugen, auch wenn du dabei Schmerzen empfindest. Du darfst hoffen, daß du das verletzte Knie in einigen Wochen oder Monaten ohne merkliche Behinderung gebrauchen kannst.

Sei unbesorgt, du wirst auch als Genesener nicht zur Truppe abgeschoben. Ich will dich hier möglichst lange als Lazarettschreiber behalten. Nun zieh dich an. Gute Nacht."

Beim Zubettgehen fühlt sich Hans seit langem erstmals wieder ganz entspannt, innerlich ausgeglichen und ruhig. Vor dem Einschlafen faltet er die Hände und betet zu seinem Herrgott, wie ihn Mutter das in seiner frühen Kindheit lehrte.

Vom nächsten Tage an nützt er jede freie Minute zur Niederschrift seines Lebensberichtes. Hier sein Manuskript.

# II.

## Das Leben des kurpfälzischen Mühlenknechtes und preußischen Soldaten Hans Feld

Ich, der Mühlenknecht und derzeitige Lazarettschreiber Johannes Feld, erblickte das Licht dieser schönen und doch so argen Welt am 11. Oktober 1767.

Gleich eingangs meines Lebensberichtes will ich alle Leser warnen. Im Laufe meiner bisher knapp sechsundzwanzig Lebensjahre wurde ich bereits zweimal in Handschellen gelegt und als Verbrecher abgeführt. Wie es zu meinen Freveltaten kam und was ich verbrach, werde ich an gehöriger Stelle ohne Schönfärberei ehrlich und offen schildern. Wenn jemand von sich glaubt, daß er zu leicht zur Unkeuschheit oder zum Ungehorsam gegen seine Obrigkeit verleitbar sei, möge er meine Lebensbeichte aus der Hand legen.

### Meine Kindheit

Meine Eltern sprachen in besinnlichen Stunden gar oft davon, wie es seinerzeit war, als mein Urgroßvater David Feld als knapp Dreißigjähriger mit seiner Familie nach Weingarten kam. Dabei war ich stets ein aufmerksamer Zuhörer. Allerdings habe ich manches erst in späteren Jahren ganz richtig verstanden, wenn alte Leute über die Gründe und Umstände der großen Wanderbewegung ihrer Vorfahren aus der Schweiz in hiesige Lande sprachen. Alles hat sich mir unauslöschlich eingeprägt.

Nach Ende des Dreißigjährigen Krieges, in dem die Schweiz als Waffenlieferant einen gewissen Vorrat an Reichtum erworben hatte, konnte sie ihre zu zahlreich gewordene Bevölkerung nicht mehr ernähren. Mein Urgroßvater machte sich deshalb mit einem der vielen Trecks zur Auswanderung in die deutschen Lande auf, um sich eine neue Heimat zu suchen. Der pferdebespannten Wagenkolonne habe auch

eine Familie Breitenstein angehört, die wie mein Vorfahr aus der Baseler Gegend stammte, und aus Münschemier im Berner Land seien auch die Ahnen der Familie Laubscher dabeigewesen.

Auf der langen Fahrt habe man in vielen Ortschaften um Ansiedlungserlaubnis und Zuweisung einer vakanten, menschenleer gewordenen Hofreite nachgefragt. Überall sei man abgewiesen worden. David Feld habe einmal zu einem unfreundlichen Schultheiß gesagt: "Uns geht es wie der Familie der Gottesmutter. Kein Raum in der Herberge." Da habe man ihn barsch zurechtgewiesen. Ein solcher Vergleich sei gotteslästerlich.

In der hiesigen Gegend sei tatsächlich weit und breit alles schon belegt gewesen. Nur in Weingarten habe man noch ganze Häuserreihen verödet und verfallen vorgefunden. Die hohe und niedere Ortsobrigkeit vom Amtskeller und Schultheiß bis zum Büttel sei zwar vollzählig gewesen, aber an Bauern, Winzern und Handwerkern habe es weit gefehlt. Der damalige Schultheiß, Johann Elsässer sei sein Name gewesen, habe den ganzen Treck inständig gebeten, in Weingarten zu bleiben. Jede Hilfe und Unterstützung habe er zugesagt. Der gute Mann, der reichlich zehn Jahre später in bitterer Armut verstarb, sei niemals wortbrüchig geworden.

Urgroßvater David hat immer wieder gesagt, es sei ein schwerer Entschluß gewesen, Weingarten als neuen Heimatort anzunehmen. Der ehemals wohlhabende Marktflecken Weingarten sei die zerstörteste Ortschaft gewesen, die man auf der ganzen Fahrt angetroffen habe. Viele Felder und Wiesen seien mit Gestrüpp und wildem Baumwuchs bedeckt gewesen.

Vermutlich seien schon deshalb die meisten früheren Trecks über Weingarten hinaus weitergezogen, bis alle anderen Ortschaften in dieser Gegend mit Heimatsuchenden aufgefüllt waren.

Ich selbst beherrsche die Schweizer Mundart nicht mehr, aber noch mein Vater verfiel gelegentlich ins Schweizerische, wenn er sehr erregt war, und Vater redete sich sehr schnell in Wut und Rage. Ich glaube, daß er auch in Schweizer Mundart gebetet hat.

Alle meine Vorfahren väterlicherseits waren Müller. Daß stets der älteste Sohn den Müllerberuf erlernte, war in unserer Familie so selbstverständlich, wie die Zugehörigkeit zur lutherischen Konfession.

Ein gewisser Jörg Rupp war um 1700 Besitzer der Mittelmühle. Er nahm meinen Urgroßvater als Müllerburschen an und wies ihm und seiner Familie eine kleine Hausruine an der Brettener (*Jöhlinger*) Straße als künftige Wohnung zu. Im Tausch gegen Mehl und mit einigen draufgezahlten Gulden verschaffte er meinem Vorfahren Bauholz aus dem Walde und Dachziegel aus der Weingartener Ziegelei. Beim Wiederaufbau legte er selbst mit Hand an. Während der Renovierungszeit hauste mein Urgroßvater mit der Familie im kalten, feuchten und düsteren Keller. Dieses Häuschen, in dem auch wir noch bis zum Tode meines Vaters wohnten, war zwar eng und nieder, aber in meiner Erinnerung ist es heute noch mein vertrautes Elternhaus.

In meiner Kammer habe ich mich manchmal nachts geängstigt, wenn der Himmel irgendwo rot war von einer Feuersbrunst, oder wenn Räuberhorden in unserer Gegend aufgetaucht waren. Beruhigend war es dann, das Horn des Nachtwächters oder die Schritte einer Bürgerpatrouille zu hören.

Meine frühesten Erinnerungen reichen erstaunlich weit in meine Kindertage zurück. Schneidermeister Caspar Reuters sehr unternehmungslustiger Sohn Ludwig war in meinem Alter. Wir besuchten uns gegenseitig und spielten bei uns im Hof, oder vertrieben uns die Zeit in Gesellschaft älterer Jungen als Räuber und Gendarme im Dorf und den nahen Wäldchen. Wenn allerdings richtige Räuberhorden die Gegend unsicher machten, durften wir den Flecken nicht verlassen. Es hieß dann: “Die Räuber sind böse Menschen, die Kinder stehlen und ins Morgenland verkaufen.”

Zur Winterszeit war es unser größtes Vergnügen, auf alten Faßdauben hockend die Schneehügel herunterzurutschen.

Wenn Vater in der Mühle war und Mutter im Frondienst arbeitete, schloß man mich meist in unser kleines Häuschen ein. Mein Herz klopfte immer voller Angst, wenn Bettelvolk an die Tür pochte.

Wenn abends der Hofhund kläffend und freudig winselnd die Heimkehr des Vaters oder der Mutter anzeigte, wurde mir sofort leichter ums Herz.

Bei Anwesenheit der Eltern war die Haustür nicht verschlossen. Dann kamen stets Bettler, Hausierer oder Wanderhandwerker in unsere Küche.

Alle Bettelmänner baten drängend und fordernd um eine christmitleidige Gabe, und sie jammerten über böse Krankheiten in ihren kinderreichen Familien, nahen Hungertod der Kleinsten oder jahrelange Arbeits- und Obdachlosigkeit oder über alles zusammen. Die Bettelweiber hatten bei Wind und Wetter meist ein kleines, in Lumpen gehülltes Würmchen bei sich, dessen Anblick die Herzen erweichen sollte. Das Bettelvolk wollte zwar am liebsten bares Geld, aber es erhielt stets etwas Mehl oder eine Scheibe Brot. Den Bürsten- und Besenbindern, Kochlöffelschnitzern, Schnallengießern und Sockenstrickern kauften die Eltern hin und wieder eine Kleinigkeit ab. Manchmal nahmen sie auch die Dienste eines Scherenschleifers, Ofenrohrmachers, oder Pfannen- und Wannenflickers in Anspruch.

Wenn solch gefährliches Gesindel im Haus war, ließen wir es keine Sekunde aus dem Auge. Es war zu bekannt, daß selten ein Wanderhandwerker nur von seiner Hände Arbeit lebte. Fast alle stahlen, was sie schnell in ihrer Kleidung verschwinden lassen konnten.

Die Gespräche meiner Eltern drehten sich allzuoft ums fehlende Geld, um Vaters Ärger mit dem Mühlenjungen oder mit Mühlenkunden oder um allerlei Nachbarschaftstratsch und Klatsch.

Über Stafforter Mühlenkunden hatte Vater immer zu

schelten."Die Stafforter sind keine normalen Menschen. Das sind Hornochsen", pflegte er zu sagen. Als ich selbst die ersten Stafforter sah, war ich sehr erstaunt, daß sie keine Hörner hatten, sondern wie alle anderen Leute aussahen. Zu mir waren sie sogar immer freundlich. Eine Stafforter Frau schenkte mir eines Tages fünf bunte Kleckerlen (*Murmelkugeln*). Ich getraute mich nicht, meinen Eltern davon zu erzählen. Mein sehr gestrenger Vater hatte sich seine Meinung über die Stafforter gebildet und war ganz bestimmt nicht gewillt, sie zu ändern, zumal alle Weingartener so dachten wie er. Für einen guten Weingartener gehörte es sich einfach, daß er die Stafforter haßte.

Hunger mußten wir nie leiden. Brot, Mehl für eine dicke Suppe, Kartoffeln, Kraut und etwas Schweinernes hatten wir stets im Haus. Im Schweinekoben stand immer eine Sau, die im Frühwinter geschlachtet wurde. Alle, bei deren Schlachttag wir Kesselfleisch und Wurstsuppe erhalten hatten, erschienen mit einer Blechkanne und bekamen nun von uns ihren Anteil.

Getrunken wurde Birnenmost, Wein und allerlei Tee. In unserem Krautgarten wuchsen Melisse, Pfefferminze, Salbei und Baldrian. Mutter trocknete diese Kräuter und hängte sie in dünnen Beuteln auf dem Speicher mäusesicher auf. Zur Teezubereitung sammelten wir auch Linden- und Holunderblüten. Kaffee wurde nur bei ganz besonderen Anlässen gekocht.

Unser Brunnenwasser war nur im Spätwinter genießbar. Während der anderen Jahreszeiten schmeckte es eklig und faulig. Vater meinte, daran sei die nahe Mistgrube schuld. Wir holten dann das Kochwasser aus dem Walzbach oder vom Brunnen eines Nachbarn.

Drei Jahre vor meinem Eintritt in die lutherische Schule, ich war also noch keine sechs Jahre alt, legte sich Mutter an einem hellen Frühlingstag ins Bett. Das hatte es noch nie gegeben. Ich dachte, sie wäre krank und war beunruhigt. Vater tröstete mich jedoch. Er sagte, ich werde wahrscheinlich ein kleines Schwesterchen oder einen kleinen Bruder bekommen. Deshalb brauche Mutter jetzt Ruhe.

Am Abend gab es Aufregung. Vater lief eilig ins Unterdorf, um die lutherische Hebamme zu holen. Als die weise Frau kam, mußte ich zur Ruppin gehen. Dort sollte ich in dieser Nacht auch schlafen. Ich schlief aber nicht. Das Rauschen des Wassers am Mühlenwehr klang in meinen Ohren bedrohlich.

Am nächsten Morgen kam Vater. Er sah sehr blaß aus und seine Augen waren gerötet. Einige Zeit flüsterte er mit der Ruppin. Dann kam er zu mir und zog mich mit beiden Händen zu sich heran. "Hans", sagte er, "es ist etwas Schlimmes geschehen. Sei jetzt ein tapferer Junge. Der Herrgott hat heute Nacht deine Mutter und ein ganz kleines Schwesterchen zu sich in den Himmel geholt. Bleib vorläufig hier bei den Müllersleuten."

Ich wollte tapfer sein, aber ich heulte trotzdem laut los. "Nimm dich zusammen", sagte Vater. "Mutter und das Kind werden bis zur Beerdigung in deiner Kammer aufgebahrt. Nachher kommt Herr Pfarrer Dittenberger und segnet die beiden Toten. Dazu hole ich dich. Nun weine nicht mehr. Das Leben muß weitergehen."

Ich konnte jedoch immer nur denken: "Mutter ist tot, Mutter ist tot." In einer Stubenecke weinte ich still vor mich hin. Frau Rupp versuchte mich zu trösten. Sie nahm mich in ihre geröteten dicken Arme und sagte: "Du bist nicht verlassen. Dir geht es nicht so, wie vielen in deinem Alter. Du hast noch deinen Vater, und ich will für dich sorgen, wie für meine eigenen Kinder. Komm nun und iß erst einmal etwas, damit du groß und stark wirst."

Das war gut gemeint, aber ich brachte keinen Bissen und keinen Schluck herunter.

Ich ging zum Küchenfenster. Die kalten Scheiben waren innen dicht beschlagen. Mit den Fingern rieb ich mir einen Durchblick trocken. Traurig sah ich dem Schneegestöber zu, das ein wirbelnder Märzwind übers Dorf trieb.

Als schließlich Vater kam, mußte ich mit ihm nach Hause gehen. Aber war das kleine Häuschen an der Brettener Straße ohne Mutter noch mein Zuhause? Die Mutterliebe hatte es heimelig gemacht, und Mutter hatte uns verlassen.

In unserer Küche saß der Zöllner Xaver Mayer, der sein geringes Einkommen durch seinen Nebenberuf als Chirurg und Heiler etwas aufbesserte. Meine Tante Elisabetha aus dem ausherrischen (*einem anderen Staat zugehörigen*) Untergrombach war auch da.

Mutter lag in meiner Kammer in ihrem weißen Totenhemd. Ihre zu Lebzeiten nimmermüden Hände waren über ihrer Brust wie zum Gebete gefaltet. An Mutters Seite lag eine winzige Kinderleiche. Neben der Bahre brannte eine lange dicke Kerze. Kaum waren Vater und ich im Hause, kam auch schon unser lutherischer Pfarrer. Chirurg Xaver Mayer verabschiedete sich eilig. Der Herr Pfarrer trug seine Amtstracht. Das war ein langer schwarzer Talar mit einer weißen, steifen und vielfach gefältelten Halskrause. Er ging zur Bahre und wir standen andächtig dabei. Vor den Toten sprach er einige Gebete und das Vaterunser. Dann segnete er die Leichen.

Gern hätte ich Mutter noch einmal angeschaut, aber ihr starres bleiches Gesicht verschwamm im Strom meiner Tränen. Der Herr Pfarrer richtete noch einige Trostworte an Vater und mich. Dabei strich er mir liebevoll übers Haar. Sehr betrübt ging ich zurück zur Mittelmühle.

Die blonde, schlanke elfjährige Katharina und die achtjährige pummelige Susanna, beide Töchter der Familie Rupp, standen in der Haustür. Sie sahen mir neugierig entgegen, als ob sie noch nie ein Kind gesehen hätten, dem die Mutter gestorben ist. Ich ging an ihnen vorbei in die Küche. Dort hantierte Frau Rupp am Herd. An einer Küchenwand stand eine Wiege, in der ein kleines Kind aus Leibeskräften plärrte. Wie ich erfuhr, war das Kind ein Sproß der Müllersfamilie Langendörfer, den die hilfsbereite Ruppin während einer schweren Erkrankung ihrer Schwägerin in Pflege genommen hatte.

Schleppend vergingen die Tage bis zur Beerdigung. Für mich und bestimmt auch für meinen Vater war es ein beklemmender Augenblick, als auf dem Friedhof vor dem Tore der Sarg mit den beiden Leichen in die Grube gesenkt wurde und die ersten Erdbrocken mit dumpfem Gepolter auf den Sarg fielen. Ich wußte hinterher nicht, wer bei der Beerdigung anwesend war, was Pfarrer Dittenberger am Grabe sprach und was sonst geschah.

Wie hinter einer dichten Nebelwand und in einem schlimmen Traum ging die feierliche Handlung an mir vorüber.

Danach begann der graue Alltag. Ich aß weiterhin bei Familie Rupp und hielt mich auch fast ständig dort auf. Zum Essen saßen wir bei den Müllersleuten zu siebt um den Tisch: das Ehepaar Rupp, Katharina und Susanna, Vater, der Mühlenjunge und ich. Das Essen war viel fetter als bei uns, und an seinen Geschmack mußte ich mich erst gewöhnen. Oft wurde eine große Schüssel auf den Tisch gestellt, aus der alle löffelten. Dabei war es mir besonders unangenehm, daß ich aus der selben Schüssel essen mußte, in die der Müller ständig seinen Löffel tauchte, den er vorher durch seine schwarzen Zahnstummelreihen gezogen hatte.

Weil Frau Rupp viel Arbeit im Haus, mit den Kindern, in den Ställen, im Sommer im Krautgarten und ständig mit dem Mehlverkauf hatte, mußte ich mithelfen. Ihr Mann sah nur die Mühle als seinen Arbeitsplatz an. Wenn er abends ins Haus kam, wusch er sich ein wenig, setzte sich ans schmale Tischende in seinen bequemen Stuhl und gab von dort aus seine Anweisungen. Auch mit harter Kritik sparte er nicht.

Zu meinen Aufgaben gehörte es, Küche und Hof zu kehren, Geißen- und Federviehställe zu misten, Botengänge zu verrichten, und vom Frühjahr an sollte ich auch Geißen und Gänse hüten. Mit der großen Freiheit und dem unbekümmerten Herumstromern war es nun aus.

Zur Geißen- und Gänsehut ging ich meist in die Heidengaß. Sehr erfreut war ich immer, wenn mich dort Freunde aufsuchten und mir halfen, die Zeit zu vertreiben.

Eines Sonntags kamen nach der Kirchzeit zwei wichtige und mächtige Männer zu uns ins Haus. Beide waren Vorsteher der lutherischen Gemeinde und auf Lebenszeit gewählte und durch das Oberamt genehmigte Gerichtsmänner (*als "Gerichtsverwandte" gehörten sie dem Ortsgericht und Rat an*). Von den anderen vier Gerichtsmännern waren je zwei reformiert und katholisch. Unser Herr Schultheiß muß selbstverständlich der Religion unseres katholischen Landesherrn angehören.

Kaum hatten die beiden Respektspersonen unsere Küche betreten, holte Vater sofort einen großen Krug guten Weines aus dem Keller, wischte den Tisch gründlich sauber, brachte Gläser herbei und goß den beiden und sich ein.

Als die Herren wegen des auf sie wartenden Mittagessens aufbrechen mußten, sagte der Löwenwirt zu mir: "Hans, wir haben schon seit einem Jahr Besuch im Haus. Einen Sohn meiner Schwester. Der Junge ist in deinem Alter. Wenn du Lust dazu hast, darfst du zum Spielen zu ihm kommen."

"Gern, Herr Kiefer", sagte ich.

Schon am nächsten Sonntag wusch ich mir die Hände, Gesicht und Hals sehr gründlich. Meine Schuhe rieb ich mit Schuhwachs ein und machte mich zum Hause des Löwenwirtes auf. Frau Kiefer war sehr freundlich zu mir. Sie schickte mich zu dem Buben. Er hieß Ludwig. Ich fand ihn im Gastzimmer. Dort schaute er drei Männern beim Kartenspielen zu. Ich kannte alle drei. Es handelte sich um Kurierschmied Georg Schaufelberger, Nagelschmied Georg Lachenmayer und Webermeister Franz Knoll. An einem anderen Tisch saß ein alter Mann, dessen eines Bein zur Hälfte aus einem Stück Holz bestand. Selbst wir Kinder wußten, daß dieser ehemalige Soldat die Anrede "Kurfürstlicher Invalide" wie einen Titel beanspruchte.

Ludwig nahm mich sogleich in die Wohnung mit. Die Küche war groß und hell. Überm Herd hingen an der Wand blanke Pfannen, Töpfe, Suppenkellen, Siebe und anderes Gerät. Alle Küchenmöbel waren weiß. Nur die große Tischplatte bestand aus blankgescheuertem Holz. Mein neuer Freund zeigte mir sogar die gute Stube. Sie sah zwar unbenützt aus, und es war kalt darin, aber der Raum war wunderbar eingerichtet. Vor allen Fenstern hingen schwere gelbe Vorhänge.

Ich staunte über so viel Reichtum. Alle Möbel waren braun und blank poliert. An den Wänden hingen Scherenschnitte. Hinter Glas standen in Vitrinen bunte Porzellanfiguren, Schüsseln, Gläser und Teller.

"Dein Onkel muß sehr viel Geld haben", sagte ich zu Ludwig.

Der Bube entgegnete jedoch: "Meine Eltern sagen, er ist nicht reicher als der Schultheiß, einige andere Metzger und Wirte, bestimmte Viehhändler oder der Ziegler Trautwein. Die Wohnung des Ordensverwalters Mersy sei vielleicht noch vornehmer eingerichtet als diese hier."

Weil das Wetter kühl und naß war, gingen wir auf die Tenne und spielten dort Kleckerlen.

Da kam der Sohn des mächtigen Schultheiß Franz Volck zu uns in die Scheune. Er heißt Joseph und war beinahe zwei Jahre älter als wir. Joseph war modern und vornehm gekleidet. Um den Hals trug er einen breiten weißen Spitzenkragen, und auch die Ärmelaufschläge waren mit weißen Spitzen verziert.

Die katholische Schule brauchte der Junge nicht zu besuchen. Ihm wurde gemeinsam mit drei anderen Knaben aus wohlhabenden Familien Privatunterricht erteilt. Ein junger Magister kam dazu täglich aus Durlach nach Weingarten.

Der Joseph mußte seine Kleidung schonen. Er durfte nicht mit uns auf der staubigen Tenne spielen und verließ uns.

Der Junge machte bereits einen solch würdevollen Eindruck, daß ich es im Falle einer Rauferei nicht gewagt hätte, ihn in der üblichen Weise in den Hintern zu treten, wie das sonst bei Auseinandersetzungen zwischen uns Knaben häufig geschah.

Als der Schultheißensohn sich verabschiedet hatte, sagte

Ludwig zu mir: “Wenn der Joseph einmal das Alter hat und sein Vater sehr krank oder gestorben ist, wird er in Weingarten Schultheiß werden, sagen die Leute. Der Gillerdon hat kürzlich sogar in der Wirtsstube herumgeschrien, der eingebildete Tropf wisse das. Mein Onkel hat den Gillerdon sofort zurechtgewiesen. So etwas dürfe man in seiner Wirtschaft nicht laut sagen.”

Im Haus, Hof und Garten der Familie Rupp hatte ich zwar vielerlei Arbeiten zu verrichten, aber etwas Zeit zum Spielen blieb dennoch. Die meisten Kinder mußten viel härter arbeiten als ich.

Meine Spielgefährten waren hauptsächlich der stille Friedrich Armbruster, der robuste Franz Baumann, der dicke und phlegmatische Friedrich Boß, der unternehmungslustige Martin Gablenz und Joseph Gröbel, der unsere ganze Horde meist anführte.

Das Spiel der Mädchen mit den selbstgemachten Puppen konnten wir Jungen nur belächeln. Wir warfen mit Stoffbällen oder ritten als mutige Soldaten auf langen Stecken herum. Mädchen waren bei den Spielen der Jungen nicht zugelassen und schon gar nicht als berittene Soldaten.

Wenn wir damals schon gewußt hätten, wie es beim kurpfälzischen Militär oder bei den Preußen zugeht, hätten wir ganz bestimmt etwas anderes gespielt.

Mit kleinen Treibkreiseln veranstalteten wir Wettbewerbe. Auch das Spiel mit den Kleckerlen war immer wieder reizvoll. Auf zwei große bunte Glaskugeln war ich sehr stolz. Ich hatte sie einmal im Wettkampf gewonnen. Niemals setzte ich sie beim Spiel ein. Es genügte mir vollauf, daß ich sie besaß und mit Besitzerstolz vorzeigen konnte. Bei uns im Dorf gab es nur wenige Kinder, die gekauftes Spielzeug besaßen. Dafür hatten die meisten Eltern kein Geld. Nach meinen Kindheitserfahrungen ist zum Glück die Freude am Spiel nicht vom Guldenwert der Spielsachen abhängig, sondern von der Fantasie der spielenden Kinder.

***

Während der Adventswochen des Jahres 1775 klang die Welle einer bösartigen Magen- und Darmerkrankung langsam ab, auf derem Höhepunkt einige Weingartener Einwohner gestorben waren. Aus unserem näheren Bekanntenkreis waren das Kind Adam Gablenz und die junge hübsche Maria Linck unter den Opfern der Seuche.

Zu Weihnachten schenkte mir das Ehepaar Rupp eine Schiefertafel und ein hölzernes Schieberkästchen mit vier Griffeln, die in bunten Papierhülsen steckten. Ich war glücklich. Frau Rupp hatte das Prachtstück von einem Ehepaar erworben, dessen jüngstes Kind beim letzten Hochwasser im Walzbach ertrunken war.

Nach dem Weihnachtsessen malte ich sofort auf der immer noch recht ansehnlichen Tafel. Leider fuhr mir beim Auswischen ein langer Splitter aus dem Rahmenholz in den Handballen. Vater schnitt ihn geschickt mit dem Taschenmesser heraus.

Wie alljährlich lag zwischen Weihnachten und Neujahr in unserer Gegend hoher Schnee. Nach der Kirchzeit bauten wir Jungen überall Schneemänner.

Gleich nach dem Neujahrsfest brach in Weingarten, Staffort und Untergrombach die Bräune (*Diphtherie*) aus. Diese bösartige und oft tödlich verlaufende Krankheit ist sehr gefürchtet. Auch ich erkrankte. Meine größte Sorge war anfangs nur, ob ich Ostern zum Schulbeginn wieder gesund sein werde, um meine schöne Schiefertafel ernsthaft benutzen zu können.

Ich fühlte mich bald sehr matt, bekam Kopfschmerzen, sehr lästige Schluckbeschwerden und eine heiße Stirn. In der Mühle war zum Glück gerade wenig zu tun. So konnte Vater mich pflegen. Er holte den Chirurgen Mayer. Der kam sofort in seiner schmucken Zöllneruniform. Er befahl mir: “Mund aufmachen und ‘aaa’ sagen!” Er blickte in meinen Hals und meinte: “Ich dachte es mir. Rachenbelag. Der Junge hat die Bräune, die im Ort herrscht. Laßt Vorsicht walten. Der kleine Patient muß im Bett bleiben. Wenn es schlimmer wird, dann ruft mich. Wenn es nötig ist, komme ich auch nachts."

Von nun an erschien der Chirurg jeden zweiten Tag, um nach mir zu schauen. Einmal hörte ich durch die nur angelehnte Kammertür, wie Herr Mayer nebenan in der Küche mit meinem Vater sprach und allerlei aus seinem Chirurgenalltag erzählte. Die beiden glaubten, ich schlafe. Da hörte ich, wie der Chirurg folgendes erzählte: "Ein Mann im Ort, der an der Bräune litt, ließ mich zu spät rufen. Er bekam keine Luft mehr und wäre beinahe jämmerlich erstickt, wie das bei dieser Krankheit oftmals geschieht. Da reinigte ich mein Messer über dem Feuer und setzte in Kehlkopfnähe einen befreienden Schnitt an. Drei starke Männer mußten den Burschen dabei halten. Der Patient hatte bestimmt bei dem Eingriff große Schmerzen, aber es mußte sein. Betäubenden Alkohol konnte ich ihm nicht einflößen, weil er nichts mehr schlucken konnte. Bis jetzt hat er überlebt."

Nach einer kurzen Pause fuhr Herr Mayer an meinen Vater gewandt fort: "Michael, ich denke oft darüber nach, daß ich es im Zöllnerberuf recht leicht habe, weil ich bei dieser Tätigkeit nur das tun muß, was andere verantworten müssen. Für alles, was ich als Chirurg mache, bin ich jedoch meinem Herrgott selbst verantwortlich. Daran trage ich zuweilen schwer."

Unwillkürlich griff ich an meinen Hals und dachte dabei: "Nur nicht aufschneiden."

Langsam wurde ich wieder gesund, aber die Bräune raffte einige andere Kinder und auch Erwachsene dahin. Drei Opfer der Seuche kannte ich. Da war ein kleines Mädchen namens Catharina Keller. Sie starb bald nach Neujahr. Zwei Männer wurden am selben Tage beerdigt. Einer von ihnen war der Sohn des Schöffler-Schusters. Ich hatte ihm öfters Schuhe zum Flicken gebracht.

Der andere hieß Alex Reichert. Er stammte aus der angesehenen und wohlhabenden Familie des Bauern und Salpeterers Saturnius Reichert. Der Alex war ein Kerl wie ein Baum, groß und kräftig. Wenn er Streitenden Einhalt gebot, dann gehorchten sie ihm sofort. Keiner wollte es auf das Eingreifen seiner Fäuste ankommen lassen. Auch ihn hatte die Bräune unter die Erde gebracht.

Mein Vater, der sonst barsch und kurz angebunden war, hatte mich während meiner Bettlägerigkeit liebevoll und umsichtig gepflegt. Leider erkrankte er wenig später an der gleichen Seuche. Jetzt pflegte ich ihn. Er genas sehr schnell. Nach Ansicht des Chirurgen verließ er jedoch das Bett viel zu früh. Seither klagte er bei jeder Anstrengung über Schmerzen in der Herzgegend. Das Heben der Getreidesäcke und der großen Mehlwannen machte ihm Mühe.

***

Ein halbes Jahr nach meinem achten Geburtstag, demnach also im April 1776, durfte ich die lutherische Volks- oder Trivialschule besuchen.

Das war keineswegs selbstverständlich. Für Mädchen ist bekanntlich die Schule überhaupt recht unwichtig, weil sie eines Tages heiraten und ihre Männer als verantwortliche Familienoberhäupter für sie denken und entscheiden müssen. Die Männer haben auch das Schriftliche zu erledigen. Aber nicht nur vielen Mädchen, sondern auch einigen reformierten und lutherischen Jungen war es mindestens im Sommerhalbjahr nicht möglich, zur Schule zu gehen. Sie mußten ihren Eltern auf dem Feld, im Weinberg und Stall helfen. Die katholischen Kinder sollen bei uns in Weingarten möglichst ganzjährig die Schule besuchen. Die Obrigkeit legt darauf Wert.

Die katholische Geistlichkeit und der Schultheiß überwachen deshalb die katholischen Schulkinder in besonderer Weise. Im Winterhalbjahr, wenn es weniger Arbeit gibt, soll möglichst jeder, gleich welcher Konfession er angehört, während seiner entsprechenden Lebensjahre zur Schule gehen.

In der Nacht vor meinem Schulantritt schlief ich kaum. Die Erwartungsfreude war zu groß. Am Morgen nahm ich

Tafel und Griffelkasten unter den Arm und zog viel zu früh los. Für vormittags waren nur die Jungen einbestellt. Jungen und Mädchen dürfen bekanntlich nicht zur selben Zeit im selben Raum unterrichtet werden. Sitte und Anstand verbieten das.

Vor unserem lutherischen Schulhaus, das sich am Fuße des "Lepfuß" befindet, versammelten sich die Buben aller Jahrgänge, weil alle zugleich unterrichtet wurden. Wir waren etwa vierzig Kinder im Alter von acht bis vierzehn Jahren. Schließlich rief uns Lehrer Friedrich Mößner ins Haus. Im Schulraum erwartete uns bereits der damalige lutherische Pfarrer Johann Dittenberger. Wir zwängten uns eng gedrängt in die Bänke.

Der Lehrer rief: "Stillsitzen, Maul halten, Hände auf dem Pult falten". Dann sprach der Herr Pfarrer ein langes Gebet und er, der Herr Lehrer und die älteren Schüler stimmten ein frommes Lied an.

Danach mußte jeder seinen Namen und die Hausnummer nennen. Dazu hatten wir uns zu erheben und strammzustehen wie Soldaten. Als alle in der Liste standen, hielt der Herr Pfarrer eine kurze Rede und verließ uns.

Lehrer Mößner nahm seinen Haselnußstock in die Hand, ging damit vor uns auf und ab und sagte: "Jetzt beginnt für euch der Ernst des Lebens. Ihr sollt zu frommen und gehorsamen Untertanen erzogen werden, die unseren von Gott eingesetzten Kurfürsten lieben und ihm frohen Herzens gehorchen. Ich selbst bin ein guter Mensch, aber wer frech und faul ist, bekommt den hier zu spüren." Bei diesen Worten schlug er kräftig mit dem Stock auf das Pult der vordersten Bank. "Merkt euch, ich schlage euch, weil ich euch liebe. Ein kluger Vers lautet: «Wer seinem Kind die Rute spart, der haßt es gar nach Feindes Art»". Diesen seltsamen Reim mußten wir mehrmals laut aufsagen, bis wir ihn auswendig konnten. Lehrer Mößner schlug dazu mit seinem Stock den Takt.

Nach diesen Vorbereitungen konnte der Unterricht beginnen. Eine Gruppe älterer Schüler bekam Rechenaufgaben zu lösen, andere schrieben einen Aufsatz und uns Anfängern erklärte Mößner: "Das Schreiben und das Lesen sind erstrebenswerte Kunstfertigkeiten. Wer sie beherrscht, kann es im Leben zu etwas bringen. Sogar Gerichtsmann kann er werden."

Ich betrachtete das kleine Männchen genau. Alles an ihm sah seltsam aus: der schüttere Ziegenbart, der abgeschabte fleckige Gehrock, der traurig herabhängende Hosenboden und die ausgefransten Hosenbeine.

Plötzlich fragte er mich etwas. Ich hatte nicht hingehört und wußte keine Antwort. Dafür bekam ich einige schmerzhafte Kopfnüsse.

Mit Gebet, Gesang und dem gemeinsamen Abschiedsgruß "Gott behüte Sie, Herr Lehrer" war der erste Unterrichtstag beendet. Herr Mößner war irgendwo eingeladen und hatte es eilig. Ich war froh, wieder im Freien zu sein. Die Luft im Schulraum war zum Schluß zum Ersticken.

Daheim fragte Vater: "Na, wie war der erste Schultag?"

Ich erzählte alles, was erzählenswert und berichtsfähig war. Die Kopfnüsse behielt ich für mich.

Frau Rupp meinte: "Wir haben mit Herrn Lehrer Mößner Glück gehabt. Ein solch gut ausgebildeter Schulmeister ist doch etwas ganz anderes als ein ausgedienter Invalide, der selbst nicht richtig beten, lesen und schreiben kann. Wir sollten ihn einmal zum Essen einladen. Andere, die es sich leisten können, machen das auch."

Der Müller stimmte zu: "Das ist ein gottgefälliges Werk und den Kindern wird es nützen."

Der Mühlenjunge bemerkte vorlaut: "Die Lehrer sollten nur nicht so hart prügeln. Sie müßten einen Anteil an den Prügelstrafen erhalten, so wie dem Gendarm und den Schützen ein Drittel an den Geldstrafen zusteht, wenn sie Leuten mit Erfolg zu einer Geldbuße verholfen haben."

Der Müller gab ihm eins hinter die Ohren.

Vom Tage des Schulantritts an mußten und durften wir

Kinder die Gottesdienste besuchen. Viel versäumten wir dadurch nicht, weil vom Glockenruf bis zum Schlußläuten jegliches Spielen im Haus und im Freien bei Strafe verboten war. Vor der Kirchentür standen immer die Kirchenältesten. Sie paßten auf, daß sich niemand zu oft um den Gottesdienst drückte. Die Männer gingen nach der Kirche stets in eine Wirtschaft.

Der Leseunterricht wurde kurzweiliger, als Bäckermeister Härter der Schule Lesebogen gestiftet hatte. Da gab es dann zum Beispiel den folgenden Vers zu lesen und zu lernen:

"Der Iltis raubet in der Nacht.
Die Jungfrau nimmt den Kranz in acht."

Mit dem Schreiben und Lesen hatte ich keine Schwierigkeiten. Auch das Auswendiglernen fiel mir leicht. Wenn ich die Hand streckte, hieß es nur: "Hand runter. Ich will die hören, die es nicht können."

Trotz aller Winterfreuden erwarteten auch wir Kinder sehnsüchtig die wärmeren Jahreszeiten mit ihren helleren längeren Tagen. Dann fror man im Bett, beim Ankleiden und beim Frühstück nicht mehr so zähneklappernd, und es gab keine so langen, langweiligen und dunklen Abende. Im Frühjahr durften wir manchmal zum Unterricht hinaus in die Natur.

Maulbeerbaumobmann Johannes Balduf weihte uns in die Maulbeerbaum- und Seidenraupenzucht ein. Das sollte er jedenfalls. Von den Erwachsenen wußten wir jedoch, daß sie alle dagegen waren. Bei Nacht und Nebel knickten Unbekannte mehr Maulbeerbäume um, als nachgepflanzt werden konnten. Balduf erklärte uns, der Landesvater persönlich wolle mit diesem neuen Erwerbszweig dem Lande großen Wohlstsand bescheren. Die Bevölkerung glaubte aber nicht daran.

Der Herr "Herrschaftliche Weinbergbaumeister", der in den kurfürstlichen Weingärten die Fronarbeiter zu beaufsichtigen hatte, erklärte uns in den Weinbergen auf der Setz, im Katzenberg und im Grohmen die Bedeutung des Weinbaus.

Er sagte, daß wir uns zwar von der Landwirtschaft ernähren, aber fremdes Geld nur durch den Weinbau und die Jahrmärkte hereinholen.

Man führte uns auch in die Wälder. Dort wurden wir darüber belehrt, daß es allen Untertanen bei hoher Strafe verboten ist, einen Bannwald (*gesperrte Wälder*) zu betreten. Am Rande des Lochenwaldes wies man uns auf die Staffforter Gemarkungsgrenze hin und warnte uns eindringlich vor allen Einwohnern dieser Ortschaft.

Im Herbst des Jahres 1776 brachen in Weingarten die Flecken (*Masern*) aus. Wir löffelten bei Familie Rupp gerade unsere dicke Suppe, da hörte ich trotz der Essensgeräusche die Schelle des Gemeindedieners Jakob Schöffler. Ich lief über unseren Hof auf das kleine Walzbachbrückle und vernahm, daß die Geistlichkeit vorsichtshalber die Schulen aller drei Konfessionen geschlossen hatte. Frau Rupp lamentierte: "O Gott, welch schwere Prüfung", und der Müller fügte hinzu: "Die Alten sündigen und die unschuldigen Kinder werden hart geprüft."

Einige Kinder starben. Auch mich warfen die Flecken aufs Krankenlager. Der Chirurg und Zöllner Xaver Mayer schickte die alte liebe Frau Christina Hartmann zu meiner Pflege. Bald war ich so teilnahmslos, daß ich selbst vor dem Tode keine Angst mehr empfand. Dank guter Pflege wurde ich wieder gesund.

Als die Epedemie im ganzen Ort abgeklungen war, mußten wir überlebenden Kinder wieder zur Schule. Einige Plätze waren für immer leer.

Viel hat sich während meiner Schulzeit nicht ereignet. Das Leben eines Kindes aus den armen Bevölkerungsschichten verläuft bei uns freudlos, und nur wenige gehören nicht zu den Armen.

Was im Flecken an Aufregendem geschah, hat sich deshalb besonders tief in mein Gedächtnis eingegraben, und ich werde gewissenhaft darüber berichten.

Stets schwebte der Todesengel über uns Kindern. Er holte

im Verlauf der Volksschulzeit etwa jedes zehnte Kind und verschonte auch die Reichen nicht. Zwei der Krankheiten, die oft zum Tode führen, die Bräune und die Flecken,hatte ich, wie geschildert, selbst durchzustehen. Von anderen todesgefährlichen Krankheiten, wie dem Faul- und Gallenfieber (*Sammelbezeichnung für verschiedene, nicht richtig diagnostizierte Krankheiten*), den Blattern (*Pocken*), der Ruhr, Vergiftungen des Blutes, schweren Zahn- und Kiefererkrankungen, der Auszehrung (*Tuberkulose*) und einem Leiden, das stets mit Schmerzen an der rechten Bauchseite beginnt (*Blinddarmentzündung*), blieb ich verschont.

Eine ganze Reihe meiner Mitschüler starb an einer dieser Heimsuchungen.

Meine schulfreien Stunden waren weitgehend mit immer gleicher Arbeit ausgefüllt: Ziegen und Gänse hüten, Ställe ausmisten, den Platz und die Hütte des Kettenhundes reinigen, den Hof kehren und das Federvieh füttern. Die Stunden, die mir zum Spielen in der Gemeinschaft anderer Jungen blieben, sind in meiner Erinnerung leuchtende Farbtupfer auf dem grauen Hintergrund meiner Jugendzeit.

Manchmal stellten sogar unangenehme Ereignisse, wenn sie nicht gerade trauriger Art waren, eine willkommene Abwechslung dar. Sie lieferten Gesprächsstoff und regten die Fantasie an.

Ich glaube heute Herrn Pfarrer Boettiger, der behauptete, sogar die Erwachsenen, vielleicht ganze Völker, würden hin und wieder absichtlich aufregende und gefährliche Umstände herbeiführen, um Abwechslung in das Einerlei ihres Lebens zu bringen. Man könne dieses Verhalten mit dem Sprichwort umschreiben: “Wenn es dem Esel zu wohl wird, geht er aufs Eis tanzen.”

Über einige Ereignisse, die in meiner Erinnerung aus dem grauen Nebelmeer meiner Kindheit herausragen, will ich hier kurz berichten.

Schlimm war es, als mir der Bader einen Backenzahn ziehen mußte. Einige Schlucke Branntwein sollten mich etwas betäuben, aber mir wurde nur speiübel. Beim Ziehen brach die Wurzel ab. Der Bader grub sie unter Schimpfen und Schwitzen aus meinem blutenden Kiefer heraus.

Zehn Jahre war ich, als unser Kurfürst Karl Theodor zugleich Landesherr von Bayern wurde. Wir bekamen schulfrei und mußten lediglich an einem Gottesdienst teilnehmen. Der Herr Pfarrer sprach vom edlen und treusorgenden Landesvater, der als Reichsvikar zugleich Stellvertreter des Kaisers im Heiligen Römischen Reich sei. Meine andächtige Bewunderung wurde leider durch Erinnerungen an Bemerkungen Erwachsener gestört, in denen vom "vollgefressenen Blutsauger und Unterdrücker" die Rede war.

Im Jahre 1778 starb Susanna Rupp an den Bauchschmerzen. Der Bader hatte ihr verschiedene Teesorten verordnet, aber nichts half. Ich war sehr traurig. Wir hatten uns wie Geschwister geliebt.

***

Etwa zehn Jahre später hatte ich großen Ärger mit den Staffortern. Wie es mir befohlen worden war, hütete ich eine Ziegenherde auf den Grenzwiesen. Da kamen einige Stafforter Burschen und schrien: "Du Lumpenhund. Du Grasdieb. Deine verkrüppelten Geißen fressen unser gutes Stafforter Gras. Scher dich zum Teufel!"

Eine Ziege nahmen sie als Pfand mit. Sie gehörte ausgerechnet dem Schultheiß. Ich wurde im Rathaus sehr gescholten, und es gab wochenlang strenge Verhöre. Schließlich mußten die Stafforter die Geiß wieder herausrücken.

Die schönste und größte Abwechslung boten uns die alljährlichen großen Märkte. Zum Sebastiansmarkt (*20. Januar*) und zum Markt auf Mathäi (21. September) kamen stets viele Händler mit ihren Planwagen, Marionettenspieler und Geiger. Überall auf dem Marktplatz und am Schuhmarkt wurden Stände aufgeschlagen. Niemand außer dem Gesinde arbeitete. Alle waren auf dem Markt oder in den Wirtshäusern.

An den Ständen wurden die Waren mit beredten Worten

feilgeboten. Die heiseren Stimmen der Händler überboten sich in der Anpreisung ihrer Waren mit lautem Geschrei: "Komm her, liebe Frau, guter Mann, schau dir das an! Anschauen kostet nichts, und Kaufen kostet heute nicht viel. Nur heute ist alles so billig, halb geschenkt.– Hier, die warmen Socken, die dicken Unterhosen, die vornehmen und praktischen Pulswärmer und diese unverwüstlichen Handschuhe. – Und bei mir das hochherrschaftliche Geschirr, die bunten Gläser, eine Zierde für jede gute Stube. – Bei mir gibt es Bratpfannen, Kochtöpfe und Wannen. Das ist Qualität und hält Generationen aus. Dafür braucht ihr euer Leben lang keinen windigen Pfannenflicker. – He, Mädle! Schau dir die schöne Puppe mit dem lieben Gesicht an. Sag es deinem Vater, daß er dir eine kauft, wenn er dich lieb hat. – Hampelmänner mit Bändelzug. Ihr könnt sie als kurpfälzische, kaiserliche oder preußische Soldaten kaufen. Auch Franzmänner könnt ihr haben, wenn es beliebt. – Kauft, solange noch Markt ist. Morgen ist alles vorbei."
Wir Kinder konnten zwar nichts kaufen, aber es war doch immer eine abwechslungsreiche und schöne Zeit.
Weil sonst im Ort so wenig geschah, war es ein höchst beachtenswertes Ereignis, wenn Erwachsene angeprangert wurden oder öffentliche Prügel erhielten.
Der Ortsdiener ruft solche Bestrafungen rechtzeitig aus. Das hört sich im Falle einer Anprangerung, die als "Schimpfstrafe" gilt, zum Beispiel so an: "Schultheiß und Ortsgericht geben bekannt, daß der (oder die, hier folgt stets der volle Name) morgen von elf bis zwölf Uhr vor dem Rathaus öffentlich als Traubendieb ausgestellt wird. Die Bevölkerung wird hiermit darauf hingewiesen."

Zur angegebenen Zeit fanden sich damals immer viele Schaulustige ein. Ein solcher Anprangerungsfall ist mir besonders in Erinnerung geblieben.

Ein etwa zwanzigjähriger Bauernsohn, dessen Eltern selbst einen Weinberg besaßen, hatte im Herbst des Jahres 1781 beim Vorbeigehen in einem fremden Wingert zwei oder drei

Trauben abgerissen und aufgegessen. Ein Weinbergschütz, der ihn dabei beobachtete, hatte ihn angezeigt. Weil der Täter kein Knecht, sondern ein Bauernsohn war, verhängte das Ortsgericht keine Prügelstrafe. Der Bursche kam mit Anprangerung davon. In einer erwartungsfreudigen Zuschauermenge stehend schaute ich zu. Der Büttel führte den jungen Mann die Rathaustreppe herunter und wies ihm seinen Standplatz zu, auf dem er gut zu sehen war. Der Deliquent trug an einer um den Rockkragen geführten Schnur ein großes Plakat. Darauf stand: "Ich bin ein Traubendieb." Rechts und links neben dem Plakat hingen angefaulte Weintrauben. Der Angeprangerte schlug voller Scham die Augen nieder. Er war kreidebleich.

Einige Kinder lachten. Ein Junge rief: "Koste doch von den süßen Trauben, die sie dir umgehängt haben."

Ich fand diese Veranstaltung gar nicht lustig und verdrückte mich bald wieder.

Noch schlimmer war es, als bald darauf eine erwachsene Frau vor dem Rathaus über den Bock gelegt und amtlich verprügelt wurde.

Zur Herbstzeit wurde ein Bäckergeselle an drei aufeinanderfolgenden Tagen mit je zwanzig Stockschlägen bestraft. Er hatte auf dem Heimweg aus einer Straußenwirtschaft lange nach der Polizeistunde in Gesellschaft einiger Freunde laut auf der Straße gesungen. Seine Kameraden kamen mit Geldstrafen davon, weil sie "Ersttäter" waren. Dieser Bursche galt jedoch als Wiederholungstäter und als Rädelsführer. Er war vierundzwanzig Jahre alt und wollte im nächsten Jahr heiraten.

Pfarrer Boettiger bezeichnete in Gesprächen, die er später während des Privatunterrichts mit mir führte, dieses obrigkeitliche Vorgehen als verwerflich und menschenverachtend.

***

Bei meinem Eintritt in die Volksschule kamen mir die gerade begonnenen sechs Schuljahre wie eine Ewigkeit vor.

Ich bin
ein
Traubendieb

Ihr Ende schien in weiter Ferne zu liegen. Nun, als ich meinen dreizehnten Geburtstag hinter mir hatte, standen meine Entlassung aus der Schule und vielleicht der Beginn einer Lehrzeit plötzlich als Aufbruch in eine ungewisse Zukunft greifbar vor mir. Nur noch siebzehn Monate waren es bis dahin. Ungewiß war meine Zukunft deshalb, weil viele Jungen mit mir zugleich vor dem Eintritt ins Erwerbsleben standen, während jährlich in ganz Weingarten nur sehr wenige Handwerkslehrlinge angenommen wurden. Diese Tatsache machte meinem Vater und den Müllersleuten viel Kopfzerbrechen.

Die Familie Rupp beschäftigte seit Jahren den Mühlenjungen, der mit vielen anderen Kindern und jungen Leuten im ganzen Lande das Schicksal der Elternlosigkeit teilte. Er erhielt nur ein geringes Taschengeld. Trotzdem war er nahezu eine volle Arbeitskraft. An ihm hatten sich alle wie an ein Familienmitglied gewöhnt. Da war für einen zusätzlichen Müllerlehrling weder Platz noch Arbeit. Mir ging es nicht um schwere oder leichte Arbeit und auch nicht vorrangig um berufliches Ansehen und Wohlstand, sondern hauptsächlich um einen erfüllenden Beruf, der Freude macht.

***

Mitten in den Sommerferien war es, als Pfarrer Dittenberger versetzt wurde und Johann Conrad Boettiger in Weingarten an seine Stelle trat. Der scheidende Pfarrer verabschiedete sich in einem feierlichen Gottesdient. Ein hoher geistlicher Herr führte den neuen Pfarrer ein. Pfarrer Boettiger brachte seine hübsche junge Frau mit. Sehr schnell sprach es sich herum, daß sie eine uneheliche Tochter des Markgrafen von Baden ist. In der Kirche saß die hohe Frau ganz vorn. Ihre edlen Gesichtszüge und ihre vornehme Kleidung lenkten alle Blicke auf sie. Der neue Pfarrer sprach mit beredten Worten zur Gemeinde. Ich glaube, es war das erste Mal, daß ich einer Predigt von Anfang bis zum Ende zuhörte, ohne daß meine Gedanken ständig abschweiften.

Predigtthema war die Nächstenliebe, die nicht zwischen arm und reich, hoch und nieder und gelehrt oder einfältig unterscheiden dürfe. Unser Herr Jesus Christus habe solche Unterschiede auch nicht gekannt. Im Tode seien alle Menschen in dieser Beziehung wieder so gleich, wie sie es waren, als sie in diese Welt hineingeboren wurden.

Angesichts des Todes werde all das zu einem Nichts, was viele Menschen irrtümlich im Leben für das Wahre, Einzige und allein Erstrebenswerte ansähen. Deshalb berechtige nichts von alldem zu Hochmut und Dünkel. Der Herrgott kenne keine Standesunterschiede. Daran solle ein Christ immer denken.

In der Todesstunde stelle sich nicht die Frage, wie reich, wie mächtig, wie angesehen und wie gelehrt einer war, sondern dann gelte einzig und allein, wie er gelebt habe, ob als ein von Herzen guter Mensch, oder als Vermehrer des Bösen auf der Welt.

Da werde zum Beispiel die abgearbeitete Tagelöhnersfrau, die ihre Kinder in Armut, aber im Glauben erzog, die hilfsbereit und uneigennützig für andere da war, in Frieden sterben können, während eine Person, die kalt über fremdes Leid dahinschritt, und es vielleicht gar noch durch Bosheit und Rücksichtslosigkeit vermehrte, schon auf dem Totenbett die Qualen der Hölle spüren werde.

So wie die Seele des Menschen unsterblich sei, so würden auch die guten Werke eines Menschen über dessen Tod hinaus fortwirken. Aber auch alles, was der Mensch aus Bosheit, Niedertracht, Habsucht, rücksichtslosem Ehrgeiz oder Schadenfreude seinem Nächsten antue, stände für immer und ewig als fortwirkendes Satanswerk in dieser Welt.

Unser Herrgott sei jedoch kein kleinlicher Nachrechner unserer guten Taten. Überhaupt gäbe es keine Verrechnung der guten mit den bösen Taten, Worten und Werken.

Das Blut unseres Heilandes erlöse uns von aller Schuld, die wir nicht fortdauernd und in böser Absicht immer aufs neue auf uns laden. Wenn wir unseren Lebensweg unter dem

Zeichen des Kreuzes zurücklegen, oder umkehren, falls wir die breite und scheinbar bequeme Straße des Bösen eingeschlagen haben, werde Gottes Gnade uns Vergebung bringen.

Ich hätte diese Worte der Predigt nicht so genau im Sinn behalten, wenn Pfarrer Boettiger nicht später immer wieder in der einen oder anderen Weise darauf zurückgekommen wäre. Er war von der Richtigkeit seiner Worte überzeugt.

Nach dem Gottesdienst meinte ich, einige betretene oder nachdenkliche Gesichter gesehen zu haben. Die Masse der Kirchenbesucher, die offenbar nur aus Gewohnheit, Angst vor Strafe oder aus Rücksicht auf die öffentliche Meinung gekommen war, blieb jedoch unbeeindruckt. Man ratschte und klatschte auf dem Heimweg in alter Weise.

In der ersten Religionsstunde, die wir bei Herrn Pfarrer Boettiger hatten, las er uns aus der Bibel das Gleichnis von den Arbeitern im Weinberg vor und erklärte uns dessen Sinn. Er sagte, er wolle gerade in dem großen Weinbauort Weingarten mit diesem Gleichnis beginnen. Trotz aller Erklärungen war mir vieles unklar geblieben und ich stellte Frage um Frage. Bei dieser Gelegenheit wollte der Pfarrer den Beruf meines Vaters wissen und er fragte, was meine Mutter mache. Ich sagte, daß mein Vater Mühlenknecht beim Mittelmüller ist und daß Mutter schon vor Jahren starb.

***

Den Mühlenjungen, den Meister Rupp schon seit langen Jahren beschäftigte, habe ich bereits mehrmals erwähnt. Er hieß Franz Findling.

Von meinem Vater wußte ich, daß er im Säuglingsalter von einem Weib aus dem durchziehenden Troß einer größeren Militärkolonne im kurpfälzischen Zaisenhausen ausgesetzt wurde. Auf Weisung des Oberamtes und des Schultheiß von Zaisenhausen nahm ihn dort eine mitleidige und alleinstehende junge Witwe gegen geringe Vergütung, die aus dem Almosen gewährt wurde, bis zu seinem dreizehnten Lebensjahr in Pflege. Dann starb die Frau an den Blattern, und der

Franz kam zur Müllersfamilie Rupp nach Weingarten. Dort wurde er von Anfang an wie ein eigenes Kind gehalten und in der Mühle beschäftigt. Den Zunamen "Findling" hatte er schon in Zaisenhausen unter Anspielung auf sein Schicksal amtlich erhalten. Eine Schule hatte er nie besucht.

Der Mühlenjunge achtete sehr auf sein Äußeres. Sein geringes Taschengeld trug er hauptsächlich zum Barbier, um sich rasieren und seinen modischen Haarschnitt pflegen zu lassen.

Im Spätherbst meines letzten Schuljahres, es muß also etwa im November 1781 gewesen sein, trieb sich in unserer Gegend viel Bettel- und Gaunergesindel herum. In Weingarten wurden zahlreiche Diebstähle und Einbrüche bekannt. Da fehlte in einem Hause hinterm eingedrückten Kammerfenster der vorbereitete Hochzeitskuchen, andere vermißten den Speck in der Räucherkammer, und bei verschiedenen Leuten war Wäsche von der Leine oder der Bleiche verschwunden.

Das Weingartener Ortsgericht stellte Streifen zusammen, die unter der Aufsicht von Gerichtsverwandten oder Gemeinsdeputierten besonders nachts ihre Runden machten. Auch Franz Findling hatte sich zur Teilnahme an solchen nächtlichen Streifen gemeldet. Er wurde jedoch nicht zugelassen, weil er das Bürgerrecht nicht besaß.

Für die Weingartener Ortsobrigkeit war es schwer, des Gesindels Herr zu werden. Das Pack nutzte die Lage Weingartens an den Grenzen zum domkapitularisch-speyerischen Jöhlingen und bischöflich-speyerischen Untergrombach geschickt aus. Es wechselte ständig von einem Herrschaftsgebiet ins andere. Die mit der Bekämpfung der Diebesbanden beauftragten Gendarmen und Soldaten dagegen mußten die Landesgrenzen achten. Gaunervolk, welches über eine Landesgrenze entkam, war deshalb dort meist vorübergehend in Sicherheit.

Eines Tages beobachtete mein Vater von der Mühle aus, wie der Franz unweit des Badhauses lange und angeregt mit einem hübschen glutäugigen Bettelmädchen redete. Vater fragte den Burschen danach, was es gegeben habe. Der antwortete nur kurz, er habe das Bettelweib davongejagt.

Wenige Tage nach diesem Vorfall stellte der Müller mit Schrecken fest, daß in der Mühle zwei Sack gutes Mehl fehlten, obwohl alle Schlösser und Fenster unversehrt waren. Der Verdacht fiel auf Franz. Der stritt alles ab. "Ich war immer ehrlich", sagte er entrüstet, "und werde immer ehrlich bleiben."

Mein Vater war danach sehr bedrückt, weil ja nur er als Dieb oder Diebeshelfer in Frage kam, wenn der Mühlenjunge tatsächlich ehrlich gewesen wäre.

Am nächsten Morgen fehlte der Franz beim Frühstück. Frau Rupp sah sofort in seiner Kammer nach. Ganz außer sich kam sie zurück und sagte, das Bett des Franz sei unbenutzt und leer. Auch der Hut und der warme Überrock des Burschen seien verschwunden. Alle ahnten Schlimmes. Christian Rupp wollte sofort dem Schultheiß Meldung machen, weil entlaufenes Gesinde sofort der Obrigkeit angezeigt werden mußte. Vorher ging der Müller noch einmal in die Mühle. Dort bemerkte er, daß seine wertvolle Sackuhr, die immer an einer verborgenen Stelle an einem Nagel hing, nicht mehr da war.

Vater und ich sahen uns den steilen Hang hinter der Mühle genau an. Wir fanden dort Fußspuren und abgerissene Zweige. Im Rathaus nahm Gerichtsschreiber Lang die Meldung des Müllers entgegen und setzte ein Protokoll auf, das Herr Rupp unterschreiben mußte.

Danach wurde in unserem kurpfälzischen Gebiet und in den angrenzenden kurpfälzischen Landen eine gedruckte Täterbeschreibung ausgehängt. Von Franz Findling hörten wir nie wieder etwas. Wahrscheinlich ist er unter die Räuber gegangen und hat früher oder später sein Leben an einem Galgen oder in einem Zuchthaus schmählich beendet. Der Gedanke an das Schicksal, das dem Franz bevorstand, stimmte mich traurig.

Was mochte ihn zu seiner Flucht und dem Diebstahl bewogen haben? Der Müller war der Meinung, daß ihn, der das Gefühl der Liebe bisher nicht kannte, eine große Liebe plötzlich überwältigt habe. Er sei vermutlich zum Dieb geworden, um dem hübschen wilden Mädchen einen Gefallen zu erweisen. Schließlich habe ihn die Angst vor der Entdeckung seiner Tat und die plötzlich erwachte Liebe zur Flucht veranlaßt. Vater Rupp meinte: "Wenn der dumme Kerl mutig gewesen wäre und mir alles gestanden hätte, dann hätte ich ihm wahrscheinlich verziehen. Den Schaden hätte er auf andere Weise wieder gutmachen können. Nun ist es zu spät."

Bei uns in der Kurpfalz ist es so, daß ein Mensch, der Arbeit und Wohnsitz aufgegeben hat, um sich unter die Nichtseßhaften zu gesellen, in der Regel für immer zum "herrenlosen Gesindel" gehört. Ohne Wohnsitz darf er keine geregelte Arbeit erhalten, und ohne den Nachweis einer geregelten Arbeit erhält er kein Wohnrecht.

Wie so oft, war auch hier das Unglück des einen das Glück des anderen. In der Mittelmühle war jetzt ein Arbeitsplatz frei. Müller Rupp sagte zu mir: "Hans, wenn deine Schulzeit beendet ist, kannst du bei mir den Müllerberuf erlernen. Weil dein Vater kein Lehrgeld für dich aufbringen kann, müßtest du einige Jahre länger lernen als ein Lehrgeldzahler. Immerhin wären Kost und Logis für dich frei. Du würdest also deine Kammer behalten. Was meinst du?" Ich sagte freudig zu.

***

Nach dem Verschwinden des Mühlenjungen Franz Findling dauerte es lange, bis alle im Hause des Müllers Rupp den Treuebruch des langjährigen Hausgenossen überwunden hatten. Bei der Arbeit fehlte er jetzt sehr. Vater litt zunehmend öfter an schmerzhaften Hustenanfällen, bei denen er Blut spie. Er mußte sich danach stets hinlegen, und manches Mal dauerte es lange, bis er wieder an seine Müllerarbeit gehen konnte.

Der zu Rate gezogene Bader meinte, Vater habe nach der Bräune das Bett zu zeitig verlassen. In solchen Fällen bleibe oftmals etwas zurück. Er glaube, daß Vater an der Auszehrung leide. Darauf deute auch seine plötzliche Abmagerung hin. Das sicherste Mittel gegen diese Krankheit sei immer noch regelmäßige Einreibung der Brust mit Hundefett. Dem nächsten Hausierer wurde eine große Dose vom teuersten und angeblich besten Hundefett abgekauft. Vater rieb sich gewissenhaft damit ein, aber Besserung war nicht zu verzeichnen. Der Patient selbst meinte allerdings, er verspüre beim Husten nun nicht mehr solch peinigende Schmerzen.

Trotzdem wurde Vater immer magerer. Frau Rupp argwöhnte, daß der Hausierer ein Betrüger war, der irgendein gewöhnliches Fett als angeblich echtes Hundefett verhökert habe.

Obwohl wir alle die Schwere der Erkrankung nicht erkennen konnten, war ich doch in großer Sorge. Mutter war längst tot. Andere Verwandte hatte ich nicht mehr. Wenn Vater stürbe, wäre ich völlig allein. Jeden Gedanken an seinen Tod versuchte ich deshalb zu vertreiben. An die heilende Wirkung des Hundefettes konnte ich nicht glauben.

## Eine neue Welt

In dieser Zeit des Winteranfanges kamen zwei wichtige Herren ins Haus des Müllers. Niemand konnte damals ahnen, daß der Besuch des einen von ihnen für mein ganzes Leben von entscheidender Bedeutung werden würde.

Es war sonntags nachmittags. Draußen hatte es gefroren und Schneeflocken wirbelten vom Himmel. Wir saßen bei Familie Rupp alle um den großen Tisch. Die Männer tranken Wein und wir anderen eine Tasse Kaffee. Die beiden unerwarteten Gäste waren Pfarrer Boettiger und der lutherische Kirchenvorsteher und Gerichtsmann Friedrich Kiefer. Noch im Flur klopften sie sich den Schnee von Hüten und Mänteln. Herr Kiefer sagte entschuldigend, der Herr Pfarrer und er hofften, daß sie nicht ungelegen kämen. Herr Boettiger habe als neuer Pfarrer den Wunsch, seine Schäflein persönlich in ihrer häuslichen Umgebung aufzusuchen. Außerdem wolle er mit uns etwas Besonderes besprechen.

Vater Rupp fand als erster die Sprache wieder und stammelte etwas von der großen Ehre, die der hohe Besuch für alle bedeute.

Frau Rupp nahm den Herren Hüte, Mäntel und Stöcke ab und bot ihnen Stühle an. Bevor sie Platz nahmen, reichten sie jedem die Hand. Auch mir.

Katharina, die Tochter der Familie Rupp, und ich verzogen uns auf die Holzkiste. Der Müller stellte jedem Gast ein Weinglas hin und goß ihnen ein. Pfarrer Boettigers gewandtes und gewinnendes Auftreten und Friedrich Kiefers volksnahe Art überwanden schnell die anfängliche Beklommenheit und schüchterne Sprachlosigkeit der Tischrunde. Nach wenigen Minuten war ein angeregtes Gespräch im Gange. Die Herren lobten den Wein des Müllers wegen seiner Klarheit und goldgelben Farbe und der angenehmen Süffigkeit. Besonders Herrn Kiefers Lob war dem Hausherrn viel wert, weil der Gerichtsmann von Beruf Wirt und Eigentümer des Gasthauses "Zum Goldenen Löwen" war. Er galt als besonderer Weinkenner und als sehr ehrlich. Schlechten Wein würde Herr Kiefer niemals gelobt haben.

Mitten im angeregten Gespräch wandte sich Pfarrer Boettiger mir zu: "Johannes, ich möchte mit deinem Vater und dem Ehepaar Rupp etwas besprechen, was zunächst nicht für deine Ohren bestimmt ist. Bitte gehe in deine Kammer, bis du gerufen wirst."

Ich verschwand und wartete gespannt. Dabei überlegte ich angestrengt, ob etwas von meinen zwar harmlosen, aber doch nicht ganz astreinen Taten entdeckt worden sein könnte. Mir fiel allerlei ein. Auf meinem Bett sitzend verbrachte ich eine lange bange Wartezeit. Danach holte mich Katharina in die Küche herunter. Dort wandte sich Pfarrer Boettiger sogleich an mich: "Hans, was ich dir jetzt sage, habe ich mit deinem

Vater und Familie Rupp besprochen und nun will ich deine Meinung hören. Ich habe dich als wissensdurstigen Jungen kennengelernt, dem der Herrgott einen aufnahmefähigen Geist mitgegeben hat. Deshalb bin ich bereit, dir einige Jahre hindurch in meinem Hause Privatunterricht zu erteilen. Du müßtest es allerdings selbst wollen und bereit sein, auf vieles zu verzichten, was die Freizeit deiner Altersgenossen ausfüllt. Überlege es dir gut. Willst du das?"

Ich sah meinem Gegenüber fest in die Augen und antwortete: "Dazu bin ich mit Freuden bereit, Herr Pfarrer. Ich verspreche, daß ich mir stets große Mühe geben werde." Der Geistliche klopfte mir auf die Schulter und sagte: "Nun setze dich wieder auf deinen Platz. Ich glaube, du wirst an dieser Art des Lernens viel Freude haben. Diese Freude wird dich für flachere Vergnügungen mehr als entschädigen. Es wird nicht wie in der Schule sein, sondern völlig zwanglos und auch unterhaltsam. Du wirst zu uns in die Wohnung kommen. Meine liebe Frau, mit der ich selbstverständlich alles besprochen habe, wird sich hin und wieder an unseren Gesprächen beteiligen. Ich nehme an, du kennst das Haus am Bach an der Ecke zur Wurstgasse, in dem wir wohnen.

Wenn es abends länger dauert, wirst du mit meiner Frau, unserer Haushälterin und mir zu Abend essen, und ich werde dich persönlich daheim abliefern, damit dich keine Nachtpatrouille einfängt. Du brauchst nichts mitzubringen, außer deiner Schiefertafel, einem Griffel und einer Tasche."

Der Beginn des ersten Unterrichts wurde auf den späten Nachmittag des nächsten Mittwochs festgesetzt.

Die Herren blieben noch lange sitzen. Frau Rupp stellte Brot, Wurst und Schmalz auf den Tisch. Pfarrer Boettiger sprach ein kurzes Tischgebet. Dann griffen alle dankbar zu. An dem vereinbarten Mittwoch gingen mir nach Schulschluß die Arbeiten in den Ställen besonders leicht von der Hand.

Auf Frau Rupps Wunsch hatte ich mich in der Badstube angemeldet. Unter der Woche mußte ein Bad vorher bestellt

werden, weil der Bader wegen der Holzknappheit nur an den Wochenenden ständig warmes Wasser bereitzuhalten hatte. Bader Peter Janson fragte mich bei der Anmeldung erstaunt: "Mitten in der Woche willst du baden? Gibt es dafür einen besonderen Grund?"

Ich sagte sehr wortkarg nur ja. Die Behandlung mit Wasser, Bürste und Schmierseife lohnte sich. Strahlend vor Sauberkeit verließ ich die Badstube. Im Pfarrhaus nahm mich die Haushälterin in Empfang. Sie ging voraus und kündigte mich an: "Herr Pfarrer, ich melde das Eintreffen des besagten Knaben." Dann schob sie mich behutsam ins Zimmer. Jetzt stand ich vor meinem zukünftigen Magister.

Der Pfarrer behandelte mich von Anfang an gar nicht wie ein Kind. Er erhob sich höflich, kam mir entgegen und reichte mir die Hand: "So, da bist du also, Johannes, mein junger Studiosus."

Mir fiel erst hier auf, wie großgewachsen Herr Boettiger war. Er trug seinen üblichen, langen, schwarzen Gehrock. Die Haare fielen ihm in kunstvoll gerollten Locken über eine gefältelte weiße Halskrause. Im Ausschnitt seines Rockes sah ich ein geknotetes weißes Seidentuch.

"Wir wollen uns setzen", sagte er und wies mir einen bequemen Stuhl mit Polstersitz zu. Schnell sah ich mich im Zimmer um. Durch die beiden Fenster blickte man über den Walzbach hinweg auf die gegenüberliegenden Häuser und den steilen Hang. Als erstes betrachtete ich die Zimmerdecke. Die Balken waren mit einer schneeweißen Masse verkleidet, und dazwischen waren wunderbare Ornamente angebracht, die aus dem gleichen weißen Material bestanden. Sie wirkten wie ein Rankenwerk. So etwas hatte ich noch nie gesehen. In der Mitte der Decke war ein kreisrundes Feld eingearbeitet, in dem die Buchstaben "IHS" (*Christusmonogramm*) zu lesen waren. Herr Boettiger saß an einem großen polierten Tisch, auf dem allerlei Schriftstücke lagen und eine Schreibgarnitur mit Tintenfaß, Federkiel und Sandbüchse stand.

Auf meinem Stuhl saß ich bequemer, als daheim auf der Holzkiste. Nun sprach mich der Herr Pfarrer an: "Fühle dich von nun an hier heimisch und ungezwungen. Ich werde dein väterlicher Führer in neue geistige Gefilde sein. Wie wir vorgehen, habe ich mir genau überlegt." Hier wurde er unterbrochen. Aus dem anderen Zimmer trat seine Frau ein und kam auf mich zu: "Das ist also der lernbeflissene junge Mann. Willkommen." Ich sprang auf und streckte ihr die Hand hin. Erst später erfuhr ich, daß ich nach vornehmer Etikette hätte abwarten müssen, bis mir die Dame ihre Hand darbot. In den höheren Gesellschaftskreisen gelten die Frauen offenbar sehr viel, während sie sich im dörflichen Alltag der Herrschaft der Männer ohne Widerrede unterwerfen müssen. Frau Boettiger sagte: "Ich freue mich für dich, Johannes – oder ruft man dich Hans?"

"Alle nennen mich nur Hans", antwortete ich.

Frau Boettiger verließ uns wieder und der Pfarrer begann mir zu erklären, wie der Unterricht während der nächsten Jahre ablaufen werde.

"Beginnen müssen wir mit der Schreibkunst. Auf der Schiefertafel kann niemand eine gefällige Schrift erlernen. Dazu brauchen wir Federkiel und Tinte. Auch wie man eine Feder mit dem Federmesserchen richtig kerbt und spitzt, ist ein Teil dieser Kunst. Wir werden uns Aufsätzen und Briefen zuwenden. Dabei kommt es darauf an, immer das treffende Wort zu finden und logisch aufgebaute, nicht zu lange Sätze zu bilden. Deine Schreibe darf weder hochtrabend, noch banal oder gar vulgär sein. Vor dem Schreiben muß man seine Gedanken ordnen. Ich muß hin und wieder amtliche Verlautbarungen und Gerichtsprotokolle lesen, die in jammervoller Weise gegen die einfachsten Regeln verstoßen. Das richtige Lesen will ebenfalls gelernt sein. Man muß mit dem Verstand lesen und nicht nur mit den Augen. Von Satz zu Satz muß man den Sinn des Geschriebenen erfassen. Das klingt so einfach und ist doch schwer. Vom Inhalt eines richtig gelesenen Buches hast du mehr Nutzen, als vom oberflächlichen Überfliegen der Druckerschwärze eines ganzen Bücherschrankes.

Das richtige Lesen und Schreiben werden wir dadurch verbinden, daß ich dir nach und nach geeignete Lektüre mitgebe, deren Einzelabschnitte du zu Hause in aller Ruhe kurzgefaßt in deine eigenen Worte übertragen wirst. Feder und Tinte erhältst du von mir. Um deine freie Rede zu verbessern, werden wir auch Lehrgespräche miteinander führen." In diesen Gesprächen weihte mich der Pfarrer im Laufe der Jahre meinem jeweiligen Wissensstand entsprechend in vielerlei Themen der Geschichte, der Menschenkunde, der Religion und der Literatur ein.

Viel später durfte ich nach gehöriger Vorwarnung sogar das Buch "Die Leiden des jungen Werther" lesen. Das Buch war weit verbreitet. Dieser "Werther" war bekannter als Goethe selbst. Belesene Leute sagten dem Verfasser des Briefromanes Johann Wolfgang Goethe eine große Zukunft voraus.

Von dieser Zeit an verging selten eine Woche, in der ich nicht zweimal beim Pfarrer war.

Was er vorausgesagt hatte, trat ein. Die Nebel und Schleier vor meinem geistigen Auge lichteten sich, und ich stieß in Gebiete vor, von deren Vorhandensein ich bis dahin nichts geahnt hatte.

Zum Schreiben, Lesen und Lernen blieb mir genug Zeit, weil mich Vater und die Müllersleute von unnötiger Arbeit verschonten.

## Ende der Schulzeit und Beginn der Müllerlehre

Die Fortbildung durch Pfarrer Boettiger hatte Jahre hindurch meine Kraft und Freizeit voll beansprucht. Trotzdem erfuhr ich von einigen Vorfällen, die im Dorf für Gesprächsstoff gesorgt hatten. Von solchen Ereignissen, die sich in der Zeit zwischen meinem ersten Besuch beim Pfarrer und dem Antritt der Müllerlehre abspielten, will ich kurz berichten. Ich schrieb bereits, wie eintönig unser Leben dahinschlich, und daß deshalb auch unangenehme Geschehnisse als willkommene Unterbrechung der öden Langeweile aufgenommen wurden. Das galt selbstverständlich nicht für die jeweils Betroffenen.

Gerade weil so vieles verboten und so wenig erlaubt war, versuchte besonders die Jugend des Fleckens allen Strafandrohungen zum Trotze die ihr angelegten Fesseln zu sprengen.

Von Pfarrer Boettiger hatte ich erfahren, daß schon im heidnischen Rom über die Zügellosigkeit der jungen Leute geklagt wurde. Ich will kein Prophet sein, aber ich glaube, daß sich die jungen Menschen selbst in Hunderten von Jahren nicht anders verhalten werden. Zwei Male mußten junge Leute wegen unerlaubten Gesanges büßen. Der zwanzigjährige Melchior Martin saß eines Samstags nach langer schwerer Arbeit mit zwei Freunden beim Weine. Als der Wirt abbot, tranken die drei Burschen zu langsam aus und waren deshalb erst nach der Polizeistunde auf dem Heimweg. Unterwegs sangen sie. Ein Gerichtsmann zeigte sie an. Es gab eingehende Verhöre.

Das Urteil schellte der Büttel im ganzen Dorf aus. Den Melchior Martin erwarteten als Vorsänger "zwanzig wohlabgemessene Schläge ad posteriore" (*auf das Gesäß*). Die beiden Mitsänger kamen mit je zwölf Schlägen davon. Martin kochte vor Wut. Zu mir sagte er im Vertrauen: "Das werde ich denen nie vergessen. Eines Tages zahle ich es ihnen zurück."

Den Bürgersöhnen Franz Dörr und Heinrich Rohrbacher wäre es noch viel schlechter ergangen, wenn sich niemand für sie eingesetzt hätte. Ihnen wurde vorgeworfen, aufrührerische Lieder gesungen und dabei wie die Esel gegrölt zu haben. Das Strafverfahren gegen sie zog sich lange hin. Vermutlich mußten ihre Väter eine Herrschaftsstrafe zahlen.

Ein Ereignis machte schnell die Runde durchs ganze Dorf. Ein fünfzehnjähriger Jungknecht hatte sich mehrmals dazu mißbrauchen lassen, seine angeblich kranke junge Herrin im

Bett zu lausen, während der Bauer in der Kirche war. Nach dieser Gefälligkeit hatte er sich stets Wurst und Schinken zustecken lassen. Der dumme Junge prahlte in der Öffentlichkeit mit diesen lausigen Vorgängen. Der Bauer erfuhr davon und überraschte die beiden, als er einmal früh aus der Kirche kam.

Es gab Verhandlungen vor dem Ortsgericht. Der Knecht erhielt zwei Wochen Turmarrest. Mit der Frau machte es der Bauer selbst ab.

Welch hartes Los manche Frauen zu ertragen haben, mußte ich oftmals hören. Ich halte es für eine männliche Anmaßung, wenn behauptet wird, die Ehemänner seien verpflichtet, ihre Frauen mit harter Hand streng zu erziehen. Sehr hart war die Hand des seinerzeitigen Kronenwirtes, der das ihm angertraute Weib so erbarmungslos "erzog", daß es mit Knochenbrüchen und schweren Verletzungen innerer Organe zusammenbrach und starb. Die Erregung im Dorf war groß. Der Wirt floh, noch ehe der Gendarm ihn handfest machen konnte.

Die Freijäger, der Gendarm und der Büttel suchten tagelang jedes Haus und jede Scheune nach ihm ab. In jeden Strohhaufen stachen sie mit spitzen Stangen. Auch bei uns in der Mühle schauten sie in jeden Winkel und hinter jeden Getreide- und Mehlsack. Die Nachsuche war vergeblich. Der Totschläger blieb für immer unauffindbar.

Der Gerichtsschreiber ist in jedem Ort eine wichtige Persönlichkeit. Er schreibt nicht nur, sondern er berät auch das Ortsgericht. Der erste Schreiber, den ich kannte, hieß Johann Jacob Lang. Er stammte aus Reilingen. Der Mann galt als schlauer Fuchs und war amtserfahren. Anfangs des Jahres 1782 muß es gewesen sein, als er Weingarten fluchtartig verließ. Er kehrte niemals mehr zurück. Die Gründe seiner überstürzten Flucht wurden nie bekannt. Gerade deshalb machten die seltsamsten und abwegigsten Vermutungen die Runde.

Der junge Mann galt als erfolgreicher Schürzenjäger. Ich

hörte, daß ihn einige Männer um sein Glück bei den Mädchen beneideten, und daß ihm manche Mädchen übelnahmen, nie sein Glück bei ihnen versucht zu haben.

Amtsnachfolger des Geflüchteten wurde der sauertöpfische Franz Brackenheimer.

***

Im April des Jahres 1782 endete meine sechsjährige Volksschulzeit. Das für mich zu entrichtende Schulgeld hatten je zur Hälfte mein Vater und der Müller aufgebracht.

Obwohl mir die Schule seit dem Unterrichtsbeginn beim Pfarrer nicht mehr viel geben konnte, war mir in der letzten Unterrichtsstunde doch wehmütig ums Herz. Ein wichtiger Lebensabschnitt war zu Ende. Ich war der einzige Junge, der schon lange keine Schläge mehr bekommen hatte, obwohl Lehrer Mößner fleißig prügelte.

Nun hatte ich eine Stufe zwischen Kindheit und Erwachsensein erreicht. Volljährig ist man ja erst mit fünfundzwanzig Jahren.

Während der letzten Schulstunde wurden uns Entlaßschülern die Zeugnisse ausgehändigt. Darin wurden nur Betragen, Fleiß und die Zahl der Schuljahre bescheinigt. Die Konfirmation, die Pfarrer Boettiger in unserer Kirche vornahm, war sehr feierlich. Danach gab es bei Familie Rupp besonders gutes Essen, und wir saßen noch einige Stunden gemütlich bei Kaffee und Kuchen beisammen.

Am nächsten Tag begann meine Müllerlehre. Herr Rupp und mein Vater führten mich überall in der Mühle herum. Dabei wiesen sie mich auf Gefahrenstellen hin und erklärten mir hauptsächlich all die Arbeiten und Pflichten, die ich als Anfänger übernehmen sollte.

Zuerst gingen wir zum Wehr und zum Mühlrad. Ich habe den Müller selten so viel reden hören, wie hier zu meiner Einführung. Er begann ernst und feierlich so: "Du wirst jetzt in die Fußstapfen deiner Vorväter treten und Müller werden. Dein Vater hat sich dazu entschlossen, und du hast dich seinem Wunsche willig unterworfen. Im Laufe deiner Lehr- und Gesellenjahre wirst du langsam in die Fertigkeiten und Überlieferungen eines uralten Handwerks hineinwachsen."

Herr Rupp fuhr fort: "Es gibt Wasser- und Windmühlen. Durch unser Dorf fließt der Walzbach. Wir sind deshalb nicht auf den launischen Wind angewiesen und können Wassermühlen betreiben. Du wirst wissen, daß wir im Flecken drei Getreidemühlen, einen durch Wasser angetriebenen Ölschlag und eine Lohmühle haben, in der vornehmlich aus Eichenrinde Gerberlohe hergestellt wird. Ich sagte, der Wind sei launisch. Aber glaube mir, auch das Wasser hat seine Tücken."

Im Anschluß daran erklärte mir Vater sehr eingehend, was bei Hochwassergefahr am Wehr und am Rechen zu tun ist, um schwere Schäden am Mühlrad und gefährlichen Wasserstau vor dem Rechen zu verhüten. Der Müller fügte hinzu: "Unser Walzbach schwillt bei starken Regengüssen blitzschnell an, weil sich überall von den steilen Hängen her Sturzbäche ins Tal ergießen."

Schon ein Jahr später erlebte ich das erste Hochwasser. Es war Frühsommer. Gewitterschwüle lastete drückend auf Mensch und Tier. Mittags türmten sich von Westen her dunkle Wolkenberge vor dem Hintergrund eines giftiggelben Himmels. Vater litt an diesem Tage unter einem Schwächeanfall und lag krank im Bett. Der Müller und ich traten auf die kleine Brücke hinaus, die vom Mühlenhof her über den Walzbach führt. Mit sorgenvollem Gesicht sagte Herr Rupp: "Junge, da braut sich ein gefährliches Unwetter zusammen. Es sieht nach Hagel aus. Auch ein starker Gewitterregen ist zu erwarten."

Wir gingen in die Mühle. Plötzlich prasselte Hagel vom Himmel. Die Eisbrocken waren so groß wie Walnüsse. Im Augenblick waren draußen die Gärten und Wege mit grauweißem Hagel übersät.

Schlagartig wie der Hagel eingesetzt hatte, hörte er auf, und der vorhergesagte Wolkenbruch rauschte hernieder.

Der Müller rief: "Jetzt müssen wir uns sputen. Auf zum Wehr!" In großer Eile sprang er die Treppe hinunter auf den Hof. Dort rutschte er auf dem Hageleis aus und stürzte in seiner ganzen Länge hin. Stöhnend lag er im eisigen Wasser, rang nach Luft und konnte nicht mehr aufstehen.

Ich wollte ihm behilflich sein, aber der Mann war für mich viel zu schwer. Schnell lief ich ins Wohnhaus und rief nach Frau Rupp. Keine Antwort. Schließlich fand ich sie im Keller. Gemeinsam schleppten wir den Müller ins Haus. Er klagte über starke Schmerzen im rechten Knie. Es verging viel kostbare Zeit, bis wir ihn auf eine Bank gehoben hatten. Frau Rupp holte für ihren Mann trockene Kleidung. Dann durfte ich endlich zum Wehr gehen.

Der Bach war inzwischen schon angeschwollen. Schnell öffnete ich den seitlichen Durchlaß, welcher das Wasser durch den Nebengraben am Mühlrad vorbeileitet. Jetzt mußte ich noch das Wehr vor dem Mühlrad schließen. Irgend etwas hatte sich verklemmt. Ich arbeitete mit größter Anstrengung. Als ich das geschafft hatte, ging ich zum Rechen, der das große Treibgut abzufangen hat.

Während meiner Arbeit blitzte und donnerte es Schlag auf Schlag. Das Unwetter stand direkt über Weingarten. Der Rechen war bereits stellenweise mit Grasbüscheln, Zweigen und allerlei Holz zugeschwemmt. Die reißende Flut preßte alles mit großer Kraft gegen die Stäbe. Ich befürchtete schon, meine Kräfte würden nicht ausreichen, den Rechen freizumachen. Zu guter Letzt hatte ich Erfolg. Bis auf die Haut durchnäßt lief ich ins Haus. Der Müller fragte sofort: "Hast du das Wehr umgestellt und den Rechen gereinigt?"

Ich berichtete von meiner Arbeit. "Danke Hans", sagte er. "Du warst unerschrocken und mutig. Mit meinem Bein ist es zwar nicht gar so schlimm, wie es schien, aber helfen hätte ich dir nicht können. Wahrscheinlich hast du mich vor großem Schaden bewahrt. Unser unterschlächtiges Mühlrad hätte durch das Hochwasser, was jetzt aufkommt, schwer beschädigt werden können. Bei ungereinigtem Rechen wäre der

Bach oberhalb der Mühle sehr bald übers Ufer getreten. Zieh dich jetzt aus. So durchnäßt könntest du dir den Tod holen."

In der Folgezeit klagten die Bauern und Winzer über Hagelschäden. Auf den Salatwiesen, im Dörnig und auf den Viehwiesen verkam das Gras in großen Wasserlachen, die nicht versickern wollten. Auch einige Äcker sahen lange Zeit wie flache Seen aus.

Nach dem Unwetter war der Boden in den Weinbergen dicht mit Weinlaub bedeckt, das der Hagel heruntergedroschen hatte. Überall sprachen die Leute von nichts anderem, als von einer bevorstehenden Mißernte auf den Feldern und dem teilweisen Ausfall der Weinlese.

Das Maß des Unglücks schien voll, als der folgende Winter klirrenden Frost brachte. Die meisten Reben erfroren so, daß sie im Frühjahr dicht über dem Boden abgehauen werden mußten. Bis die jungen Austriebe wieder eine volle Ernte lieferten, verging mehr als ein Jahr.

Die Winzer hatten für ihre Weingärten nur zu zahlen, ohne daß sie daraus auch nur einen roten Heller einnehmen konnten. Im nächsten Jahr ging kurz vor der Getreideernte ein neuer Hagelschlag nieder, der die reifen Ähren auf den Feldern ausdrosch.

Der Zehnte brauchte zwar nicht abgeliefert zu werden, aber alle Abgaben, die auf dem Grund und Boden der Felder, Wiesen und Weingärten ruhten, wurden rücksichtslos eingefordert. Nach langem Bitten und Feilschen gestand die Hofkammer dem Weingartener Schultheiß einen geringen Abgabennachlaß zu. Die Not im ganzen Ort war groß. Nach dieser Mißernte gab es in den Weingartener Mühlen nichts zu mahlen und nichts zu verdienen.

In das Müllerhandwerk hatte ich mich schnell eingearbeitet. Ich mußte allerdings feststellen, daß die Arbeit nicht so leicht ist, wie jeder Laie glaubt.

Das Einstellen des richtigen Abstandes der Mühlensteine ist eine besondere Kunst. Man muß sie beherrschen, um nach Art und Qualität das gewünschte Mehl herstellen zu können.

Auch das Schärfen der Mühlsteine, Pflege und Reparatur der Treibriemen und des Räderwerkes und alles, was mit der Mehlabgabe und dem Verkauf zusammenhängt, will gelernt sein. Die arbeitsarme Zeit, die wir nach der Mißernte durchzustehen hatten, fiel in mein sechzehntes Lebensjahr. Weil auch bei stehender Mühle immer jemand dasein mußte, hatte ich bis zum Überdruß "Mühlenwache" zu schieben. Wenn ich dort nicht spannenden Lesestoff gehabt hätte, wäre mir diese Zeit zur Ewigkeit geworden.

Ich las vieles, aber Goethes "Werther" verschlang ich geradezu. Die starken Gefühle des Romanhelden konnte ich allerdings noch nicht voll nachempfinden, weil ich Liebe und Eifersucht, die dem Romanhelden den Verstand rauben, noch nicht aus eigener Erfahrung kannte. Ich hielt den Burschen für albern und viel zu empfindsam.

Schon ein Jahr später hätte ich das Buch vermutlich mit andern Augen gelesen, weil sich zu der Zeit bereits meine große Liebe zur Löwenwirtsmagd Lisa Lamm anzubahnen begann. Über diese Liebe, die Lisa und mich bis heute verbindet, wird noch viel zu berichten sein, zumal sie auf eine harte Probe gestellt wurde. Ich meine hier die Verhöre und Bestrafungen, denen wir ausgesetzt waren, als man uns frevelhaften und unkeuschen Verhaltens bezichtigte.

***

Die Krankheit meines Vaters wurde immer ernster und bedrohlicher. Wenn ihn Erstickungsanfälle quälten, befürchtete ich das Schlimmste. In der Mühle konnte er nicht mehr viel helfen. Die Arbeit, die früher drei Männer verrichtet hatten, lastete nun allein auf dem alten Müller und mir. Zwangsläufig wurde ich das, was man eine "volle Kraft" nennt.

Ich lernte, daß man zum Tragen von Säcken und Mehlwannen nicht nur rohe Kräfte, sondern auch aus Erfahrung und Übung gewonnene Geschicklichkeit braucht. Diese Geschicklichkeit erwarb ich mir.

Wenn es die Verhältnisse erforderten, konnte ich nun den Müller ersetzen. Das Ehepaar Rupp zeigte sich erkenntlich und steckte mir ab und zu einen Gulden in die Tasche. Vom Pfarrerehepaar erhielt ich zu meinem sechzehnten Geburtstag ein großzügiges Geschenk. Frau Boettiger sagte: “Junger Mann, du bist aus deiner alten Kleidung herausgewachsen. Ärmel und Hosenbeine sind gut einen halben Schuh zu kurz geworden. Alles ist verschlissen. Der Herr Pfarrer hat beschlossen, daß ich dir achtzehn Gulden geben soll. Frau Rupp werden wir bitten, mit dir übers Feld zu gehen, um dich in Durlach wenigstens für die Sonn- und Feiertage von Kopf bis Fuß neu einzukleiden. Wir kennen dort eine große Tuchhandlung und Schneiderwerkstatt.”

Am nächsten Morgen machten sich Frau Rupp und ich frühzeitig auf den Weg ins Badische. Mit dem Wetter hatten wir Glück.

Der Schneider hatte für einen Burschen eine Art Wertherkluft angefertigt, die dieser jedoch nicht abholen und bezahlen konnte, weil ihn die Obrigkeit wegen einiger Vergehen gefänglich eingezogen hatte. Diese Kluft bot uns der Meister an. Mir gefiel sie sehr.

Frau Rupp feilschte mit viel Geschick. Mir war das sehr unangenehm. Der Schneider jammerte, dieser Handel werde ihn an den Bettelstab bringen. Als er zum Schluß das Geld einsteckte, strahlte er jedoch wieder übers ganze Gesicht.

Ich zog mich gleich im Laden um. Die alten Lumpen ließen wir zum Bündel schnüren. Für die Mühlenarbeit waren sie noch gut genug.

Nach diesem glücklichen Einkauf machten wir uns auf den Heimweg. Im kleinen Wirtshaus zu Werrabronn kehrten wir ein und aßen dort unsere mitgebrachten Brote. Frau Rupp bestellte sich dazu ein Gläschen Wein. Ich begnügte mich mit kostenlosem Brunnenwasser, welches dort kristallklar aus einer Quelle sprudelt.

Zum nächsten Unterricht beim Pfarrer zog ich meine neue Kluft an. Als Herr Boettiger mich sah, rief er sogleich seine

Frau: "Christine, schau her. Der junge Werther ist da."

Die Farbzusammenstellung meiner neuen Kleidung entsprach zweifellos der Werthertracht in Goethes Roman. Was ich trug, war nur viel preiswerter.

Der Herr Pfarrer fragte mich, warum ich mir gerade eine Wertherkluft gewünscht habe. Ich sagte ihm ehrlich: "Ich habe sie nicht gewollt, weil Werther sie angeblich trug, sondern weil ich vom Händler erfuhr, daß sie heutzutage viele gebildete junge Männer bevorzugen."

Diese Auskunft genügte dem Pfarrer. In lehrhaftem Ton sagte er nun zu mir: "Ich stimme mit dem großen Preußenkönig Friedrich II., diesem Philosophen auf dem Throne, darin überein, daß der Mensch, der nie einen Sonntagsanzug trägt, allmählich auf die Stufe eines Tieres herabsinkt. Unsere Kleidung ist zwar etwas Äußerliches, aber zwischen derartigen Äußerlichkeiten und dem Innenleben des Menschen gibt es zweifellos Wechselwirkungen."

Ich mußte im Laufe der Zeit feststellen, wie sehr sich meine Mitmenschen durch Art und Qualität meiner Kleidung beeindrucken ließen. Man darf das den Leuten nicht verargen. Schließlich sieht jeder bei seinem Nächsten sofort die Jacke, aber erst viel später und oftmals nie das Herz.

Ich darf nicht verschweigen, daß ich mit meiner neuen Kluft nicht überall Bewunderung erntete. Der Müller meinte: "In meiner Jugend hätte sich niemand so auffällig gekleidet. Ein Müllerlehrling schon gar nicht. Die Farben erinnern mich an den Papagei vom letztjährigen Jahrmarkt."

Vater ergriff meine Partei: "Laß nur, Christian, Die Jugend ist anders als die Alten."

Daß ich mit meinem Kauf doch den Geschmack unserer Zeit getroffen hatte, bewies mir folgender Vorfall. Wenige Tage nach Anschaffung der Werthertracht kam an einem Sonntag der Untergrombacher Obermüller mit seiner Frau und zwei Söhnen zu uns zu Besuch. Meine Eltern verband von jeher eine enge Freundschaft mit diesen Leuten. Einer der Untergrombacher Buben war in meinem Alter, der andere nur wenige Jahre älter. Sie sahen mich in der Werthertracht.

Als die Müllersleute nach einigen Wochen wieder zu uns kamen, erschienen beide Söhne in Wertherkluft.

Unter Pfarrer Boettigers Anleitung konnte ich mich beinahe drei Jahre ohne Unterbrechung und Störung meinem Studium widmen. In diesem Unterricht gab es keinen Leerlauf. Leider mußte er plötzlich abgebrochen werden.

Im Sommer des Jahres 1784 eröffnete mir der Pfarrer, die hohe Kirchenobrigkeit habe ihn zur Übernahme einer großen Stadtgemeinde verpflichtet und deshalb aus Weingarten wegversetzt. Auf die neuen, größeren Aufgaben freue er sich, aber die abrupte Beendigung seiner erfolgreichen Bildungsarbeit an einem hoffnungsvollen jungen Menschen bedauere er sehr. Mein Lerneifer habe ihm sein Vorhaben leicht gemacht. Den sichtlichen Erfolg betrachte er als Lohn für seine Bemühungen.

Boettigers Nachfolger in Weingarten hieß Textor. Der neue Pfarrer war zwar als Mensch untadelig, in seinem geistlichen Amt eifrig und mit den einfachen Leuten bestimmt noch enger verbunden, als sein Amtsvorgänger, aber an eine Fortführung meiner Ausbildung durch ihn war aus verschiedenen Gründen nicht zu denken.

Pfarrer Textor verfügte vor allem nicht über so viel Zeit wie sein Vorgänger. Er mußte sich hauptsächlich von seiner Hände Arbeit ernähren.

In der Wohnung des Ehepaares Boettiger gab es aus Anlaß der Versetzung und des Unterrichtsendes eine kleine stille Feier. Als Abschiedsgeschenk drückte mir der Pfarrer drei lesenswerte Bücher in die Hand. Zwei Bände stammten aus der Feder Grimmelshausens.

Aus mir war in den letzten Jahren ein anderer Mensch geworden. Wenn ich mit Leuten ins Gespräch kam, konnte ich ohne Überheblichkeit feststellen, daß ich ihnen trotz meiner Jugend – ich war noch keine siebzehn Jahre – in vieler Hinsicht überlegen war. Ich vermied es, meine "Weisheit" anderen aufzudrängen. Aus Überzeugung unterließ ich alles, was man hätte als Eigenlob oder Prahlerei deuten können. Ich hatte nämlich längst aus manchen Gesprächen erfahren, daß es genug Leute im Flecken gab, denen Gott einen wachen Geist mitgegeben hatte. Diese guten Anlagen entbehrten nur oftmals jeglicher Ausbildung und verkümmerten deshalb.

Man plauderte gern mit mir. Oftmals lud mich jemand in eine Wirtschaft zum Kaffee oder zu einem Schoppen Wein ein. Weil ich nun über etwas mehr Freizeit, aber kaum über eigenes Geld verfügte, nahm ich solche Gefälligkeiten gern an. Diese Wirtshausbesuche hinderten mich jedoch nicht daran, die mir geschenkten Bücher aufmerksam zu lesen. Grimmelshausens "Landstörtzerin Courasche" las ich sogar mehrmals. Das vom selben Verfasser stammende Bändchen "Der seltsame Springinsfeld" beschäftigte mich ebenfalls lange Zeit.

Es gab auch Zeitgenossen, die Neid und Mißgunst nicht verhehlen konnten. Von ihnen hörte ich, daß ich trotz aller "Gelahrtheit" stets ein Müllerlehrling oder Mühlenknecht bleiben werde, oder daß sie gern erfahren würden, ob mir mein Wissen etwas nützen werde, wenn mich der Büttel eines Tages vor dem Rathaus über den Bock legen müsse. Einer, der zu den Wohlhabenden gehörte, war der Meinung, ein Säckchen voller Gulden sei mehr wert, als all meine Bücherweisheiten. Er fragte, was mir mein Wissen bisher eingebracht habe.

Ich ließ mich durch derlei Redensarten nicht beirren, sondern ich war stolz darauf, daß ich gelernt hatte, über den Augenblick hinaus zu denken.

Über die Anspielungen auf meine mangelhaften Kenntnisse des Alltagslebens im Flecken dachte ich ernsthaft nach. Die Leute hatten recht. Mein Leben hatte sich jahrelang nur zwischen Mühlenarbeit und Studium abgespielt.

Ich wußte deshalb viel zu wenig von den Vorgängen im Flecken, vom Leben meiner Mitmenschen in der Gemeinde, von ihrem Denken und Fühlen, von ihren Mühen und Plagen und ihren kleinen Freuden. Alles unterschied sich gründlich von der Lebenssphäre eines Goethe und anderer bekannter zeitgenössischer Schriftsteller.

Mir waren auch die Schliche und Tricks unbekannt, die jeder kennen muß, um all den Stolpersteinen und Fallstrikken ausweichen zu können, die eine überaus gestrenge Obrigkeit mit vielfältigen und dehnbaren Polizeiverordnungen auf dem Lebensweg ihrer Untertanen von der Wiege bis zur Bahre ausgelegt hat.

Die Kunst des geschickten Umgehens solcher Hindernisse muß man beherrschen, wenn man nicht allzu schnell im Armsünderstübchen, am Pranger, im Zuchthaus oder auf dem Prügelbock landen will.

Trotz unbestreitbarer Lücken in meiner Lebenserfahrung waren die Jahre meines Studiums auch jetzt für mich nützlich. Die genossene Schulung ermöglichte es mir, das nun Gehörte und Erlebte um so leichter mit Abstand zu betrachten und richtig einzuordnen. Hautnahe Nebensächlichkeiten verstellten mir nicht mehr den Blick auf größere Zusammenhänge.

An einem Sonntag luden mich mein Jahrgangs- und Schulkamerad Ludwig Reuter und sein Vater, der Schneidermeister Caspar Reuter, zum Wein in den "Goldenen Löwen" ein. Der Ludwig war Schneiderlehrling und wollte einmal die väterliche Werkstatt übernehmen.

Bei uns in Weingarten liegen die fünf großen Schildwirtschaften (*ständige Gasthäuser mit Wirtshausschild*) in einer Reihe an der westlichen Seite des Marktplatzes. Die Wirtshausparade beginnt nördlich des Walzbaches mit dem "Lamm". Auf der anderen Bachseite liegt die "Krone". Auf sie folgen das "Kreuz" und der "Adler". Die Reihe endete damals noch mit dem "Goldenen Löwen". Er lag vor dem Brande zwischen der Krämerei Nonnella und der Hofreite des Zöllners Bagatti an der Innenkurve zwischen dem Marktplatz und der nach Durlach führenden Straße.

Vater und Sohn Reuter waren auf ihren Stammsitz am runden Tisch im “Goldenen Löwen” stolz. Seit vor wenigen Monaten der ehemalige kurkölnische Truppenhauptmann Ferdinand Horn in ehrwürdigem Alter das Zeitliche gesegnet hatte, war dieser Platz freigehalten worden, den man mir jetzt zuwies.

Vater Reuter sagte in der Wirtsstube zu mir: “Hier, wo der Herr Hauptmann, Gott habe diesen Freund eines guten Tropfens selig, zwei Jahrzehnte saß, schwieg und seine Schoppen schlotzte, ist jetzt dein Platz. Meine Tischgenossen sind einverstanden.” Dann führte er mich in die Stammtischrunde ein. Wortführer war dort der kluge und redegewandte Webermeister Hill. Dem noch sehr jungen Gemeindediener Schöffler verliehen die amtliche Uniform und seine dienstliche Nähe zum Ortsoberhaupt großes Gewicht. Amtskellereihausmeister Guthier schrieb man großen Einfluß auf den Herrn Amtskeller zu, und Hutmacher Anton Lang war sehr wohlhabend. Die Ehre, in dieser Runde sitzen zu dürfen, mußte ich mir erst nachträglich mit meinen Diskussionsbeiträgen verdienen. Man erwartete von mir viel zu viel. Um die tatsächlich engen Grenzen meiner “Weisheit” in Gemeindesachen nicht sichtbar werden zu lassen, hörte ich oftmals schweigend zu, um mich erst zum Schluß aufgrund des Gehörten zu äußern.

Ein junges goldiges Mädchen mit langen blonden Zöpfen nahm Caspar Reuters Bestellung entgegen. Jacob Schöffler bemerkte zu mir gewandt: “Hast du gesehen, wie dich die Kleine angeschaut hat? Ich glaube, du gefällst ihr.”

Ich antwortete unter Hinweis auf meine farbenfrohe Sonntagskluft: “Ihre Blicke galten wahrscheinlich meiner Kleidung und nicht meiner Person.”

Johannes Guthier gab zu bedenken: “Laßt diese Lisa Lamm noch ein oder zwei jahre älter werden. Ich wette, sie wird einmal eines der schönsten Mädchen im Ort. Dafür habe ich einen sicheren Blick.”

Zu meinen erschreckendsten Wirtshauserfahrungen ge-

hörte die Beobachtung, daß mancher im Rausch seine menschliche Würde verliert und sich tierisch verhält. Die Tiere mögen mir diese Bemerkung verzeihen.

Während ich an meinem Stammplatz saß, hockte um einen Nebentisch eine große Runde auswärtiger Fuhrleute. Die Männer mußten in Weingarten das Ende der Sonntagsruhe abwarten. Das taten sie offenbar nicht ungern.

Anfangs drangen von ihrem Tische Fetzen ganz vernünftiger Gespräche an meine Ohren. Je mehr die Leute aber tranken, desto lauter gröhlten sie. Jeder versuchte, die Tischgenossen zu überschreien und räsonierte dabei über etwas anderes. Keiner hörte auf das, was der auf ihn einredende "Gesprächspartner" sagte, und keiner schien sich an der Sinnlosigkeit solcher Diskussionen zu stören.

Trotzdem gerieten sie plötzlich in einen gefährlichen Streit. Ein Fuhrmann aus Straßburg fuchtelte mit seinem offenen Messer. Ein alter zottelbärtiger Kerl am Tisch der Streithähne nahm nichts von alldem zur Kenntnis. Er flennte still vor sich hin. Unter seinem Stuhl hatte sich eine Lache gebildet, die nicht von seinen Tränen herrührte.

Die hübsche Lisa, die uns gerade nachgeschenkt hatte, holte schnell den Wirt herbei. Wirt Friedrich Kiefer und Webermeister Hill, beides große bärenstarke Männer, stellten unter kräftigem Zugreifen die Ruhe wieder her. Der Straßburger und ein junger jähzorniger Mensch aus Mannheim sowie der Alte, der immer noch in seinen Vollbart heulte, mußten zahlen und die Wirtschaft verlassen. Dem Alten zog der Wirt einen zusätzlichen Rheinischen Florint (*Wert zwei Gulden und 20 Kreuzer*) für die Reinigung ab. Davon erhielt Lisa einige Batzen (*ein Batzen = vier Kreuzer*).

Ich beobachtete das reizende Mädchen bei der unangenehmen Arbeit. Sie ging mit zwei kurzen dicken Stecken, zwischen die sie einen Wischrupfen klemmte, so geschickt vor, daß sie sich die Hände nicht beschmutze. Trotzdem bedauerte ich sie und sprang ihr zu Hilfe. Vorsichtig trug ich den vollgesogenen Lappen an einem Stock vor die Tür, wo ich ihn mit den Schuhsohlen trocken trat. Das mußte ich mehrmals machen.

Ausgerechnet bei diesem ekelhaften Geschäft sahen wir uns erstmals tief in die Augen. Gern hätte ich ihr etwas Liebes gesagt, aber mein Mund blieb verschlossen. Nachher am Tisch meinte Hausmeister Guthier: “Hast du es jetzt auch bemerkt, wie hübsch die Kleine ist? Jedem beliebigen Weibe hättest du bei der Beseitigung der Sauerei bestimmt nicht geholfen.” Der Mann hatte recht.

Wenige Wochen später saß unsere Tischrunde wieder im “Löwen”. Bis Wachtmeister Digiser mit schweren Schritten hereinstampfte, hatte sich unsere Unterhaltung zäh dahingezogen. Der Uniformierte grüßte kurz in unsere Richtung und ließ sich sofort zwei Schnäpse einschenken, die er im Stehen hastig in sich kippte. Webermeister Hill sprach ihn an: “Philipp, setz dich zu uns. Ich zahl dir einen guten Schoppen. Gibt's was Neues im Heiligen Römischen Reich? Du schaust so bedrückt aus.”

Digiser lehnte die Einladung ab. “Keine Zeit. Die Kirchenräuber sind wieder unterwegs. In Odenheim haben sie sogar den Tabernakel geklaut. Ich muß unsere katholische Kirche ganz besonders bewachen. Dort gibt es am meisten zu holen. Außerdem ist mir nicht nach einer lustigen Runde zumute. Ich habe großen Ärger.”

Hill ließ nicht locker. “Die Einbrecher kommen nicht gerade in dem Viertelstündchen, das du an unserem Tisch verbringst. Erzähle deinen Freunden, was dich bedrückt. Geteilter Ärger ist halb so schlimm.”

Das leuchtete dem Wachtmeister ein. Schöffler zog einen weiteren Stuhl an unseren Tisch und Digiser nahm Platz. Hill bestellte den versprochenen Schoppen und Digiser berichtete: “Ihr wißt, daß meine Schwester Philippina vor Jahren den Johann Franck geehelicht hat. Ihn hat das Brettener Oberamt kürzlich zu zwei Wochen Turmarrest bei Wasser und Brot kondemniert (*verurteilt*). Die Gerichtsherren warfen ihm vor, er habe Zehntbetrug begangen. Anstatt des zehnten Teiles seiner guten Weinlese habe er der Kurfürstlichen Hofkellerei Abfälle geliefert. Gestern bat mich meine Schwester verzweifelt und weinend, ..” Hier unterbrach Jacob Hill den Wachtmeister: “Wie hat der Franck das gemacht? Ich bitte um Einzelheiten. Vielleicht kann man noch etwas lernen.”

“Er soll bei günstiger Gelegenheit, als er kurze Zeit unbeobachtet bei der Zehntbütt stand, verdorbenen Abfall hineingekippt haben. Diesen schweren Frevel hat er immer bestritten, aber er konnte seine Unschuld nicht beweisen. Gestern bat mich meine Schwester, ich solle meinen Schwager aus dem feuchten zugigen Turm ins Armsünderstübchen des Rathauses umquartieren. Der arme Mann sei sterbenskrank. Christmitleidig kam ich dieser Bitte nach. Auch wenn der Johann nicht mein Schwager gewesen wäre, hätte ich das getan. Ihr kennt mich ja. Kaum hatte ich die Arresttür hinter ihm abgeschlossen, machte sich Schwager Franck durchs Fenster aus dem Staube. Das hätte er mir nicht antun dürfen. Jetzt haben die Untersuchungen gegen mich begonnen. Ich weiß nicht, wie das enden wird. Weil ich mich nach Meinung der Obrigkeit schon mehrmals mangelnder Härte schuldig gemacht habe, muß ich nun mit unehrenhafter Entlassung aus dem kurpfälzischen Polizeidienst rechnen.”

Schon während Digisers Bericht hatte den Jacob Hill die Wut gepackt. Sein Gesicht war zorngerötet. Erregt polterte er los: “Arg ist es, was wir Bürger uns von dieser Sippschaft, die eine vom Herrgott eingesetzte Obrigkeit sein will, gefallen lassen müssen. Warum beweist das Oberamt nicht dem Franck, daß er betrügen wollte? Wie kann er nachweisen, daß er etwas nicht getan hat? Wir können doch nicht zu all unserem Tun einen Notar bemühen. Unsere Gesundheit ist diesen hohen Herren gleichgültig. Was schert es diese Leute, ob Johann Franck im Turm verreckt? Der Tag wird kommen, an dem sich das gequälte Volk gegen diese rücksichtslosen Unterdrücker erhebt.”

“Beherrsche deine Zunge”, sagte Anton Lang zum Webermeister. “Du hast zwar recht, aber du mußt das Maul halten.

Unser inniggeliebter Fürst und Herr will gehorsame Untertanen, die ihm in Unterwürfigkeit und Demut dienen, ganz gleich, was seine Kreaturen tun oder unterlassen." Bei der Erwähnung des Kurfürsten hatte sich Anton Lang spöttisch bis auf die Tischplatte hinuntergebeugt.

Guthier schlug vor: "Leute, reden wir von etwas anderem, von etwas Zulässigem. Wie wird morgen das Wetter?"

Hill wurde noch erboster: "Ja, übers Wetter dürfen wir frei schwatzen, aber die Stellen, an denen uns der Schuh schmerzhaft drückt, sollen wir schweigend übergehen.

Übrigens, wenn wir hier nicht unter uns wären, wenn zum Beispiel der schleimige Franz Wartz in der Nähe säße, dieser infame Spitzel, würde auch ich mein Maul halten. Ich bin doch nicht des Lebens überdrüssig, und ich muß für meine Familie schaffen. Ich sage euch, die Räuber, nach denen wir unsere Streifungen unternehmen, sind nicht so gefährlich wie jene, die über uns sind. Nicht nur in Frankreich gärt es."

Schöffler meinte: "Kommt Zeit, kommt Rat. Ich glaube auch, daß sich diese unguten Verhältnisse eines Tages ändern werden."

Jacob Hill fügte hinzu: "Sie werden sich nur ändern, wenn wir selbst die Dinge in die Hand nehmen."

Ich stimmte dem Webermeister innerlich zu, aber ich schwieg, weil ich mich als Jugendlicher nicht vorlaut einmischen wollte. Digiser trank seinen Schoppen aus und meinte augenzwinkernd, er habe nichts gehört und verabschiedete sich mit herzlichem Dank an den Spender.

Inzwischen war die Dämmerung hereingebrochen. Lisa stellte uns eine Kerze auf den Tisch. Als sie dabei ganz dicht neben mir stand, erfaßte mich eine ungewohnte Unruhe.

Unsere Gespräche wandten sich nun wieder den üblichen Nebensächlichkeiten zu. Leider wurden auch Zoten zum besten gegeben. Bald war es soweit, daß Friedrich Kiefer seiner Pflicht als Wirt nachkommen und abbieten (*die Polizeistunde ankündigen*) mußte. Wir brachen auf, und ich ging nachdenklich heim.

Johannes Franck starb wenige Jahre später an der Auszehrung.

Im Spätsommer ging es Vater zunehmend schlechter. Nur noch sehr selten konnte er das Bett verlassen. Nach einem seiner schweren Hustenanfälle schickte mich Herr Rupp zum Bader. Der Mann sollte an meinem armen Vater einen lindernden Aderlaß vollziehen.

Auf meinem Wege traf ich zufällig den Gemeindediener Jacob Schöffler, der mit der Schelle unterwegs war. Bei ihm stand der katholische Gerichtsverwandte Heinrich Vonderlöhr. Die beiden waren in ein angeregtes Gespräch vertieft. Der Gerichtsmann war schon beinahe siebzig Jahre alt, aber trotzdem noch im Amt. Weil er außer den Geistlichen der einzige Mann im Ort war, der einige Zeit studiert hatte, stand er in hohem Ansehen. Bei gerichtlichen Abstimmungen über Strafmaße trat er stets für ein mildes Urteil ein. Sein Sohn war in einer anderen Gemeinde Pfarrer. Weil der Gemeindediener mich vom Wirtshaus her kannte, sprach er mich an: "Hans, du kommst gerade recht. Wir reden über die preußischen Militärwerber, die sich zur Zeit im Flecken aufhalten. Sei auf der Hut. Sie haben es zwar vornehmlich auf etwas ältere Burschen abgesehen, aber wenn einer so lange Beine hat wie du, richten diese Menschenfänger auch schon ihre begehrlichen Blicke auf ihn, wenn er noch in deinen jungen Jahren ist."

Vonderlöhr fügte hinzu: "Du mußt gegenüber Fremden in Uniform und in bürgerlicher Kleidung äußerst mißtrauisch sein. Wenn es um Preußens Gloria geht, schrecken diese Leute vor nichts zurück. Laß dich nie von Fremden zum Trunke einladen. Steige nie in eine fremde Kutsche. Lieber laufe selbst bei schlechtestem Wetter stundenlang zu Fuß."

Neugierig fragte ich, ob etwas Besonderes vorgefallen sei. Da erzählte Schöffler folgendes: "Gestern haben die preußischen Werber hier in Weingarten einen gewissen David Müller aus Grötzingen zu einigen Bouteillen (*Flaschen*) Wein eingeladen. Nach der dritten Flasche praktizierten sie ihm einige Preußische Taler in die Taschen. Als David Müller das bemerkte, nahm er das Geld sofort und warf es auf den Tisch. Die Werber behaupteten jedoch, er habe das Handgeld bereits besessen und sei deshalb jetzt rechtmäßig preußischer Rekrut. Wenn er es sich danach anders überlegt habe, ändere das nichts an dieser Tatsache. Müller konnte flüchten, aber die kurpfälzische Polizei mußte ihn einem gültigen Staatsvertrage zufolge den Werbern wieder übergeben. Die Anwerbung galt als rechtmäßig."

Vonderlöhr ergänzte: "Nicht nur die Preußen werben hier. Auch französische, holländische und andere Menschenfänger aus verschiedenen deutschen Landen werfen in der Kurpfalz ihre Netze aus. Daß auch das Heer unseres Kurfürsten auf zweifelhafte Weise Rekruten einfängt, darf ich nicht öffentlich sagen. Nimm aber an, das sei der Fall."

Ich dankte den erfahrenen Männern für ihre Ratschläge.

Vater überstand den Aderlaß und rappelte sich nochmals auf. Er fühlte sich sogar so wohl wie schon lange nicht mehr.

Ich selbst war seit Wochen in bester Stimmung. Tag und Nacht waren meine Gedanken bei Lisa. Ich sah das Mädchen mit ihren frischen Wangen, klugen hellen Augen und langen blonden Zöpfen stets im Geiste vor mir. Es war nicht mehr die lustige Gesellschaft der Stammtischrunde, die mich in den "Löwen" zog, sondern vor allem war es Lisas lichte Erscheinung.

Zur Sicherheit hatte ich immer die wenigen Gulden, die ich besaß, in der Tasche. Ich benötigte sie jedoch nie, weil sich immer ein Spender anbot. Vermutlich hatte sich die Runde abgesprochen.

Wieder war Sonntag. Der Altweibersommer vergoldete die Tage. Etwas früher als üblich ging ich in den "Löwen". Lange brauchte ich nicht auf meine Stammtischfreunde zu warten. Die Gespräche drehten sich sehr bald um den neuen Pfarrer. Einige kritisierten ihn. Er beschäftige sich mehr mit seiner Landwirtschaft als mit seinen kirchlichen Aufgaben. Andere nahmen ihn in Schutz. Er habe eben nicht so hohe Gönner wie sein Vorgänger. Man sprach auch über eine Gruppe reisender Falschspieler, die den auf Wanderschaft befindlichen Sattlergesellen Theodor Wagner aus Alzey um den letzten Heller geprellt hatten.

Gegen Abend ergab es sich, daß sich Lisa einige Zeit zu uns setzen konnte. Sie zwängte sich mit ihrem Stuhl zwischen Schöffler und mich. Ich wollte ihr so viel sagen, aber in diesem Kreise war das unmöglich. Ich nahm mir deshalb vor, baldigst eine Situation herbeizuführen, in der ich mit Lisa ganz allein und in aller Ruhe reden wollte. Auf solch einen Tag mußte ich jedoch noch einige Wochen warten.

Rechtzeitig vor der Polizeistunde brachen Herr Hill und ich auf. Bis zum Rathaus konnten wir gemeinsam gehen. Erst danach trennten sich unsere Wege. Gerade verabschiedeten wir uns, als der neue Gerichtsschreiber Franz Brackenheimer die Rathaustreppe herunter kam. Wir grüßten höflich. Der Mann war noch sehr jung. Ich schätzte ihn auf etwas über fünfundzwanzig.

Nur weil er die Schreibkunst gut beherrschte und eine gewisse Schulbildung genossen hatte, wurde er schon so jung mit diesem wichtigen Amt betraut.

Brackenheimer tappte in gebeugter Haltung, einen Arm hinter dem Rücken, auf uns zu und sagte: “Guten Abend, ihr Herren. Ich habe den Sonntag nicht durch Schreibarbeiten entheiligt, sondern auf Befehl des Herrn Schultheiß suchte ich lediglich einige Akten höchster Wichtigkeit heraus.”

Der Bursche war sehr schmalbrüstig. Selbst in der Dämmerung fiel mir auf,daß sein Gesicht greisenhaft runzelig, die Nase spitz, der schmallippige Mund verkniffen und seine Haut grau war.

Hill fragte: “Herr Gerichtsschreiber, Ihr geht so krumm. Leidet Ihr in Euren jungen Jahren schon unter der Gicht?”

“Fürwahr, so ist es”, antwortete der Schreiber und fügte hinzu: “Wünsche den Herren pünktlichen Heimweg und gesegneten Schlaf.”

## Lisa

Der Tag, an dem ich mein siebzehntes Lebensjahr vollendete, begann wie jeder andere. Ich ahnte morgens noch nicht, daß mir der Zufall ein ganz besonderes, nicht mit Gulden bezahlbares Geschenk bescheren würde.

Der Müller war in aller Herrgottsfrühe mit einer Ladung Mehl in die Oberamtsstadt Bretten gefahren. Vater lag krank im Bett. Ich war wieder einmal allein in der Mühle. Die Mahlwerke knarrten, rumpelten und klapperten so laut, daß ich erst von meiner Arbeit aufschaute, als ich unmittelbar neben mir Schritte vernahm und wohlgeformte kleine Füße sah.

Ein freudiger Schreck durchfuhr mich. Lisa aus dem "Löwen", die ich doch so innig in mein Herz geschlossen hatte, stand leibhaftig vor mir.

Schüchtern sprach sie mich an: "Guten Morgen, Hans. Heute muß ich dich aufsuchen. Die Herrin schickt mich. Ich soll dieses Säckchen mit gutem Weißmehl füllen lassen. Es muß auf unsere Monatsrechnung geschrieben werden." Ich ergriff ihre Hand und hielt sie länger als üblich in der meinen. "Du mußt mich aufsuchen? Bist du nicht gern gekommen?" fragte ich enttäuscht.

"Oh doch, ich kam gern. Ich freue mich immer, wenn ich ins Dorf gehen darf. Bist du hier allein?"

"Du bist zu meiner großen Freude im Augenblick der einzige Mensch, der bei mir in der Mühle ist. Wie oft habe ich mir gewünscht, mit dir unter vier Augen sprechen zu können, ohne daß andere dabeisitzen und die Ohren spitzen. Schon längst wollte ich dir etwas sagen, was nur für dich bestimmt ist."

"Und was willst du mir sagen?"

"Daß ich dich sehr lieb habe."

Die Kleine schlug die Augen nieder und ihre Wangen bekamen noch mehr Farbe: "Ich mag dich auch."

Schnell nahm ich sie in die Arme und küßte sie innig. Ja, wir küßten uns. Leider mußte ich dabei ständig mit einem Auge über Lisas Schulter zur Tür schielen, weil wir uns auf keinen Fall erwischen lassen durften. Wie lange wir so standen, weiß ich nicht. In solchen Lebenslagen versagt wohl bei jedem Menschen das Zeitgefühl. Plötzlich machte sich mein Mädchen aus unserer Umarmung frei und sagte drängend: "Hans, meine Herrin wartet. Bitte gib mir das Mehl."

"Einen Moment verweile noch", bat ich. "Du hast bestimmt die Mühle, in der ich meine Tage und manche Nächte verbringe, noch nie richtig gesehen. Komm mit. Ich zeige sie dir schnell."

Bei diesen Worten nahm ich Lisa bei der Hand und führte sie in den hinteren Mühlenteil.

Dort schaute sie mich an und sagte spitzbübisch lächelnd: "Hier ist es recht dunkel. Von der Mühle sieht man jetzt weniger als vorhin."

"Macht nichts", sagte ich. "Weil es an dieser Stelle tatsächlich etwas dunkel ist, wird man uns auch nicht sogleich bemerken." Schon lagen wir uns in den Armen und unsere Lippen fanden sich nochmals. Ich vergaß den grauen Alltag und alle Sorgen.

Wieder war es Lisa, die zur Vernunft mahnte: "Laß uns augenblicklich nach vorn gehen. Wenn jetzt jemand kommt und wir treten hier aus dem Dunkeln, ist mein Ruf ruiniert. Ich bin noch nicht sechzehn. Du wirst vom Unglück der Zöllnertochter Elisabetha Bagatti gehört haben, die man wegen ihrer großen Liebe in den Tod getrieben hat. Die Bestimmungen sind hart. Du bist noch jung und kannst frühestens in acht Jahren heiraten.

Außerdem wartet meine Herrin tatsächlich aufs Mehl. Bedenke auch, daß wir uns bisher nur flüchtig kennen. Was wissen wir schon voneinander?"

Ich begann das Mehl einzufassen und kam dabei auf Lisas Bedenken zurück. "Du sagst, wir kennen uns zu wenig. Weil das stimmt, muß es sich ändern."

"Aber wie? Ich habe keine freie Minute. Wenn ich einmal aus dem Haus könnte, dürfte uns niemand sehen."

"Wenn es sich aber eines Tages doch ergäbe, daß wir beide Zeit hätten und uns unbeobachtet treffen könnten, würdest du dann gern kommen?"

"Glaubst du, ich hätte das, was soeben zweimal zwischen uns geschah, geschehen lassen, wenn du mir gleichgültig wärest? Vor dir hat mich noch niemals ein Junge geküßt. Wenn es sich gelegentlich träfe, daß wir einen gemeinsamen Spaziergang machen könnten, würde ich nicht nein sagen. Vorausgesetzt, daß du mir bei deiner Seligkeit versprichst, auch dann ein braver Junge zu bleiben."

"Das kann ich versprechen. Aber sage, war ich bisher nicht brav?"

"Es ging gerade noch. Ich hätte dich jedoch nach deinen Äußerungen und deinem Verhalten am Wirtshaustisch nicht für so stürmisch gehalten. Schau, dieser Knopf an meiner Bluse hängt nur noch an einem einzigen Faden."

Dummerweise betrat in diesem Augenblick eine ältere Frau die Mühle. "Grüß Gott. Störe ich vielleicht?"

"Nein, Bergerin. Ihr stört selbstverständlich nicht. Bei mir erhält einer nach dem anderen seine Ware."

Ich stellte Lisas Mehl auf die Waage und trug Art und Menge in das dafür vorgesehene Notizbüchlein ein. Dann hob ich dem Mädchen das Mehlsäckchen galant auf die Schulter. Die Anwesenheit der Bergerin ließ es mir angeraten erscheinen, mich betont kurz von Lisa zu verabschieden.

Danach wandte ich mich dem alten Weibe zu: "Was darf es sein?"

"Fünf Pfund dunkles Mehl. Aufschreiben."

"Das Mehl könnt Ihr gern haben. Aber ich darf es Euch nicht aufschreiben. Ihr müßt sofort zahlen."

"Warum willst du meinen Einkauf nicht aufschreiben? Du kannst doch schreiben."

"Ich kann sehr wohl gut schreiben, aber bei uns haben nur Großkunden ein Anschreibekonto."

"Bei uns? Bist du der Mühlenbesitzer? Und wie war das soeben bei dem dummen Ding mit dem glatten Lärvchen? Ist dieses Mensch eine Großkundin?"

Ich machte der Alten klar, daß Lisa nicht für sich, sondern für den Löwenwirt eingekauft habe. Weil ich verärgert war, fügte ich hinzu: "Der Löwenwirt ist als Gerichtsmann und wohlhabender Bürger ein ehrlicher Mensch und sicherer Zahler." Die Frau war nun erst recht uneinsichtig und verließ keifend und scheltend die Mühle.

***

Im Laufe der nächsten Monate konnte ich mehrmals einige unbelauschte Worte mit Lisa wechseln. Das verdankte ich den Verhältnissen, von denen ich zufällig durch den Löwenwirt erfahren hatte, und die ich gehörig nützte.

Als Wirt Kiefer einmal bei uns am Stammtisch saß, erzählte er, daß ihm Adlerwirt Johann Beutenmüller kaum Gäste abwerben könne. Jeder Abwerbungsversuch wäre zum Scheitern verurteilt. Daran ändere auch die räumliche Nähe der beiden Schildwirtschaften nichts. Wirte unterschiedlicher Konfession hätten in der Regel Gäste ihrer Glaubensrichtung. Man könne sich deshalb unbedenklich mit Personal, Getränken und Eßwaren aushelfen. Die Freundschaft, die beide Häuser verbinde, habe zur Folge, daß sich seine Bedienung, die Lisa Lamm, und Barbara Mützel vom "Adler" eng angefreundet hätten. Beide seien Waisenkinder, die völlig allein in der Welt ständen.

Die Barabara Mützel vom "Adler" kannte ich bis dahin hauptsächlich vom Sehen. Das Mädel war Ende zwanzig, grobschlächtig und derb, und sie schlappte auf erschreckend großen Füßen einher. Barbara galt zwar als sehr freundlich und hilfsbereit, aber eine Schönheit war sie wirklich nicht. Ihre Lippen konnten sich über den weit vorstehenden Raffzähnen kaum schließen. Auf der hochgedrückten Oberlippe sproß ihr ein dunkler Bartflaum. Bei der Aussprache ihres Vornamens betonte sie seltsamerweise die zweite Silbe.

Mit diesem Mädchen konnte sich jeder hinlänglich gutaussehende junge Mann unbedenklich in der Öffentlichkeit blicken lassen, ohne daß ihm jemand Anbandelungsversuche zum Zwecke strafbarer "Beunzüchtigung" (*damaliges Amtsdeutsch*) unterstellte.

Über die Brücke dieser Freundschaft der beiden Mädchen stellte ich sehr bald eine gute Verbindung zwischen Lisa und mir her.

Weil beide niemals eine Schule besucht hatten, konnten sie leider weder lesen noch schreiben. Mündliche Nachrichten übermittelte Barbara jedoch sehr zuverlässig.

Meist traf ich mich mit Lisa im Garten hinter dem "Löwen" unter einem alten freistehenden, aus rotem Sandstein errichteten Türbogen, auf dem die eingemeißelte Jahreszahl 1613 zu lesen ist.

Dort schlug ich Lisa eines Abends vor, daß wir bei nächster Gelegenheit zu dritt einen Spaziergang unternehmen sollten, bei dem Barbara vor der Öffentlichkeit als "Anstandsperson" gelten müsse. Als Freundin werde sie so viel Verständnis für unsere Lage aufbringen, daß sie außerhalb des Ortes gehörigen Abstand von uns halte. Lisa nahm den Vorschlag freudig auf.

Jetzt gelte es nur noch, einen Zeitpunkt ausfindig zu machen, zu dem wir bei Tage mindestens eine Stunde zu dritt spazieren könnten.

Mir war es möglich, mich mit etwas Glück jederzeit freizumachen. Bei den Mädchen war das jedoch sehr schwierig. Gerade an den Sonn- und Feiertagen waren beide bei ihren Herrschaften unabkömmlich.

Um zu Barbara Verbindung zu halten, suchte ich hin und wieder den "Adler" auf. Dort trank ich dann aus Rücksicht auf meinen schmalen Geldbeutel immer nur ein Gläschen vom billigsten Wein.

Als ich an einem Werktage gerade den Mühlenrechen reinigte, kam der zwanzigjährige Küfergeselle Ludwig Baumann, einer der Spielgefährten meiner Kindertage, zu mir in die

Mühle, um mich zur Feier seiner Verlobung in den "Adler" einzuladen.

Er erzählte mir, seine Mutter bestehe darauf, daß er sich mit der um sieben Jahre älteren Maria Rohrbacher verspreche. Vater und Mutter der Maria seien vor wenigen Jahren im zeitlichen Abstand von nur knapp zwei Wochen an einer bösen epidemischen Krankheit verstorben. Ihre Hinterlassenschaft würde nun zu gleichen Teilen der Maria und ihrer Schwester zufallen. Es handele sich dabei um die verpachtete Bäckerei, einige Wiesen und Felder und ein großes Rebgelände auf der Setz.

Seine Mutter halte die Verlobung nicht nur wegen dieser Erbschaft für angebracht, sondern die Verbindung sei auch standesgemäß. Der Bäcker Max Rohrbacher sei ein angesehener Kirchenältester gewesen, und Ludwigs eigener verstorbener Vater habe in Kirchheim bei Heidelberg einen guten Namen als Kirchenvorsteher und Klingelbeutel- und Almosenpfleger gehabt. Nicht zuletzt werde die spätere Ehe dadurch erleichtert, daß beide gleichen Glaubens seien.

Ich fragte den Ludwig, ob er die Maria schon länger kenne und ob er sie liebe. Darauf antwortete er nach einigem Nachdenken mit säuerlicher Miene: "Ich kenne sie schon seit langem. Aber dir kann ich im Vertrauen gestehen, daß ich noch nie Liebe für sie empfunden habe. Meine Mutter ist jedoch der Ansicht, daß in der Ehe die Liebe nebensächlich ist. Die innigste Liebe ersterbe, wenn im Hause Schmalhans Küchenmeister sei. Auch aus Gewohnheit könne im Laufe der Jahre Liebe erwachsen, behauptet sie aus ihrer Erfahrung."

Ich wollte meinem Freund Ludwig das Herz nicht schwer machen, aber ich zweifelte an der Beständigkeit dieser Verbindung und war sehr froh, daß ich nicht an Ludwigs Stelle war. Ich stellte mir vor, man würde mich zwingen, der Mühle wegen die ältere und häßliche Katharina Rupp zu heiraten. Die Einladung zur Verlobungsfeier nahm ich gern an, weil ich ein derartiges Ereignis noch nie erlebt hatte.

Heute weiß ich, daß meine damaligen Bedenken berechtigt waren. Die Verlobten trennten sich sehr bald wieder. Erst viel später, als der erste Mann der Maria an den Folgen eines Sturzes vom Erntewagen verstorben war, traten sie doch noch gemeinsam vor den Traualtar.

Ludwig bemerkte bei der Überbringung der Einladung, falls Schultheiß Volk mit seiner Ehefrau ihnen die große Ehre seines Besuches zuteil werden lasse, seien wir voraussichtlich fünfzehn Personen.

Auf Musik und Tanz müsse man leider aus Rücksicht auf den erst vor wenigen Monaten eingetretenen Tod seines lieben Vaters verzichten. Man werde jedoch nach dem üblichen Kirchgang reichlich und gut im "Adler" speisen. Wenn die Verlobungszeremonie vollzogen worden sei, werde es große Mengen guten Kuchens geben, und auch am besten Wein solle es nicht fehlen.

Der Müllerfamilie berichtete ich von der erhaltenen Einladung. Frau Rupp meinte, es gehöre sich für jeden Gast, daß er ein Geschenk mitbringe. Von mir könne man zwar keine goldenen Geschmeide erwarten, aber zwanzig Hühnereier würden sie mir bereitlegen. Ich war froh, daß dieses Geschenk meinen Geldbeutel nicht beanspruchte.

Am festgesetzten Sonntag machte ich mich mit meinem Körbchen voller Eier rechtzeitig vor der Kirchzeit zum "Adler" auf. Mit meinem Geschenk genierte ich mich zwar etwas, aber immerhin konnte niemand sagen, ich habe eine alte Sitte mißachtet. Mehr als man hat, kann man eben nicht schenken.

Im großen Nebenzimmer des "Adler" waren schon das Verlobungspaar und die Gäste versammelt. Ich übereichte dem Paar die mitgebrachten Eier, und Ludwig stellte mich vor: "Das ist Hans Feld, mein guter Freund aus der Kinderzeit."

Jetzt wußten alle, wer ich war, aber ich mußte versuchen, die mir fremden auswärtigen Gäste im Laufe der Zeit kennenzulernen. Ich kann mir denken, daß es meine Leser als Zumutung empfinden würden, wenn ich versuchen wollte, jetzt hier alle Anwesenden zu nennen.

Erwähnt sei nur der ehemalige kurpfälzische Militärwerber Eberhard Wild, der mir anfangs etwas unheimlich war und als wichtigste Gäste Schultheiß Franz Volck mit seiner Frau, die eine geborene Gerner ist.

Der Schultheiß sprach mich sogleich freundlich an: "Du bist offenbar als guter Freund unseres Verlobungskandidaten in diesem Kreise. Ich habe gern vernommen, daß du bereits ein zuverlässiger Müller geworden bist, der nicht nur mit den Händen, sondern auch mit dem Kopfe schafft. Recht so. Wie geht es deinem kranken Vater?"

Ich erzählte dem mächtigen Mann unbefangen, daß es zu meiner großen Betrübnis mit Vaters Gesundheit ständig abwärts gehe. Herr Volck tröstete mich und meinte, ich könne mich stets auf seine wohlwollende Hilfe verlassen, sofern er mir kraft seines Amtes helfen könne. Er trug mir Grüße und Besserungswünsche an meinen Vater auf.

Weil inzwischen die Kirchenglocken zum sonntäglichen Gottesdienst riefen, brachen wir unser Gespräch ab. Der Schultheiß erklärte: "Ich bin zwar ein frommer und gläubiger Katholik, aber ich bin auch der Schultheiß aller Weingartener. Der Herrgott wird es mir deshalb verzeihen, wenn ich heute mit euch die reformierte Kirche betrete."

Für uns Lutheraner kostete die Teilnahme am reformierten Gottesdienst keine besondere Überwindung, weil sich Lutheraner und Reformierte als Protestanten sehr nahestehen. Aus meinen Gesprächen mit Pfarrer Boettiger wußte ich, was unser Herr und Heiland Jesus Christus einst gepredigt hat. Ich konnte deshalb zwischen den christlichen Konfessionen keine unüberwindlichen Schranken erkennen, und versuchte, alle Äußerlichkeiten und das nebensächliche Beiwerk ganz bewußt zu übersehen. Aber wer richtet sich schon nach einem Müllerlehrling.

Unter den rund 1700 Einwohnern Weingartens sprach sich alles schnell herum. So wußte wohl jeder von der bevorstehenden Verlobung meines Freundes Ludwig Baumann mit Maria Rohrbacher. Schon auf dem kurzen Wege vom "Adler" zum Gotteshaus wurde unsere Verlobungsgesellschaft von vielen Leuten begafft. Vor der Staffel, die vom Marktplatz aus zur Kirche hinaufführt, war das Spalier der Neugierigen besonders dicht.

Unser kleiner Zug wurde von den Verlobungszeugen, die erwachsene Männer sein mußten, angeführt. Christian Schuhmacher und Franz Langendörfer schritten deshalb mit ihren Frauen voran. Auf sie folgte das Verlobungspaar, hinter dem der Schultheiß mit seiner Ehefrau ging. Alle anderen bildeten den Schluß.

Der Pfarrer wußte zwar auch, daß eine Verlobungsgesellschaft in der Kirche saß, aber er sprach nur kurz und allgemein von der Verantwortung junger Menschen für einander. Diese Verantwortung beginne spätestens, wenn sich ein Paar entschlossen habe, in absehbarer Zeit mit dem Segen der Kirche in den heiligen Stand der Ehe zu treten. Nach dem Gottesdienst strebten wir schnell dem "Adler" zu. Dort waren bereits die Tische gedeckt. Es gab reichliche Mengen fetten Schweinefleisches mit Sauerkraut und Teigwaren. Dazu wurde Wein gereicht.

Zu Beginn des Mittagsmahles erhob sich Schultheiß Volck, klopfte an sein Glas und richtete an die beiden Hauptpersonen und ihre Gäste einige launige Worte. Dann wurde herzhaft zugelangt. Mutter Baumann forderte uns ständig auf: "Nehmt euch, eßt euch satt. Macht die Schüsseln leer. Ziert euch nicht." Barbara Mützel und sogar der Wirt selbst brachten immer neue dampfende Schüsseln herein.

Als die Tische abgeräumt waren, saßen wir noch einige Zeit gemütlich beim Wein. Dann erhoben sich Christian Schuhmacher und Franz Langendörfer und stellten sich in die Mitte des Zimmers. Langendörfer bat das Verlobungspaar, zu ihnen zu treten. Er hielt ein gefülltes Weinglas in der Hand. Alles war mucksmäuschenstill. Dann sagte der Christian in feierlichem Tonfall: "Lieber Ludwig und liebe Jungfer Maria, wir fragen euch hiermit als bestellte Zeugen, wollt ihr euch gegenseitig versprechen, zu gegebener Zeit den Bund

der Ehe zu schließen? Wenn ihr dazu bereit seid, dann reicht euch die Hände, damit ich sie mit edlem Rebensaft benetzen kann, wie es der Brauch ist."

Ludwig und Maria legten ihre rechten Hände ineinander und Schuhmacher goß etwas Wein darüber. Als diese feierliche Handlung vollzogen war, blieb es noch einige Minuten still. Man hörte nur, wie Ludwigs Mutter vor Rührung und Freude weinte und schluchzte. Dann gratulierten wir alle den Verlobten.

Vor dem Kaffee gingen wir den kurzen Weg bis zum Friedhof vor dem Tore. Dort beteten wir an den Gräbern von Marias Eltern und am noch frischen Grabhügel von Ludwig Baumanns Vater. Ehe alle den Gottesacker verließen, eilte ich zum Grabe meiner lieben Mutter und verweilte dort einige Minuten in stillem Gedenken.

Zur Kaffeetafel wies man mir den Platz links neben dem Schultheiß an. Rechts neben ihm saß seine Frau.

Im Verlaufe der Unterhaltung erfuhr ich vom Ortsoberhaupt, daß ihm tags zuvor ein Eilbote die Weisung überbrachte, er habe den Hofagenten Seligmann mit großen Wagenkolonnen zollfrei passieren lassen. Der angesehene Hofagent handele im Auftrag seiner Kaiserlich-königlichen Apostolischen Majestät und transportiere 10 000 Malter Korn und 10 000 Zentner Heu aus dem südostdeutschen Raum in Großmagazine bei Heidelberg und Mannheim.

"Dieses Wissen macht mir große Sorgen", gestand mir der Schultheiß. "Zu welchem Zweck benötigt der Kaiser in unserer Gegend so große Mengen an Verpflegung für Mensch und Tier? Hinzu kommt, daß mir die Ankunft einer Kompanie des Migazischen Regiments angekündigt wurde, für die ich Verpflegung und Nachtstation bereithalten muß. Wo so weit von Österreich eine kaiserliche Kompanie marschiert, werden sich bestimmt noch mehr von diesen Soldaten aufhalten. Was wollen die in unseren Landen? Kündigt sich ein neuer Krieg an? Gerade jetzt erst haben sich die kurpfälzischen und die sie umgebenden ausherrischen Lande von den

Folgen vergangener Kriege zu erholen begonnen. Ich befürchte, daß von dem immer unruhiger werdenden Frankreich Gefahren ausgehen.

In Frankreich kriselt es. Das Volk leidet Not. Die Not ist oft schon der Nährboden für Revolutionen und Kriege gewesen."

Ich fragte unseren Schultheiß, ob er glaube,daß uns das französische Volk mit Krieg überziehen wolle. Der Schultheiß antwortete: "Mein lieber Hans, ein ganzes großes Volk hat noch niemals kriegerisch angreifen wollen. Diese Erfahrung wird auch für Frankreich gelten. Der einfache Franzmann will Ruhe, Frieden, Brot und Wein. Es sind immer nur wenige, die von ihren sicheren Polstersesseln aus zum Krieg treiben. Ganz anders sieht natürlich alles aus, wenn es gilt, die Heimat gegen einen Angreifer zu verteidigen. Leider können die Untertanen, zu denen letztlich auch ich gehöre, selten klar erkennen, welche Seite angreift und welche abwehren muß."

Nun wollte ich wissen, ob sich die Kurpfalz im Falle eines feindlichen Angriffes verteidigen könne. Da lachte Franz Volck: "Verteidigen? Nein, die Kurpfalz kann sich selbst nicht wehren. Halte dir die Landkarte dieses aus vielen Teilgebieten zusammengestückelten Landes vor Augen. Du weißt, daß die Gemarkungen von Weingarten, Heidelsheim, Zaisenhausen und Bretten wie kurpfälzische Inseln im Meer ausherrischer Länder liegen. Daß sich um Bretten einige kleine kurpfälzische Dörfchen scharen, ändert nichts an der Insellage dieser Stadt. Ähnlich zerrissen stellt sich die ganze Kurpfalz auf der Landkarte dar.

Das kleine Heer unseres Landesherrn verfügt zwar über viele Marschälle, Generäle und andere hohe Offiziere, aber nur über wenige kriegstaugliche Soldaten. Die meisten Soldaten unseres Landesherrn haben den bunten Rock unfreiwillig anziehen müssen. In unserem Heer ist die Zahl der zwangsweise eingezogenen Frevler und Strolche groß. Man hofft, diese Männer unter den Schlägen der Korporalstöcke zu ordentlichen Untertanen erziehen zu können. Nein, Hans, mit solch einem Häufchen kann kein Land verteidigt werden."

"Wenn ich das bedenke", bemerkte ich, "dann ist die Lage der Kurpfalz hoffnungslos."

Der Schultheiß entgegnete: "Nein, völlig hoffnungslos ist unsere Lage trotzdem nicht. Wenn es unserem Herrscher gelingt, eine geschickte Bündnispolitik zu betreiben, kann sich die Kurpfalz trotz allem behaupten."

"Ist unser Kurfürst solch ein geschickter Diplomat?" fragte ich. Der Schultheiß meinte: "Ich bin überzeugt, daß sich unser Landesherr ehrlich um Neutralität bemüht. Seiner Politik stellen sich jedoch große Schwierigkeiten entgegen. Seine Apostolische Majestät der Kaiser ist verpflichtet, uns beizustehen. Umgekehrt verlangt er von der Kurpfalz Bündnistreue. Der Kaiser sitzt aber im fernen Wien weit von uns, während Frankreich unser unmittelbarer Nachbarstaat ist. In der Vergangenheit zeigten die französischen Könige immer wieder Appetit auf deutsches Land. Das wird wohl so bleiben. Ausschlaggebende Kraft im Zusammenspiel der Völker dürfte in unserer Zeit das mächtige Preußen sein. Leider weiß niemand, wie sich der Preußenkönig im Falle eines künftigen Konfliktes verhalten wird. Wie alle deutschen Fürsten betreibt er keine deutsche Politik, sondern er denkt wie die anderen auch nur an sein eigenes Land. Ich hoffe, daß Kurfürst Karl Theodor das niemals vergißt." Wie es meine Art ist, fragte ich bohrend weiter: "Warum ist Preußen so mächtig? Ist es um so vieles größer als die Kurpfalz?"

Mein Gesprächspartner erklärte mir: "So viel größer ist Preußen nicht, aber es besitzt ein schlagkräftiges, gedrilltes und mit eiserner Disziplin zusammengehaltenes Heer. Außerdem ist der Preußenkönig ein genialer und persönlich mutiger Feldherr, während unser Kurfürst mehr ein Mann der Künste und Wissenschaften ist. Du wirst den kleinen Reim kennen, in dem es zutreffend heißt:

'Wenn der große Friedrich kommt und klopft nur auf die Hosen, dann läuft die ganze Reichsarmee, Panduren und Franzosen.'

Ich bin der Meinung, wenn alle Armeen ihre Waffen einschmelzen und ihre Korporalstöcke verbrennen würden, schlügen die Preußen mit ihrem Elan und Drill jeden Gegner mit Fäusten und Fußtritten in die Flucht."

Nach kurzer Pause fuhr Franz Volk fort: "Du wunderst dich vielleicht, wieso ich als gelernter Gerber und Schultheiß eines Marktfleckens das alles wissen kann."

"Ich staune", sagte ich, "aber ich habe darüber nicht näher nachgedacht."

"Ich werde oft nach Bretten zum Oberamt einbestellt. Nach den amtlichen Befehlsausgaben sitzen wir Schultheiße der größeren Gemeinden meist in mehr privatem Kreise mit hohen mächtigen Herren an einem Tische. Da erfährt man vieles, wenn man die Ohren offenhält. Bei dieser Gelegenheit will ich dir sagen, daß ich mich über dein Verständnis für derlei schwierige politische Fragen freue. Ich finde hier in Weingarten nur wenige Gesprächspartner, mit denen ich in dieser Weise reden kann."

Dieses Lob nahm ich zwar gern zur Kenntnis, aber ich war mir auch dessen bewußt, daß ich nicht viel zum Gespräch beigetragen hatte, sondern mich mehr aufs Zuhören beschränken mußte.

Der Schultheiß meinte abschließend, daß ihn sein hohes Amt oftmals zu Maßnahmen zwinge, die gar nicht in seinem Sinne seien.

Nahezu wörtlich sagte er: "Ich muß immer wieder jemanden verbescheiden oder verurteilen, obwohl ich persönlich ganz anderer Meinung bin, einfach weil ich meinen Amtseid geleistet habe und höhere Befehle platzgreifig sind." (*Ausdruck aus der damaligen Verwaltungssprache*)

Anfangs wurden an allen Tischen ernste Gespräche geführt. Im Laufe des Spätnachmittags wechselte man die Plätze. Bei einigen Gästen wirkte der starke Wein. Ich saß nun mit dem Verlobungspaar und einigen jüngeren Frauen und Burschen zusammen. Mit dem Trinken hielt ich mich zurück. Einige waren jedoch sehr fidel.

Kurz vor der Polizeistunde forderte der Schultheiß zum Aufbruch auf. Er bedankte sich im Namen aller Gäste bei den Gastgebern und auch beim Wirt und wünschte dem Verlobungspaar Glück und Segen auf allen seinen Wegen. Für mich ging ein schöner und anregender Tag zu Ende.

***

Es war zum Verzweifeln. Die Frühlingsblumen waren verblüht, die Ernte war eingebracht, und die Weinlese ging zu Ende, aber Lisa und Barbara waren nie abkömmlich. Immer konnte ich mich nur wenige Minuten mit meiner kleinen Freundin im Garten des "Löwen" treffen.

Einmal brachte ich Lisa unter einem Papierfetzen versteckt drei rote Rosen aus unserem Garten mit. Ich sagte: "Diese Rosen stelle in deine Kammer. Wenn du sie siehst, denke an mich. Sie werden zwar welken, aber meine Liebe zu dir wird nie enden. Das verspreche ich dir, und mein Versprechen ist mir so heilig, wie eine Verlobung mit Weinguß und Zeugen. Unser Zeuge ist der Herrgott."

Lisas helle Augen strahlten, und wir besiegelten unser stilles Verlöbnis mit einem unvergeßlichen Kuß. Vom Glück dieser kurzen Minuten mußte ich lange zehren.

Wenige Wochen nach meinem Geburtstag, an dem ich das achtzehnte Lebensjahr vollendete, und der still vorüberging, suchte ich nach längerer Pause den "Löwen" auf. Das war am hohen katholischen Feiertag Allerheiligen, an dem auch wir Protestanten die Arbeit ruhen lassen müssen. Dieser Wirtshausbesuch endete für mich mit einer schrecklichen Nachricht.

Wie immer hatte ich mich völlig entspannt zur gemütlichen Stammtischrunde gesetzt. Am Nebentisch machten drei Jägerburschen Brotzeit. Ihre Büchsen hatten sie über die Stuhllehnen gehängt.

Hausmeister Guthier fragte die jungen Männer: "Wie kommt ihr gerade heute in die Wirtschaft? Sonst sieht man euch nie hier. Habt ihr heute so großen Hunger, daß ihr Geld für eine Brotzeit ausgeben müßt? Ich dachte immer, die Frau Forstmeisterin kocht für euch."

Einer der Burschen antwortete in elsässischem Dialekt:"Der Herr Forstmeister hat uns Gasthausbesuche untersagt. Heute waren wir seit dem Morgengrauen im Walde. Dort sollten wir Wilddieben auflauern, weil diese Frevler erfahrungsgemäß gerade an hohen Feiertagen besonders gern dem Waldgetier nachstellen. Das macht Hunger. Wir sind zwar Hunger gewöhnt, aber wenn der Magen in die Kniekehlen hängt, muß man sich stärken. Die Suppenschüssel der Frau Forstmeisterin löffeln wir nachher außerdem leer."

Ein zweiter Jungjäger dehnte die Beschwerde des Elsässers noch auf grobe Behandlung aus. "Ihr Herren solltet euch glücklich schätzen, daß Ihr keine Jägerburschen seid. Die harte Hand und die groben Worte des Forstmeisters sind schlechter Ersatz für ausreichende Atzung (*Verpflegung*)."

In diesem Augenblick betraten der Dragonerkorporal Schmalz und Dragoner Lind die Gaststube. Sie gehörten dem militärischen Kommando an, welches nach offizieller Lesart unseren Schultheiß und den Ortsgendarm bei der Aufrechterhaltung von Ruhe und Ordnung unterstützen sollte. Tatsächlich aber waren sie der bewaffnete Arm der Obrigkeit und fielen zudem der Gemeindekasse zur Last.

Schmalz brüllte die Jägerburschen sogleich an: "Hab' ich euch, ihr doppelten Spitzbuben. Wer hat euch Hundsföttern erlaubt, mit Hinz und Kunz im Gasthaus zu hocken? Forstmeister Scheyd hat von euerm Gang in den 'Löwen' erfahren und mich beauftragt, euch sofort heimzuschicken."

Der Elsässer wollte wohl eine Entschuldigung vorbringen. Er setzte an: "Wir wollten..." Schmalz schrie nur: "Maul halten! Ab!"

Die Burschen erhoben sich ohne weiteren Widerspruch, zahlten und gingen.

Jacob Hill ließ die Anpöbelei nicht auf uns sitzen. "Korporal, für Leute Eurer Sorte sind wir nicht Hinz und Kunz, sondern Weingartener Bürger. Kann Er das begreifen? So einen wie dich könnte sich jeder Bürger, der hier am Tische sitzt, leisten und als Nachtwächter besolden."

Schmalz quittierte diese mutigen Worte mit einem wütenden Blick. Bevor er die Tür zuknallte, giftete er zu unserem Tisch hin: "Vergeßt die Polizeistunde nicht und betragt euch auf dem Heimweg anständig. Sonst könnt ihr heute noch Strafe zahlen."

"Laßt euch durch diesen ungehobelten Klotz die Stimmung nicht vermiesen," meinte Schöffler. "Es gibt noch mehr Ärgerliches zu vermelden. War der Bettelvogt auch schon bei euch, um die Namen der Spender und Sammler auszuforschen, die für die entlassenen Zuchthäusler eine hohe Summe aufgebracht haben?"

Guthier war mit dem Ausdruck "Zuchthäusler" nicht einverstanden. Er warf ein: "Wir sollten die beiden Männer nicht als 'Zuchthäusler' bezeichnen. Sie waren und sind keine Verbrecher. Was haben sie schon getan? Sie haben sich beim Verkauf eines gewilderten Rehbocks erwischen lassen. Das hätte schon vielen hier im Ort passieren können. Was können wir dafür, daß wir in unserem eigenen Gemeindewald nicht jagen dürfen, und daß die Obrigkeit die Ausübung der verbotenen Jagd beinahe wie Mord bestraft?"

Hill meinte: "Es darf nicht dabei bleiben, daß alles Wildgetier dem Kurfürsten gehört und wir Bürger nur die Wildschäden zu tragen haben. Einer der beiden Freigelassenen, der August Torwarth, ist ein weitläufiger Verwandter von mir. Ich weiß, daß er ein hochanständiger Mensch ist."

Ich wollte wissen, ob sie es wohl herausbringen werden, wer gesammelt und gespendet hat. Hill war der Ansicht, in dem Fall werde sich das Oberamt die Zähne an der harten Nuß ausbeißen. Niemand habe etwas gesehen, gehört, gesammelt oder gespendet. Die Gulden seien den Justizopfern des Hofgerichtes in den Schoß gefallen, wie dem Mädchen im Märchen die Sterntaler.

Weil nach diesem Gespräch alle stumm wie die Fische dasaßen und sich nur ihrem Wein zuwandten, brachte ich die Rede auf den neuen Erbbeständer (*Pächter*) der kurfürstlichen Schäferei und des ebenfalls dem Kurfürstlichen Ärar (*Staatsschatz*) gehörigen Meierhofes, den Mennoniten Joseph Kiefer. (*Mennoniten = Glaubensgemeinschaft*). Damit hatte ich den Nerv der Tischrunde getroffen. Eine wütende Schimpfkanonade begann.

"Dieser Schlappendengler, dieser Pfannenflicker", legte mein Freund Ludwig Reuter los. "Mit dem Titel Ökonomierat will dieser ungebildete Guldenbaron angesprochen werden, aber die Reden, die er in seinem ungewaschenen Maul führt, wollen gar nicht zu einem angeblichen Herrn Rat passen. Vor wenigen Tagen hat unser Hund seinen Gaul angebellt. Da richtete sich der Mann im Sattel auf, drohte mir mit der Reitpeitsche und überschüttete mich mit Injurien (*Beleidigungen*). Er nannte mich Bankert, Wildsau und Weingartener Hundsfott. Das zeigt, was dieser Reingeschmeckte über uns Weingartener denkt."

Vater Reuter pflichtete ihm bei: "Dieser Fremde mit seiner ketzerischen Religion hat uns gerade noch gefehlt. Als ob wir mit unserem Forstmeister nicht schon genug gestraft sind."

Wie so oft wußte Schöffler als Amtsperson einiges, was uns anderen unbekannt war. Auf dieses Wissen war der junge Mann sichtlich stolz. Er berichtete: "Wir bei der Gemeinde haben bemerkt, daß der Kiefer in den wenigen Monaten, die er Privatbeständer ist, das gesamte Mühlengelände zugebaut hat. Dagegen sind wir als Gemeinde leider machtlos. Erst errichtete er eine Krappdörre (*Anlage zum Trocknen von Krappwurzeln, aus denen roter Farbstoff gewonnen wurde*). Dann wollte er ein neues höheres Wehr in den Walzbach bauen. Das hätte der Genehmigung durch das Ortsgericht bedurft. Kiefer begann jedoch die Arbeiten ohne zu fragen. Da stellte ihm der Schultheiß den Bau ein." Hill unterbrach Schöfflers Redefluß: "Du scheinst nicht zu wissen, daß unser Schultheiß den Mut dazu erst aufbrachte, als sich einige Bauern beschwert hatten, denen das neue Wehr die Gräben zur Wiesenbewässerung trockengelegt hätte."

Schöffler ging sofort auf Hills Einwurf ein: "Mut hat die Baueinstellung tatsächlich erfordert. Der hohe Herr Rat hat danach im Gerichtsschreiberzimmer wie ein Wilder getobt. Der Wachtmeister mußte ihn schließlich gewaltsam rausschmeißen."

"Gibt der Mann jetzt Ruhe?" fragte ich.

"Nein", antwortete Schöffler, jetzt hat er eine Schnapsbrennerei, eine Hanf- und eine Tabakreihe eingerichtet und eine kleine Brauerei soll noch folgen."

Guthier meinte lächelnd: "Der Mann wird sein Bier selbst saufen müssen. Wir haben unseren guten Weingartener Wein. Prosit!"

Schöffler hatte noch mehr vorzubringen: "Dieser Kiefer beschäftigt ausnahmslos hergelaufenes Gesindel, halbe Kinder noch, denen er keinen roten Heller zahlt. Wir im Rathaus haben mit denen nichts wie Ärger. Der Schultheiß hätte das junge Volk längst außer Landes gewiesen, wenn er nicht mit dem heimatlosen und verwaisten Völkchen Mitleid hätte. Um sich die Ausgaben für den Brettener Kaminkehrer zu ersparen, jagt der Rat kleine Buben durch die Rußgänge."Meister Hill tat, als wolle er den Ökonomierat verteidigen: "Joseph Kiefer hat auch seine guten Seiten. Er schont die öffentlichen Feldwege und nimmt es auf sich, zu jeder Jahreszeit quer über die Bauernfelder zu reiten. Weil er zu sparsam ist, um in Mannheim bestimmte Häuser aufzusuchen, begnügt er sich sehr bescheiden mit den kleinen hergelaufenen Mädchen seines Gesindes."

Schöffler wandte ein, daß die letzte Behauptung nicht bewiesen werden könne.

Lang hatte die Lage richtig erkannt, als er sagte: "Der Schultheiß und wir Weingartener Bürger wären Manns genug, den Rat zur Raison zu bringen, wenn nicht viel von der Macht der hohen Regierung auf den Herrn herrschaftlichen Beständer übertragen würde."

Während der letzten Minuten stand Löwenwirt Friedrich Kiefer neben unserem Tisch. Er meinte, es sei sehr bedauerlich, daß dieses Subjekt seinen ehrlichen Namen trage. Zum Glück sei er mit dem Ökonomierat nicht verwandt.

Der junge Ludwig Reuter schlug vor, man solle den bärenstarken Mann, den alle "Faselmarx" (*Fasel = Stier*) nennen, auf den Herrn Rat hetzen. Es sei besser, wenn der Faselmarx seine überschüssige Kraft an Joseph Kiefer auslasse, als daß er seine schmächtige fleißige Ehefrau ständig schlage. Erst kürzlich habe er sie wieder halb tot geprügelt.

Hill wiedersprach. "So wie du dir das im Leichtsinn deiner Jugend vorstellst, geht das nicht. Wir Bürger dürfen uns nicht als Richter aufspielen, und durch Prügelei beseitigt man derlei Mißstände nicht. Ich stimme dem zu, was Freund Lang gesagt hat. Wir sind der Willkür des Ökonomierates solange ausgeliefert, wie er sich hinter der herrschaftlichen Macht verstecken kann.

Weil du soeben vom Verprügeln dieses Weibes gesprochen hast, will ich dazu noch etwas sagen. Grundsätzlich muß der Mann in der Ehe das Heft fest in der Hand halten. Das steht schon in der Schrift. Trotzdem wird kein vernünftiger Mann sein Eheweib schlagen. Davon steht nichts geschrieben. Letzten Endes sind die Weibsleute auch Menschen."

Ganz gegen meine Gewohnheit äußerte ich zu diesem Thema im Kreise der Erwachsenen meine feste und wohlüberlegte Meinung. "Die Herren werden denken, der Hans ist noch unverheiratet. Was versteht der schon vom Verhältnis zwischen Mann und Frau. Der weiß doch kaum, daß es zweierlei Menschen gibt. Ich habe mir jedoch in der letzten Zeit oftmals Gedanken gemacht, wenn ich von Mißhandlungen der Weiber durch ihre Männer hörte. Ich meine, die Männer schenken den Weibern Rosen und Küsse, wenn sie in der Blüte ihrer Weiblichkeit und Jugendschönheit stehen. Nach der Heirat schenken sie ihnen möglichst viele Kinder, um trotz der hohen Kindersterblichkeit ihr Alter zu sichern, und später, wenn die Weiber abgearbeitet und welk geworden sind, erhalten sie nicht mehr Rosen und Küsse, sondern Prügel. Es ist schon so, wie Meister Hill sagte, daß kein vernünftiger Mann sein Eheweib mißhandelt, aber die Zahl der unvernünftigen Ehemänner ist offenbar groß. Wie ich schon gehört habe, müssen sich dann in der Regel die geprügelten Weiber vor dem Ortsgericht verantworten und nur selten die rohen Mannspersonen."

"Hört, hört, unser junger Privatstudiosus bedenkt alles sehr gründlich", meinte Jacob Hill und klopfte mir anerkennend auf die Schulter.

Kaum hatte ich dieses Lob entgegengenommen, riß ein kleines Mädchen aus unserer Nachbarschaft die Wirtsstubentür auf, sah sich suchend um und sprang zu mir. Außer Atem stieß sie hervor: "Hans, die Ruppin sagt, du sollst sofort kommen. Ich soll dich nicht erschrecken, aber ich soll dir sagen, daß dein Vater stirbt."

Ich war wie vom Blitz getroffen. Reuter sagte: "Lauf, ich zahle deine Zeche."

Eilig rannte ich heim. Mit langen Schritten sprang ich die Stufen zum oberen Stock hinauf. Dort lag Vater angekleidet auf dem Bett. Seine Kleidung war voller Blut. Chirurg Kanzler und das Ehepaar Rupp standen bei ihm. Weinend flüsterte Frau Rupp: "Ein Blutsturz. Es steht sehr schlecht."

Leise trat ich an Vaters Sterbebett. Sein Antlitz war vom Tode gezeichnet. Müde schlug er die Augen auf. Sein Atem röchelte. Mit sichtlicher Mühe sprach er mich an: "Mein Junge, – ich muß dich verlassen. ...Ich gehe ...zu deiner Mutter. ...Sorge dich nicht. Bleibe anständig. ...Bete für mich." Dann sank sein Kopf zur Seite. Ich ergriff seine Hand und Tränen traten in meine Augen.

Nach der Beerdigung wiesen mir die Müllersleute in ihrem Hause eine kleine Dachkammer zu. Der Nachlaß der Eltern wurde durch den Ausfaut (*Nachlaßverwalter*) öffentlich versteigert. Geld war nicht vorhanden. Der Versteigerungserlös sollte bis zur Vollendung meines fünfundzwanzigsten Lebensjahres amtlich verwaltet werden. In mein Elternhaus zogen fremde Leute ein. Ich habe niemals mehr einen Fuß über seine Schwelle gesetzt.

Für meinen Vater hatte ich nie die gleiche tiefe Zuneigung empfunden wie für Mutter. Meist war er barsch und kurz angebunden. Trotzdem war ich mir stets seiner zwar verhaltenen, aber zuverlässigen Liebe gewiß. Ich trauerte um ihn als um den letzten Menschen, dem ich familiär verbunden war.

Nach seinem Tode war ich lange Zeit sehr zerstreut. Widerstrebende Gedanken und Gefühle verwirrten mich. Mein Denken und Fühlen war geprägt von Trauer um Vater, verzehrender Sehnsucht nach Lisas Liebe, Verachtung für feige Hinnahme schreiender Ungerechtigkeiten durch die dumpfe und bequeme Masse, Ekel vor Verlogenheit und Heuchelei, Überdruß am langweiligen Einerlei des Dorflebens und unbestimmter Hoffnung auf wilde Abenteuer, in denen ich mich bewähren wollte.

Ich muß gestehen, daß ich manchmal von einem unsteten freien Leben als edler Räuber und Beistand der Armen und Unterdrückten träumte.

Die Wirklichkeit sah jedoch ganz anders aus. Ich schleppte Säcke und Mehlwannen, reinigte hier und ölte da, und das Mühlrad ächzte und die Mühle klapperte wie eh und je. Ein Tag verging wie der andere. Einzige Lichtblicke blieben die kurzen Begegnungen mit Lisa und die jetzt selteneren Stammtischbesuche.

***

An einem für die Jahreszeit viel zu kalten Maitage des Jahres 1786 gab es noch vor Einbruch der Dunkelheit in verschiedenen Weingartener Schildwirtschaften ganz unabhängig voneinander und ohne ersichtliche Gründe schwere Schlägereien. Ich vermute, daß einige junge Burschen ganz zufällig am selben Abend ihrem seit Wochen unterdrückten Tatendrang Luft gemacht haben.

Einige sonst als harmlos und gutmütig bekannte junge

Männer beförderten den Nachtwächter aus der "Krone" in den Walzbach. Der im Polizeidienst eingesetzte Dragonerkorporal Schmalz wurde im "Adler" so schwer verletzt, daß er mehrere Tage das Bett hüten mußte. Viele hatten zugeschaut, wie ein gewisser Gillerdon den Schmalz arg zurichtete.

Im Ort flüsterte man sich jedoch zu, daß dem Täter nichts nachzuweisen sein werde. Viele Zeugen hätten dem Gillerdon bestätigt, der Korporal habe seinen Kopf aus eigener Ungeschicklichkeit irgendwo angeschlagen. Als Schmalz im Rausch das Gleichgewicht verlor, sei Gillerdon hilfsbereit hinzugesprungen und habe vergeblich versucht, den Korporal behutsam aufzufangen.

Schmalz behauptete jedoch, das seien faustdicke freche Lügen. Er sei nicht betrunken gewesen. Das Gleichgewicht habe er erst verloren, als Gillerdon ihm einen harten Gegenstand über den Kopf gehauen habe.

In anderen Wirtschaften waren Möbel und Gläser zu Bruch gegangen. Nur das "Lamm" blieb an jenem Tage von Ausschreitungen verschont.

Ich konnte dem Ergebnis der Nachforschungen mit reinem Gewissen entgegensehen und ruhig schlafen, weil ich mit den Schlägereien nichts zu tun hatte.

Später erfuhr ich, daß alle Vernehmungsakten nach Bretten abgegeben werden mußten. Das Oberamt vermutete organisierten Aufruhr und wollte deshalb die Rädelsführer selbst bestrafen.

Den Tag, an dem sich diese Vorfälle ereigneten, werde ich nie vergessen, weil der Gerichtsschreiber damals die Vernehmung meiner Person mit den Worten begann: "Wo warst du am Abend der Kalten Sophie?" (*'Kalte Sophie' – ein Tag der sogenannten Eisheiligen*)

## Fronfahrt nach Mannheim

Wenige Tage später teilte mich der Schultheiß mit drei anderen Männern zu einer Fronfahrt nach Mannheim ein.

Darüber war ich hoch erfreut. Schon längst hatte ich mir gewünscht, die berühmte Residenzstadt und angeblich uneinnehmbare Festung Mannheim kennenzulernen.

Wenn auch der Kurfürst seinen Wohnsitz schon seit Jahren nach München verlegt hatte, so war Mannheim doch die Residenz einer von ihm eingesetzten statthalterischen Regierung der Kurpfalz geblieben. Das hatte ich schon damals von Pfarrer Boettiger gehört.

Weingarten hatte auf Befehl des Brettener Oberamtes bei den Fourieren (*Verpflegungsunteroffiziere*) zweier großer Mannheimer Kasernen je fünfundzwanzig Zentner dunkles Mehl abzuliefern. (*Ein Zentner – etwa 48,6 kg*)

Schultheiß Volck hatte alles versucht, um die Last dieser Lieferung von seiner Gemeinde abzuwenden. Er hatte darauf hingewiesen, daß der Flecken die Mißernte von 1784 und die Folgen des Saatgutmangels von 1785 noch immer nicht überwinden konnte. Das Oberamt tat aber alle seine Gründe als "nicht platzgreifig" ab. Ihm wurde bedeutet, auch in anderen kurpfälzischen Orten herrsche Brotknappheit. Das sei nichts Besonderes.

Die zum Frondienst eingeteilten Bauern Jacob Martin und Caspar Steinweck mußten jeder einen zweispännigen Planwagen stellen und kutschieren. Einen dritten Fronwagen dieser Art hatte der Kommandant des gesamten Transportes, der Gerichtsmann Vonderlöhr, beizubringen. Ich galt als Kutscher seines Wagens. Unterwegs zeigte mir Vonderlöhr ein ganzes Bündel Transportpapiere mit vielen Unterschriften und Gemeinde- und Oberamtssiegeln. Diese Dokumente waren sehr wichtig, weil wir mehrere Zollstellen passieren mußten und weite Strecken durch ausherrisches Land zu fahren hatten. Unser Transportführer erhielt für seine Gruppe einige Gulden Vorschuß. Aus diesem Betrag sollte er die Übernachtungsgelder abrechnen. Als Zehrpfennig erhielt jeder täglich einige Kreuzer. Dem Transportführer standen als Gerichtsmann 24 Kreuzer Tagegeld zu. Die Gestellung der Pferde und Wagen sollte besonders vergütet werden. Caspar

Steinweck meinte, die sogenannte Vergütung sei völlig unzureichend.

Um für unsere Atzung (*Verpflegung*) möglichst wenig ausgeben zu müssen, hatten wir Brot und Speck eingepackt. In einer großen tönernen Korbflasche führten wir etwa zwanzig Schoppen (*1 Schoppen = 0,4 Ltr.*) Wein mit.

Der Schultheiß hatte angeordnet, daß pünktlich um fünf Uhr früh losgefahren werden sollte. Das Anblasen der Stunde durch den Nachtwächter galt für uns als Signal zur Abfahrt.

Ich stand als erster vor dem Rathaus auf dem Sammelplatz. Christian Rupp, der nach eigenem Bekunden schon immer morgens gegen vier Uhr wach war, hatte mich gewissenhaft geweckt. Zu so früher Stunde war es noch kühl. Ich fror in meinem Arbeitsanzug, den mir mein Freund, der Schneidergeselle Ludwig Reuter, aus grünem Drillich zusammengenäht hatte.

Bald nach mir trafen die drei Gespannführer mit ihren schon am Vorabend beladenen Planwagen ein. Wenn auch die Planen einen gewissen Regenschutz geboten hätten, so waren wir doch froh, daß der Himmel klar und das Wetter trocken war. Ich nahm neben dem Transportführer auf dem Sitzbrett Platz. Als man das Horn des Nachtwächters hörte, sagte Vonderlöhr neben mir: "Laß die Peitsche knallen! Auf geht's!" Jetzt war ich sicher, daß nichts mehr dazwischenkommen konnte. Wir waren auf dem Wege nach Mannheim.

Unterhalb des "Lamm" fuhren wir durch die Walzbachfurt. Dann ging es auf zunächst noch bekannten und meist sehr schlechten Straßen über Untergrombach, Bruchsal, Wiesloch und Oftersheim an Schwetzingen vorbei unserm Ziel zu.

Je näher wir der Stadt Mannheim kamen, desto besser wurden die Straßenverhältnisse. Vonderlöhr kannte die Strecke. Er meinte, zur Mittagszeit müßten wir eine Ruhestunde einlegen und die Pferde tränken und füttern. Spätestens bis acht Uhr abends würden wir die knapp neun Meilen (*1 Meile = 7,42 km*) von Weingarten nach Mannheim hinter uns gebracht haben.

In Mannheim würden wir im Gasthaus "Habereckl" für wenige Kreuzer übernachten. Den Wirt kenne er gut. Im "Goldenen Pfau" sei es zwar ganz bestimmt komfortabler, aber in dieser Herberge für wohlhabende Leute sei für uns alles viel zu teuer.

Es mag gegen vier Uhr nachmittags gewesen sein, als wir die Sommerresidenz unseres Kurfürsten Karl Theodor, den berühmten Ort Schwetzingen, passierten. Leider bekamen wir nur einen Außenbezirk zu sehen. Wenn wir hier eine Ruhepause eingelegt hätten, wäre ich davongesprungen, um mir das Schloß und den Park anzuschauen. Beides hatte Vonderlöhr als weltbekannte Sehenswürdigkeiten gepriesen, die den Vergleich mit ähnlichen Anlagen im großen Nachbarlande Frankreich nicht zu scheuen brauchten. Vonderlöhr meinte, hierher sei auch manches Scherflein aus den Weingartener Abgaben geflossen.

Unsere Fronfahrt war für mich von ganz besonderem Nutzen, weil der in Schwetzingen und Mannheim ortskundige Vonderlöhr unser Transportführer war, und ich neben ihm sitzen durfte. Er hatte in seiner nicht ordnungsgemäß abgeschlossenen Studentenzeit in einer vornehmen katholischen Familie zu Mannheim als Hauslehrer gewirkt. Auf meine Fragen konnte er mir deshalb sehr sachkundige Auskünfte erteilen.

So erfuhr ich von ihm, daß Mannheim kurz oberhalb der Einmündung des Neckars in den Rheinstrom auf einem Hochgestade zwischen beiden Flüssen eingezwängt liegt. Er erzählte, die Stadt Mannheim sei mehrmals erbaut worden. Die erste fürchterliche Zerstörung habe sie anno 1622 erlebt, also gerade in dem Jahre, in dem Tillysche Truppen unser Weingarten in Flammen aufgehen ließen. In Mannheim seien es eigene Streitkräfte gewesen, die den Ort dem Erdboden gleichmachten. Sie wollten Tillys Heer keine Unterkünfte, sondern nur verbrannte Erde überlassen. Im Jahre 1689 habe der französische General Mélac im Auftrage König Ludwigs XIV. die unter großen Opfern wieder aufgebaute

Stadt im Orleanschen Erbfolgekrieg erneut in Trümmer gelegt. Die Festung habe damals einerseits aus der Zitadelle, die eine stark befestigte Hofburg darstellte, und andererseits aus der befestigten Bürgerstadt bestanden.

Als beides zerstört war, sei keine besondere Zitadelle mehr erbaut worden, sondern die riesigen Baulichkeiten des kurfürstlichen Schlosses mit seinen großzügigen Parks und Gärten seien seither ein Teil der befestigten und leicht zu verteidigenden Stadt.

In unsere Gespräche vertieft fuhren wir gegen Abend durch das Dörfchen Neckarau.

Hinter dieser Ortschaft wollte Vonderlöhr einen weiten Bogen der ausgebauten Straße abschneiden. Wir benützten deshalb einen schlechten und von dichtem Buschwerk umsäumten Weg. Diese Abkürzung war so holprig und voller tiefer Löcher und Querrinnen, daß wir Achsenbrüche befürchten mußten. Von Mannheim war nichts zu sehen.

Um so angenehmer war ich überrascht, als eine breite Blöße plötzlich den Blick auf graue, zweistöckig übereinandergetürmte Mauerwälle freigab, die wie eine unwirkliche Erscheinung völlig unvermittelt vor uns aus den maiengrünen Auen aufragten.

Die hohen Befestigungsmauern verliefen weder rund noch gradlinig, sondern sie bildeten einen regelmäßigen Zackenkranz abwechselnd spitzer und stumpfer Festungserker von gigantischen Ausmaßen.

Vonderlöhr bezeichnete die vorspringenden Mauernasen als "Bastionen". Er erklärte mir dazu, wer sich der Stadt als Feind nähere, gerate unweigerlich zwischen den Bastionen ins Kreuzfeuer der Verteidiger, falls diese anwesend und zur Verteidigung willens seien.

Die hochaufragenden Wälle mit ihrem Baumbewuchs und den Palisadenkränzen wurden von einigen Kirchen und Profangebäuden überragt, deren Silhouetten bereits aus dieser großen Entfernung baulichen Formenreichtum ahnen ließen. Außerdem reckten sich hinter den Wällen zahlreiche Türme und Türmchen unterschiedlicher Höhe zum Himmel empor.

Das war also die kurpfälzische Festung und Residenzstadt Mannheim, von der Vonderlöhr schon seit Fahrtantritt als dem "Florenz des Nordens" geschwärmt hatte.

Wir kutschierten nun auf eine hölzerne Brücke zu, die über einen breiten Wassergraben und vor die Einfahrt eines prunkvollen Torgebäudes führte. Mein Sitznachbar wies mich auf die gegliederte und mit kriegerischen Emblemen geschmückte Fassade hin, die oben im Giebel das kurpfälzische Wappen trug. Unmittelbar vor dem äußeren Tor des Gebäudes baute sich ein erstaunlich sauber uniformierter Wachtposten vor uns auf und hielt uns seine lange Flinte mit aufgestecktem Bajonett wie einen Schlagbaum vor die Pferde. Ein zweiter Soldat, der statt der Flinte einen Säbel trug, trat neben unseren Kutschersitz: "Gott zum Gruße. Wer seid Ihr? Woher kommt Ihr? Wohin wollt Ihr? Was habt Ihr geladen?"

Vonderlöhr hielt dem aufgeputzten Mann eilig die bereitgehaltenen Reisepapiere vor die Nase: "Bitte lest, Herr Korporal. Alle drei Wagen gehören zu meinem Mehltransport. Ich habe Weisung, unsere Ladung zu gleichen Teilen zu den Fouragestellen der 'Alten Kaserne' und der 'Kaserne der Garde zu Pferd' zu bringen."

Der Korporal studierte die Papiere eingehend und fragte dann, ob wir den Weg wüßten. Vonderlöhr sagte, er sei schon oft hier gewesen und kenne sich in Mannheim wie in seiner Rocktasche aus. Da befahl der Wachtkorporal dem Posten, uns passieren zu lassen.

Unsere Fuhrwerke rollten durch das langgestreckte Tonnengewölbe des Torgebäudes ins Innere der Festung. Dort befahl mir Vonderlöhr, sofort ganz scharf nach links abzubiegen. Das erste Stück des Weges war sehr eng. Es führte zwischen einem großen Gebäude, welches die Aufschrift "Stuckgießerei" trug, und einer großartigen Kirche hindurch. Ich wurde belehrt, daß unter einer "Stuckgießerei" eine dem Militär unterstehende Kanonenfabrik zu verstehen sei. Bei der Kirche handele es sich um die berühmte Kapuzinerkirche. Mit pfiffigem Gesichtsausdruck fügte Vonderlöhr hinzu: "Du siehst am Beispiel dieser Gasse, daß es in der Kurpfalz manchmal etwas eng zugeht zwischen dem Militärischen und dem Kirchlichen. Man muß eben, so wie du jetzt, stets achtgeben, daß man nirgends aneckt. Als junger Student hatte ich das noch nicht begriffen. Nun habe ich die Folgen meiner damals mangelhaften Einsicht zu tragen."

Anschließend fuhren wir in eine Straße, zu deren Seiten die beiden Kasernen lagen, die wir zu beliefern hatten. Vor der "Kaserne der Garde zu Pferd" mußte ich anhalten. Vonderlöhr sprach den Posten an. Der Mann rief nach dem wachhabenden Unteroffizier. Dieser holte den diensthabenden Offizier herbei. Dem konnte Vonderlöhr endlich seinen Auftrag vortragen. Der Offizier erklärte daraufhin, die Fourageannahme sei bis mindestens morgen mittag um ein Uhr geschlossen, weil die Fouriere mit der Truppe ausmarschiert seien. Bis dahin dürften wir die Wagen in einer leeren Remise unter sicherem Verschluß abstellen. Für die Pferde könne er uns einen unbenutzten Stall zur Verfügung stellen.

Vonderlöhr entschied, daß wir von diesem Anerbieten sofort Gebrauch machen sollten. Er meinte, es nütze uns gar nichts, wenn wir jetzt noch versuchen würden, das Mehl für die "Alte Kaserne" abzuliefern. Die Heimfahrt könnten wir doch erst dann antreten, wenn wir unsere Fracht in beiden Kasernen bestimmungsgemäß abgeladen hätten.

Vonderlöhr ließ sich die Zahl der zurückgelassenen Mehlsäcke bescheinigen. Wir versorgten die Pferde und machten uns zu Fuß zum Gasthaus "Habereckl" auf.

Erst jetzt konnte ich ein wenig die Stadt betrachten. Ich war sprachlos vor Staunen. Alle Straßen waren breit und verliefen schnurgerade und in gleichem Abstand zueinander. Im genau rechten Winkel wurden sie von entsprechenden Straßen gekreuzt.

Die Wohnhäuser waren in der Regel vierstöckige Gebäude. Ihr Mauerwerk war meist reich verziert. In den unteren Etagen befanden sich oftmals Ladengeschäfte oder Arbeitsräume von Handwerkern. Nirgends sah ich Gebäude, die in Fachwerkbauweise errichtet waren.

Eine Querstraße war besonders breit. Mir schien es, als unterteile sie die Stadt in zwei gleiche Hälften. Vonderlöhr sagte uns, das sei die sogenannte Baumallee. Jacob Martin schätzte, man brauche etwa zwanzig Minuten, um die breite Baumallee längs zu durchschreiten. Zu beiden Seiten der Baumallee standen auf verzierten, hohen und stählernen Füßen große Laternen. Man nennt sie in Mannheim ganz einfach "Straßenlaternen". Weil sich inzwischen schon die einsetzende Dämmerung bemerkbar machte, konnten wir Männer beobachten, die diese Laternen anzuzünden begannen.

Caspar Steinweck brummte ein über das andere Mal: "Was es nicht alles gibt."

Im "Habereckl" wurde Vonderlöhr vom freundlichen Wirt als alter Bekannter herzlich empfangen. Wir aßen und tranken. Dann legten wir uns auf die Strohsäcke und schliefen uns aus. Am nächsten Vormittag zeigte uns unser Transportführer die Stadt.

Obwohl wir an einem ganz gewöhnlichen Werktag nach Mannheim kamen, sah ich mit nur ganz wenigen Ausnahmen gut gekleidete Menschen. Man konnte vermuten, sie hätten ihre Festtagsgewänder aus der Kleiderkiste geholt.

Kavaliere unterschiedlichen Alters, von denen einige aufgeputzte Damen am Arm führten, flanierten herum. Einige Frauenzimmer trugen Kleider mit tiefen Ausschnitten. Bei einem dieser vornehmen Weiber konnte sich Vonderlöhr die leise gemurmelte Bemerkung nicht verkneifen: "Schaut euch diese schamlose Person an. Die zeigt ihre Brüste mehr als daß sie sie verbirgt."

Die Männer trugen meist Zopffrisur und hatten sich einen zierlichen Degen umgeschnallt. Überall ratterten Equipagen übers Kopfsteinpflaster.

Vornehme Herrschaften, die nicht in einer Kutsche geschüttelt werden wollten, ließen sich durch livrierte Lakaien in Sänften herumtragen.

Zu meinen Weingartener Freunden sagte ich, man könne kaum glauben, daß diese großartige wohlhabende Stadt mit ihren vornehmen Einwohnern zur ärmlichen Kurpfalz gehöre. Da lachte Vonderlöhr und sagte: "Die rücksichtslos aus der ärmlichen Kurpfalz gepreßten Abgaben ermöglichen der Mannheimer Oberschicht den Reichtum und das vornehme Leben. Hier wohnen auch ärmere Leute. Die haben aber zu arbeiten. Deshalb sieht man sie nicht."

Wir bestaunten das riesige Schloß des Kurfürsten, in dem man hätte ganz Weingarten unterbringen können, große Plätze, herrliche Kirchen und das Zuchthaus, das bis weit ins Land hinaus einen bösen Ruf hatte.

In Weingarten war ein altes unbeholfenes Räuberlied bekannt, dessen Zeilen lauteten:

"Bei der Windmühl
geht der Weg naus
nachher Mannheim
in das Zuchthaus."

Mir lief es kalt über den Rücken, als ich das kahle dreistöckige Haus mit den dicken Eisenstäben vor den Fenstern sah. Ich weiß nicht, ob ich mir das nur einbildete, oder ob ich tatsächlich aus dem Zuchthaus Schmerzensschreie geprügelter Insassen hörte.

Überall waren außer zahlreichen Zivilisten auch Soldaten zu Fuß und zu Pferde zu sehen. Vonderlöhr trug uns die ersten Zeilen eines so alten wie wahren Verses vor, der die Lage der bedauernswerten kurpfälzischen Soldaten verdeutlichte:

"Am Kopf ein Held,
im Sack kein Geld,
am Hals ein Kind,
den Bauch voll Wind."

Auf der Rückfahrt ließ ich mir diesen lustigen, aber doch auch traurigen Vers nochmals sagen und prägte ihn mir ein.

Die Sternwarte, das "Teutsche Comödienhaus" und das Zeughaus hätte ich mir gern näher angesehen.

Am frühen Nachmittag wurden wir unser Mehl los. Dabei

gab es noch einen ärgerlichen Disput zwischen dem Fourageoffizier und uns. Der Fourier wollte weniger Säcke bescheinigen als er erhielt. Dafür sollten wir ein Trinkgeld bekommen. Vonderlöhr lehnte das Ansinnen ärgerlich ab.

Bald darauf rollten unsere Wagen durchs Heidelberger Tor hinaus auf der Landstraße der Heimat zu. Spät nachts trafen wir ohne Zwischenfälle in Weingarten ein.

***

Am nächsten Morgen wurde ich nach wenigen Stunden Schlaf schon wieder geweckt. Der Mühlenalltag hatte mich wieder.

Eine Woche darauf schellte der Gemeindediener eine schwerwiegende Verfügung des Oberamtes aus. Sinngemäß wurde verlautbart, das Kurfürstliche Oberamt habe den Schultheiß von Weingarten "verbeschieden, alle Schildwirtschaften wegen frevelmäßigen Malverhaltens unbotmäßiger Einwohner" auf die Dauer einer Woche zu schließen. Auch Zusammenkünfte in den Privaträumen der Wirte fielen unter diesen strengen Befehl. Das Gasthaus "Zum Lamm" werde hiervon ausdrücklich ausgenommen, weil dessen Wirt in seinem Hause keine Unbotmäßigkeiten geduldet habe. Darauf folgten die genauen Schließungsdaten.

Später erfuhr ich, daß die Obrigkeit weniger die Wirte, sondern vielmehr die Gaststättenbesucher treffen wollte. Tatsächlich waren jedoch nur die Wirte der betroffenen Häuser die Geschädigten. Wer seinen Wein in Gesellschaft trinken wollte, konnte das "Lamm" oder eine der Straußwirtschaften aufsuchen. Trotzdem löste dieser Eingriff des Oberamtes ins dörfliche Leben in der Weingartener Bevölkerung ohnmächtige Wut und Verärgerung aus. Mir war jedoch die Schließung der Schildwirtschaften gerade recht. Ich konnte mit einigen freien Sonntagsstunden meiner Lisa und deren Freundin Barbara Mützel aus dem "Adler" rechnen. Barbara hatte schon vor einiger Zeit zugesagt, sie werde uns auf Wunsch als Anstandswauwau begleiten.

Es würde zu weit führen, wenn ich hier darlegen wollte, welch abgekartetes Spiel wir treiben mußten, um uns an jenem Sonntag treffen zu können. Die Mädchen hatten schließlich auch allerlei Arbeit im Hause und in den Ställen zu verrichten.

Ein fester Wille kann jedoch selbst nahezu Unmögliches durchsetzen. Die Mädchen gaben vor, zur Geburtstagsfeier einer guten Freundin gehen zu wollen. Was sie vorher im Sinne hatten, verschwiegen sie.

Als alles eingefädelt war, bereitete mir nur das Wetter Sorge. Ein verregneter Sonntag hätte alle Pläne durchkreuzt. Am Samstag war der Himmel wolkenverhangen. In der Nacht von Samstag auf Sonntag schlief ich unruhig. Mehrmals wurde ich wach, ging zum Fenster und schaute zum Firmament. Noch ehe der Tag graute, wurde der Himmel zu meiner Freude sternenklar. Am Morgen sah ich von meinem Fenster aus den Turmberg und die Setz in strahlendem Sonnenschein liegen. Dünne Schönwetterwölkchen, die gegen Mittag aufzogen, deuteten auf beständiges Wetter hin. Der Tag war herrlich warm.

Ich war in erwartungsfroher Stimmung. Frau Rupp muß an mir eine Veränderung bemerkt haben. Bei Tisch sah sie mich seltsam von der Seite an und fragte: "Was ist mit dir? Du strahlst so still vor dich hin."

Christian Rupp antwortete für mich: "Schau dir sein Gesicht an. Wer so rot wird, der fühlt sich durchschaut." Die alberne Katharina Rupp kicherte hinter vorgehaltener Hand in unsere Suppenschüssel. Am liebsten hätte ich die dumme Gans geohrfeigt.

Die Stunden vom Mittagessen bis drei Uhr, dem verabredeten Zeitpunkt unseres Zusammentreffens, wollten nicht vergehen. Ich machte mir allerlei zu schaffen und lauschte dabei auf die Schläge der Kirchturmuhr.

Schon eine halbe Stunde vor der Zeit machte ich mich auf den Weg, den ich hätte in wenigen Minuten zurücklegen können. Ganz langsam setzte ich ein Bein vor das andere.

Beim Walzbachbrückle unterhalb des Schafhofes sollte ich auf die Mädchen warten.

In Weingarten braucht man sonntags nicht mit einem Zusammentreffen mit Fußgängern zu rechnen. Bei uns ist es auch in dieser Hinsicht ganz anders als in Mannheim. Während in der Residenz selbst werktags ständig flanierende Paare und herumspazierende Herren unterwegs sind, gilt in Weingarten sogar sonntägliches Spazierengehen als verwerfliches Zeichen von Faulheit und Müßiggang. Man ist sich bei uns darüber einig, daß sonntags seine Ruhe braucht, wer werktags fleißig gearbeitet hat. Wer sich also sonntags Bewegung verschafft, der muß unter der Woche faul gewesen sein. Uns, die wir möglichst niemanden treffen wollten, kam diese Logik zugute.

Ich habe bis heute nicht vergessen, wie sehr damals die Hoffnung auf glückliche Stunden das Bild meiner engen Welt vergoldet hat. Während ich auf einem Grenzstein sitzend die Mädchen erwartete, drang vom Schafhof her das Blöken der Herden an meine Ohren. In meiner Hochstimmung empfand ich es als ebenso melodisch wie das Zwitschern und Tirilieren der Vögel in den blühenden Holderbüschen neben mir. Die gesamte Natur um mich her nahm ich in besonders eindringlicher Weise wahr.

Ich freute mich an den kleinen silbrigen Wellen des Baches, an den bunten Blumen der Unkräuter, an den schillernden Käfern auf Gräsern und Blüten und am blauen Himmelszelt.

Dieweil ich meine Ungeduld unterdrückend wartete, sah ich überraschend die beiden Mädchen von der Ölmühle her kommen und auf mich zu schreiten.

Ich sprang auf und ging ihnen entgegen. Lisa trug ein hellgrünes Kleid. Die langen Zöpfe mit eingeflochtenen dunkelgrünen Schleifen ließ sie nach vorn über die Schultern herunterhängen. Ihre Wangen waren frisch und rosig und zeigten kleine lustige Grübchen.

Noch nie hatte ich Lisa längere Zeit aus einer gewissen

Entfernung anschauen können. Deshalb fielen mir jetzt ihre schlanke Taille, die keiner künstlichen Einschnürung bedurfte, ihre straffen Brüste und ihre langen Beine mit den wohlgeformten Fesseln viel mehr auf, als das bei unseren bisherigen kurzen Begegnungen der Fall war. Lisas ganze Erscheinung stand im Gegensatz zur geradezu rührenden Häßlichkeit ihrer Freundin Barbara.

Ich begrüßte die Mädchen und reichte beiden die Hand. Zu Lisa sagte ich: "Liebe Lisa, es macht mich zum glücklichsten Menschen im ganzen Flecken, daß du gekommen bist." "Ich hab's doch versprochen", antwortete die Kleine mit freundlichem Lächeln. Es drängte mich, auch Barbara etwas Herzliches zu sagen. Ich dankte ihr deshalb mit den Worten: "Dir werde ich es nie vergessen, daß du meine Lisa bereitwillig begleitet hast." Augenblicklich erschrak ich, als Barbara anstatt einer Antwort nur leise bellte "Wau wau." Natürlich bemerkte sie meine Verwunderung und fügte deshalb erklärend hinzu: "Wenn ich schon als Anstandshündchen mitkommen muß, dann will ich auch bellen dürfen." Lisa und ich lachten hell heraus. So viel Humor und Witz hatte ich der Barbara gar nicht zugetraut.

"Wohin soll es überhaupt gehen?" fragte Lisa.

Ich antwortete: "Ich schlage vor, wir machen einen Spaziergang zum 'Alten Schloß'. Dort zeige ich dir den in kriegerischen Zeiten niedergebrannten und danach vom Zahn der Zeit und Bausteinbeschaffern weiter zernagten Burgstadel. Barbara kann sich derweil etwas mit der dortigen Umgebung vertraut machen."

Lisa machte ein nachdenkliches Gesicht und sagte: "Ich dachte, wir wollten nur einen Spaziergang zu dritt unternehmen. Mir scheint, du hast alles listig vorbedacht und vielleicht dein Versprechen von neulich vergessen."

Ich beruhigte sie: "Oh nein, ich will nur, daß wir beide einmal ganz allein sind und uns in aller Ruhe aussprechen können."

"Wenn es dabei bleibt, soll es mir recht sein", gab Lisa

zurück. Danach gingen wir bis zum Bärentalbrückle nebeneinander. Die Mädchen nahmen mich in die Mitte. "Wie war es in Mannheim? Erzähle von deiner Fronfahrt", forderte Lisa mich auf.

Ich berichtete von der großen reichen Stadt, dem fürstlichen Schloß, dem furchteinflößenden Zuchthaus und den hohen Bürgerhäusern, schmuckreichen Kirchen und kahlen Kasernen.

Dabei ergriff ich Lisas warme weiche Hand, und sie ließ es willig geschehen. Ich spürte, wie mein Herz lebhafter schlug und ein Gefühl von Liebe und Glück mich erfüllte. All die Unzufriedenheit, drängende Unruhe und bedrückende Verlassenheit der letzten Wochen waren verflogen. Ich wußte, daß neben mir ein Menschenkind einherschritt, das meine Liebe erwiderte.

Als wir die Bärentalbrücke überschritten hatten, verengte sich der Weg zu einem schmalen Fußpfad, der sich zwischen Weiden, Birken und hohem Schilf durchschlängelte. Überall sah man moorige Tümpel, die der Walzbach zurückgelassen hatte.

Barbara meinte: "Ich gehe voraus, damit ihr euch nicht trennen müßt." Das verständnisvolle Mädchen verschwand hinter einer Biegung des Pfades. Ich nahm Lisa in die Arme und wir küßten uns lange und innig.

Noch war mein Ich in Verstand und Gefühl gespalten. Der Verstand ließ mich denken: "Was wäre wohl Goethes 'Werther' in dieser Lage an feingedrechselten Empfindsamkeiten eingefallen?"

Dabei fragte ich mich, ob nur ich als einfacher Mühlenknecht grobschlächtiger empfand, oder ob wir Dorfkinder allgemein durch die Hammerschläge des Schicksals, die wir zu ertragen haben, härter geschmiedet sind.

Lisa riß mich aus meinem Grübeln: "Komm, mein geliebter Hans. Was soll Barbara von uns denken?"

Nach einigen weiteren Schritten lichtete sich das Gehölz, und wir standen vor dem Burgstadel. Barbara kniete im Grase und pflückte Blumen. Die Sonne beschien die alten, von Efeu umsponnenen Mauerreste. Lisa und ich schritten durch den breiten Eingang und mußten dabei über die von Gras und niederem Gestrüpp überwucherten Steinbrocken des heruntergebrochenen Torbogens ins Innere des Stadels steigen.

Im hohen Grase suchten wir uns ein sonniges Fleckchen. Ich entledigte mich meines blauen Rockes und breitete ihn sorgfältig aus, um für Lisa einen angenehmen Sitzplatz zu schaffen.

Eng umschlungen saßen wir dort und ich hatte das Gefühl, mit Lisa ganz allein auf der Welt zu sein.

Zwischen heißen Küssen erzählte Lisa aus ihrem Leben, vom frühen Tode ihrer Mutter, von ihrem leichtsinnigen Vater, der Frau und Kind verlassen hatte, um in unbekannter Fremde sein Glück zu suchen, von ihrem lieblosen Leben unter fremden Leuten, von schwerer Arbeit und von kleinen Freuden.

"Wir beide werden künftig in Liebe zusammengehören", sagte ich. "Nichts darf uns trennen. Die sechs Jahre werden vergehen, bis ich die Heiratserlaubnis erhalten kann. Ich will dir die Liebe geben, die du bisher in deinem Leben entbehren mußtest. Als Mühlenknecht werde ich mein Brot verdienen, und wir werden gemeinsam unsere Kinder ernähren können und eine zwar arme, aber glückliche Familie sein."

Wir sanken ins Gras. Ich blickte in Lisas helle Augen und sah die hohen Halme und wilden Blumen über uns und über allem den blauen Himmel und die weißen ziehenden Wölkchen. Wir nahmen uns fest in die Arme und die Wogen der Liebe schlugen über uns zusammen.

Was hier mit uns geschah, ist so oder ähnlich in Millionen von Jahren seit Adam und Eva zwischen zwei Menschen geschehen. Die Schamhaftigkeit verbietet es mir, mich darüber zu äußern.

Wie benommen erhoben wir uns. Ich zog meinen Rock wieder über, und wir traten ins Freie, um Barbara zu suchen. Das Mädchen saß auf einem bankförmigen roten Sandstein und sah uns mit einem Lächeln entgegen, hinter dem sich Traurigkeit verbarg.

Gemeinsam gingen wir heimwärts. Lisa hatte sich einen Vorschlag zurechtgelegt: "Hört her, ihr beiden. Bis hier zum Burgstadel ist es weit. Eines Tages wird uns jemand sehen oder gar überraschen. Welche Ausrede kann ich vorbringen, um meinen Weg zum 'Alten Schloß' zu begründen? Keine! Wann haben Barbara und ich wieder einmal gemeinsam Zeit? Vielleicht nie. Ich denke, es wäre einfacher, wenn wir uns künftig beim alten Steinbruch am Fuße des Mittelweges treffen würden. Meine Herrschaft hält mehrere Ziegen. Diese wählerischen Geschöpfe wollen nur bestes Futter. Anderes treten sie in den Kot. Beim Steinbruch wächst gutes Geißenfutter. Dort findet man zum Beispiel die bei den Ziegen so beliebten Geißblätter. Ich werde mich künftig unserer Geißen mit großem Eifer annehmen und zum Futterholen immer weitere Wege auf mich nehmen, die mich schließlich bis zum Steinbruch am Mittelweg führen werden. Niemand wird sich dabei etwas denken. Bei dieser Gelegenheit könnten wir uns treffen. Barbara wird ganz bestimmt auch hierfür unsere Liebesbotin sein."

Lisas Freundin meinte, wir sollten nicht glauben, es wäre ihr zu lästig oder gefährlich, uns zum Burgstadel zu begleiten, aber den soeben gehörten Vorschlag halte sie für sehr gut.

"Warum sind wir nicht früher darauf gekommen", sagte ich und küßte meine kluge Lisa.

Aus dem Gefühl tiefer Dankbarkeit nahm ich auch Barbara um den Hals und küßte sie auf die Wange. Dabei kam ich mir vor wie jemand, der selbstlos ein gutes Werk verrichtet. In guter Stimmung wanderten wir dem Dorfe zu. In der Nähe des Schafhofes verabschiedeten wir uns. Weil Schafknechte in der Nähe standen, war unser Abschied nur sehr förmlich. Die Mädchen gingen zur Brettener Straße, um auf alle Fälle ihrer gemeinsamen Freundin zum Geburtstag zu gratulieren. Dabei wollten sie Barbaras Feldblumenstrauß überreichen.

Ich wählte den Weg am Bach entlang. Zu Hause zog ich schnell meine Arbeitskleidung an und verrichtete meine Stallarbeit. Beim Abendessen war ich besonders schweigsam. Meine Gedanken waren bei Lisa.

***

Nach diesem ereignisreichen Tag fühlte ich mich als Mann und meine Jungenzeit betrachtete ich als abgeschlossen. Ich war mir darüber im klaren, daß einige Wochen vergehen würden, bis sich Lisa bei ihrer Suche nach gutem Geißenfutter unauffällig zum Steinbruch am Mittelweg vorgearbeitet haben würde, und wir uns dort ohne Barbara treffen könnten.

Während dieser Wochen des Wartens hatte ich ein besonderes Erlebnis mit einem Gießener Studenten. Die Begegnung begann mit einem ärgerlichen Wortwechsel. Danach erlaubte mir ein ruhigeres Gespräch aufschlußreiche Einblicke in Lebensart und Lebensgefühl gewisser aufmüpfiger Kreise der heutigen studentischen Jugend.

Im ganzen gesehen war es eine unerfreuliche Bekanntschaft. Der Student war reich und aus adligem Hause. Sein Äußeres sah trotzdem heruntergekommen aus. Balthasar von Kammerkopf hieß er. Sein Degen wollte nicht so recht zu seiner sonstigen Erscheinung passen. Mir erklärte er, in Gießen laufe man als Student in dieser Aufmachung herum. Alle Dorfbewohner waren in seinen Augen "Knoten" und die Handwerker und Händler nannte er "Philister".

Als ich ihn fragte, was er studiere, meinte er, er habe sich der "Zotologie" verschrieben. Später werde er vielleicht ein ernsthaftes Studium beginnen.

Im Hause des Ökonomierates Kiefer lebte zu der Zeit ein Mädchen, das der Student als seine "Hauptfrau" bezeichnete. Ihr sollte ich in seinem Auftrage einen Brief und eine Summe Geldes aushändigen. Er selbst traute sich trotz seiner sonstigen Dreistigkeit nicht in die Nähe des als Grobian verschrieenen Mannes. Als Belohnung wollte er mir fünf Gulden schenken. Das war für mich sehr viel Geld. Ich war froh, als ich den Auftrag ausgeführt und das Geld in der Tasche hatte. Balthasar begann, mir als Dreingabe noch seine Erlebnisse mit diesem Mädchen in allen Einzelheiten zu schildern. Ich schnitt ihm jedoch das Wort ab und sagte, das wolle ich nicht hören. Danach reiste der seltsame Vogel umgehend ab.

***

Arbeitslohn erhielt ich bekanntlich nicht, und die Lehrgeldfreiheit mußte ich in verdoppelten Lehrjahren abarbeiten. Selten genug steckte mir das Ehepaar Rupp einen Gulden zu. Mein geringes Einkommen verdankte ich deshalb hauptsächlich den Trinkgeldern, die aber leider meist nur nach Hellern bemessen waren. (*1 Gulden = 480 Heller*) Die fünf Gulden, die ich von Balthasar erhalten hatte, waren für mich ein kleines Vermögen.

Der auf einen Schlag in meine Taschen geflossene Reichtum ermöglichte es mir bei äußerster Sparsamkeit, ab und zu unabhängig von meiner wohltätigen Stammtischrunde eine Wirtschaft nach meiner Wahl aufzusuchen. Diese Gaststätte war der "Adler", weil ich dort Barbara treffen und durch sie Nachricht von Lisa erhalten konnte.

Schon bei meinem ersten Besuch im "Adler" gab mir Barbara durch Augenzwinkern zu verstehen, daß sie mir etwas mitteilen wollte. Ich tat, als müsse ich in den Hof gehen, um dort meine Notdurft zu verrichten und traf mich auf dem Wege dorthin mit der treuen Barbara. Ich erfuhr, daß Lisa schon mehrmals beim Steinbruch war, und daß sie auch an diesem Abend um acht Uhr dort sein wolle.

Im Gastzimmer sah ich, daß es schon nach acht war. Eilig trank ich meinen verdünnten Wein aus, zahlte und eilte durch die Durlacher Straße, ein kurzes Stück den Kirchbergweg hoch und von dort nach rechts zum Mittelweg. Nach wenigen Schritten stand ich vor dem schon seit Jahren stillgelegten Steinbruch. Ich blickte mich suchend um, aber von Lisa war nichts zu sehen.

Plötzlich hörte ich aus dem dichten Gebüsch ein dumpfes Brummen. Ich sah genau hin und erblickte Lisa, meinen lustigen Kobold. Wir fielen uns um den Hals.

Nach der ersten stürmischen Umarmung nahmen wir das gefüllte Grastuch und die Sichel, um uns damit tiefer in die dämmrige Wildnis zurückzuziehen. Weil ich nicht der Student von Kammerkopf aus der Oberschicht bin, schweigt meine Feder über alles, was sich an diesem Abend und danach noch oftmals an diesem stillen Platz zutrug.

Von nun an verabredeten wir stets von einem zum anderen Male unser nächstes Zusammentreffen und zur Sicherheit zwei Ersatztage. Das erwies sich als vorausschauend und richtig. Oft genug kam bei einem von uns beiden etwas dazwischen, oder Regenwetter machte uns einen Strich durch die Rechnung. Ich zählte die Stunden von einem Stelldichein zum nächsten. Lisa gestand mir, daß es ihr ebenso erging. Wir durchlebten eine glückliche Zeit. Darüber vergingen Wochen und Monate, und das Laub färbte sich herbstlich.

Anfang November mußte ich an einem trüben Abend erfahren, wie dicht Glück und Kummer beieinander liegen können. Als mir Lisa an jenem Abend entgegen kam, war ihr sonst so fröhliches Gesicht sehr ernst. Ihre Augen sahen verweint aus. Ich fragte nach dem Grund ihrer Betrübnis. Da brachte sie mit zitternder Stimme vor, sie habe an sich bestimmte Veränderungen bemerkt und die erfahrenere Barbara um Rat gefragt. Nun wisse sie, daß sie schwanger sei.

Mir war sofort klar, was das für uns bedeutete: peinliche Verhöre vor dem Ortsgericht, vielleicht sogar vor dem Brettener Oberamt, Bestrafungen, verächtliche Behandlung vor allem der Lisa durch engstirnige, mit Vorurteilen belastete Klatschmäuler und das Ende unserer unbeschwerten Liebe.

Dazu kam bei mir die Sorge um das Leben von Mutter und Kind bei und nach der Geburt. Wer sollte den neuen Erdenbürger in dessen ersten Lebensjahren pflegen? Lisa würde doch schon wenige Tage nach ihrer Niederkunft wieder arbeiten müssen, um ihr Brot zu verdienen.

Trotzdem versuchte ich, Lisa zu trösten. Ich sagte ihr, daß ich sie niemals im Stich lassen werde. Ich wolle zu ihr stehen, auch wenn es nicht immer leicht sein werde. Da ich gerade erst neunzehn sei, müßten noch fast sechs Jahre verstreichen, bis ich das Heiratsalter erreicht habe. Dann hätten wir beide noch nicht das Geld, was ein Paar für die Erteilung der Heiratserlaubnis nachweisen müsse. Ich wolle mir überlegen, wie wir auf ehrliche Weise zu dem erforderlichen Geld kommen könnten. Bis dahin müßten wir ertragen, was uns das Schicksal auferlege.

Lisa konnte nur unter Tränen flüstern: "Ich danke dir, mein lieber Hans. Ich will so tapfer sein, wie du es bist. Oh, ich hatte große Angst, daß du dich nun von mir abwenden könntest, wie das so viele in deinem Alter tun, wenn ihre Liebe auf diese Probe gestellt wird."

Wir sprachen noch lange über unsere düstere Zukunft und verabredeten, Lisas Zustand so lange wie möglich zu verschweigen. Dann nahmen wir herzlich voneinander Abschied und machten uns kummerbeladen getrennt auf den Heimweg.

## Jäger und Gejagter

Wenige Wochen später, es muß Ende November gewesen sein, wurde ich nachts aus dem Schlaf gerissen. Ein Deputierter namens Friedrich Stupps holte mich mit vielen anderen zur Teilnahme an einer überraschenden Streifung (Razzia) nach Räubern und herrenlosem Gesindel ab. Vor dem Rathaus wurden wir notdürftig bewaffnet. Stupps sollte die Gruppe anführen, der ich zugeteilt war. Uns hatte man die Aufgabe gestellt, vom Tiefental aus in die Ungeheuerklamm auszuschwärmen, um das ganze Gebiet gründlich zu durchsuchen. Je näher wir unserem Einsatzort kamen, desto stiller und ängstlicher wurde der sonst so großsprecherische Stupps. Der Gillerdon schürte die Ängste unseres Gruppenführers mit solchen Bemerkungen wie: "Die Räuber machen immer zuerst die Anführer kalt."

Es gab mehrmals einen Aufenthalt, weil Stupps hinter einem Busch die Hosen umdrehen mußte.

Vor dem Tiefental übernahm der junge Schmied Friedrich Hurst die Gruppe. Die ganze Streifung wurde ein Schlag ins Wasser. Wir fanden nur noch die schwelende Glut eines verlassenen Lagerfeuers und eine junge, fremdländisch aussehende Frau mit einem Säugling. Die Räuber waren über alle Berge. Stupps wurde wieder laut und herrisch, als wir diese beiden "Gefangenen" im Ortsgefängnis ablieferten.

***

Die Wochen des Wartens auf das unaufhaltbar auf Lisa und mich zukommende Verhängnis vergingen äußerst zähe.

Mit dem Geißenfutterholen war es während der Wintermonate vorbei. Lisa hatte deshalb keinen Vorwand, das Haus ihrer Herrschaft längere Zeit zu verlassen.

Öfter als bisher saß ich nun am Stammtisch im "Löwen", um dort Lisa wenigstens sehen zu können. Ich versuchte, meine geringe Zeche möglichst aus eigener Tasche zu zahlen. Je weiter das Jahr fortschritt, desto mehr wunderte ich mich bei Lisas Anblick, daß noch nie jemand etwas bemerkt hatte. Meine Augen waren vermutlich besonders geschärft, weil ich Bescheid wußte. "Lange geht das nicht mehr gut", dachte ich sorgenvoll bei mir.

Nachts lag ich stundenlang schlaflos auf meinem Strohsack. Dabei und in ruhigen einsamen Stunden in der Mühle geriet ich immer wieder ins Grübeln. Daß ich auf Befragen die Vaterschaft bejahen werde, stand für mich fest. Ich dachte jedoch darüber nach, ob ich den bequemeren Weg des reuigen Sünders gehen sollte, der seine Strafe mit gespielter Zerknirschung hinnimmt, oder ob es besser und mannhafter wäre, dem Gericht mit flammenden Worten die Meinung zu sagen.

Ich nahm mir vor, dem Gericht folgende hochtrabende Worte vorzutragen: "Hochwohlgeborener Herr Schultheiß, werte Herren Gerichtsverwandte, Herr Gerichtsschreiber, ich stehe hier als angeklagter Missetäter vor Ihnen. Was habe ich verbrochen? Dieses Mädchen hier habe ich geliebt und werde es lieben, solange ich lebe. Sie ist der einzige Mensch auf der Welt, der mich, den armen und elternlosen Mühlenknecht, in sein Herz geschlossen hat. Lisa Lamm ist in der gleichen Lage wie ich. Auch sie steht mutterseelenallein da.

Ihre Liebe strahlt seit einem Jahr als helles Licht in mein sonst so tristes und freudloses Leben und in das graue Einerlei meiner meist in Einsamkeit zu leistenden schweren Mühlenarbeit.

Ich weiß, daß aus unserer Liebe ein kleines Menschenkind hervorgehen wird, aber ich kann nicht einsehen, daß wir uns deshalb versündigt haben. Der Herrgott hat uns Menschen die Fähigkeit zur Liebe ins Herz gepflanzt. Die Liebe kann also weder Sünde vor Gott noch strafbarer Frevel vor den Menschen sein.

Eher bin ich der Meinung, daß es eine frevelmäßige Ungerechtigkeit darstellt, die ärmere Jugend eines Landes für das zu strafen, was andere als 'freudiges Ereignis' feiern dürfen.

Vielleicht werden mich jetzt nicht alle hier am Tisch verstehen, aber ich sage Ihnen, die Zeiten und damit auch die Ansichten werden sich ändern. Das war in der Weltgeschichte immer so und wird deshalb auch künftig so sein. Herr Pfarrer Boettiger hat mir das oft genug anhand von Beispielen bewiesen.

Hohe Gerichtsherren, Ihnen mache ich keine Vorwürfe. Von meinem niederen Stande aus gesehen, sind Sie zweifellos mächtige Männer, aber ich weiß auch, daß Sie zugleich Untertanen der höheren Obrigkeit sind, deren Befehle Sie zu befolgen haben. Nun urteilen Sie nach Gesetz und Gewissen."

Schon wenige Tage später begann das Schicksal seinen Lauf zu nehmen. Eines Nachmittags gegen fünf Uhr kam Gendarm Digiser in die Mühle und eröffnete mir: "Hans, ich habe Befehl, dich zu arretieren und dem Ortsgericht vorzuführen."

Ich folgte ihm stumm mit niedergeschlagenen Augen. Unterwegs sah uns bei der Untermühle eine Gruppe von Buben. Einer von ihnen rief seinen Spielgefährten zu: "Los, kommt mit. Vielleicht legen sie ihn über den Bock. Das kann lustig werden."

Der Gendarm verjagte die Kinder: "Fort mit euch. Heute gibt es nichts zu sehen."

Am Schuhmarkt stand gerade der alte weißbärtige Jude Bamberger vor seinem Hoftor. Er sprach mir Mut zu: "Kopf hoch, Büble. Auch dir wird Jehovas Sonne wieder scheinen."

Wir stiegen die Rathaustreppe hoch und betraten das Gerichtsschreiberzimmer. Von dort aus steckte Digiser seinen Kopf durch einen Türspalt ins Sitzungszimmer und meldete: "Der Constitut ist da."

Wir mußten warten. Von drinnen hörte ich das keifende Gerede des Gerichtsschreibers und ab und zu Lisas schüchterne Stimme.

Schließlich rief der Schreiber uns herein. Der Schultheiß, alle Gerichtsverwandten und der Gerichtsschreiber saßen an einem langen Tisch. Seitlich vor ihnen stand Lisa und trocknete sich die Augen mit ihrer Schürze.

Ich mußte mich vor die Mitte des Ratstisches stellen. Schultheiß Volck sprach mich väterlich an: "Hans Feld, du bist der unehelichen Vaterschaft dringend verdächtig. Herr Gerichtsschreiber Brackenheimer wird dich jetzt vorschriftsmäßig zu den Generalia (*allgemeine Umstände*) und Spezialia (*besondere Umstände*) verhören. Verschweige nichts und sage die Wahrheit. Einiges ist uns bereits durch andere Aussagen bekannt."

Brackenheimer sah mir feindselig ins Gesicht und stellte mir nacheinander folgende Fragen:

"Sage mir zu den Generalia wie du heißt – Wann wurdest du geboren? – Leben deine Eltern noch – Wo wohnst du? – Wovon ernährst du dich?" Ich antwortete kurz, wahrheitsgemäß und höflich, obwohl ich mich darüber wunderte, daß er erfragte, was er doch längst wissen mußte.

Dann fuhr der Gerichtsschreiber fort: "Wir kommen nun zu den Spezialia."

Es ergab sich das folgende Frage- und Antwortspiel: "Kennt der Constitut das hier arretierte liederliche Frauenzimmer?"

"Ich kenne Lisa Lamm. Sie ist kein liederliches Frauenzimmer."

Lisa war bei Brackenheimers Worten erneut in Tränen ausgebrochen. Der Schreiber herrschte sie an: "Die Constitutin soll sich gefälligst ruhig verhalten. Es wäre besser gewesen, sie hätte rechtzeitig Tränen vergossen, anstatt sich haltlos hinzugeben."

Zu mir gewandt fragte der Mann: "Seit wann kennst du das unkeusche Frauenzimmer?"

"Ich kenne Lisa schon lange. Sie ist nicht unkeusch."

"So, das sieht man. Hast du dich mit ihr fleischlich vermischt?"

"Ja."

"Wie oft? Sage nicht in verlogener Weise, es wäre nur einmal geschehen. Das versuchen uns alle Deliquenten vorzuschwatzen. Also, wie oft?"

"Mehrmals".

"Wann erstmalig?"

"Im Sommer vergangenen Jahres."

"Bei Tage oder bei Nacht?"

"Bei Tage".

"Wie wurde die Tat vollzogen?"

"Ganz normal."

"Was heißt das, ganz normal? Ich muß genaue Angaben protokollieren."

An dieser Stelle kam mir Gerichtsmann Vonderlöhr zu Hilfe: "Schreiber, fahre mit dem weiteren Fragenkatalog fort. Ich erkläre dir nachher beim Wein, was das heißt."

"Wo geschah es? Daheim, im Bett, in einem fremden Haus, in einer Gastwirtschaft oder im Freien?"

"Im Freien."

"Wo im Freien?"
"Im alten Burgstadel."
Jetzt brüllte Brackenheimer mich an und stieß dabei seinen Kopf zu mir vor, als wolle er mich mit seiner langen spitzen Nase ins Gesicht hacken: "Lügner! Du sagst, es sei im Freien gewesen, aber gleichzeitig behauptest du, Tatort sei der alte Burgstadel gewesen. Was ist richtig?"
"Beides. Der Burgstadel besteht nur noch aus Umfassungsmauern. Oben ist alles offen. Das wissen Sie doch selbst."
"Ich treibe mich nicht im Burgstadel herum. Wie oft wurde die fleischliche Vermischung danach noch vollzogen?"
"Genau weiß ich es nicht. Vielleicht im ganzen fünfzehn Male."
"Denke nach. Alles ist wichtig."
"Ich will nicht lügen. Deshalb kann ich es nicht genauer sagen."
"Schau an. Einer wie du, der monatelang in derartig verwerflicher Weise durch Ausübung fleischlicher Lust in fortgesetzt schwerer Sünde gelebt hat, will sich jetzt als wahrheitsliebender Untertan aufspielen. Pfui über dich! Ich freue mich, daß ich in der vergangenen Zeit stets deine Gesellschaft gemieden habe."
Jetzt ergriff Schultheiß Volck, der sich wohl persönlich angegriffen fühlte, selbst das Wort: "Herr Gerichtsschreiber, es liegt trotz seiner Verfehlungen kein Grund vor, die Wahrheitsliebe des Constituten anzuzweifeln. Wir haben zu verhören, zu warnen und zu strafen. Mehr steht uns als Menschen, die selbst der Erlösung von ihren Sünden bedürfen, nicht zu. Fahren Sie mit der Vernehmung fort."
Brackenheimer schien den Rüffel verstanden zu haben. Er verzog sein Gesicht zu einer beleidigten Grimasse und fragte mich nun: "Wer wußte von eurem sündhaften Tun?"
"Niemand".
"Wer hat euch die Ausübung eurer Freveltaten erleichtert oder ermöglicht?"
"Niemand."

"Sprich die Wahrheit, oder willst du es auf die Prob ankommen lassen?"

"Es ist wahr. Niemand außer uns selbst hat unsere Zweisamkeit ermöglicht."

"Auch nicht Barbara Mützel? Hat diese Sündenhelferin nicht euer Liebesnest bewacht?"

"Nein. Sie hat nichts gewußt und nichts gesehen. Sie hat bestimmt auch nichts vermutet."

"Aber sie war in der Nähe?"

"Ob sie in der Nähe oder in der Ferne war, erscheint mir völlig unwichtig. Es kommt darauf an, ob sie etwas wußte oder etwas sah. Beides war nicht der Fall."

"Du verbirgst hinter deinen höflich klingenden Worten freche Reden. Sage jetzt ohne Ausflüchte, mit welchen Mitteln du die fleischliche Vermischung erschlichen oder erzwungen hast."

"Erschlichen oder erzwungen habe ich nichts. Nur die Liebe hat uns zusammengeführt. So etwas soll unter Liebenden vorkommen."

"Hat der Constitut dem Frauenzimmer die Ehe versprochen?"

"Ja. Ich werde Lisa Lamm heiraten, sobald ich das darf und kann. Das habe ich ihr aber nicht gesagt, um sie damit zu etwas zu überreden. Ich habe das meiner Lisa schon lange vor jener Zeit gelobt, in der ab und zu das geschah, was uns jetzt hier vor das Ortsgericht gebracht hat."

"Zum Heiraten braucht man bekanntlich ein gewisses Vermögen. Was besitzt du?"

"In Bargeld vier Gulden. Einiges steht mir bei Volljährigkeit aus dem Nachlaß meiner Eltern zu. Genaues weiß ich nicht."

"So ist es richtig", keifte der Schreiber. "Nichts besitzen, arm sein wie eine Kirchenmaus, aber ein sündhaftes Leben führen." Zum Schultheiß gewandt meldete Brackenheimer: "Das Verhör ist, was meine Wenigkeit betrifft, beendet. Haben die Herren noch Fragen?"

Als es keine weiteren Fragen gab, wollte ich zu meiner vorbereiteten flammenden Ansprache ansetzen. Ich kam aber über die Anreden nicht hinaus. Der Gerichtsschreiber schnitt mir das Wort ab: "Schluß! Als Constitut darfst du dein ungewaschenes Maul nur aufreißen, wenn du gefragt wirst."

Lisa und ich wurden mit dem uns bewachenden Gendarm ins Gerichtsschreiberzimmer geschickt. Digiser stellte sich unmittelbar an die Tür zum Sitzungszimmer, von der wir Abstand halten mußten. Das Ortsgericht beriet über das Strafmaß. Ich wollte Lisa Mut zusprechen und sagte: "Laß dich nicht unterkriegen. denke an das lutherische Kirchenlied, in dem es heißt 'und wenn die Welt voll Teufel wär'. Verlasse dich auf mich."

Digiser wies mich zurecht: "Es ist den Constituten untersagt, miteinander zu sprechen. Ich darf kein Gespräch zulassen. Seid lieber still."

Das Sprechverbot bedauerte ich sehr. Zu gern hätte ich gewußt, auf welchem Wege das Ortsgericht von Lisas bevorstehender Mutterschaft erfahren hatte.

Nach kurzer Zeit wurden wir ins Sitzungszimmer gerufen. Ohne uns anzuschauen, verkündete der Schultheiß das Urteil: "Lisa Lamm, das Gericht hat beschlossen, dich wegen deiner schweren Verfehlungen zehn Tage bei normaler Kost einzuturmen. Wegen der kalten Witterung und deines Zustandes darfst du deine Strafe im Arrestlokal absitzen. Du mußt also nicht in den Turm. Deine Ersparnisse in Höhe von drei Gulden und fünfundzwanzig Kreuzern hast du als Herrschaftsstrafe abzuliefern. Du trittst deine Strafe an, wenn der Arrestraum frei ist.

Nun zu dir, Hans Feld. Das Gericht hat den Beschluß gefaßt, daß du wegen schweren und im Zustand der Armut begangenen Frevels zwei Wochen bei Wasser und Brot in die Arreststube eingeschlossen werden sollst. An jedem dritten Tag erhälst du ein normales Mittagessen. Du hast außerdem eine Herrschaftsstrafe in Höhe von drei Gulden zu entrichten und einen Gulden an den Landsfundus zu zahlen. Zusätzlich trägst du die Kosten der Untersuchung und deiner Arrestzeit.

Mildere Strafen konnten wir nicht verhängen. Ich muß die Untersuchungsprotokolle und die Urteile dem Oberamt zustellen. Das Oberamt würde niedrigere Strafen nicht anerkennen."

Durch Kopfnicken gab ich zu vestehen, daß ich das einsah.

Lisa durfte nach Hause gehen. Mich führte der Gendarm sogleich ins Armsünderstübchen. Dort zeigte mir Digiser Pritsche und Eimer und meinte: "Mach dir nichts draus. Viele waren vor dir in dieser Lage und viele werden noch diesen Weg gehen. Schlaf dich aus. Freue dich, daß unser Schultheiß die Forderung des Schreibers nach einer öffentlichen Prügelstrafe von je dreißig Schlägen an zwei aufeinanderfolgenden Tagen energisch zurückgewiesen hat. Ich habe das gehört, als ich dicht an der Tür stand. Und noch ein guter Rat. Versuche nicht, durch das Fenster zu fliehen. Du kämst nicht weit. Schon gar nicht während dieser kalten Zeit. Wasser und Brot und an den betreffenden Tagen das Mittagessen wirst du regelmäßig erhalten. Weil es in der Arrestzelle kalt ist, stehen dir zwei Pferdedecken zu. Der Nachtwächter wird sie dir bringen. Adieu."

Digiser ging. Die Tür fiel ins Schloß, und von außen wurde der schwere Riegel vorgeschoben.

"Eingesperrt wie ein wildes Tier", dachte ich, und Wut stieg in mir hoch.

Auf der Pritsche sitzend versuchte ich, über meine mißliche Lage nachzudenken. Die Gedanken drehten sich jedoch im Kreise. Immer wieder ging mir das gleiche durch den Kopf: "Hier mußt du zwei Wochen lang als Gefangener sitzen. Andere entscheiden über dich. Zwei Wochen deines Lebens werden dir gestohlen. Von hier aus kannst du Lisa nicht beistehen."

Der Januar des Jahres 1787 war längst nicht so kalt, wie es der ganze Winter zwei Jahre zuvor gewesen war, als alle

Reben erfroren, aber im ungeheizten Arrestraum fröstelte ich doch. Vom Fußboden kroch die Kälte an meinen Beinen hoch.

Ich blickte zum vergitterten Fenster und dachte: "Trotz des Gitters ist hier schon mancher ausgerissen. Die dünnen verrosteten Eisenstäbe werde ich leicht aus der Wand reißen oder auf der Pritsche stehend durchs offene Fenster aus der morschen Wand treten können. Dann fliehe ich über Bikkenstiel und Pfadberg durch den Bergwald nach Untergrombach zur Familie des Beständers der speyrisch-herrschaftlichen Obermühle. Meine Eltern waren mit dieser Müllerfamilie eng befreundet. Das Ehepaar, dessen jüngster Sohn in meinem Alter ist, wird Mitleid mit mir haben. Untergrombach ist ausherrisch. Selbst wenn die Weingartener meinen Aufenthaltsort erfahren sollten, müßten sie erst einen Auslieferungsantrag an die fürstbischöfliche Regierung stellen. In Untergrombach bin ich deshalb für lange Zeit sicher. Schnee liegt nicht. Ich hinterlasse deshalb keine offensichtlichen Fußspuren, und der geplante Fluchtweg liegt abseits aller überwachten Straßen."

Mit meinen Grübeleien war es vorbei, als schwere Schritte in den Wachraum polterten. Der Ankömmling schlug sich die Hände warm, atmete schwer, hustete und spuckte. Dann begann er, das Feuer im eisernen Ofen zu schüren.

Kurz darauf wurde der schwere Riegel an meiner Zelle aufgezogen, und der beleibte Wächter Ambrosius Waldberg, den alle nur "Ambros" nannten, schaute zu mir herein.

"Freund Feld", sagte er, "ich habe meine Instruktionen erhalten und weiß Bescheid. Der Herr Gerichtsschreiber hat mich streng angewiesen, dich sorgsam zu bewachen. Alle Vergünstigungen hat er untersagt. Mehrmals erklärte er mir, ich müsse seine Befehle strikt befolgen. Bei einem wie du es bist bestände Fluchtgefahr, behauptete er."

"Diese Schreiberseele kann mich nicht leiden", bemerkte ich. Ambros stimmte mir zu und fuhr fort: "Ich, der langjährige Gerichtsbedienstete Ambrosius Waldberg, kann jedoch über vieles selbst entscheiden. Wenn der Schreiber einmal länger in Weingarten wohnt, begreift er das auch noch. Die meisten Gerichtsverwandten und Gemeinsdeputierten sind mir zu Dank verpflichtet, weil ich Ihnen schon manchen Ärger erspart oder ihnen aus der Patsche geholfen habe. Du wirst es wissen, daß ich im Flecken wer bin."

"Richtig, Ambros", sagte ich. "Jeder in Weingarten weiß, daß du kein gewöhnlicher Nachtwächter bist."

In sehr freundlichem Ton fragte der gute Mann: "Hast du Hunger?"

"Etwas".

"Meine Familie und ich haben trotz der großen Hungersnot noch immer genug zum Leben. Wir können sogar anderen helfen. Mir läßt mancher etwas zukommen. Besonders dankbar muß ich den sechs Weingartener jüdischen Metzgern sein."

Während Ambros mir einige Brote strich, hörte man vom Unterdorf her Schüsse und lautes Geschrei.

"Das ist ein Trupp der kaiserlich-königlichen Husaren des Wurmserschen Freikorps, das man bei uns einquartiert hat", erzählte mir mein Wächter und Betreuer. "Ihr in der Mühle wißt gar nicht, was Einquartierung heißt, weil man Euch bisher aus guten Gründen von der Soldateska verschont hat. Für die übrige Bevölkerung ist jedoch dieses verwilderte und rücksichtslose Gesindel eine wahre Plage. Die Kerle legen sich mit ihren Miststiefeln in unsere Betten. Sie kochen auf unseren Herden in unseren Töpfen, verbrennen unser ohnehin nicht ausreichendes Holz, fressen unsere Vorräte auf, belästigen unsere Frauen und Töchter und verfüttern unser Heu. Nicht wie Soldaten unseres Kaisers benehmen sie sich, sondern wie feindliche Besatzungstruppen. In manchem Hause liegen drei bis vier dieser Strolche."

Wir unterhielten uns noch lange. Die simplen Gespräche verdrängten meine Sorgen um die eigene Person. Dafür wuchs aber in mir die Angst um Lisa. Ich fragte mich, wie sie das erniedrigende Verhör überstanden habe und nahm mir vor, demnächst meinen neuen Freund, den Ambros, zu bitten, sich in den "Löwen" zu begeben und dort Lisa unter vier Augen zu fragen, wie es ihr ergehe. Das sollte jedoch nicht gleich in den ersten Tagen geschehen, sondern etwa in der Mitte meiner Strafzeit. Insgeheim hoffte ich, daß man ihr die Strafe wegen Schwangerschaft erlassen werde. Der gute Ambros brachte mir jeden Abend einen Krug Wein.

In meiner fünften Arrestnacht geschah es dann, daß ich völlig unüberlegt, nur einem mir heute gänzlich unerklärlichen Drange und der Eingebung des Weines folgend, aus meinem Gefängnis ausbrach.

Der Rundenwächter hatte gerade im Unterdorf geblasen. Der war also weit.

Ich stellte mich auf die Pritsche, öffnete das Fenster und horchte in die Nacht. Alles war mäuschenstill. Nur in der Nähe der Wurstgasse heulte ein Hofhund. Ich trat kräftig gegen das Gitter. Es gab sofort nach und hing lose an einem Stabe. Ich drückte alles beiseite und ließ mich ins Freie gleiten. Einen Augenblick verharrte ich ganz ruhig und lauschte, ob mein Wärter noch schlief. Ambros sägte weiter, und ich huschte am Bach entlang über den Schuhmarkt und durch die Gärten bis zur großen Hohl. Von dort aus lief ich den Hang hoch zum Gewann Pfraumenbaumen. Hier fühlte ich mich vorläufig in Sicherheit und verschnaufte.

Das Gelände kannte ich seit meiner Kinderzeit sehr genau. Oft hatten wir dort Räuber und Gendarm gespielt. Damals hatte ich allerdings nicht im Traume daran gedacht, daß ich selbst einmal vor der Verfolgung durch Gendarmen ernsthaft Angst haben würde.

Über den Pfadberg und durch den dichten, etwas unheimlichen Bergwald strebte ich durch die Nacht dem Tale zu, das in Untergrombach vom Mühlbach durchflossen wird.

Schließlich stand ich am Rande eines steil abfallenden bewaldeten Hanges. Im Tale unter mir mußte Untergrombach liegen. Vorsichtig hangelte ich mich von Baum zu Baum und von Strauch zu Strauch abwärts.

Zu meiner Freude sah ich schräg vor mir hinter einem Fensterviereck einen schwachen Laternenschimmer. Eilig überquerte ich eine schmale Wiese, lief auf das Licht zu – und fiel ins eiskalte Wasser des Mühlbaches. "Macht nichts", dachte ich. "Du kommst gleich ins Warme." Triefend und vor Kälte zitternd stieg ich aus dem Wasser und ging auf ein großes Haus zu, aus dem ich vertrautes Mühlengeklapper hörte. "Das kann nur die Obermühle sein", überlegte ich. "Sie ist das letzte Haus des Dorfes und liegt am Mühlbach, der von mir aus gesehen das Tal noch vor dem 'Grunbach ' (*Grombach*) durchfließt. Eine der zwei anderen Mühlen kann es nicht sein, weil die erst am zweiten Bach liegen." Weil ich mir nun ganz sicher war, daß für mich keine Gefahr bestand, trat ich ans erleuchtete Fenster und klopfte. Ich fror erbärmlich.

Erst nach einer halben Ewigkeit hörte mich der Müller. Er öffnete das Fenster und fragte: "Wer da?"

"Ich bin es. Der Hans Feld aus Weingarten. Bitte laßt mich ein. Ich bin ins Wasser gefallen."

"Bist du allein?"

"Ja."

"Geh zur Haustür". Der Mann schob den Riegel zurück. Als er meinen jämmerlichen Zustand sah, sagte er: "Du kannst dir den Tod holen. Zieh sofort das nasse Zeug aus. Hier hast du einen großen Lappen. Reibe deinen Körper trocken. Inzwischen hole ich Kleidung von meinem Sohn Friedrich."

Der Müller ging und ich rieb mich trocken. Als ich umgezogen war, fühlte ich mich wieder wohler.

"Erzähle", forderte mich der Müller auf. "Was ist geschehen?" Ich berichtete alles ehrlich und wahrheitsgemäß. Da machte mir der Müller Vorhaltungen: "Junge, du hast eine Riesendummheit begangen. Wenn ich dein Vater wäre, würde ich dich heute noch in deiner ganzen Länge übers Knie legen. Mein älterer Sohn, der Georg, hat sich im vergangenen Jahr gleiches zuschulden kommen lassen, aber der

Lümmel ist wenigstens nicht davongerannt. Nun ist es zu spät, um über deinen Bubenstreich zu lamentieren. Komm mit in die Wohnung. Ich werde meine Mathilde wecken. Sie soll dir eine kräftige Mehlsuppe zubereiten. Dann wird sie dir zeigen, wo du schlafen kannst. Bleibe in der Kammer, die sie dir anweist. Einen Kammertopf findest du unterm Bett. Unsere Kinder werden wir von deiner Anwesenheit unterrichten. Die können schweigen. Der Magd sagen wir nichts. Die kann ihr Maul nicht halten. In der Dachkammer, in der wir dich unterbringen werden, hat sie nichts zu suchen. Es trifft sich gut, daß die Magd Angst hat, den Dachboden zu betreten, weil sich dort einmal einer erhängt haben soll. Kein Fremder darf dich sehen. Morgen reden wir weiter."

Die Müllersfrau war wie eine Mutter zu mir. Liebevoll strich sie mir übers Haar und sagte: "Mein armer Hans, wir helfen dir, so gut wir können. An deine seligen Eltern denken wir oft und gern. Sie waren fleißig, gottesfürchtig und hilfsbereit."

In dieser ersten Nacht schlief ich nach all den Aufregungen und Anstrengungen fest und tief bis weit in den nächsten Tag hinein.

Mittags kam das Müllerehepaar zu mir in die Kammer und brachte kräftiges Essen. Als ich gesättigt war, riet mir der Müller eindringlich, ich solle nach Weingarten zurückgehen und mich dort stellen.

Ich dankte dem Müller für seinen Ratschlag und bat mir einen Tag Bedenkzeit aus.

Am Nachmittag erschien wider alles Erwarten die Hausmagd der Müllersleute in meinem Versteck. Wie sie mir später sagte, suchte sie etwas. Als mich das Mädchen im Halbdunkel erblickte, schrie es laut auf: "O, Jesus und Maria, alle guten Geister, steht mir bei."

Ich wollte sie beruhigen und flüsterte: "Keine Angst. Ich bin ein müder Wanderbursche."

Da fragte sie nach meinem Namen und ob die Müllersleute von meiner Anwesenheit wüßten. Anstatt einer klaren

Antwort schwatzte ich lange und viel. Dabei lächelte ich sie ständig sehr freundlich an. Das muß sie wohl mißverstanden haben.

Das schon ältere Mädchen setzte sich neben mich auf meinen Strohsack und wurde sehr schnell in aufregender Weise vertraulich. Wenn ich nicht an meine Lisa gedacht hätte, wäre ich vermutlich den Verführungskünsten des Mädchens erlegen.

Ich blieb jedoch sehr zurückhaltend. Ja, ich verhielt mich zum Schluß sogar schroff abweisend. Da wurde die Magd ärgerlich und sagte: "Ich bin wohl dem davongelaufenen Frevelbuben nicht jung und hübsch genug. Merke dir, so einen wie dich kann ich hier im Dorf jeden Tag haben, wenn ich das will."

Am nächsten Tag wurde schon im Morgengrauen an unsere Haustür gepocht. Jemand hatte mich verraten. Meine Vermutung fiel auf die beleidigte Magd. Die Ehrlichkeit der Müllerleute und die Verschwiegenheit ihrer Kinder standen für mich außer Zweifel.

Man rief mich, und ich kleidete mich eilig an. Als ich in die Haustür trat, sah ich den Weingartener Gendarm mit zwei kräftigen Männern und einem kleinen Bretterwagen vor dem Hause stehen. Bei diesen Leuten war auch der Untergrombacher Ortsgendarm.

Ich mußte auf den Wagen steigen. Dort legte mir Digiser Handschellen an. Der Gendarm hatte Weisung, mich in Weingarten als gefährlichen Ausbrecher in den Turm zu sperren. Digiser war unterwegs freundlich und gesprächig. Er erzählte mir: "Sofort nach deiner Flucht hat der Schmied Georg Schaufelberger ein neues, sehr starkes Gitter anfertigen müssen,und Maurer Michael Hummel hat es fest eingemauert. Dieses Gitter reißt selbst der biblische Riese Goliath nicht aus der Wand. Die Rechnung für das Gitter und die Handwerksarbeiten wird dir der Empfänger (*Gemeinde-Rechnungsführer*) demnächst präsentieren."

Ich stellte fest, daß ich dann künftig ein eigenes Gefäng-

nisgitter haben werde. Da lachte sogar der Gendarm.

Danach fuhren wir schweigsam weiter, bis mich Digiser wieder ansprach: "Junge, wie konntest du so dumm sein und fliehen. Du bist doch sonst solch ein kluger Kopf. Jeder weiß das. Bedenke, daß eine lange Turmstrafe bei dieser kalten Witterung tödlich sein kann."

Freimütig gestand ich dem Manne: "Jetzt weiß ich es auch, daß meine Flucht sinnlos und unüberlegt war."

In Weingarten schickte Digiser die Wächter heim. Mich brachte er zunächst in die Armsünderstube. Dort lud er mir einige Pferdedecken auf. Er zündete eine Laterne an und nahm sie mit. So machten wir uns auf den Weg zum Turm.

Wie ich bald feststellte, benötigte der Gendarm das Licht, um zum Anheizen des Öfchens im Turm eine Flamme zur Hand zu haben.

Einige Leute sahen mich gefesselt über den Marktplatz zur Turmstiege gehen. Keiner sagte etwas, und ihre Blicke waren eher mitleidig als schadenfroh.

Während der Gendarm den Turm aufschloß, fiel mir auf dem Stein über der Tür die eingemeißelte Jahreszahl 1589 auf. Wie ein Unbeteiligter dachte ich in diesem Augenblick über das Alter des Turmes nach, und über all das, was er wohl seit seiner Erbauung an Not, Leid und vielleicht sogar an Freude gesehen haben könnte. Dann sagte ich mir aber: "Für dich zählt jetzt nur, daß dieses kalte graue Gemäuer dein Gefängnis werden soll."

Einladend sah es innen nicht aus.

Digiser nahm mir im Turm sofort die Fesseln ab. Er führte mich eine hölzerne Stiege hoch, zeigte auf einen kleinen eisernen Ofen und sagte: "Mach dir Feuer. Holz und Stroh liegen bereit." Das Ofenrohr führte durch eine seitliche Turmluke ins Freie. Das Rohrblech war stellenweise durchgerostet.

Ich machte mich an die Arbeit, und bald knisterte es im Ofen. Nun erteilte mir der Gendarm noch einige Belehrungen: "Mit dem Holz mußt du sehr sparsam umgehen. Du weißt, wie knapp das Brennholz in Weingarten ist. Du mußt übrigens das verbrauchte Holz selbst bezahlen. Laß trotzdem das Feuer niemals verlöschen. Schüttele deinen Strohsack öfters auf. Lockeres Stroh schützt besser gegen die Kälte. Lege den Strohsack nicht zu dicht an den Ofen. Achte darauf, daß keine Glut neben das Ofenblech fällt. Unten unweit der Tür steht der Kübel. Decke ihn immer gut zu, damit du keine Ratsmäuse (*Ratten*) anlockst. Wenn du zu sehr frierst, mache dir Bewegung. Wasser und Brot hast du vorläufig. Erst morgen früh gibt es wieder etwas." Danach polterte Digiser mit schweren Schritten die Treppe hinunter. Die Turmtür knarrte in den Angeln und schlug zu. Dann wurde der Schlüssel von außen im Schloß herumgedreht. Ich war allein. Ein langweiliger Tag begann.

Die Nacht verbrachte ich frierend und grübelnd. Immer wieder mußte ich Holz nachlegen. Meine dem Öfchen zugewandte Körperseite wurde sehr schnell übermäßig erwärmt, während die andere Seite der Kälte des zugigen Raumes ausgesetzt war.

Am nächsten Morgen brachte mir ein Wächter angewärmtes Wasser und einige Scheiben Brot.

Gegen Mittag kam Gendarm Digiser persönlich zu mir heraufgeschnauft. Ich wurde in Fesseln dem Schultheiß vorgeführt. Unterwegs fragte ich Digiser, wie es Lisa gehe. Er erzählte mir, daß er sie am Vorabend im "Löwen" gesehen habe. Sie schaue traurig aus, aber sie scheine gesund zu sein.

Im Schultheißenzimmer war auch Gerichtsschreiber Brackenheimer anwesend.

Der Schultheiß wies den Gendarm an, mir die Handschellen abzunehmen. Zum Gerichtsschreiber sagte er: "Er kann in sein Zimmer gehen und sich seiner Arbeit zuwenden."

Dann wandte sich Herr Volck mir zu: "Unsere Gespräche anläßlich der Verlobungsfeier waren erfreulicher, als unsere heutige Unterredung. Über das, was du getan hast, will ich kein Wort mehr verlieren. Du wirst schon genug zu hören bekommen haben. Außerdem wirst du als kluger Bursche selbst wissen, daß du unvernünftig gehandelt hast. Ich habe mich entschlossen, die nach einem Ausbruch fällige Turmstrafe in eine normale Arreststrafe gleicher Dauer umzuwandeln. Ich kann es vor meinem Herrgott nicht verantworten, daß du dir in der Kälte des zugigen Turmes den Tod holst.

Wenn du jedoch nochmals fliehen würdest, könnte mich mein Verstoß gegen eine bekannte Oberamtsverfügung meine Stellung als Schultheiß kosten. Das willst du doch nicht?"

"Nein, Herr Schultheiß, das will ich nicht", sagte ich kleinlaut.

Herr Volck rief nach dem Gendarm und wies ihn an: "Sperre den Frevler bei Wasser und Brot ohne die Vergünstigung voller Zwischenmahlzeiten ins Armsünderstübchen."

Dort saß ich die restlichen Tage meiner neuen Haftzeit ab. Meine Erfahrungen in der Gefangenschaft kann ich jetzt folgendermaßen zusammenfassen: Der Gefängnisalltag unterscheidet sich gründlich vom Alltag in Freiheit. Hinter Gittern werden Dinge und Vorgänge ungeheuer wichtig, die draußen in Freiheit keiner Rede wert sind.

Ähnlich ist es auch mit den Menschen. Ich erinnere mich in diesem Zusammenhang an ein Histörchen, das Gerichtsmann Vonderlöhr damals in Mannheim beim Bier zum besten gab. Ein Nachtwächter habe einst in Vonderlöhrs Studentenzeit in Heidelberg einen stinkbesoffenen und randalierenden Studiosus festgenommen und abgeführt. Das Studentlein habe geschrien: "Hände weg von meiner Person. Mein alter Herr kennt unseren gnädigen Fürsten persönlich."

Da habe der mutige Wachmann geantwortet: "Das mag schon sein. In deinem Falle wäre es jedoch von größerer Wichtigkeit, wenn dein alter Herr den Nachtwächter Krause persönlich kennen würde."

Nach Ablauf meiner Arrestzeit durfte ich sang- und klanglos heimgehen. Die Müllersleute waren froh, daß ich wieder da war und meine Mühlenarbeit aufnehmen konnte. Sie machten mir keine Vorwürfe.

Am Abend des nächsten Sonntags ging ich in den

"Löwen". Als ich die Gaststube betrat, blieb ich unsicher in der Tür stehen und schaute mich um. Ich hatte keinen Heller in der Tasche, weil mein Geld gepfändet war. Am Stammtisch saßen alle meine Freunde. Erfeut über mein Erscheinen riefen sie mich zu sich. Jeder wollte mich einladen. Ich mußte viel erzählen.

Nach einiger Zeit kam Lisa aus der Küche und schenkte Wein ein. Unsere Blicke trafen sich sofort. Alle waren freundlich zu meinem Mädchen. Ich fragte Lisa: "Wie ist dein Befinden?"

"Danke, Hans. Seit du wieder frei bist, geht es mir ganz gut. Nun werde ich auch wieder ruhig schlafen können. Meine Herrschaft trägt mir nichts nach und ist gut zu mir."

Das hörte ich gern. Von nun an saß ich oft als Gast der Stammtischfreunde im "Löwen" und wenn es sich ergab, auch im "Adler". Den "Löwen" bevorzugte ich jedoch, weil es mir weniger um die lustigen Stammtischbrüder ging, sondern vielmehr um die Gelegenheit, Lisa zu sehen und möglichst auch mit ihr sprechen zu können. Oftmals stellte ich mir vor, wie schön es wäre, wenn ich mich mit Lisa ohne diese Heimlichtuerei treffen und aussprechen könnte.

## Die letzten zwei Jahre in der Heimat

Im Alter von neunzehn Jahren hatte ich noch nie eine Zeitung gesehen. Am Stammtisch wurde immer sehr zurückhaltend von der Journaille gesprochen.

An einem Samstagabend saß ausnahmsweise der Weber Georg Hill im "Löwen" an unserem Tisch. Der Mann ist ein älterer Bruder meines Stammtischfreundes Jacob Hill und von Beruf ebenfalls Weber. Er ist ein hagerer schwarzhaariger Mann mit durchdringendem Blick. Seine Stimme klingt so überzeugend, daß keiner über seine Argumente nachdenkt, oder ihm gar widerspricht. In unserer Runde erklärte er, das Motto der aus dem Ausland stammenden "Staatszeitung" "Freiheit, Wahrheit, Gerechtigkeit" müßte jedem eingehämmert werden.

Ich fragte: “Darf denn ein Untertan unseres Kurfürsten diese Zeitung lesen?”

Georg Hill meinte: “Gern gesehen wird es nicht. Auf Leute, die sich dieses Blatt halten, hat die Obrigkeit ein besonders wachsames Auge. Aber wenn die ‘Staatszeitung’ nicht gerade verboten ist, darf man sich mit ihr im stillen Kämmerlein befassen. Unser ‘gnädiger Kurfürst’ und der ‘hochfürstliche Markgraf’ lieben jedoch jene Untertanen viel inniger, die das ‘Intelligenzblatt’ oder die ‘Carlsruher Zeitung’ beziehen. Beides sind harmlose Machwerke.”

Die übertriebene Betonung, mit der Hill diese Fürsten erwähnte, verkehrte seine scheinbare Hochachtung vor beiden ins Gegenteil.

Zu Georg Hill gewandt bemerkte ich: “Zu gern würde ich einmal eine Zeitung lesen.”

Hill ging sofort darauf ein: “Morgen ist Sonntag. Besuche mich. Dann gebe ich dir gern einige Exemplare der ‘Fürstlich privilegierten Carlsruher Zeitung’ mit.”

Am nächsten Tag, es war ein regnerischer Sonntag, machte ich mich verabredungsgemäß zu Georg Hills Haus auf. Es liegt an der Straße, die nach Grombach führt. Der Mann sah mich schon, als ich durchs Hoftor trat. Er stand mit seinem Sohn Jörg, der zwei Jahre älter ist als ich, auf halber Höhe des Steilhanges, der von Hills Hof aus wie eine mit Gestrüpp bewachsene Wand zum Setzberg aufsteigt. Von dort oben rief er mir zu: “Warte. Wir kommen.”

Wir gingen sogleich durch die große Webstube, in der vier Webstühle standen, in die gute Stube. Frau Hill mußte unterm Sofa einen ganzen Packen Zeitungen hervorkramen, von dem ich den größten Teil mitnehmen durfte. Einige Blätter galten als gefährlich. Sie trugen meist die Überschrift “Freiheit, Gleichheit, Brüderlichkeit”. Georg Hill wurde sehr ernst, als er sagte: “Die kommen aus Frankreich. Du hast sie nie gesehen und erst recht nicht gelesen. Versprich mir das handgelöblich.” (*Damals eine hohe Stufe eines Versprechens*). Darauf durfte ich sie in Hills guter Stube lesen.

In Dankbarkeit gedachte ich meines einstigen "Privatlehrers", des Pfarrers Boettiger. Ohne seine Belehrungen hätte ich die Zeitungen nicht mit Gewinn lesen können. An einem ganz gewöhnlichen Werktag erhielt ich eine unerwartete Einladung. Ich saß in der Mühle. Weil kein Kunde da war und es nichts zu mahlen gab, las ich in der "Carlsruher Zeitung". Da kam der neunzehnjährige Joseph Kohl, ein Weingartener Bürgersohn, der beim Löwenwirt Christian Kiefer als Knecht diente. Er eröffnete mir: "Du sollst heute abend zu meinem Herrn in die Wohnung kommen. Nicht in die Gaststube. Er will dir etwas sagen."

Klopfenden Herzens ging ich zum "Löwen" und betrat Friedrich Kiefers Privatwohnung.

Der Wirt sagte: "Komm, wenn du noch nicht gegessen hast, dann hock dich zu uns und iß mit." Ich ließ mich nicht zweimal bitten und langte zu. Als alle satt waren, nahmen der Wirt und seine Frau die Lisa und mich mit in die gute Stube. Ich war immer noch auf eine Moralpredigt gefaßt, aber nichts dergleichen bekam ich zu hören. Christian Kiefer kam sofort zur Sache. "Gestern hat das Ortsgericht von drei Uhr an fünf Stunden getagt. Danach gingen Schultheiß Franz Volck und wir Herren Räte in den 'Adler'. Gerichtsschreiber Brackenheimer blieb wie immer im Rathaus.

Auf dem Wege zum 'Adler' sprach mich der Schultheiß an und meinte, die Betreuung der Lisa und des Burschen – da meinte er dich – falle in meine Zuständigkeit als lutherischer Kirchenvorsteher und Dienstherr der Lisa. Er selbst als Katholik habe schon genug mit den gestrauchelten seiner Religionsgemeinde zu tun. Dieser Hinweis war bestimmt gut gemeint, aber er war unnötig. Schon vor Tagen habe ich alles mit der Wirtin beredet. Wir sind eine christliche Familie, zu der auch das Gesinde gehört. Also auch die Lisa. Wir richten nicht, sondern wir helfen denen, die in Not sind, aus christlicher Nächstenliebe. Wir werden deshalb unsere Hände in Lisas schwerer Stunde und in den Jahren danach schützend über sie und euer Kind halten, bis du selbst das Alter und das Geld hast, Lisa heiraten zu können. Sage uns jetzt, ob es dein fester Wille ist, Lisa zu gegebener Zeit zum Weibe zu nehmen."

"Ich schwöre es", gab ich zur Antwort. Dabei sah ich Lisa ins Gesicht. Sie schien mir jetzt noch lieblicher als früher. Nur ihre Figur war sehr unförmig geworden. Als ich geschworen hatte, Lisa treu zu bleiben, legte Frau Kiefer ihre Rechte auf Lisas Hände und sagte: "Der Herrgott möge mit euch und eurem gemeinsamen Kinde sein. Uns hat der Himmel schwere Prüfungen auferlegt. Sechs unserer Kinder hat uns der Tod genommen. Möge euer Kind gesund zur Welt kommen, und mögen das Kind und die junge Mutter gesund bleiben."

Dann erhob sich der Wirt. Wir anderen folgten seinem Beispiel. Ich dankte den Wirtsleuten von Herzen.

Als Lisa und ich hinter ihnen her aus der Stube in die Küche gingen, fand ich seit langem Gelegenheit, Lisa meine unveränderte Liebe und Treue durch einen Kuß zu zeigen. Ich stand schon in der Haustür, als Christian Kiefer mir nachrief: "Du darfst künftig öfters einmal nach Lisa schauen."

Von nun an saß ich nur noch selten in einer Wirtshausstube. So oft wie möglich war ich bei der Familie des Christian Kiefer, um Lisa zu sehen und mit ihr zu sprechen. Immer wieder dachten wir gemeinsam über den Namen des erwarteten Kindes nach. Wenn es ein Junge werden sollte, wollten wir ihn Thomas nennen. Ein Mädchen sollte Margaretha heißen.

Je näher der Tag kam, an dem die Hebamme ihres Amtes zu walten hatte, desto schlechter schlief ich. Frau Kiefer meinte, wenn sie nicht genau wüßte, wie sich alles verhalte, würde sie annehmen, ich selbst stände kurz vor einer Entbindung.

Während meiner Anwesenheit in Kiefers Haus bekam ich tiefe Einblicke in das Leben eines Gerichtsverwandten und Kirchenältesten.

Herr Kiefer hatte oftmals bis in die Nacht Sitzungen, und

manche Stunde war er als Kirchenältester im Ort unterwegs, um sich der lutherischen Waisenkinder anzunehmen. Beinahe täglich kamen Leute zu ihm ins Haus, die irgendeinen Ärger loswerden oder sich beraten lassen wollten.

***

Donnerstag, der 15. Mai 1787 ist ein für mich unvergeßliches Datum. An diesem Tage war ich zunächst von morgens früh bis spät abends mit einem Pferdefuhrwerk über Feld unterwegs. Ich mußte Joseph Kohl, einen der Knechte des Löwenwirtes, auf einer Fahrt nach Zaisenhausen begleiten.

Der Weg nach Zaisenhausen über Jöhlingen, Wössingen, Bretten und Flehingen ist weit. Streckenweise führt er durch ausherrisches Gebiet. Um bei Tage heimkommen zu können, trieb der Joseph die Pferde vielleicht zu arg an. Jedenfalls brach uns kurz vor dem Ziel auf der ausgefahrenen holprigen Straße die Hinterachse. Während Joseph bei den Pferden blieb, mußte ich zu Fuß zum Schultheiß gehen und ihn um die Hilfe eines Wagners bitten. Mit der Reparatur verloren wir viel Zeit.

Erst bei Mondschein fuhren wir in Weingarten wieder durchs Hoftor des "Löwen". Dort stand schon der junge Ludwig Kiefer in der Haustür. Er rief mir zu: "He, Vater, komm sofort ins Haus."

Ich fragte zurück: "Wen meinst du?"

"Na, dich. Welcher Vater sitzt denn außer dir noch auf dem Wagen?"

Da sprang ich über die Wagenbretter und lief ins Haus. In der Küche stand Frau Kiefer. "Komm mit und schau dir euer Kind an", sagte sie.

In der guten Stube sah ich auf einem behelfsmäßig eingerichteten Lager Lisa liegen. Im Arm hielt sie ein kleines Bündel. Sie sah erschöpft, aber glücklich aus. "Junge oder Mädchen?" fragte ich. "Ein Mädel", antwortete Lisa.

"Wie geht es dir? Ist alles in Ordnung?" wollte ich wissen.

"Danke, Hans. Es geht mir gut."

Nun betrachtete ich unser Kind. Mühsam unterdrückte ich meine Enttäuschung. Unsere kleine Margaretha war gar kein schönes Kind. Im Gesicht sah es ganz verhutzelt aus. Die dünnen dunklen Haare ließen baldige Glatzenbildung befürchten, und als es schreiend den Mund aufriß, sah ich keinen einzigen Zahn. Ich dachte: "Das Kind wird es im Leben schwer haben. Arm und häßlich zu sein, ist bestimmt sehr schlimm. Unser Kind sieht weder mir noch Lisa ähnlich."

Ich tröstete mich mit dem Gedanken, daß es wenigstens keine Fangzähne hatte, wie die Magd Barbara im "Adler" Trotzdem tat mir die kleine Erdenbürgerin leid. Ich beugte mich zu Lisa hinunter und küßte sie liebevoll. Dabei flüsterte die junge Mutter: "Ist es nicht ein schönes Kind?"

"O doch", antwortete ich, um Lisa nicht zu kränken.

Frau Kiefer meinte: "Geh jetzt wieder hinaus. Lisa braucht Ruhe."

Draußen in der Küche fragte ich die Wirtin besorgt, ob ein Kind, das so aussehe, ganz normal sein könne. Frau Kiefer lachte und sagte: "Alle Neugeborenen sehen so aus. Was dich jetzt erschreckt hat, wird sich bald zum Guten ändern. Wenn du kleine Geschwister gehabt hättest, wüßtest du das."

Von der Wirtin erfuhr ich auch, daß die katholische Geburtshelferin Maria Eva Frickel meiner Lisa beigestanden hatte. Während Frau Kiefer mir das erzählte, hatte sie mir eine kräftige Brotzeit hingestellt. Ich aß und trank, schaute nochmals kurz zu Lisa ins Zimmer, ging heim und schlief fest und glücklich.

Heute weiß ich, wie recht Frau Kiefer hatte, als sie sagte, das Aussehen des Kindes werde sich bald bessern. Ich bin tatsächlich Vater eines goldigen kleinen Mädchens.

Die Taufe wurde in aller Stille und im engsten Kreise vollzogen. Nur die Familien Kiefer und Rupp und Lisa und ich nahmen teil. Frau Kiefer war Patin. Ich als Vater blieb in der Kirche unbeachtet. Nach der heiligen Handlung gab es bei Familie Kiefer Kaffee und Kuchen.

Bedrückender denn je zuvor war es nun für mich, daß ich keinen roten Heller besaß. Bei meinen häufigen Besuchen bei Lisa sprach ich auch mit ihr darüber. Wir wußten aber beide keinen Ausweg aus unserer Armut.

Erfreut war ich deshalb, als mir Ende Mai angeboten wurde, für fünfzehn Kreuzer pro Nacht auf Wildschweinhut zu gehen. Zunächst wurde ich mit drei anderen Burschen zum Schultheiß befohlen. Er eröffnete uns, daß von nun an immer zwei von uns im Wechsel Nacht für Nacht vom Einbruch der Dunkelheit bis zum Morgen besonders auf den waldnahen Feldern und Wiesen die Wildschweinhut versehen sollten. Das Mitführen von Flinten sei untersagt und werde mit Zuchthausstrafen geahndet. Um die Flurschädlinge zu vertreiben, sollten wir nur laut brüllen und mit dünnen Knüppeln gegen die Baumstämme schlagen. Wenn ein wütender Keiler angreife, sei es ratsam, schnell einen Baum zu erklimmen.

Über den mir zugeteilten Burschen gibt es nichts zu berichten. Mit ihm konnte ich mich über nichts unterhalten. Ihm war nur ein Thema geläufig, über das aber ich nicht sprechen wollte. Wenn ich etwas erzählte, was mich beschäftigte, dann sagte er höchstens: “Hajo”. Dafür konnte er lauter brüllen als ich, wenn Wildschweine herangegrunzt kamen.

In trockenen warmen Nächten war die Wildschweinhut eine angenehme Aufgabe. Wenn jedoch ein nächtliches Gewitter mit Regengüssen, grellzuckenden Blitzen und grollendem Donner über die Gemarkung zog, wurde es für uns ungemütlich. Wir verkrochen uns dann unter eines der Dächlein, die einige Winzer am Hang vor dem Höheforst in ihren Weingärten zum Sammeln von Regenwasser errichtet hatten.

Nach durchwachten Nächten schlief ich manches liebe Mal in der Mühle auf einem Sack sitzend ein.

So vergingen Wochen und Monate. Ende Juli hatte ich bereits mehr als sieben Gulden verdient und eisern gespart. Davon bot ich Frau Kiefer sechs Gulden für die Pflege des Kindes an. Die gute Frau lehnte das Geld aber entschieden ab und sagte: "Ich helfe euch christmitleidig. Auch der Wirt will das. Gib Lisa die Gulden."

***

"Feurio, feurio", scholl es am denkwürdigen 30. Juli 1787 abends kurz vor acht Uhr durch Weingartens Straßen und Gassen. Auch mich schreckte dieser Ruf auf, als ich gerade das Mühlenwehr schloß, um Feierabend zu machen. Ich hörte, wie "der Lermen" (*die Alarmrufe*) in der Stille des lauen Sommerabends von Haus zu Haus durch die Brettener Straße (*Jöhlinger Straße*) herauf von Männern gebrüllt, von hellen Kinderstimmen aufgenommen und von Frauen angstvoll zeternd weitergegeben wurde. Gewehrschüsse krachten. Vom Turm läutete die Feuerglocke.

Ich lief vors Haus, um nach aufsteigendem Rauch zu schauen. Über der bergnahen Seite des Marktplatzes stieg dichter Qualm in den Himmel. Schreck fuhr mir in die Glieder, weil ich wußte, daß in dieser Richtung das Gasthaus "Zum goldenen Löwen" lag. Ich rannte los und lief zum Marktplatz. Von dort aus sah ich aus der hohen Scheune des Kieferschen Anwesens helle Flammen auflodern und Rauch aufsteigen. Noch immer schallte der Ruf der Feuerglocke übers Dorf. Männer, Frauen und Kinder strömten herbei.

Wie von Sinnen rannte ich zum Gasthaus. Dort lief gerade Frau Kiefer mit Kindern an der Hand aus dem Hause. Mir rief sie zu: "Spute dich. Hole Lisa und euer Kind." Da kam mir Lisa schon mit der kleinen Margaretha auf dem Arm entgegen. Ich sagte ihr, sie solle in den "Adler" gehen und dort der Barbara das Kind übergeben.

Dann wandte ich mich dem Unglücksort zu. Daß die Scheune nicht mehr zu retten war, sah ich sofort. Dort brannte das viele Heu, welches Christian Kiefer in letzter Zeit gekauft hatte, und auch das hochgestapelte Stroh und die aufgetürmten Säcke voller Korn hatte das Feuer längst erfaßt. Gerichtsmann Vonderlöhr stand wie ein Zerberus vor dem offenen Scheunentor und jagte jeden davon, der hinein wollte. Von einer Dachseite rutschten ständig zerbrochene Ziegel und schlugen im Hof auf.

Unter Friedrich Kiefers persönlicher Aufsicht waren erfahrene Bauern damit beschäftigt, in den Ställen das Vieh loszubinden und herauszuführen, die Schweine und Ziegen aus ihren Koben (*Verschlägen*) zu treiben und Hühner und Gänse einzufangen und in Säcke zu stecken.

Vor uns im Hof rannten viele Menschen meist kopflos herum. Unter ihnen stand Schultheiß Volck wie ein Fels in der Brandung. Ich hörte, wie Franz Volck rief: "Alle Feuerreuter zu mir." Daraus schloß ich, daß der Schultheiß trotz der Windstille ein Übergreifen des Feuers auf Nachbaranwesen befürchtete. Aufgabe der "Feuerreuter" war es, als berittene Boten in den ausherrischen Nachbarorten Staffort, Untergrombach, Jöhlingen und Blankenloch die Löschmannschaften zu alarmieren. Noch eine ganze Weile hallte der Ruf über den Marktplatz: "Alle Feuerreuter zum Schultheiß".

Die Angst der Menschen vor einem Flächenbrand war allenthalben groß, obwohl Weingarten schon seit vielen Jahren von solch einem Unglück verschont geblieben war. Jeder wußte, wie oft in der Vergangenheit schon um milde Gaben gebeten worden war, um die ärgste Not der Menschen in fast völlig eingeäscherten Ortschaften der Kurpfalz ein wenig zu lindern.

Mir blieb keine Zeit zu untätigem Grübeln und Gaffen. Ich fragte den Schultheiß: "Sollen wir das Wohnhaus und die Gaststube ausräumen?"

"Ja", sagte er. "Ich werde Gerichtsmann Rohrbacher aus dem Spritzenhaus holen lassen, wo er zur Zeit das Fertigmachen der Spritze und die Ausgabe der Feuereimer überwacht. Er soll dann das Räumkommando leiten. Der Görner soll an seiner Stelle die Aufsicht über die Eimermannschaft übernehmen. Du beginnst derweil mit der Rettung der Möbel, der Kleidung und der Wäsche. Alles durch die Hintertür in den Garten tragen!"

Dort bewachte Wachtmeister Digiser mit gezogenem Säbel

Möbel, Wäsche und Geschirr. Die Angst vor fremdem herumstreifendem Gesindel war erfahrungsgemäß begründet.

Als die schwersten Möbelstücke in Sicherheit waren, schickte Christian Rohrbacher mich und zwei andere zur Eimergruppe. Ich wurde als Gießer auf den Dachfirst des Wohnhauses beordert. Von dort aus sollte ich ständig das mir zugereichte Wasser übers Dach schütten. Eine lange Leiter wurde gegen die Dachschräge gelehnt. Darauf mußten sich die letzten Leute der Eimerkette stellen, als deren Schlußmann ich auf meinem Hosenboden immer auf dem Dachfirst entlang dicht an den Brandherd heran rutschen sollte. Ein Ledereimer nach dem anderen wurde mir zugereicht. Die meisten waren so undicht, daß sie halb leer waren, wenn sie mich erreichten. Aus einigen Eimern lösten sich gar die ledernen Böden, und bei anderen waren die Seitennähte aufgeplatzt. Wo ich saß, war das Begießen zwar am notwendigsten, aber die Hitze war dort zeitweise unerträglich. Als ein Funkenregen auf mich niederging, schüttete ich mir einen Eimer Wasser über den Kopf.

Unten im Hof war inzwischen Schmiedemeister Friedrich Geggus mit der Spritze und seinen sechzehn Drückern (*Pumpmannschaft*) eingetroffen. Ich sah, wie der Ansaugschlauch in den Brunnen gehängt wurde. Die Drücker bewegten die Pumpenstange schnell auf und ab, aber das Spritzrohr blieb trocken. Schließlich quoll doch etwas Wasser heraus und bildete nach und nach einen dünnen Strahl, der etwa fünfzig Schuh (*ca. 15 Meter*) vom Schlauchende entfernt ins Feuer plätscherte.

Der Schultheiß hatte Spritzenmeister Geggus angewiesen, den Wasserstrahl dicht neben der Wohnhauswand ins Feuer rieseln zu lassen. Eine Dampfwolke war das einzig sichtbare Ergebnis. Das Feuer loderte und prasselte unvermindert weiter. Der junge Gillerdon, der nahe bei mir zuoberst auf der Leiter stand, meinte: "Wenn die uns zwei ins Feuer pissen lassen, hilft das ebenso viel oder ebenso wenig." Ich mußte ihm recht geben.

Unvermittelt krachte und splitterte es im Scheunendach. Teile des Gebälks stürzten ein. Bis zu mir herauf spürte ich die Erschütterung. Die Hitze wirbelte eine dichte Funkenwolke und brennendes Heu und Stroh hoch in die Luft. Verglimmend senkte sich alles auf die Umgebung herab. Nun hörte ich, wie der Schultheiß laut in das Menschengewimmel rief: "Jacob Langendörfer als Windwächter zu mir!"

Bei größeren Bränden muß stets ein erfahrener älterer Mann abseits des Feuers als Windwächter aufgestellt werden. Dieser Person obliegt es, der höchsten anwesenden und aufsichtsführenden Persönlichkeit aufkommenden Wind oder einen Wechsel der Windrichtung sofort zu melden. Das soll den rechtzeitigen Schutz besonders gefährdeter Nachbargebäude erleichtern.

Als die Gefahr für die umliegenden Gebäude am größten war, trafen die Löschmannschaften aus Blankenloch und Staffort ein. Das Gehöft des "Löwen" brannte trotz aller Bemühungen mit allen Gebäuden völlig ab. Das Feuer erfaßte auch das benachbarte Haus des Zöllners Bagatti.

Gillerdon und ich saßen als Schlußleute zweier Eimerketten auf dem Dachfirst der Krämerei Nonnella. Dieses Haus blieb dank unserer pausenlosen Arbeit vom Feuer verschont. Inzwischen war die Dunkelheit hereingebrochen. Der Schultheiß schickte die Löschmannschaften heim. Er hatte die Polizeistunde aufgehoben, weil die Blankenlocher und einige Weingartener das getane Werk noch in einigen Wirtschaften mit etlichen Schoppen Wein begießen wollten.

Gillerdon und ich beschlossen, vor dem Heimweg zur Brandruine des "Löwen" zu gehen. Wir wollten den kurzen Weg durch die Gärten nehmen. Kaum waren wir ein kurzes Stück gegangen, blitzte Mündungsfeuer auf, ein Schuß krachte und Gillerdon stürzte zu Boden. Auch ich warf mich auf die Erde und rief: "Nicht schießen. Wir sind von der Löschmannschaft. Feld und Gillerdon." Der Unglücksschütze sprang zu uns hin. Mit bebender Stimme stotterte er: "Um Gottes Willen. Was ist geschehen? Warum seid ihr nicht stehengeblieben? Zweimal habe ich euch vorschriftsmäßig angerufen."

Ich erhob mich und spürte, daß ich unverletzt war. Ganz wie es seine Art war, begann Gillerdon auch in dieser Lage zu schelten: "Blöder Hund. In die linke Wade hast du mich geschossen." Wir beugten uns zu dem Angeschossenen herunter und ich tastete das verletzte Bein ab. Warmes Blut drang durch die zerfetzte Hose. Der Schütze hatte ein Messer bei sich, mit dem er Gillerdons Hosenbein von untern her bis zum Knie aufschnitt. Mit einem Fetzen seines Hemdes band er das verletzte Bein über der Wunde ab.

Inzwischen hatte ich den schießwütigen Kerl erkannt. Es handelte sich um den Jägerburschen Anton Veith, den sich der Forstmeister aus dem Elsaß geholt hatte. Ich befahl dem Jäger, bei Gillerdon zu bleiben und sagte, ich werde den Schultheiß oder den nächstbesten Gerichtsmann und einen Chirurgen oder Bader holen und rannte los.

Glück muß man haben. Am schwelenden Aschenhaufen des Bagattianwesens stand der Schultheiß mit dem Bader Lorenz Burkhard. Der Bader verband gerade einem Mann von der Spritzenmannschaft eine Schürfwunde. Ich berichtete kurz, was geschehen war. Der Bader nahm seine Tasche mit den Binden und Instrumenten, und wir eilten alle drei unverzüglich zum Unglücksplatz.

Gillerdon wurde notdürftig verbunden und durfte nach Hause humpeln.

Der Schultheiß fragte mich: "Warum seid Ihr auf Anruf nicht stehengeblieben?" Ich erklärte wahrheitsgemäß, daß wir vermutlich so übermüdet waren, daß wir die Rufe überhörten. Herr Volck war sehr einsichtig. Er meinte: "Ich sehe schon, es war ein Unglücksfall, an dem niemanden eine Schuld trifft. Morgen, eigentlich schon heute, Mitternacht ist längst vorüber, muß trotzdem im Rathaus ein amtliches Protokoll aufgenommen werden. Übrigens, du und sogar der Gillerdon, dieser Bursche, mit dem wir schon viel Ärger hatten, ihr habt euch als Feuerwehrmänner bewährt. Ich habe meine Augen überall gehabt. Mir ist nichts entgangen. Besonders du warst mutig und unermüdlich. Geh jetzt ins Bett und schaff dir die durchnäßte Kleidung vom Leibe. Am kommenden Abend bist du wieder auf Wildschweinhut. Gute Nacht."

Mir blieben nur wenige Stunden Schlaf.

***

Meister Rupp hatte in der letzten Zeit ständig gekränkelt. Nun ging es ihm wieder etwas besser. Er konnte ein wenig in der Mühle werkeln, aber die körperlich schwere Arbeit blieb doch mir vorbehalten.

Lange hielt ich es in meiner Kammer nicht aus. Ich wollte wissen, wie es Lisa und unserem Kind ging. Als ich aus den Geräuschen im Haus und auf der Straße entnehmen konnte, daß der neue Arbeitstag begonnen hatte, lief ich deshalb schnell zum "Adler". Dort rannte alles verstört durcheinander. Den Wirt Beutenmüller hatte die Aufregung der Brandnacht arg mitgenommen. Der arme Mann hatte die Sprache verloren und seine rechte Körperhälfte war völlig gelähmt.

Als ich ins Haus kam, war gerade Medizinalrat und Amtsphysikus Steinig aus Durlach an seinem Krankenlager. Frau Beutenmüller hatte den berühmten und teuren Arzt mit einer Kutsche holen lassen.

Mit Lisa konnte ich nur sehr kurz sprechen. Sie erzählte mir, der Physikus habe den Kranken sofort zur Ader gelassen. Auf meine Frage nach Margaretha sagte sie: "Dem Kind geht es gut. Es schläft."

Ich spürte, daß ich unter den obwaltenden Umständen im "Adler" nur im Wege war und ging deshalb zur Mühle zurück.

Mittags beim Verhör fragte Brackenheimer: "Habt ihr in euerm Suff die Anrufe nicht gehört?"

Wir wiesen den Ausdruck "Suff" entrüstet zurück. Zum Schluß kam der Schultheiß hinzu. Er klopfte uns mit einem Seitenblick auf Brackenheimer auf die Schultern und lobte uns: "Ihr habt beim Brande euern Mann gestanden. Am

Unglück trifft euch keine Schuld." Zu Gillerdon sagte er: "Schone in der nächsten Zeit dein angekratztes Bein. Ich will dich vorläufig weder in einer Wirtschaft noch auf der Straße sehen."

***

Am Abend mußte ich mich abermals zum Rathaus begeben, weil mir der Gerichtsschreiber vor jeder Wildschweinhut mein Meldebüchlein auszuhändigen und gegebenenfalls neue Anweisungen zu erteilen hatte.

Vor der Rathausstiege wartete schon der Vater meines bisherigen Hütegenossen. Er rief mir sogleich zu: "Mein Sohn kann heute nicht mitgehen. Dem Schultheiß habe ich bereits Meldung erstattet."

Als ich vor dem Mann stand, fragte ich aus begreiflicher Neugier: "Was ist mit Ihrem Aloisius? Ist er krank?" Da faßte mich der Dicke in jener aufdringlichen Art, die ich noch nie ausstehen konnte, am obersten Knopf meines Wamses und erklärte mir aus nächster Nähe: "Vergangene Nacht haben Werber meinen Loisl weggeholt. Wie das zugegangen ist, weiß ich selbst nicht. Gesagt hat der maulfaule Bub kein Wort. Er hat sich nur während der letzten Tage oftmals stundenlang verdrückt und kam dann angesoffen heim."

Ich war heilfroh, als der Mann meinen Knopf losließ und ich etwas Abstand von ihm nehmen konnte. Den Knoblauchgeruch, der mir mit seinem Atem ins Gesicht schlug, hätte ich allenfalls noch ertragen können. Schlimm war jedoch der Fäulnisgestank, der wohl seinen restlichen braunen Zahnstummeln entströmte.

Mein Gegenüber fuhr fort: "Die Leute sagen, der Loisl werde nach Indien gebracht. Dort müßte er für die 'Holländische Compagnie' kämpfen. Indien ist weit, mußt du wissen. Das Land liegt noch hinter München, ja, sogar noch hinter Österreich."

"Ich weiß das, guter Mann. Wie kommen die Leute gerade auf die 'Holländische Compagnie?' Sag?"

"Weil sich seit Tagen Offiziere des holländischen Menschenfängers Langsdorf im Ort herumgetrieben haben. Besonders in den Straußwirtschaften haben sie sich als spendable Zechgenossen an die jungen Burschen herangemacht. Jetzt wird mein Bub etwas von der weiten Welt sehen."

Die Verschleppung seines einfältigen Sohnes schien den Mann weniger zu beunruhigen als mich. Ich gab ihm zu bedenken, daß sein Sohn vermutlich von Holland aus mit einem Segelschiff ins ferne Indien abtransportiert werde und daß eine solche Reise übers weite Meer sehr gefährlich sei.

Da lachte der Vater des Alois in der ihm eigentümlichen Art: "Hö, hö, hö, hö, hö." Sein über den Hosenriemen quellender Kugelbauch hüpfte dabei auf und ab. "Mein Loisl ist so blöde, daß er überall durchkommt. So einem Kerl stößt nichts zu. Der wird vielleicht bei der 'Holländischen Compagnie' noch ein General oder Sergeant. Aus mir als seinem leiblichen Vater ist ja auch etwas geworden. Seit über zehn Jahren habe ich im Flecken das wichtige Amt des Bettelvogts inne. Ich persönlich bin auch immer und überall gut durchgekommen, und mein Loisl schlägt mir nach."

Da gab ich mich geschlagen und pflichtete dem stolzen Vater bei: "Sie mögen recht haben. Der Apfel fällt nicht weit vom Stamm."

Mein Gesprächspartner schien nachzugrübeln, ob das eine Beleidigung war. Aber noch ehe er alles überdenken konnte, kam der als Ersatzmann für Alois eingeteilte Friedrich Armbruster angerannt. Ein in der Schule oft gesungenes Jägerlied abwandelnd rief er mir zu: "Auf, auf zur fröhlichen Wildschweinhut. Los, Hans. Ich bin dir zugeteilt."

In unbekümmert taktloser Weise wandte er sich dann dem Vater des Alois zu: "Ich habe vernommen, was geschehen ist. Grüßen Sie Ihren Buben von mir, falls er nach fünfundzwanzig Jahren aus dem Lande der Heiden zurückkommen sollte."

"Warte einen Augenblick", sagte ich und sprang schnell die Rathausstiege hoch. Brackenheimer reichte mir das Notizbuch zu. So fröhlich, wie sich Friedrich Armbruster bei unserem Zusammentreffen zunächst gab, war er gar nicht aufgelegt. Schon auf dem Wege zum Höheforst verlangte er meinen Rat in einer sehr ernsten Angelegenheit.

Er begann etwas umständlich so: "Ich weiß, daß du verschwiegen sein kannst. Freund Hans, du kennst mich als munteren Draufgänger. Du weißt auch, daß die Mädel mich und meine lustige Art mögen. Seit knapp einem Jahr bin ich eng mit einem Mädchen bekannt. Sie heißt Johanna und wohnt im letzten Haus vor der Lohmühle.

Immer wenn ich seither ohne mein Kuhgespann von unseren Äckern im Sandfeld kam, habe ich sie schnell einmal besucht. Sie ist ja tagsüber meist allein. Während ihr Vater als Steinklopfer arbeitet und ihre Mutter als Waschfrau zu den besseren Leuten geht, muß sie daheim das Vieh versorgen. Die Johanna ist nicht prüde, und so ist oft genug das geschehen, was ich dir als jungem Vater nicht näher erklären brauche. Ja, und jetzt behauptet diese Johanna, wir müßten heiraten, damit das Kind einen Vater bekommt. Was soll ich nur tun?"

"Du liebst sie doch. Wenn du das Heiratsalter erreicht hast, mußt du sie ehelichen. Da gibt es doch nichts zu überlegen."

"Wer sagt denn, daß ich sie liebe? Ich mag sie in gewissem Sinne. Aber zum Heiraten ist diese arme Kirchenmaus nicht die Richtige."

"Dann kann ich dir keinen Rat geben. Bei Lisa und mir ist das anders. Ich liebe sie und sie liebt mich. Nie hätte ich mich in dieser Weise mit einem Mädchen eingelassen, wenn ich sie mir nicht hätte als Frau fürs Leben und als Mutter meiner Kinder vorstellen können."

Friedrich meinte: "Ich will mich hier nicht als angeblicher Sünder verhören und einsperren lassen. Deshalb werde ich mich den Braunschweigern, Holländern, Preußen oder Österreichern als Soldat anbieten. Uns steht ja die Welt offen." Das letzte sagte er mit sarkastischem Unterton.

Ich fuhr ihm energisch über den Mund. "Die Welt steht dir als Soldat offen? Du meinst wohl das Grab", sagte ich.

Zwischen uns kam es zu einem langen und ernsten Gespräch über Söldnerdienst in fremden Heeren. Ich versuchte dem Friedrich klarzumachen, daß jeder Dienst für ein fremdes Heer, für die Privatfehden der Fürsten oder fürstliche Machtansprüche in meinen Augen verwerflich ist.

Ich erklärte ihm, daß ich freiwillig zu den Waffen ginge, wenn wir ein Vaterland hätten wie die Engländer oder Franzosen und wenn dieses Vaterland ohne eigene Schuld vor der Gefahr eines Überfalles geschützt werden müßte.

Davon könne zur Zeit nicht einmal bei der Kurpfalz die Rede sein, und das einst mächtige Heilige Römische Reich sei durch die Eigeninteressen der Fürsten zerrissen worden und dem Untergang geweiht.

Friedrich meinte nachdenklich: "Ich habe mir schon oft Ärger aufgeladen, weil ich mich vom Gefühl und vom Augenblick leiten lasse. Dir sage ich, du denkst zuviel. Das wird dir nicht weniger Ärger einbringen."

Plötzlich standen uns die Wildschweine näher, als alle Fürsten zusammen. Eine große Schwarzkittelherde kam grunzend heran, und wir mußten sie in den Höheforst zurückjagen. In den frühen Morgenstunden begann es zu regnen. Durchnäßt und fröstelnd traten wir nach Ende unserer Hütezeit den Heimweg an.

Bis Mittag schlief ich. Frau Rupp kam schließlich, um mich zu wecken. In der Kammertür stehend erzählte sie mir sogleich, der Adlerwirt Beutenmüller sei vor wenigen Stunden verstorben. Ein zweiter Schlagfluß habe seinem Leben ein jähes Ende gesetzt. Alles sei so schnell gegangen, daß der Geistliche, den man sofort ans Sterbebett rief, bereits zu spät kam. Jetzt sei der noch nicht zwanzigjährige Sohn Georg Christoph testamentarisch Erbe des "Adler". Bis zu seiner Volljährigkeit werde die Beutenmüllerin als Wittib das Erbe verwalten. Die Nachricht versetzte mich in Trauer und Sorge. Den Wirt hatte ich als freundlichen Menschen sehr geschätzt. Sorge hatte ich um Lisa und unser Kind. Würden die Erben meine Lisa im Hause behalten?

Die Beerdigung des beliebten Wirtes war ein großes Ereignis. Ein langer Trauerzug bewegte sich unter Glockengeläut vom Sterbehaus zum Friedhof. Unter den Trägern der Totenlade (*Sarg*) waren alle Wirte der Weingartener Gasthäuser. Trotz der drängenden Erntearbeit sah man viele Bauern im Leichenzuge mitschreiten. Nach der Feier traf sich die nächste Verwandtschaft mit einigen Honoratioren im "Adler" zum großen Leichenschmaus. Frau Beutenmüller meinte später, das Sterben sei für einen Mann aus angesehenen Kreisen, dessen Leiche man nicht still und nur in ein billiges Tuch gehüllt unter die Erde bringen könne, sehr teuer geworden. Sie habe für Pfarrer, Lehrer, Schreiner, Totengräber, Leichenbitter, Träger, Schulkinderchor und die wichtigsten Zutaten für den Leichenschmaus an Rechnungen und Trinkgeldern so viel bezahlt, wie ein Schullehrer in etwa achtzehn Monaten an Bargeld verdiene. Aber der Aufwand habe sich gelohnt. Das Begräbnis sei sehr schön gewesen.

Nach der Beerdigung wartete ich noch zwei Tage ab. Dann suchte ich die Adlerwirtin auf. Sie stand gerade hinter der Theke. Ich fragte, wie es mit Lisa weitergehen werde. Sie hatte offenbar meine innere Erregung bemerkt und beruhigte mich: "Ich werde jetzt öfter und länger mit auf den Feldern und in den Weingärten sein müssen als bisher. Da brauche ich im Hause eine tüchtige Kraft. Mit der Lisa bin ich zufrieden. Sie darf bei uns bleiben. Du darfst künftig die Lisa und euer Kind besuchen, wenn du Lisa nicht von der Arbeit abhältst. Bedenke stets, daß ich ein anständiges Haus führe. Ich wünsche unter meinem Dach keine Vertraulichkeiten zwischen euch."

Ich ging in die Küche, grüßte und sagte: "Die Frau Wirtin schickt mich."

Lisa unterbrach sogleich ihre Arbeit am Herd, gab dem Altknecht zu verstehen, daß er wegschauen solle und fiel mir um den Hals. Nach langer inniger Umarmung zog sie mich zur Wiege hin und flüsterte: "Schau, unser Kind. Es schläft. Wie niedlich es die winzigen Fäuste ballt."

Am liebsten hätte ich mich neben die Wiege gesetzt und immerzu das kleine Wesen betrachtet. Lisa meinte jedoch: "Nimm am Tisch neben dem Altknecht Platz. Dort am Tischende sitzt nachher der Georg. Ich habe noch viel Arbeit." Der strubbelige unrasierte Knecht, der eine lange Tabakpfeife schmauchte, war mir gänzlich unbekannt.

Mein Gespräch mit ihm war sehr einsilbig: "Ich bin der Hans Feld, der Vater von Lisas Kind."

"Denk mir's."

"Du bist also der Altknecht?"

"Bin ich." Das war alles. Nach dieser aufschlußreichen Unterredung kam der noch minderjährige Erbe Georg aus dem Stall zu uns herein. Wir verstanden uns gut. Erst kurz vor der Polizeistunde ging ich heim.

***

Für Friedrich Kiefer und dessen Familie begann eine schwere Zeit. Sie mußten schauen, wie sie mit dem Brandschaden fertig wurden. Finanzielle Unterstützung hatten sie von niemandem zu erwarten. In zwei Kammern zusammengepfercht waren sie im Hause des Christian Rau untergebracht, der mit Kiefers Schwester Margaretha verheiratet war. Die drei Knechte wurden auf verschiedene Bauernhöfe verteilt. Dort hatten sie Unterkunft und Verpflegung. Taschengeld zahlte ihnen der Löwenwirt, dem sie dafür bei der Feldarbeit und der Versorgung des auf verschiedene Höfe verteilten Viehes helfen mußten. Später sollten sie ihm beim Wiederaufbau des neuen "Goldenen Löwen" behilflich sein.

Die Familie Kiefer hatte all ihr Geld gerettet und konnte beim jüdischen Geldverleiher Löw Benjamin unter Verpfändung ihrer Felder und Wiesen eine große Summe als Kredit erhalten. Der entsprechende Vertrag zwischen Löw Benjamin und Christian Kiefer wurde im Rathaus abgeschlossen. Der Gerichtsschreiber fertigte das Protokoll aus.

Zunächst wurden der Wirt und seine Knechte eingehend nach der Brandursache befragt. Das Oberamt forderte eine gründliche Untersuchung. Der Schultheiß und Kiefers langjährige Freunde vom Ortsgericht durften sie an Ort und Stelle durchführen.

Bei einem Besuch, den ich der Familie Kiefer in ihrer Notunterkunft abstattete, erzählte mir der Wirt, was geschehen war, und wie sich Vernehmende und Vernommene aus der Schlinge gezogen hatten. Er, der Wirt, sei am Unglückstag kurz vor acht Uhr heimgekommen. Kaum sei er in der Küche gewesen, da habe er schon Flammen aus dem Scheunendach züngeln und Rauch aufsteigen sehen. Schnell habe er seiner Frau die nötigsten Anweisungen erteilt. Dann sei er mit den Knechten in die Ställe gerannt, um mit der Rettung der Tiere zu beginnen.

Er glaube, sein Altknecht Joseph Frank, der an diesem Abend mit seinem Gespann spät vom Felde heimgekommen sei, trage die Schuld am Ausbruch des Feuers. Vermutlich habe Frank die Laterne mit der brennenden Kerze nicht ordentlich geschlossen. Deshalb sei die Kerze aus der Laterne auf die Tenne in herumliegendes Heu gefallen. Als Frank nach dem Tränken der Pferde in die Scheune zurückgekommen sei, wäre es schon zu spät gewesen. Das sage er aber nur mir. Darüber habe ich zu schweigen wie ein Grab. Warum ich darüber schweigen solle? Wenn man hätte dem Altknecht diesen Leichtsinn nachweisen können, trage er letztlich als Brotherr des Joseph Frank und als Eigentümer des abgebrannten Hofes die Schuld am Unglück, also auch am Schaden, den Bagatti erlitten habe. Kiefer meinte, er habe deshalb den beiden Jungknechten Kohl und Reger nicht widersprochen, als sie bei ihrer Vernehmung die alberne Geschichte von den zündelnden Ratsmäusen vorbrachten, die angeblich die brennende Kerze aus der Laterne gezogen und im Maul ins Stroh getragen hätten. Kiefer war der Meinung, die Knechte müßten wissen, was sie gesehen haben. Er selbst sei nicht dabei gewesen. Seinen Knechten habe er nichts vorgesagt. Bis jetzt habe es den Anschein, daß auch das Oberamt an die Schuld der Ratsmäuse glauben wolle.

Sein Sohn Ludwig unterstützte ihn mit der Bemerkung, sein Großvater und danach sein Vater hätten als Gerichtsmänner und Kirchenälteste Jahrzehnte hindurch so viel für die Gemeinde getan, daß der Schultheiß und die anderen Herren des Ortsgerichtes nun einmal zu Gunsten dieser verdienten Familie den Knechten einen solchen Verlauf der Brandentwicklung glauben müßten.

Friedrich Kiefer verkaufte bald darauf seine Hofreite für gutes Geld an den Weingartener jüdischen Metzger Seligman Lemle. Für das eingenommene Geld erwarb er auf der gegenüberliegenden Marktplatzseite dicht neben der Einfahrt in die Kirchstraße ein weitaus größeres Grundstück, auf dem nur eine abrißreife alte Hütte stand. Dort wollte er das Gasthaus "Zum goldenen Löwen" mit Scheune und Ställen schöner und größer als zuvor wieder errichten.

Als die Erntezeit herankam, ließ mich der Schultheiß als Wildschweinhüter ablösen. Dafür wurde ich unter dem Schuhmacher und Feldschütz Wilhelm Hill der einträglicheren Feldhut zugeteilt. Weingarten beschäftigte damals ganzjährig zwei Feldschützen. Jedem der beiden wurden zur Erntezeit neun ausgewählte Männer als Hilfsschützen unterstellt.

Alle achtzehn Hilfsfeldschützen mußten zunächst vor dem Ortsgericht die Handtreu an Eides Statt ablegen. Niemand durfte ohne abgelegte Handtreu auf der Hut sein.

Der über vierzigjährige Hill schickte den nach Weingarten versetzten Junglehrer Friedrich Fingerling auf die weit entfernten Felder vor der Staats- und Gemeindegrenze, die zwischen Weingarten und dem "feindlichen" Staffort verläuft. Dem Fingerling traute man wohl ganz besondere Umsicht zu. Einer seiner beiden Gehilfen war ich.

Unser junger Lehrer versprach sich von der Vielzahl seiner Anzeigen eine ungeheure Aufbesserung seines schmalen Einkommens. Er war deshalb erwartungsfroh und übereifrig. Am Ende der Feldhutzeit war Fingerling sehr betrübt, als er keinen einzigen Frevler erwischt hatte. Der junge Mann kannte als Neuzugezogener die Besitzverhältnisse und die

Leute im Dorf nicht. Zweimal glaubte er am Ziel zu sein. Im ersten Fall versuchte er, eine biedere Bäuerin aufzuschreiben, die auf ihrem eigenen Stoppelacker liegengebliebene einzelne Ähren auflas. Im zweiten Fall hätte er beinahe Prügel bezogen, als er nach Einbruch der Dunkelheit einen aus Untergrombach stammenden Jungknecht mit einer Weingartener Magd unter aufgestellten Garben aufgespürt hatte. Nach diesem Vorfall konnte sich unser weltfremder Lehrer kaum beruhigen: "Warum haben sich die beiden denn versteckt, wenn sie keinen Feldfrevel im Schilde geführt haben?"

Wir beiden Helfer in seiner Gruppe zuckten nur wie unwissend mit den Schultern.

***

Im April 1788 habe ich die Prüfung als Müllergeselle bestanden. Der Obermeister der Müllerzunft nahm sie persönlich ab. Ich mußte einen Mühlstein kunstgerecht schärfen und Proben verschiedener Mühlenprodukte herstellen. Dabei kam es hauptsächlich auf die Einstellung des richtigen Abstandes der Mühlsteine zueinander an. Nach meiner langen Lehrzeit und jahrelanger meist selbständiger Arbeit war das für mich ein leichtes. Sonst hat sich in der ganzen Zeit bis zu dem für mich entscheidenden Ereignis im August 1788, über das ausführlich zu berichten sein wird, nichts Bemerkenswertes zugetragen. Mein letztes Jahr in Weingarten war eine für mich erlebnisarme Zeit, mit deren Einzelheiten ich meine Leser nicht langweilen will.

Meine bittere Armut, die knebelnden und gängelnden Obrigkeitsverordnungen und das Eingespanntsein in den immer gleichbleibenden Trott der Arbeit ließen meinem jugendlichen Tatendrang keinen Raum.

Täglich besuchte ich Lisa und das Kind, ohne jemals mit Lisa allein sein zu können. Unser Kind gedieh prächtig. In der Mühle war ich meist zu allen Arbeiten allein. Ich führte sogar die Kasse. Niemand hätte dort etwas bemerkt, wenn ich mich hin und wieder aus dieser Kasse bereichert hätte.

Ich blieb jedoch ehrlich. In den Nächten war ich weiterhin oft auf Feld- oder Wildschweinhut.

Während andere Burschen meines Alters sich schon deshalb über mangelnde Freizeit beklagten, weil sie einer einzigen Berufsarbeit nachzugehen hatten, fand ich noch die Zeit, mir bei Weber Georg Hill immer wieder Zeitungen zu holen und sie zu lesen.

Ich bin überzeugt, daß ich diese unterschiedlichen Beschäftigungen nur deshalb unter einen Hut bringen konnte, weil ich mich bemühte, planvoll zu leben, und weil ich mich nie von den Ereignissen treiben ließ. Auf diese Weise nützte ich meine Tage und lebte bewußter, als die meisten anderen Leute im Dorf.

So verrann die Zeit. Der Sommer verging und die Herbstblumen verblühten. Dann brach der Winter mit viel Schnee und klirrender Kälte übers Land herein. Im Frühling erwachte die Natur wieder zu neuem Leben, und der nächste Sommer kam mit seinen langen hellen Tagen.

## Durch Militärwerber entführt

Einer dieser hellen Sommertage, es war sogar ein Sonntag, wurde zum schwärzesten Tag meines Lebens.

Seit langem hatte ich wieder einmal meine Wertherkluft angelegt. Frau Rupp hatte an Ärmeln und Hosenbeinen die reichlichen Stoffreserven herausgelassen. Seit dem Kauf der Sachen war ich doch arg in die Länge geschossen. Sogar einige Jackenknöpfe mußten versetzt werden. Frau Rupp meinte: “Aus dem kleinen schmalen Büble von damals ist ein großer breitschultriger Bursch geworden.” Die Frau änderte meine Kluft so geschickt, daß nach dem Ausbügeln alles wieder wie neu aussah. Wie an jedem Sonn- und Feiertag hatte ich mit allen ordentlichen Christenmenschen vormittags den Gottesdienst besucht. Pfarrer Textor hatte den Reichen wortgewaltig ins Gewissen geredet. Ihr Herz hänge nur an den irdischen Gütern. Das Himmelreich könnten sie nur erwerben, wenn sie ihren Reichtum mit den Armen des Landes teilen.

Nach der Kirche aß ich im "Adler" mit Lisa und dem anderen Gesinde zu Mittag und blieb danach bis zum Abend dort. Immer wenn jemand mit dem großen Weinkrug in den Keller gehen mußte, übernahm ich diese Arbeit. Gegen acht Uhr wollte ich mich auf den Heimweg machen.

Kaum war ich aus der Wirtshaustür getreten, kam aus Richtung Durlach eine offene hochgebaute Kutsche heran. Im Wagenkasten saßen außer dem Kutscher zwei Reisende. Als die Herren mich sahen, ließen sie den Wagen anhalten und baten mich, näher zu kommen.

Einer fragte mich sehr höflich nach der Straußwirtschaft Wilser. Ich begann, den Weg zu beschreiben: "Dort zwischen der 'Krone' und dem Bach hindurch. Dann am Bach entlang. Am Ende der Kellereimauer nach links in die andere Straße einbiegen und von dort --" An dieser Stelle unterbrach mich der Fragesteller: "Verzeiht, daß ich Euch ins Wort falle. Wir wären sehr erfreut, wenn der junge Herr die große Güte hätte, bis zum Hause Wilser mit uns zu fahren. Dann könnten wir unser heutiges Reiseziel nicht verfehlen."

Diese kurze Fahrt konnte mir in offener Kutsche und am hellen Tage auf der belebten Dorfstraße nicht gefährlich werden. Ich stieg deshalb bedenkenlos ein.

Zwischen mir und dem freundlicheren der beiden Reisenden entspann sich sofort ein Gespräch. Der Mann klopfte mir vertraulich auf die Schulter und meinte: "Wenn Ihre werten Eltern Sie zufällig in dieser großartigen Karosse sehen, werden sie sehr stolz sein."

"Meine Eltern sind leider beide längst verstorben."

"O, das bedauere ich sehr. Welcher Wissenschaft haben Sie sich verschrieben? Studieren Sie zu Heidelberg?"

"Ich studiere hier in Weingarten das mühevolle Leben eines geplagten, ganz einfachen Mühlenknechtes."

"Nun, ein ganz so einfacher Mühlenknecht scheint Er mir nicht zu sein. Ich wette um eine Bouteille guten Weines, daß

Er schreiben und lesen kann."

"Stimmt. Er kann."

"Wie heißt er denn?" fragte der Herr. Ich nannte ihm meinen Namen. Er selbst hielt es jedoch nicht für nötig, sich vorzustellen.

Mir war nicht entgangen, daß mich der Kerl herablassend mit "Er" anredete, seit er meinen niedrigen Stand kannte. Übers Wetter plaudernd kutschierten wir durchs Dorf. Dabei hatte ich Gelegenheit, die Reisenden und ihren Kutscher näher zu betrachten. Mein munterer Gesprächspartner war groß und hager. Sein beinahe furchterregender Gesichtsausdruck wollte gar nicht zu der Glätte seiner Worte und zu seiner freundlichen Anteilnahme an meiner Person passen. Seine Kleidung war von den Schuhen bis zum Camisol (*Weste*) schwarz wie die eines Pfarrers. Sogar Backenbart und Schnauzbart waren pechschwarz. Nur das Haupthaar, der Zopf und das rote Jabot (*Brustrüschen*) stachen vom tristen Einerlei ab. Dick aufgetragener Puder ließ das Haupthaar und den über den Rücken hängenden Zopf fast weiß erscheinen.

Vor Wilsers Haus befahl der Hagere seinem Begleiter: "Fragen Sie, ob wir hier standesgemäß unterkommen können. Wir warten derweil hier."

Der Untersetzte sprang sofort auf, kletterte vom Wagen und ging ins Haus. Da machte ich Anstalten, mich zu verabschieden. Nun protestierte jedoch der Mensch, der mich zum Mitfahren engagiert hatte, sehr energisch: "Nein, mein Herr. Bitte geben Sie uns die Ehre, mit uns zu speisen und eine Bouteille Wein mit uns zu leeren."

Ich ließ mich überreden und blieb. Nach wenigen Minuten kam der kräftigere Kerl aus der Wirtschaft und meldete, er habe alles besprochen und geregelt. Ein geeignetes Zimmer stehe zur Verfügung. Der Hagere sprach diesen Mann stets mit dem Familiennamen Babuschkat an. Der lange Dürre war "Herr Labiat".

Babuschkat war längst nicht so vornehm gekleidet wie Labiat. Wenn sie sprachen, merkte man beiden an, daß sie nicht aus unserer Gegend stammten.

Zum Empfang trat nur Wilsers zehnjähriger Sohn vor die Haustür. Sein Vater ließ sich nicht blicken. Ich bekam ihn auch später nicht zu Gesicht.

Wir stiegen aus. Der Kutscher band die Pferde an einen der Eisenringe über dem Trog und half den beiden Herren beim Tragen des Gepäcks. Das Zimmer lag eine Treppe hoch und nach hinten hinaus. Durch die Fenster konnte man auf die Gärten schauen. Als die Hilfe des Kutschers nicht mehr vonnöten war, meldete er sich ab, um die Pferde zu versorgen. Später wurde mir klar, warum sich Vater Wilser nicht bei uns sehen ließ. Es sollte nicht nachweisbar werden, daß er mit den Fremden gemeinsame Sache machte.

Der noch knabenhafte Wilsersohn war nicht gewandt genug, die Tatsache alter Bekanntschaft verbergen zu können. Als Labiat bei ihm ein reichliches Essen und Getränke für uns alle bestellte, fragte er: "Beim Wein zunächst wie immer drei Flaschen?"

Mir schoß der Gedanke durch den Kopf: "Wie immer? Dann waren die Kerle schon öfters hier. Warum haben sie mich trotzdem in der Kutsche mitgenommen, um ihnen den Weg zu weisen? Sind es doch Werber, denen ich auf der Straße durch meine Körpergröße angenehm aufgefallen bin?"

Diesen Verdacht ließ ich mir nicht anmerken. Es war schon zu spät, um mich ganz einfach bei ihnen zu verabschieden. Ich beschloß deshalb, bei passender Gelegenheit heimlich davonzulaufen. Das war aber gar nicht so leicht möglich. Als ich vorgab, austreten gehen zu müssen, behauptete Labiat, er verspüre den gleichen Drang und folgte mir in den Hof hinunter.

Bei Tisch versuchte Labiat, mich auszuhorchen, und ich war bemüht, etwas über ihn und Babuschkat zu erfahren. Bei diesem Spielchen war jedoch keiner von uns beiden erfolgreich. Der Kutscher sagte gar nichts. Der schmauchte nur seine lange Tabakpfeife. Labiat und Babuschkat schnupften aus kleinen blanken Blechdöschen.

Bis Wilsers Sohn den Schweinebraten mit dem Sauerkraut und den Erdbirnen brachte, plätscherte unsere Unterhaltung sehr oberflächlich dahin. Während des Essens schwiegen alle. Mir gegenüber saß Babuschkat. Mir wurde beinahe übel, als ich sah, wie sein viel zu langer Oberlippenbart voller Sauerkraut hing und wie der Mann das Kraut mit der Zunge vom Bart leckte und dann schmatzend in den Mund zog.

Ich hätte zwar ganz einfach wegschauen können, aber wie in vielen anderen ähnlichen Fällen stand ich auch hier geradezu unter einem inneren Zwang, das zu betrachten, was mich störte.

Labiat wurde wieder gesprächiger. Seine Worte liefen darauf hinaus, daß er sich ein langweiliges Leben unter dem Joch schwerer Arbeit nicht vorstellen könne. Das Leben sei so kurz, daß man schon in seinen jungen Jahren etwas erleben und Gottes schöne Welt kennenlernen müsse. Im Alter, wenn man durch Gicht und Altersschwäche ans Bett gefesselt sei, wäre es dafür zu spät. Er fahre gern in einer bequemen Kutsche durch die deutschen Lande.

Weil ich eine solch sonderbare Karosse, wie diese Herren sie benutzten, noch nie gesehen hatte, fragte ich, wo diese Gefährte gebaut werden. Labiat meinte, das wisse niemand. Da vergaß der in seiner Berufsehre gekränkte pockennarbige Kutscher alle Vorsicht, die man ihm mühsam eingebleut hatte: "Wieso weiß das niemand? Natürlich weiß ich als Kutscher, wo diese berühmten Wagen gebaut werden. Die Werkstätten liegen in Berlin. Deshalb nennt man eine solche Kutsche in der ganzen Welt und nicht nur im Königreich Preußen 'Berline'. Ja, so ist das. Uns stellt man selbstverständlich für unsere weiten Fahrten immer eine Berline zur Verfügung."

Ich war überzeugt, daß mir der schlaue Labiat wohlweislich das nicht sagen wollte, was sein dümmlicher Kutscher so unüberlegt ausgeplaudert hatte. Labiat konnte sich bestimmt denken, daß ich mir daraus etwas über seine und seiner Begleiter Herkunft zusammenreimen würde. Von diesem Augenblick an war mir klar, daß ich in die Gesellschaft preußischer Militärwerber geraten war. Ich sagte deshalb, ich sei müde und wolle mich verabschieden.

Unter allerlei Vorwänden und dabei sehr energisch verwehrte mir Labiat diesen Wunsch. Die Polizeistunde sei längst überschritten. Er werde mich in der Kutsche bis vors Haus fahren. Von nun an hielt ich ständig meine Hände auf den Taschen. Es war unter uns jungen Männern gut genug bekannt, daß die Werber ihren Opfern heimlich Geld in die Taschen zu stecken versuchen, um dann rechtsgültig behaupten zu können, das sei das entgegengenommene Anwerbegeld. Kaum war alles ausgetrunken, befahl Labiat dem Kutscher: "Anspannen. Wir wollen unseren Gast heimfahren."

Beim Einsteigen wollte ich davonlaufen. Das war aber leider ganz unmöglich. Kaum saßen wir in der Kutsche, bemerkte Labiat zu mir gewandt: "Hast du deine acht Taler Anwerbegeld nachgezählt?"

Ich erschrak, griff in die Taschen und mußte feststellen, daß mich die Kerle übertölpelt hatten. Ich war vor unseren Gesetzen preußischer Rekrut geworden und hatte es nicht bemerkt. Der Kutscher fuhr in der Dunkelheit, ohne mich nach dem Wege fragen zu müssen, zur Brettener (*Jöhlinger*) Straße und an der Abzweigung zur Mittelmühlgasse vorbei.

Labiat redete nun auf mich ein: "Du hast dein Handgeld vollständig erhalten, wie das bei uns Preußen üblich ist. Versuche nicht zu fliehen. Du bist rechtmäßiger Rekrut, und jede Flucht wäre bereits Fahnenflucht. Die wird hart bestraft."

Da erfaßte mich rasende Wut. Ich schrie ihn an: "Ihr seid ein gemeiner Mensch, ein Menschenräuber. Sie sollten nicht Labiat, sondern Rabiat heißen."

Jetzt wies mich Babuschkat zurecht: "Bezähme dein freches Mundwerk. Oder willst du, daß ich dich schlagen muß?"

Der verehrte Leser möge mir glauben, daß ich nach Babuschkats Drohung nicht aus Angst schwieg, und daß ich mich nur scheinbar in mein Schicksal ergab.

Wenn ich heute über mein damaliges Verhalten nachdenke, dann wundere ich mich selbst, mit welcher Blitzesschnelle ich meine verzweifelte Lage überdenken und mir einen Plan für mein weiteres Verhalten zurechtlegen konnte.

Etwa folgendes ging mir durch den Kopf: "Im Augenblick ist jeder Fluchtversuch zwecklos. Gegen die drei Kerle kann ich nichts ausrichten. Niemand, kein Schultheiß und kein Kurfürst kann mir helfen. Was heute als Recht gilt, ist auf Seiten der anderen. Ich habe ja tatsächlich die Werbetaler in der Tasche. Selbst wenn ich die Silberlinge nun nehmen und dem Labiat zurückgeben würde, bliebe es dabei, daß ich das Geld hatte. Daß es mir heimlich in die Tasche gesteckt wurde, kann ich nicht beweisen. Trotzdem darf ich mich nicht nach Berlin verschleppen lassen."

Um meine Person hatte ich zwar keine besondere Angst, aber der Gedanke, daß meine Lisa, das Müllerehepaar Rupp, die Beutenmüllerin, die Familie Kiefer, der Schultheiß, Pfarrer Textor und einige andere Leute aus meinem näheren Bekanntenkreis nun annehmen mußten, ich sei geflohen, um Lisa mit dem Kind sitzenzulassen, war mir unerträglich.

Ich beschloß deshalb, von nun an Hinterhältigkeit gegen Hinterhältigkeit zu setzen. Ich wollte vor den Werbern so tun, als ob ich mirs überlegt habe und mich bereits auf das lustige Soldatenleben freue.

Später, wenn sie sich meiner Person völlig sicher wähnen würden, wollte ich bei passender Gelegenheit fliehen. Nur aus diesen Gründen schwieg ich vorläufig. Inzwischen hatten wir die letzten Häuser meines Heimatdorfes hinter uns gelassen und fuhren in Richtung Jöhlingen.

Mit Wehmut dachte ich daran, daß ich mit jeder Minute weiter weg kam von meiner lieben Lisa, von der mütterlich sorgenden Müllersfrau, meinen Freunden, meinem Heimatdorf und von den Gräbern meiner Eltern. Aber diese traurigen Gedanken drückten mich nicht nieder. Ich blieb fest entschlossen, den Häschern aus dem fernen Berlin zu entwischen. Wenn das nicht sogleich möglich sein sollte, dann eben erst in einigen Tagen.

Während ich diesen Gedanken nachhing, hatten wir Jöhlingen erreicht. Schon vor den ersten Häusern des Dorfes bog die Kutsche scharf nach links ab. Von dort aus ging es durch Hohlwege, Wälder und Felder über Berg und Tal auf Gondelsheim zu.

Die Nacht war lau und sternenklar. Niemand sprach ein Wort. Labiat saß mit wackelndem Kopf und offenem Maul schlafend da. Babuschkat beobachtete mich jedoch hellwach.

In dem kleinen Nest Gondelsheim angekommen, bogen wir bald von der Dorfstraße ab und hielten vor dem Hoftor eines am Ortsrand gelegenen Bauernhauses an. Labiat war aufgewacht. Babuschkat kletterte vom Wagen und klopfte im Dreischlagtakt der Drescher an einen der Fensterläden "bum, bum, bum".

Bald darauf wurde der Laden von innen aufgestoßen. Ein mit weißer Nachtmütze bedeckter Zottelkopf schaute heraus: "Zu Diensten, die werten Herren. Sehr zu Diensten." Der Bauer öffnete das Hoftor und verschloß es hinter uns wieder sorgsam. Der Hofbesitzer und die Werber schienen sich sehr gut zu kennen. Im Hause leuchtete uns der Bauer mit einem Talglicht eine Treppe hinauf bis in unsere Kammern.

Der kleine Raum, in den ich eingewiesen wurde, hatte nur ein winziges Fenster, und das war vergittert wie eine Arrestzelle. Vermutlich hatte es schon vor mir vielen anderen Werbungsopfern als ausbruchsicheres Gefängnis gedient. Der Zugang zu diesem ärmlichen Raum war nur durch die Schlafkammer der Werber möglich. Unter meinem Bett fand ich einen Kammertopf. Labiat befahl mir, ich solle mich sofort zum Schlafe niederlegen.

Nebenan im Werberzimmer wurde noch lange diskutiert. Die Zwischentür schloß so schlecht, daß ich jedes Wort verstehen konnte, was nebenan gesprochen wurde.

Um die Zimmernachbarn glauben zu machen, ich schlafe und um dann möglichst viel zu hören, gab ich hin und wieder möglichst natürliche Schnarchgeräusche von mir. Ich vernahm, was ich den Preußen wert war. Labiat erklärte seinen

Komplizen: “Mit dem Müllergesellen, der nebenan so erbärmlich schnarcht, ist uns ein wertvoller Vogel ins Netz gegangen. Der Bursche ist ein langer Kerl, gerade gewachsen und gesund,und ich halte ihn für recht gelehrig. Wenn der streng abgerichtet wird, kann aus ihm ein mustergültiger Musketier werden. Für so einen wie diesen Müllergesellen hätte ich an Anwerbunsgskosten alles in allem mit Sold und Fahrt bis zu tausend Talern ausgeben dürfen.”

Die nächste Fahrtstrecke sollte uns an einem einzigen Tage durch den ganzen Odenwald bis kurz vor Aschaffenburg führen. Labiat wollte den finsteren Wald aus Furcht vor Räubern, mörderischen Landfahrern und anderem Gesindel unbedingt bei Tageslicht hinter sich bringen. Wir blieben deshalb noch den folgenden Tag und die nächste Nacht in diesem Gondelsheimer Werberstützpunkt, um dann ausgeruht in aller Herrgottsfrühe aufbrechen zu können. Mich ließ man keine Sekunde aus den Augen. Zum festgesetzten Zeitpunkt ging die Fahrt weiter.

Im Hinblick auf meine beabsichtigte Flucht beschloß ich, mir die Namen aller wichtigen Städte und Dörfer der Fahrtstrecke einzuprägen. Irgendwann fielen in den Gesprächen meiner Entführer immer solche Ortsnamen.

Von Gondelsheim fuhren wir über Flehingen, Eppingen, Sinsheim, Eberbach und Michelstadt bis zu einem einsamen Gasthaus vor Aschaffenburg. Vor Michelstadt gab es unvorhergesehenen Ärger. Eine Bürgerwehrstreife hielt uns mit vorgehaltenen Spießen auf und fragte nach dem Woher und Wohin und nach der Legitimation der Reisenden. Labiat wies uns als preußische Kuriere aus. Damit schüchterte er die Leute ein. Der Anführer der Bürgerwehrgruppe entschuldigte sich sehr höflich und erklärte, sie lägen nach Raub- und Mordgesindel auf der Lauer.

Es wäre ganz bestimmt sinnlos gewesen, wenn ich mich dieser Bürgerwehr als gewaltsam entführter Rekrut offenbart hätte. Diese Leute wären weder für meine Befreiung zuständig, noch dazu fähig gewesen.

Die drei Berliner palaverten unterwegs allerlei. Ich stimmte stets in ihr brüllendes Gelächter ein, auch wenn ich manchmal gar nicht begriffen hatte, was an ihren Ferkeleien und Aufschneidereien so lustig sein sollte.

Ich fühlte mich den drei Kerlen geistig überlegen, aber ich war klug genug, nichts davon merken zu lassen. Männer wie Labiat und Babuschkat hätten es mir nie verziehen, wenn ich ihnen gesagt hätte, was ich von ihnen hielt.

In den nächsten Tagen gelangten wir über Hühnfeld, Eisenach und Langensalza bis Nordhausen. Von dort aus fuhren wir durch ein hohes Gebirge, das man den "Harz" nennt.

Wir brauchten mehrere Tage, bis wir diese Berge und Täler durchquert hatten. Noch nie im Leben hatte ich so hoch aufragende bewaldete Höhenzüge und so tiefe Täler gesehen wie im Harz. Unsere Weingartener Berge vom Katzenberg über den Kirchberg, Eisberg bis zum Heuberg sind dagegen nur niedrige Katzenbuckel.

Mitten im höchsten Teil dieser Strecke kamen wir in ein schweres Unwetter. Es blitzte und donnerte ununterbrochen. Wahre Sturzbäche rauschten durch manche Hohlwege zu Tal. Auf den Höhen drohte der Sturm, unser Wagenverdeck zu zerreißen. Wir mußten es deshalb zurückklappen und saßen im strömenden Regen. Zu allem Unglück war weit und breit keine Ortschaft in Sicht.

Als wir Halberstadt erreicht hatten, atmeten die Werber sichtlich auf. Wir waren auf preußischem Boden. Von dort dauerte unsere Reise nochmals sechs Tage. Der nächste größere Ort hieß Magdeburg.

Vor unserer Ankunft am Ziel übernachteten wir zum letzten Male in einem Militärgebäude, das am Rande der Stadt Potsdam liegt. In allen Straßen sah ich marschierende oder flanierende Soldaten. Vor einigen Schilderhäuschen standen Posten mit geschultertem Gewehr.

Hinter Potsdam überquerten wir einen Fluß. Labiat sagte: "Das ist schon die Havel." Von dort aus kamen wir durch einige kleine Dörfer, die ich später bei unseren Übungsmärschen noch näher kennenlernte. In Erinnerung sind mir die Namen Glienicke, Zehlendorf und Tempelhof geblieben. Tempelhof mit seinen niedrigen Fachwerkhäusern erinnerte mich an die Dörfer in meiner kurpfälzischen Heimat. Vor Tempelhof kamen wir an eine Umfriedung, die auf der einen Seite aus einer doppelt mannshohen Mauer und auf der anderen Seite aus gleichhohen Palisaden bestand. An einem torähnlichen Durchlaß mußte sich Labiat durch eine Wachmannschaft kontrollieren lassen. Unverkennbar war, daß es sich bei Mauer und Palisade nicht um eine Verteidigungseinrichtung handelte, sondern eher um einen ausbruchsicheren Soldatenpferch. Hinter Tempelhof ging es über freies Gelände und an einzelnen Häusern vorbei. Auf einem großen Platz hielten wir an. Ich war tief betrübt, weil sich unterwegs nie eine Möglichkeit zur Flucht geboten hatte. Jetzt blieb mir nur noch die im Falle des Mißlingens folgenschwere Fahnenflucht.

## Unterm Preußenadler

Labiat befahl mir barsch: "Aussteigen". Mit meinen vom langen Sitzen steifen Beinen kletterte ich von der Kutsche. Die Werber winkten einen in der Nähe herumlungernden Soldaten herbei. Labiat befahl ihm: "Gefreiter, laß den Burschen inskribieren und liefere ihn danach bei Korporal Berg ab."

Ein bezopfter schnauzbärtiger Unteroffizier der Wache inskribierte mich. Von dort führte mich ein Melder in einen kahlen Raum, in dem nur einige Betten und Schränke standen. In einem der Betten schlief jemand.

Auf einem freien Feldbett sitzend überdachte ich wieder einmal meine Lage. Ich kam mir verlassen und verloren vor. Das sollte nun das große und berühmte Berlin sein. Außer dem Wachhaus, unserer Halbkaserne, wenigen größeren Häusern, einem Stall und einem langgestreckten Holzbau hatte ich nichts gesehen.

Meine Grübeleien wurden unterbrochen, als ein älterer Soldat in unseren Raum gepoltert kam. “Wer ist der Neue?”, fragte er. “Ich bin es leider”, ließ ich mich hören und hob meinen Kopf. Der Mann ging auf mein betontes “Leider” nicht ein. Er bemerkte nur: “Hier lege ich dir einige Scheiben Kommißbrot auf den Tisch. Das ist für heute abend und morgen in der Früh. Danach geht alles seinen geregelten Gang.”

Offenbar wollte er sich auf kein Gespräch einlassen. Er verließ uns sofort wieder.

Der Vorfall hatte meinen Zimmergenossen wach gemacht. “Das war Korporal Berg”, meinte er. “Wenn er es nicht hört, nennen wir ihn Papa Berg. Papa ist zwar streng, aber er sorgt für seine Korporalschaft. Ich bin Paul aus Treuenbriezen.”

Ich begann, auf meinem trockenen Kommißbrot herumzukauen. Da erbarmte sich Paul meiner: “Dort im Krug steht noch eine Neige Bier. Sauf sie aus.” Dankbar machte ich von diesem Anerbieten Gebrauch.

Der Geschmack des Gebräues war abscheulich. Das abgestandene bittere Gesöff war mit dem Bier, das man mir in Mannheim spendiert hatte, nicht zu vergleichen. Ich war ja ohnehin nie ein Biertrinker. Wenn man sich bei uns in Weingarten mehr als Wasser leisten kann, trinkt man Wein.

Kaum hatte ich meine Mahlzeit beendet, begann das Bier schon in meinem Leib zu rumoren. Ehe ich mich angekleidet aufs Ohr legte, fragte ich deshalb den Paul für alle Fälle nach der Latrine. Der brummte unter seiner Decke hervor: “Hinterm Hause ist eine. Hier wird selbst einem Muttersöhnchen kein Kammertopf unters Bett gestellt. Ich warne dich. Gehe nicht durch den Eingang, über dem ‘Nur Offiziere’ geschrieben steht. Für uns ist das Sch...haus, über dessen Tür ‘Mannschaften’ steht. Schlaf jetzt. Der Trompeter wird sowieso gleich blasen. Morgen weht ein anderer Wind.”

Das mit dem Muttersöhnchen ließ ich ihm unwidersprochen durchgehen. Wenn überhaupt, dann wollte ich mich auf keinen Fall jetzt mit jemandem anlegen, bevor ich meine

Umgebung näher kannte. Außerdem war ich viel zu müde, um mich auf einen Disput einzulassen.

So viel Schreibpapier kann ich mir nicht kaufen, und so viel Zeit habe ich als Lazarettschreiber gar nicht, um mein Leben als preußischer Musketier lückenlos darlegen zu können. Ich will deshalb die langen Jahre, die ich fern der Heimat unter dem Preußenadler zubringen muß, in geraffter Form schildern.

Am nächsten Tag wurde ich mit anderen Rekruten in die Montierungskammer geführt, um als Soldat eingekleidet zu werden. Damit der Leser begreifen kann, für welche Mengen von Sachen wir verantwortlich gemacht wurden, und was wir zu pflegen und sauberzuhalten hatten, will ich kurz das Wichtigste auflisten. Jeder erhielt: Schwarze Schuhe, schwarze Gamaschen mit blanken Messingknöpfen, zwei weiße Leinenhosen und zwei Camisole, einen grünen Uniformrock mit langen Schößen und gelbem Besatz, den Musketierhut mit "Puschel" in der Regimentsfarbe, eine schwarze Halsbinde, die wichtige Schlafmütze, einen künstlichen Zopf, Tornister, Habersack fürs Brot, Patronentasche, Gurt, zwei Hemden, Feldmütze, zwei Collerets (*Vorhemden*), Socken, Talglappen, Puderbeutel mit einem halben Pfund Puder, Aderlaßbinden, Handschuhe, Tuchärmel, Löffel, Gabel, Messer, Kehrbürste, Schuhbürste und zwei Flintsteine fürs Gewehr und anderen Kleinkram. Zum Schluß wurde jedem eine schwere, schrecklich lange Flinte mit Bajonett übergeben. Mit Schaudern dachte ich: "Damit sollst du nun Menschen totschießen oder ihnen den Leib durchbohren."

Zum weiteren Nachdenken blieb keine Zeit. Beladen wie Packesel waren wir, als man uns in die Unterkünfte zurückjagte. Eine oder zwei Stunden dauerte es, bis ein Unteroffizier und zwei Gefreite kamen, die uns beim Anlegen der Uniformen helfen sollten. Unsere bürgerliche Kleidung mußten wir zu einem Bündel rollen. Wehmütig blickte ich auf mein bisheriges Äußeres, auf das ich immer so stolz war, und das nun lieblos zusammengeknautscht wurde.

Das Uniformieren erwies sich als eine besondere Kunst. Mit dem Anlegen eines bürgerlichen Anzuges ist es nicht zu vergleichen.

Die Leinenhosen waren sehr eng und spannten und kniffen überall. Noch lästiger waren die Gamaschen. Wir mußten sie so stramm schnüren, daß uns nach einiger Zeit die Füße einschliefen.

Das Umlegen des Collerets und der Halsbinde bedurfte ebenfalls besonderer Künste. Mit geschickten Griffen wurden zuletzt die falschen Zöpfe in unsere Haare eingebunden. Die altgedienten Soldaten sprachen dabei niemals von Zöpfen, sondern immer nur von "Lunten". Meine Lunte verbreitete einen ranzigen Geruch.

Nach langem Hin und Her, und nachdem wir einige Sachen so untereinander ausgetauscht hatten, daß alles zu unseren Körpermaßen paßte, sahen wir uns in preußische Musketiere verwandelt. Der Unteroffizier machte uns jedoch klar, daß wir so nicht vor einen Offizier treten könnten. Die Gamaschenknöpfe und andere Metallteile seien noch blind. Sie hätten zu glänzen. Schuhe und Gamaschen dürften nicht grau aussehen, sondern müßten tiefschwarz wirken. Flecken auf den weißen Kleidungsstücken müßten mit Kreide aufgehellt werden. Unsere Zöpfe sähen ausgefranst aus. Da helfe warmer Talg ab. Die Haarschleifen hätten schwärzer zu sein. Man gab uns den Rat, sie über Nacht in eine Bierneige zu legen und sie danach behutsam über dem Kochherd zu trocknen. Als ich das erfuhr, wurde ich den Verdacht nicht mehr los, daß mir der Treuenbrietzener am Vorabend sein durch öfteren Gebrauch unwirksam gewordenes Zopfschleifen-Badebier als Abendtrunk überlassen hatte.

Der Unteroffizier fuhr fort: "Die richtige Frisur muß euch ein Feldschergehilfe verpassen. Erst die Hammelpfoten (*Lockenrollen über den Ohren*) machen euch zu adretten Soldaten. Der Leutnant von Wintersteen (den ich später noch persönlich kennenlernen mußte) hat einmal ganz richtig gesagt, der beste Soldat nütze ihm nichts, wenn dessen Hammelpfoten schlampig herumhingen. Zur Kirchenparade und anderen wichtigen Anlässen muß jeder seine Kopfhaare und die Lunte schön weiß pudern. Zum alltäglichen Dienst dürft Ihr jedoch ungepudert antreten."

Sehr eindringlich wurde uns eröffnet, wir müßten ergänzend zu den uns ohne Bezahlung übergebenen Sachen noch allerlei vom eigenen Gelde anschaffen. "Ihr braucht Schuhwachs, ständig weiteren Puder, Haarpomade und Talg zur Verfestigung der Lunten, Kreide zum Weißeln der weißen Kleidung, Putzmittel für Knöpfe und Schnallen der Uniform und der blanken Teile der Flinten, Waffenöl und Seife. Mennige-Zinnober müßt ihr zum Nachfärben der roten Flintenriemen anschaffen. Ich rate euch gut, wascht euch stets gründlich am ganzen Leibe. Unsauberkeit kann Seuchen hervorrufen, und die hübschen Berliner Mädchen erwarten von uns Soldaten, daß wir sauber sind wie Adam im Paradies vor dem Sündenfall. Verderbt uns alten Soldaten nicht den guten Ruf, der uns bei den Mädchen vorausgeht. Wer das nicht begreifen will, der wird eines Tages von der ganzen Korporalschaft saubergeschrubbt. Das wünsche ich keinem. Die Schrubber sind hart."

Ein Student fragte, was die befohlenen Anschaffungen wohl kosten. Da lachte der Unteroffizier: "Mein kluger Studiosus, du mußt jetzt studieren, wie du mit dem Sold und dem Geld, was du dir durch Spinnen, zeitweise Arbeit auf dem Besitz eines Offiziers oder durch kleine Handelsgeschäfte dazuverdienen kannst, gut auskommst. Mit dem Gelde zurechtzukommen ist hier bei uns wichtiger, als hochtrabendes Gelehrtengeschwätz und alle Federfuchserei."

Nach einigen Tagen war der wichtige Augenblick der Vereidigung herangekommen. Alle Rekruten und einige ältere Soldaten mußten in der großen Exerzierhalle antreten.

Als sich die Fahnenmannschaft aufgestellt hatte, trat der Herr Obrist vor uns hin und rief uns mit Donnerstimme etwa folgendes zu: "Soldaten! Heute ist der wichtigste und unvergeßlichste Tag eures Lebens. Ihr dürft unserem König die

Treue schwören und ihr werdet euch verpflichten, tüchtige, ehrliche, treue und anständige Soldaten zu werden und zu bleiben, mutig im Kampfe und menschlich gegenüber dem besiegten Feinde. Ich, Obrist von Eichmann, bin euer Kommandeur des ruhmbedeckten Füsilierregiments Nummer 48. – Mein Adjutant, Herr Oberleutnant von Burgwald, verliest jetzt die Kriegsartikel und wird die Eidesformel sprechen."

Besagter Leutnant, der noch blutjung aussah, las nun allerlei vor. Mir ist in Erinnerung geblieben, daß absichtliche und unerlaubte Entfernung von der Truppe als Fahnenflucht mit Gassenlaufen (*Spießrutenlaufen*) oder gar mit dem Tode bestraft werde. Diese grausamen Strafen stellte ich mir mit Schaudern vor.

Lauter Trommelwirbel erscholl. Der Adjutant sprach den Eid vor: "Ich gelobe bei Gott dem Allmächtigen und Allwissenden, ein ehrlicher, anständiger, mutiger und treuer Soldat unseres Königs zu sein und allzeit treu zur Fahne zu stehen."

Der Vorsprecher machte eine Pause.

Ich dachte derweil: "Ich schwöre, daß ich bei günstiger Gelegenheit fliehen werde." Einen kurzen Augenblick hatte ich dabei ein schlechtes Gewissen. Eine innere Stimme sagte mir: "Du bist ein falscher Hund." Gleich darauf machte ich mir jedoch klar: "Du bist kein Preuße. Dein von Gott eingesetzter Landesherr ist Kurfürst Karl Theodor. Sie haben dich hinterhältig und mit Gewalt hierher verschleppt. Falschheit gegen Falschheit. Es bleibt dabei, daß ich bei der nächsten günstigen Gelegenheit davonlaufen werde."

So konnte auch ich die Hand mit den anderen Rekruten heben und die Formel "das schwöre ich" nachsprechen, ohne mich zu versündigen. Mein persönlicher Eid hatte einen anderen Wortlaut.

An einem Vakanztage machte ich mit zwei Stubenkameraden einen Ausflug in die Stadt Berlin. Diese große schöne Metropole mit ihren herrlichen Kirchen, Palästen und mächtigen staatlichen Gebäuden machte auf mich großen Eindruck. Auf dem Spittelmarkt gelang es mir, meine Wertherkluft günstig zu verkaufen. In dieser auffälligen Kleidung hätte ich doch niemals fliehen können. Bald darauf wurden alle Rekruten dem Leutnant von Wintersteen zur Exerzierausbildung zugeteilt. Mit diesem Mann erlebte ich schwere Stunden.

Auf dem großen Hof zwischen den Kasernen und Wohnhäusern und auf den einmündenden Straßen war an den Drilltagen alles voll exerzierender Soldatenhaufen. Mit bellender Stimme kommandierten überall Vorgesetzte der verschiedenen Dienstgrade. Wenn an diesem Tage und auch später nicht immer etwa 500 Mann als Wachpersonal, Wachfreie, Kranke oder zu Sonderdiensten Kommandierte gefehlt hätten, wäre selbst dieser große Hof mit Nebenplätzen für das ganze Regiment zu klein gewesen.

Wintersteeen inspizierte erst einmal die Frisuren und Uniformen. Im wahrsten Sinne des Wortes ließ er an keinem von uns ein gutes Haar. Mit zornesrotem Gesicht behauptete er: "Ich schäme mich in Grund und Boden, daß ich vor einem so miserabel frisierten Haufen stehen muß. Mit solch verlotterten Figuren möchte ich in keinen Krieg ziehen. Ich schwöre euch, das ändere ich."

Mehreren Kameraden drehte er Uniformknöpfe ab, weil sie angeblich nicht fest angenäht waren. In den innen so blanken Gewehrläufen entdeckte er "ganze Misthaufen". Mit meiner Körpergröße war er zufrieden. "Groß bist du wenigstens. Hoffentlich bist du nicht so dumm wie lang." Der Leutnant selbst war verhältnismäßig klein geraten. Er beneidete mich wohl um meine Körperlänge.

Wir standen stundenlang in strammer Haltung still. Dabei mußten wir stur geradeaus schauen. Wintersteen erklärte uns, das müsse im Hinblick auf künftige Paraden geübt werden. Von Zeit zu Zeit fiel einer stocksteif um. Schuld daran waren bestimmt die Sommerhitze und die enge Einschnürung in Gamaschen, enge Kleidung und allerlei Riemenzeug.

Wer umgefallen war, wurde unter einen Baum in den Schatten getragen. Dort wurde er durch einen Feldscher behandelt. Wenn solch ein Bursche wieder bei Sinnen war, mußte er weiter exerzieren.

Privat konnte man mit keinem Vorgesetzten ein Wort sprechen. Diese Leute blieben unnahbar. Eine Ausnahme machte einmal ausgerechnet Leutnant von Wintersteen.

Er betrat nach Dienstschluß unsere Stube. Paul rief als Dienstältester: "Achtung! Melde Herrn Leutnant, Stube voll belegt mit vier Musketieren."

Wintersteen zeigte sich an jenem Abend von einer ganz anderen Seite. Er war freundlich und gesprächig und trat uns beinahe menschlich gegenüber. Unter anderem fragte er: "Gibt es irgendwelche Fragen oder Beschwerden? Raus mit der Sprache. Ich will euch gern Antwort stehen. Ich habe noch keine Köpfe abgerissen, sondern höchstens einige lockere Knöpfe."

Gern hätte ich einiges gefragt, aber ich fürchtete eine Falle und blieb deshalb stumm. Auch kein anderer Kamerad machte das Maul auf. Wintersteen schien mit verängstigten Rekruten einige Erfahrungen zu haben. Er fügte deshalb seinem Angebot hinzu: "Fragt, Musketiere. Fragt ungeniert. Mein Wort als preußischer Offizier und als Junker, daß nichts, was ihr vorbringt, für euch Folgen haben wird. Ein Offizier und Junker hält bekanntlich sein Wort."

Da wagte ich eine Frage: "Herr Leutnant, ich dachte, man habe uns hierher geholt, damit wir gute Kämpfer werden, die ihr Leben für den preußischen König einsetzen. Deshalb war ich der Meinung, man werde uns nur das beibringen, was man zum Angriff und zur Verteidigung können muß. Stattdessen müssen wir erlernen, Beschimpfungen und Schläge zu ertragen und Weiberarbeit zu verrichten. Ein blanker Gamaschenknopf scheint wichtiger zu sein, als ein gutes Gewehr in der Hand treffsicherer Schützen. Muß das so sein?"

Von Wintersteen war verblüfft. Er mußte sich erst sammeln. Dann setzte er sich an unseren Tisch und bedeutete mir, ihm gegenüber Platz zu nehmen.

Danach fragte er: "Wie heißt Er? Ich frage das nur, weil

ich Ihn mit seinem Namen ansprechen will."

"Hans Feld, Herr Leutnant."

"Musketier Feld, hat Er einen Beruf erlernt?"

"Ja, das Müllerhandwerk. Alle meine Vorfahren waren Müller."

"Potztausend. Für einen Mühlenknecht scheint er mir einen recht wachen Geist zu haben. Höre Er, Feld, auf meines Vaters großem Dominium haben wir auch eine Wassermühle. Ich kenne deshalb das Müllerhandwerk wie kein anderer.

Hast du schon einmal nach dem Ziehen des Wehres, wenn sich das Mühlrad drehte, die Mühlsteine bitten oder überreden müssen, ihr Werk zu beginnen? Nein. Sie drehen sich, weil ihnen Zahnräder und Treibriemen den Befehl dazu geben. Sie können gar nicht anders.

Soldaten sind wie Mühlsteine im großen Getriebe einer Armee. Sie sollen die Feinde zermalmen. Ihre Befehle erhalten sie von ihren Vorgesetzten. Angst und Gewohnheit sind die Treibriemen und Zahnräder, die jeden Musketier und Grenadier zwingen, Befehle ohne Wenn und Aber auszuführen. Dem einzelnen Kämpfer fehlt ohnehin im Felde die nötige Übersicht. Er kann deshalb den Sinn der Befehle meist nicht durchschauen. Deshalb muß Angst vor den Vorgesetzten herrschen, und alles muß zur Gewohnheit geworden sein. So wie man jungen Pferden den Eigenwillen durch Zureiten bricht, muß man auch den eigenen Willen der Soldaten brechen. Durch Befehle, Schelte und Prügel macht man sie zu gehorsamen Werkzeugen der Armeeführung. Und merkt euch, wenn wir euch in Friedenszeiten ein Schlaraffenland bereiten würden, wollte niemand gern ins Feld ziehen und sich dort in Gefahr begeben. Wohlleben und Behäbigkeit würden jede Armee der Welt verderben. So aber verlassen alle mit Freuden Kasernen, Exerzierhof und Paradeplatz und sehnen sich nach dem freieren Leben in Feindesland. Musketier Feld, du sprachst so abfällig von blanken Gamaschenknöpfen, als ob blitzende Sauerkeit und ein ordentlicher Anzug unwichtig wären.

Du mußt begreifen, daß alle Länder der Welt ihre Spione haben, die unser Land und unser Heer aufmerksam beäugen. Ob ein Soldat ein guter Kämpfer ist, sieht man ihm äußerlich nicht an, aber ob er eine propere Frisur hat und ordentlich und sauber gekleidet ist, das fällt jedem sofort auf. Wenn die Spione ihren Herrschern melden könnten, das preußische Heer bestehe aus verlotterten Vagabunden, dann würde man uns viel ungenierter den Krieg erklären, weil man annehmen würde, solch ein Haufen sei leicht zu besiegen. Ich bin überzeugt, daß du das verstehst. Erkläre es später deinen Kameraden."

Als von Wintersteen unser Zimmer verließ, fehlte zu einem Abschied unter Freunden nur noch der herzliche Händedruck. Armin, unser Sachse, war nun wieder obenauf: "Das hat der nicht erwartet, daß wir ihn so klug befragen."

Der gute Armin sprach von 'wir', obwohl er die ganze Zeit über nur still zugehört hatte.

Im Bett zog ich mir die vorgeschriebene Nachtmütze über die Ohren und wollte schnell einschlafen. Aber immer wieder ging mir der Besuch des Leutnants durch den Kopf. Ich dachte: "Wir spielen im täglichen Leben eine Art Theaterrolle. Jeder versucht die Rolle, zu der ihn der Herrgott bestimmt hat oder die er sich aussuchen durfte, mit Ernst und Eifer vorzuführen. Dazu erwartet er dann den Beifall seiner Mitmenschen."

Zu bemerken bleibt an dieser Stelle, daß von Wintersteen von diesem Abend an etwas nachsichtiger und freundlicher war als vorher.

***

Die Sehnsucht nach Lisa und ihrer Liebe wurde in schlaflosen Stunden übermächtig und ließ sich durch nichts betäuben. Traumbilder vom blauen Sommerhimmel über der verschwiegenen Blumenwiese im "Alten Schloß" zu Weingarten und vom gemeinsamen Glück im schützenden Schatten des Steinbruchgebüsches am Mittelweg verfolgten mich bis in die hellen Tage. Ich wußte, daß mich fehlende Fluchtmöglichkeiten und ein wochenlanger gefahrvoller Weg durch mehrere Herrschaftsgebiete von der Wiederkehr dieser besseren Zeiten trennten.

Deshalb beschloß ich, meiner Lisa einen Brief zu schreiben. Dieses mit der Versicherung meiner ewigen Treue verbundene Lebenszeichen wollte ich Lisa über Pfarrer Textor zukommen lassen. Der Herr Pfarrer sollte ihr den Brief vorlesen, weil das arme Mädchen leider nie Gelegenheit gehabt hatte, das Schreiben und Lesen zu erlernen. Gern hätte ich ihr wahrheitsgemäß mitgeteilt, daß ich so bald wie möglich fliehen werde, damit wir für immer vereint sind. Leider war das nicht angängig, weil ich mit der Überprüfung der Post durch militärische Zensurstellen rechnen mußte. Den fertigen Brief verwahrte ich gut. Ich wollte ihn erst expedieren (*absenden*), wenn ich eine Privatperson gefunden hatte, deren Adresse als Absender angebbar sein sollte.

Ein Vakanztag gab mir Gelegenheit, ganz allein zum nahen Mühlendamm zu gehen und mich dort nach einer geeigneten Müllerfamilie umzuschauen. "Gleicher Beruf verbindet", dachte ich. So kam es, daß ich den ersten dienstfreien Tag nutzte, um loszuziehen. Schon damals rechnete ich damit, daß mir die Bekanntschaft mit einer Müllerfamilie eines Tages für meine Fluchtpläne nützlich sein könnte. Um im Fluchtfalle eine derartige Familie vor Nachforschungen und Mißhelligkeiten zu schützen, wollte ich von vornherein eine solche Bekanntschaft geheimhalten. Deshalb ging ich allein in die Stadt.

Am Mühlendamm schlenderte ich auf und ab, besah mir das geschäftige Treiben der Fuhrleute und wartete in der Hoffnung, daß ein Müller oder eine Müllersfrau auf mich aufmerksam werden würde. Es dauerte gar nicht lange, bis mich ein älterer freundlich dreinblickender Müller ansprach: "Wartet der Herr Musketier auf ein schönes Mädchen?"

"Nein, Herr Müllermeister", antwortete ich höflich. "Es ist nur so, daß ich mich als gelernter und in die Fremde verschlagener Müller über jede Wassermühle freue, die ich sehe. Ich wurde in besonderer Weise aus meiner Profession herausgerissen, aber mein Herz hängt immer noch an allem, was mit meinem und meiner Vorfahren Handwerk zu tun hat."

"Würde es Ihm Freude bereiten, die Mühle, deren Beständer ich bin, von innen anzuschauen?"

"Gern. Solch eine Berliner Mühle ist sicher viel fortschrittlicher als die Mühle in meinem Dorf in der fernen Kurpfalz, in der ich lernen und als Mühlenknecht arbeiten durfte."

"Dann bitte ich einzutreten." Ich konnte jede Einzelheit besichtigen. Von Zeit zu Zeit ließ ich eine möglichst fachmännische Bemerkung fallen und stellte mein Licht dabei nicht unter den Scheffel. Eigentlich war alles so, wie ich es von der Weingartener Mittelmühle her kannte, nur etwas großzügiger und baulich in besserem Zustand.

Anschließend lud mich der gute Mann in sein Haus zu einem Glas Bier ein. Dort kam auch sein Weib hinzu. Geschickt wurde ich nach meiner Weingartener Mühlenarbeit, meinen Familienverhältnissen und meiner Meinung über meinen Weingartener Meister ausgefragt.

Ich berichtete ehrlich und offen. Dabei bemerkte ich, wie sich die Müllersleute zufrieden zunickten. Dann kam unser Gespräch auf das von allen Staaten Europas in unmenschlicher Weise ausgeübte Anwerbeunwesen. Während ich von meinem eigenen Schicksal berichtete, sah mich die Müllerin mitleidig an und meinte dann: "Zum Glück wohnen wir in Berlin. Die Berliner Burschen sind vom Militärdienst befreit. Außerdem haben wir nur Töchter. Sechs an der Zahl. Das ist zwar in mancher Hinsicht betrüblich, aber auf alle Fälle bleiben wir von derlei Mißhelligkeiten verschont."

Nach angemessener Zeit bat ich, mich empfehlen zu dürfen. Ich wollte dem freundlichen Ehepaar nicht lästig werden. Kaum war ich auf dem Straßendamm, rief mich der Müller nochmals zurück und schlug mir vor: "Hans, wenn du Zeit und Lust hast, kannst du uns gern aufsuchen. Sollte es dir Freude machen, könntest du mir sogar in der Mühle helfen. Im heutigen Berlin findet man kaum noch einen Mühlenknecht."

Noch ehe ich ja sagen konnte, fügte er hinzu: "Dann und wann einen Taler könntest du bestimmt brauchen." Ich nickte zustimmend, wandte aber ein, daß ich hier keine Arbeitskleidung habe und in der unbequemen und leicht schmutzenden Uniform kaum arbeiten könne.

Der Müller meinte: "Zerbrich dir darüber nicht den Kopf. Alte Arbeitskleidung haben wir genug." Daraufhin sagte ich fest zu.

Von nun an arbeitete ich nach jedem Wachdienst beim Müller Fritz Forgeur. Die Familie stammte übrigens aus Frankreich, und die Vorfahren des Mannes waren aus Glaubensgründen von dort nach Preußen ausgewandert.

Mit meiner Arbeit verdiente ich im Laufe der Zeit einige Taler. Mein Geld führte ich stets in einem umgehängten ledernen Brustbeutel mit mir. Solche Brustbeutel kauft man in der Marketenderei. Um nicht zu viel klapperndes Metall mit mir herumtragen zu müssen, wechselte ich beim Rentmeister zwölf Taler in vier Golddukaten und einige Groschen um. Für meinen Tagesbedarf behielt ich lediglich einen Taler.

Sobald ich das volle Vertrauen des Müllers gewonnen hatte, sprach ich mit ihm über den Brief, den ich Lisa zuschicken wollte. Der Müller bot sich an, das Schreiben mit meinem Absender aufzugeben. Geld wollte er dafür von mir nicht annehmen. Ich fügte nun noch dem Brief den Vermerk bei, daß Pfarrer Textor Lisas Antwort an die Anschrift des Müllers schicken möge.

Auf persönlichen Wunsch der Hauptmannsfrau wurde ich sehr oft zur Wache vor dem Offiziershaus abkommandiert. In der Mühle konnte ich bald ebenso selbständig schaffen, wie ich das bei Meister Rupp gelernt hatte.

Die Müllerstöchter waren alle schon älter. Vier waren bereits verheiratet und lebten nicht mehr bei den Eltern. Die beiden noch ledigen Töchter waren hagere knochige Mädchen mit sauertöpfischen Gesichtern.

Eine große Freude war für mich, als mir der Müller den ersten Brief aus Weingarten aushändigte. Pfarrer Textor teilte mir darin mit, Lisa danke herzlich für meine Nachricht. Ihr und dem Kind gehe es gut. Lisa habe nie angenommen, daß ich sie böswillig verlassen habe. Seit ich angeworben worden sei, wären schon wieder zwei Burschen auf ähnliche Weise verschwunden. Der eine sei auf dem Wege zur "Holländischen Compagnie" nach Indien und der andere sei von den Condréschen Werbern eingefangen worden.

Das abgebrannte Gasthaus "Zum Goldenen Löwen" werde demnächst auf der anderen Marktplatzseite gegenüber der Brandruine aufgebaut. Lisa hoffe, daß sie bald wieder ihre Tätigkeit beim Löwenwirt aufnehmen könne. Zum Schluß schrieb der Pfarrer, Lisa habe aus der begangenen Sünde gelernt und sei nun keusch und treu. Mit Sehnsucht erwarte sie meine Rückkehr. Mir wünschte der Herr Pfarrer Gottes Segen. Ich solle standhaft bleiben und stets der Stimme meines Gewissens gehorchen. Der gnädige Gott werde alles zum besten fügen.

Inzwischen hatten die Bauern das Korn geschnitten und der Herbstwind wehte über die kahlen Stoppelfelder, die sich dicht ans Berliner Häusermeer herandrängten. Die Zeit der großen Manöver war gekommen. Jetzt wurden vornehmlich die Fußkranken zum Wachdienst beordert. Wir anderen mußten uns auf den Ausmarsch vorbereiten. Das Marschieren in breiten Kolonnen von zwölf oder gar fünfundzwanzig Mann hatten wir bis zum Erbrechen geübt. Nun wurden die Tornister mit all dem nötigen Kleinkram gepackt. Dabei mußten wir für zwei Pfund Brot Platz lassen. Am Abend vor dem Abmarsch wurden die Fourage- und Gepäckwagen beladen. Auf die Fouragewagen kamen nochmals sechs Pfund Brot für jeden Mann. Auf besondere Fahrzeuge luden wir für die Feldbäckerei schwere eiserne Backöfen. Die großen Zelte mit allem Zubehör kamen auf die Gepäckwagen.

In der letzten Nacht, die wir in der Garnison verbrachten, standen alle Pferdewagen des Regiments beladen und schnurgerade in Reih und Glied ausgerichtet auf dem großen Exerzierplatz. Bis zum Abmarsch wurden sie durch eine Mannschaft unter Gewehr bewacht.

Jeder Soldat erhielt für seinen eigenen Bedarf einen Pfannendeckel und einen Brandriemen. Der Pfannendeckel sollte das versehentliche Lösen eines Schusses verhüten. Er mußte über den Zündstein gezogen werden. Der Brandriemen war um den Lauf zu binden. Er sollte die Hände vor Verbrennungen schützen.

Hauptmann von Rabenau hatte uns einmal gelegentlich einer Exerzierpause erzählt, den Brandriemen habe einst ein gemeiner Potsdamer Soldat erdacht, und der alte Fritz habe diese praktische Neuerung im ganzen preußischen Heer eingeführt. Im Gefecht sei die schnelle Schußfolge, die zwangsläufig die Gewehrläufe gefährlich heiß werden lasse, meist von entscheidender Bedeutung. Der Hauptmann gab sich große Mühe, uns klarzumachen, daß zum Beispiel tausend preußische Soldaten, von denen jeder in der Zeit, in der jeder Feind einmal schießt, drei Schüsse abgibt, nahezu die Feuerkraft von dreitausend feindlichen Schützen aufbringen. Von Rabenau meinte auch, es falle körperlich großen Menschen leichter als kleinwüchsigen Burschen, das sehr lange und schwere Gewehr blitzschnell zu laden und auf den Feind abzufeuern. Das sei der wahre Grund für die Vorliebe der Vorgänger des jetzigen Königs für die "Langen Kerls" gewesen. Er selbst halte heute noch viel von den großwüchsigen Soldaten. Er lasse sie deshalb bevorzugt anwerben.

Wo das Manöver stattfinden sollte, blieb Geheimnis der Regimentsführung. Am Abmarschtag weckten uns im Morgengrauen Trompetensignale. Wir mußten uns in alarmartiger Eile bereitmachen. Er ging der aufgehenden Sonne entgegen. Die Spree wurde überquert. Der Marsch über die unbefestigten sandigen Straßen mit ihren tief ausgefahrenen Wagenspuren war ermüdend.

Die Offiziere vom Hauptmann aufwärts ritten vor, neben und hinter der langen Kolonne. Wenn wir an einem Brunnen vorbeikamen, war es verboten, von dem kühlen Wasser, nach dem wir so lechzten, zu trinken. Unsere Kehlen waren bald völlig ausgetrocknet. Den ganzen Tag über schluckten wir den Staub, den Tausende von Schuhen auf den märkischen Straßen aufwirbelten. Gegen Abend erreichten wir Grünheide. Dort sollte das erste Nachtlager aufgeschlagen werden. Sofort wurden Kommandos mit Pferdewagen ausgesandt, die in den umliegenden Dörfern Stroh, Brennholz und Wasser zu besorgen hatten. Die Mannschaftszelte mußten in schnurgeraden Reihen mit dazwischenliegenden Zeltgassen aufgebaut werden. Ganz vorn ließ der Regimentskommandeur die Zelte für die Fahnenwache und die Brandwache errichten.

In jedem Zelt der Gemeinen mußten sechs Soldaten schlafen. Weil der Platz sehr beengt war, lagen immer drei in einer Richtung, und dazwischen mußten sich die anderen drei mit den Köpfen in die andere Richtung zwängen. So ruhte jeder mit seinem Kopf neben den Schuhen oder gar zwischen den Schuhpaaren von zwei anderen Kameraden. Einer meiner Zeltgenossen litt an Schweißfüßen. Das heißt, eigentlich litt nicht er, sondern ich hatte zu leiden und war am nächsten Morgen ganz benommen. Als ich ihm das vorhielt, fragte er, ob er in der nächsten Nacht die Schuhe ausziehen solle. "Um des Himmels Willen", sagte ich entsetzt. "Behalte sie an und verstecke deine Füße mitsamt den Schuhen möglichst tief unterm Stroh."

Die Zelte der Unteroffiziere waren etwas größer als die der Gemeinen und nur mit fünf Mann belegt. Die Herren Offiziere schliefen in einem großen Gemeinschaftszelt.

Inmitten der Zeltgassen hatte man die Gewehrmäntel aufgebaut. Das sind kleine Spezialzelte, unter die man die Gewehre zusammenstellt.

Als alles stand, gaben die Fouriere Kartoffeln und etwas Speck aus. Das von den Kommandos mitgebrachte Stroh durften wir in den Zelten ausbreiten, und mit dem Holz entfachten wir kleine Lagerfeuer, auf denen wir Speckkartoffeln brieten.

Hier in der freien Natur war das Entfachen eines Feuers mit Stahl, Stein, Zunder und nicht ganz trockenem Stroh besonders schwierig. Manche holten sich das Feuer mit Strohwischen bei anderen, deren Holz bereits brannte. Einige Gruppen vertrieben sich die Zeit des Wartens auf die Speckkartoffeln mit dem Singen schwermütiger Lieder von Liebe und Tod.

Nach dem Zapfenstreich brannten rund um das Lager helle Wachfeuer. Der ganze Lagerbereich wurde ringsum streng bewacht. Daß jemand widerrechtlich eindringen könne, befürchtete bestimmt niemand, wohl aber, daß jemand fliehen wollte.

Am nächsten Morgen mußten wir das Lager in aller Herrgottsfrühe nach einem kargen Wasser-und-Brot-Frühstück abbauen. Am zweiten Tage marschierten wir bis vor die Ortschaft Briesen. Unterwegs überholten uns mehrere Schwadronen Husaren. Der manövererfahrene Paul flüsterte mir zu: "Das sind unsere wahren Feinde. Während des gesamten Manövers umreiten sie die Fußtruppen so, wie Schäferhunde um ihre Hammelherden rennen. Wenn jemand zu entlaufen versucht, jagen sie ihm nach und spüren ihn auf."

Am dritten Marschtag erreichten wir das Manövergebiet. Gegen Mittag hatten wir bei Frankfurt die Oder überschritten. Abends errichteten wir zwischen Kunersdorf und Reppen unser endgültiges Standlager. Dort wurde die Verpflegung deutlich besser. Jetzt gab es sogar ansehnliche Fleischportionen. Von Meldereitern erfuhren wir, daß auf anderen Straßen weitere Regimenter angerückt waren, die nun ebenfalls im Manövergebiet lagerten.

Der erste Tag im Standlager wurde zum Ruhetag erklärt. Zum Ausruhen kamen wir jedoch nicht. Den ganzen Tag über mußten Waffen gereinigt und Kleidungsstücke instandgesetzt werden. Am frühen Nachmittag gab es ein besonderes Schauspiel. Ein junger Grenadier war wegen leichter Insubordination (*Aufsässigkeit*) zu zwei Stunden Eselreiten verurteilt worden. Unter solch einem "Esel" hat man sich ein etwa fünf

Fuß hohes, sehr spitzgiebliges kleines Dach vorzustellen.

Der Deliquent mußte das Dächlein besteigen und sich wie ein Reiter daraufsetzen. Dabei durfte er sich nicht mit den Händen abstützen. Wenn einer das versuchte, wurde ihm auf die Hände geschlagen. Diese Sitzweise bereitete selbstverständlich dem "Übeltäter" nach kurzer Zeit große Schmerzen. Bei uns im Lager war der junge Mensch während seiner Strafzeit ständig dicht von Neugierigen und zum Teil sogar schadenfrohen Kameraden umringt, von denen einige sich nicht schämten, auf Kosten des Gequälten unanständige Witze zu reißen. Ich sah mir die Strafprozedur nur kurz an und wandte mich wütend ab.

Erstaunlich fand ich es, daß man beim Abmarsch auch an dieses Foltergerät gedacht hatte. Als ich das abends im Zelt erwähnte, berichtete einer, er habe etwas noch Schlimmeres gesehen. Auch ein Schnellgalgen sei aufgeladen worden.

Während des eigentlichen Manövers marschierten wir ständig querfeldein, entwickelten Schlachtordnungen, avancierten oder retirierten. Ob wir vorzustürmen oder uns zurückzuziehen hatten, hing offenbar davon ab, ob wir den "Freund" oder den "Feind" darzustellen hatten. Der Rückzug war meist dem "Feind" vorbehalten.

Nach etwa einer Woche war alles vorbei, und der Rückmarsch wurde angetreten. Wie aus siegreicher Schlacht rückten wir mit klingendem Spiel in unserer Garnisonstadt Berlin ein. Auf dem Tempelhofer Feld sah ich zum ersten Mal den König und obersten Befehlshaber der preußischen Armee Friedrich Wilhelm II., den Nachfolger des großen Friedrich. Er stand auf hohem Podest, war von Generälen umgeben und nahm den Vorbeimarsch der Berliner Garnison ab.

Im Regimentsrayon angekommen, mußten wir nur noch die Fahrzeuge entladen und wurden in die Unterkünfte entlassen.

In der folgenden Spätherbst- und Winterzeit hatten wir oft, auch ohne wachfrei zu sein, dienstfreie Tage. Viele Kameraden saßen dann in ihren Buden oder Privatquartieren und spannen, während andere mit ihren Bauchläden auf die Berliner Märkte gingen. Mancher arbeitete sogar in einer der vielen Manufakturen.

Ich war dann meist bei den Müllersleuten Forgeur. Leider ist die kalte Jahreszeit zur Flucht völlig ungeeignet. Bei Schnee, Regen oder großer Kälte zu fliehen wäre einem Selbstmord gleichgekommen. Ich verzweifelte fast, als sich bis zum Frühjahr 1792 immer noch keine Fluchtmöglichkeit geboten hatte.

***

Ich hatte einen freien Tag und war bei den Müllersleuten. Mit der mir zugewiesenen Arbeit war ich fertig. Der Meister war in die Stadt gegangen. Frau Forgeur hatte mich ermuntert, währenddessen in einem Kalender zu schmökern. Sie meinte, die frommen Geschichten seien gerade für die Jugend sehr lehrreich. So las ich, was der geistliche Kalendermacher zum eben angebrochenen Monat März des Jahres 1792 zu schreiben wußte. Mit meinen Gedanken war ich aber im fernen Weingarten. Meine Stimmung war so schlecht wie das naßkalte Wetter.

Das änderte sich, als der Meister die Stube betrat und mir mit freundlichen Worten einen Brief aus der Heimat aushändigte.

Erwartungsfroh riß ich das Siegel auf und las, was mir Lisa in ihrem zweiten Brief durch Pfarrer Textor mitteilen ließ. Der Herr Pfarrer schrieb, Lisa und der fünf Jahre alten Margaretha gehe es gut. Das Kind frage oft nach mir. Die inzwischen erloschene Bräune (*Diphtherie*) habe unter den Dorfkindern einige Opfer gefordert. Margaretha sei von der Seuche verschont geblieben.

Am Neubau des "Löwen" werde an jedem Tage, an dem das Wetter es zulasse, fleißig gearbeitet. Die Familie Kiefer werde ihre Wirtschaft vermutlich im Sommer wieder eröffnen können. Sie lasse mich herzlich grüßen.

Der Herrgott habe der ganzen Gemeinde schwere Prüfungen auferlegt. Der Winter sei sehr kalt gewesen. Obwohl der Flecken inmitten großer Waldungen liege, hätten viele zu wenig Brennholz erhalten und deshalb selbst im Bett noch jämmerlich frieren müssen.

Im Spätsommer des vergangenen Jahres seien große Teile der Gemarkung nach starken Regenfällen tief überschwemmt worden. Das Grummet (*2. und 3. Heumahd*) und Teile der Ernte wären auf den Wiesen und Feldern verfault.

Das Schlimmste seien jedoch die Zwangsaufkäufe an Viehfutter, Korn, Kartoffeln, Heu und Strohstreu für das kurpfälzische und das kaiserliche Militär. Dazu kämen ständig Truppendurchzüge und Einquartierungen meist kaiserlicher Soldaten aus Slowenien, Slawonien, Böhmen und anderen österreichischen Landen. Viele Weingartener seien oft monatelang nicht mehr Herr im eigenen Hause. Die wilden Gesellen gingen manchmal mit ihren Mistschuhen in die bezogenen Betten und ließen die Hausfrauen kaum noch an den Küchenherd. Das rare Brennholz werde rücksichtslos verheizt. Es sei wie bei den biblischen Heuschreckenplagen. Der durchs Land ziehende Heerwurm sei unersättlich und fresse alles kahl. Dazu kämen noch die Frondienste der Bauern für kurpfälzische Verteidigungszwecke. Täglich seien zehn oder mehr Bauern mit ihren Pferdewagen bis nach Mannheim auf Fronfahrt unterwegs. Handwerker würden ständig für ein geringes Taschengeld zur Instandsetzung von Festungswerken befohlen.

Im Brief hieß es wörtlich: "Scheunen, Keller und Vorratskammern sind leer. Wir haben kein Salz und kein Schmalz. Wer arm und schwach ist und nichts zum Tauschen hat, kann diese Not- und Hungerzeiten nicht überleben."

Schon längst hätten die meisten Bauern wertvolles Vieh wegen Futtermangels abschlachten oder weit unter Preis verkaufen müssen. Das aus der Futternot entstandene zeitweilige Überangebot an Schlachtvieh habe die Preise dafür ins Bodenlose fallen lassen. In dieser Zeit der Bedrängnis und

Not sei das Räuberunwesen zu einer Landplage geworden. Das gottlose Gesindel schrecke vor keinem Mord zurück.

Lisa warte voller Sehnsucht auf mich. Ich solle jedoch keine leichtsinnigen Schritte unternehmen, die mir nur den Tod oder großes Unglück bringen würden. Der Herr Pfarrer fügte hier wörtlich an: "Bedenke, Hans, daß Du demnächst erst fünfundzwanzig Jahre alt wirst und daß Du noch einen Großteil Deines Lebens vor Dir hast. Vertraue allzeit auf den Herrn. Er wird es wohl machen." Zum Schluß hieß es, Lisa freue sich jetzt schon auf mein nächstes Schreiben.

Den Brief habe ich gut verwahrt und bis heute oftmals gelesen. Leider habe ich die kluge Warnung vor leichtsinnigen Schritten nicht befolgt. Wenn Armin während der nächsten zwei Wochen seine wachfreien Tage hatte, verschwand er immer, ohne mir zu sagen, wohin er ging. Das war ganz gegen seine sonstige Gewohnheit. Ich wußte nicht, was ich von dieser Geheimniskrämerei halten sollte. Später erfuhr ich den Grund seiner vorsichtigen Handlungsweise.

Im Mai sollte auf dem Tempelhofer Feld die große Frühjahrsparade abgehalten werden. Den ganzen April über wurde ständig dafür exerziert. Für alle Zuschauer war eine derartige Parade bestimmt ein eindrucksvoller Beweis gewaltiger militärischer Macht. Die Leute bestaunten die langen Kolonnen strammen Schrittes marschierender Soldaten und lauschten der schmetternden Musik. Von den endlosen Plagereien, die wir erdulden mußten, bis es soweit war, konnten die winkenden und voller Stolz auf uns blickenden Menschen nichts ahnen. Am ersten der drei freien Tage, die man uns nach der großen Parade gewährte, konnte ich mich längere Zeit ungestört mit Armin Plauer, dem ehemaligen Studenten, unterhalten. Mit Armin verband mich seit langem eine enge Freundschaft. Ich schimpfte ärgerlich darüber, daß man uns zwinge, die Macht der Fürsten, Fürstchen und Würstchen zu stützen, die das Volk unterdrücken und einem einigen Deutschland freier Bürger im Wege stehen.

In unserem Gespräch deutete ich an, daß ich in verbotenen Flugblättern allerlei darüber gelesen habe. Es träfe wohl zu, daß die aufmüpfigen Franzosen auf dem rechten Wege seien. Die Einheit ihres Landes hätten sie längst erreicht, und nun seien sie dabei, sich ihrer Blutsauger zu erwehren. Auch in Deutschland müsse man sich von den Fürsten befreien.

Armin meinte, ich habe ganz bestimmt recht. Er freue sich über das Vertrauen, daß ich ihm entgegenbrächte. Auch sein Vertrauen zu mir sei sehr groß. Deshalb wolle er mir ein Geheimnis anvertrauen.

Er habe sich in der letzten Zeit mit einem genauen Fluchtplan befaßt, der auch mir dazu helfen könne, meine Heimat wiederzusehen. Vorerst habe er aber eine andere Bitte. Er wolle unbedingt einmal die Frauenzimmerchen in der Friedrichstraße aufsuchen. Allein traue er sich jedoch nicht hin. Ich möge ihm den Freundschaftsdienst erweisen, ihn zu begleiten. Die Hälfte der mir dort entstehenden Kosten wolle er übernehmen. Um meinen Widerstand auszuräumen, ermunterte er mich: "Du bist doch ein Mann, und ein richtiger Mann muß auch das erlebt haben."

Heute weiß ich selbst nicht mehr, warum ich mich so weit überreden ließ. Vielleicht haben wir Menschen doch nicht immer einen ganz freien Willen. Manchmal sind wohl gewisse Gefühle und Träume stärker als unser Verstand.

Wie auch immer, am nächsten Tag stahlen wir uns heimlich davon. Mein Herz schlug voller Erwartung. Was mir meine Fantasie vorgaukelte, will ich hier nicht andeuten.

Aus genauen Erzählungen einiger Kameraden wußte Armin in der Friedrichstraße Bescheid. Zwischen zwei hohen Häusern führte er mich durch ein unscheinbares Nebentürchen und von dort durch einen engen Hinterhof. Dann standen wir vor dem Etablissement der Liebesdienerinnen. Am Eingang empfing uns eine ganz in bunte Seide gewickelte fettleibige Frau, deren halbnackter Busen mit Glitzerschmuck behängt war. Madame führte uns in den "Salon", in dem sie ihre menschliche Ware feilzubieten pflegte. Dort bat sie uns, Platz zu nehmen.

PETRUŠIĆ '89

Die Fenster waren zugehängt, und der Salon wurde von Kerzen erleuchtet. Jetzt eröffnete uns die Dicke, das Vergnügen werde jeden von uns nur zwei Taler kosten. In diesem Preise sei das Geld für ein Glas eines süßen stärkenden Getränkes bereits enthalten. Diese niedrige Gebühr gelte allerdings nur für Militärpersonen und Invaliden.

Weiter meinte die Dirnenmutter: "Die Rechnung brauchen die Herren Musketiere erst zu begleichen, wenn sie ihre Wahl getroffen haben. Die Zimmer liegen alle eine halbe Treppe höher." Die Frau klärte uns auch über gewisse Mehrkosten auf, die uns im Falle von Sonderwünschen entständen. Die Scham verbietet es mir, hier darzulegen, was sie uns anbot.

Plötzlich widerte mich der Salon mit seinem kalten Geschäftsbetrieb an. Ich schämte mich vor mir selbst und wollte mich aus dem Staube machen. Madame klatschte in ihre feisten Hände, und ihre protzigen Goldringe funkelten dabei im Kerzenschein. Sogleich öffnete sich über der niederen Stiege eine Tür und eine Auswahl von vier fast unbekleideten Mädchen kam mit wackelnden Hüften auf uns zu. Weil ich befürchtete, zu genaues Hinschauen könnte meinen soeben gefaßten Entschluß umstoßen, riskierte ich nur einen flüchtigen Blick. Schnell erhob ich mich: "Armin, bitte entschuldige meinen eiligen Aufbruch. Sei mir nicht böse. Ich warte draußen auf der Straße auf dich."

Meine Leser mögen selbst beurteilen, ob sie mein Verhalten als feige oder als mutig bezeichnen wollen. Die Dirnenmutter sah mich verächtlich und belustigt an und rief mir nach: "Geh nur, du Unschuldsengel, du Milchgesicht. Dein Kamerad ist hier in spätestens einer Stunde fertig. Dann nimmt er das Bübchen mit heim zum Regiment."

Tatsächlich war Armin sehr bald wieder auf der Straße. Er meinte, ich sei bestimmt der Klügere gewesen. Danach sprachen wir nie mehr über unseren Gang zum Etablissement.

Wir gingen zum Spittelmarkt und setzten uns dort auf eine abseits stehende Bank. Jetzt lüftete mein Kamerad den

Schleier von seinem großen Geheimnis. Während er mir seinen Fluchtplan ausführlich erläuterte, schaute er sich ständig aufmerksam um. Wenn jemand in unsere Nähe kam, unterbrach er sofort seinen Bericht und faselte etwas übers Wetter und das herrliche Soldatenleben.

Armin Plauer erzählte mir, sein Vater sei ein wohlhabender Salz- und Salpeterhändler. Zur Zeit gehe das Geschäft mit dem Salpeter besonders gut. Wenn Krieg bevorstehe, brauche man Schießpulver, und wer Schießpulver herstellen wolle, der brauche Salpeter. Salz werde immer benötigt.

Vater Plauer sei seit zwei Wochen in Berlin. Wo er sich aufhalte, dürfe Armin leider niemandem sagen. Mein Freund erzählte mir, er habe sich in der letzten Zeit mehrmals heimlich mit seinem Vater getroffen. Er könne sich vorstellen, daß ich mich über sein mehrmaliges plötzliches Verschwinden gewundert habe.

Alles sei für eine gefahrlose Flucht vorbereitet. Eine halboffene Chaise, die auf beiden Seiten ein großes Grafenwappen mit siebenzackiger Krone zeige, stehe an einem sicheren Platz bereit. Armin werde als vornehme italienische Gräfin verkleidet unter dem Namen "Contessa von Milano" reisen. Fahnenflucht in Weiberkleidung sei bekanntlich nichts neues. Warum würde uns wohl sonst vor jedem Wachdienst eingeschärft, wir sollten auf besonders große Frauenspersonen achten? Neu war aber die Idee, als hohe Adlige, noch dazu als italienische Gräfin zu fliehen.

Weil eine so hochgestellte Person nicht ohne Domestiken reisen könne, sei hinten am Wagen ein Standbrett für einen Lakaien mit zwei Haltegriffen angebracht worden. Nichts fehle. Damenkleider, Busenstaffage, ein eleganter Fächer und ein Pompadour (*kleiner Beutel für Damen*), eine Weiberperücke, eine rote Lakaienlivree mit Goldtressen, eine gepuderte Domestikenperücke, gute Rasiermesser und eine Schere zum Entfernen der Hammelpfoten seien beschafft worden.

Ein als Kutscher fungierender Mann mit Rauschebart und feierlichem Zylinderhut werde die Zügel führen. Der angebliche Kutscher kenne die Fahrtstrecke im Schlafe. Auch das nötige Geld fehle nicht.

Vor solch einem Adelswappen und derartig vornehmer Aufmachung würden Wachen, Posten und Landgendarmen nur respektvoll salutieren können. Armin sagte, sein Vater sei der Meinung, auf diese Weise werde man die servilen Duckmäuser mit den Waffen der Adelskaste zur Raison bringen. Ernsthafte Kontrollen seien nicht zu befürchten.

Armin solle nach Dessau zu entfernten reichen Verwandten fahren. Die Strecke Berlin-Dessau könne man mit den guten Pferden, die zur Verfügung ständen, leicht in zwei Tagen bewältigen. Auf halber Strecke werde man auf einem abgelegenen Hof bei zuverlässigen Leuten übernachten.

Von Dessau aus müsse ich mich leider allein durchschlagen. Mein Kamerad meinte, er habe seinem Vater zugestimmt, daß wir nichts übereilen sollten. Es sei wichtig, den günstigsten Zeitpunkt abzuwarten. Der genaue Fluchtzeitpunkt solle auf den Beginn mehrerer aufeinanderfolgender freier Tage gelegt werden. Armin müsse schon in Sicherheit sein, wenn die Flucht entdeckt werde.

Das alles klang so überzeugend, daß ich sofort, gewissermaßen in meiner neuen Rolle, sagte: “Contessa, meine unwürdige Person erwartet Eure allergnädigtsen Befehle.”

Armin lachte und meinte: “So mußt du mit ehrfürchtigem Gesichtsausdruck quatschen, wenn es einmal darauf ankommen sollte. Das klingt gut.”

Nun besprachen wir noch, daß ich leider die dem Müller gehörige Arbeitskleidung mitnehmen müsse. In der roten Livree könne ich nicht allein durchs Land wandern. Jeder Büttel würde vermuten, ich sei meiner Herrschaft entlaufen und würde mich handfest (*in Handschellen legen*) machen.

Wenn ich in Arbeitssachen unterwegs sei, würden sich ein Grastuch über der Schulter und eine Sichel in der Hand gut ausnehmen.

Ich nahm mir vor, dem Müller einen Brief mit einem Taler für die alten Arbeitssachen zu hinterlassen. Im Brief wollte ich den immer freundlichen und hilfsbereiten Mann um Entschuldigung, Verständnis für meine Tat und um absolute Verschwiegenheit bitten. Ich wollte ihm schreiben, daß ich selbst unter den ungünstigsten Umständen niemals etwas über seine Person verlauten lassen werde. Lieber würde ich mich totschlagen lassen, als die Herkunft meiner Arbeitskleidung zu verraten. Meine Uniform solle er verbrennen, falls ich bis zum Abend nicht zurück sei.

Im August hatten wir wieder an drei aufeinanderfolgenden Tagen dienstfrei. Das Wetter war klar. Armin flüsterte mir zu: "Ein Wetter, an dem Contessen zu verreisen pflegen."

Jetzt wurde es ernst. Am Morgen des ersten freien Tages verließen Armin und ich den Regimentsrayon zu verschiedenen Zeiten. Als Treffpunkt hatten wir das Hauptportal der Petrikirche vereinbart.

Ich ging zuerst zum Mühlendamm, um mich dort umzuziehen und eine kurze Weile zu arbeiten. Meinen vorbereiteten Brief mit dem Taler für die Arbeitssachen hinterlegte ich an leicht auffindbarer Stelle und verschwand unauffällig. Bei alldem war mir nicht wohl, aber es mußte sein.

Armin wartete schon vor der Petrikirche. Er führte mich zu einem etwas abgelegenen Bauernhaus am südwestlichen Stadtrand. Dort wurden wir bereits erwartet. Armin hatte schon vorher darauf hingewiesen, daß Namen nicht genannt werden sollten. Der Mann, der während der Fahrt den gräflichen Kutscher spielte, erwies sich als weit mehr als ein gewöhnlicher Rosselenker. Er nahm uns sofort unter seine Obhut, schnitt uns die "Hammelpfoten" ab, rasierte uns gründlich, paßte uns die Perücken an und puderte uns mit großem Geschick. Armins Gesicht erhielt mit viel Puder die standesgemäße vornehme Blässe.

Mit dem Comtessa-Busen hatte der Mann viel Mühe. Diese wichtige Staffage verrutschte anfangs bei jeder Bewegung ihrer "Trägerin". Das züchtig hochgeschlossene Kleid der vornehmen Person mußte alle Haltegurte geschickt verdecken.

Armins kräftige Beine und große Füße wollten so gar nicht zu einer zarten Dame passen. Unser "Garderobenmeister" meinte, das lange Rockzeug müsse die Marschiererbeine und die großen Schuhe verbergen.

Die Lakaienlivree stand mir ausgezeichnet. Ich besah mich in einem Spiegel und war mit mir zufrieden.

Danach aßen wir kräftig und gut. Die "Contessa" sollte nur sehr wenig trinken. Wir waren uns darüber einig, daß es sogar den Dümmsten nachdenklich machen müßte, wenn er unterwegs eine Dame in völlig undamenhafter Haltung bei der Verrichtung eines gewissen menschlichen Geschäftes beobachten würde. Armin sollte deshalb gar nicht erst in eine so peinliche Lage kommen.

Meine Arbeitskleidung und eine Sichel wickelte ich in ein Grastuch. Beides hatte man für mich bereitgelegt. Speck und Brot wurden in der Chaise versteckt. Wasser führte der Kutscher in einer Tonflasche mit.

Zum Schluß erhielten wir die letzten Ratschläge. Der Kutscher belehrte uns: "Contessa müssen angesichts fremder Leute stets das Maul halten. Deine Stimme könnte alles verraten. Gestellte Fragen muß im Notfalle der Domestike beantworten. Wenn eine Amtsperson etwas von der Contessa will, antwortet nur der Lakai. Er sagt dann zum Beispiel: "Meine edle Herrin, die Gräfin von Milano, hat es eilig. Außerdem ist sie der Sprache des hiesigen Landes nicht mächtig."

Ihr beide, vor allem aber die Contessa, müßt hochnäsig ausschauen. Das erwartet man von euch. Gewöhnliches Volk wird keines Blickes gewürdigt. Ehrenerweisungen durch Amtspersonen erwidert nur die Contessa. Das hat sehr zurückhaltend nur durch leichtes Heben des Fächers und blasiertes Kopfnicken zu geschehen.

Nun, hohe Frau, nimm deinen Pompadour und den zierlichen Fächer. Halte alles sehr graziös, nicht so, wie du die Sachen jetzt in der Hand hast. So hält man ein Stück Holz oder ein Bajonett, aber nicht solch galante verspielte Dinge."

Armin übte ein wenig, und unser Kutscher war schließlich zufrieden. Er ging, um einzuspannen und fuhr vor.

Die Chaise mit dem bunten Adelswappen war prächtig und die Pferde waren ihrer würdig. Frohgemut stiegen wir ein und fuhren der Heimat entgegen.

Am ersten Tage kamen wir völlig unbehelligt bis in die Gegend von Linthe. Wenn wir durch Dörfer fuhren, ernteten wir stets bewundernde Blicke. Einmal begegnete uns ein berittener Landgendarm. Der Mann legte eine Hand salutierend an den Helm. Die Contessa hob den Fächer leutselig zum Gruße. Bei Linthe bezogen wir das vorbereitete Nachtquartier.

Auch der zweite Tag verlief ohne Zwischenfall. In Dessau nahmen uns Armins entfernte Verwandte herzlich auf. Die Familie hatte einen noch ledigen Sohn. Den hatte man aus Sicherheitsgründen nicht voll eingeweiht. Der Bursche scharwenzelte anfangs auffällig um die angebliche Contessa. Als sich die junge hübsche Gräfin als Kerl entpuppte, war er ärgerlich und enttäuscht.

In Dessau schlief ich erstmals wieder fest und ruhig. Ich blieb dort zwei Tage, weil sich meine Beine vom langen Stehen auf dem rüttelnden Standbrett erholen mußten.

Mit allen guten Wünschen versehen, die Sichel in der Hand und das Grastuch über der Schulter, brach ich eines frühen Morgens in Richtung Heimat auf. Speck, Brot und eine Wasserflasche trug ich im Grastuch mit mir.

Wie viele Tage ich unbehelligt gewandert bin, weiß ich nicht mehr genau. Ich übernachtete in Feldscheunen oder in warmen Nächten sogar im Freien im Unterholz. Alles ging gut, bis ich in die Gegend von Halle an der Saale kam.

Es war ein taufrischer Morgen. Von den Feldwegen aus, auf denen ich dahinwanderte, sah ich deutlich die Türme der großen Stadt. Einen Pfannenflicker, der bis zum nächsten Flecken mit mir gehen wollte, schüttelte ich dadurch ab, daß ich Ziegenfutter zu sicheln begann. Die Gesellschaft des Pfannenflickers wollte ich meiden. Ich befürchtete, daß derartiges Gesindel die Aufmerksamkeit eines Gendarmen auf sich und damit auch gleichzeitig auf mich lenken könnte.

Nach einer Wegestunde durchquerte ich ein kleines Wäldchen. Dort stand, durch Gebüsch verdeckt, hinter einer Wegbiegung plötzlich ein Gendarm mit einer Gruppe Bauern vor mir. Die Bauern waren mit Sensen und Dreschflegeln bewaffnet. Auch seitlich im Gebüsch und hinter mir hörte ich Stimmen. Der Gendarm schritt mit gezogenem Säbel auf mich zu und rief: "Halt. Stehenbleiben. Streifung nach Räubergesindel. Wirf Sichel und Grastuch weg. Hände hoch."

Nun fragte mich der Mann nach dem Woher und Wohin, meinem Namen und dem Wohnort meiner Eltern.

Ich nannte meinen richtigen Namen. Dann flunkerte ich aber etwas von einem Besuch, den ich meinem Großvater abstatten wolle. Der alte Mann brauche Hilfe bei der Feldarbeit. Seit drei Jahren sei er schon Witwer.

Dummerweise war ich bei meiner Lügengeschichte sehr rot geworden. Ich war eben noch nie ein guter Lügner und bin sogar stolz darauf.

Die vermutlich schon im Morgengrauen zum Räuberfang aus den Betten geholten Bauern wollten wohl nicht ganz erfolglos heimkehren. Sie glaubten mir nicht. Der Gendarm meinte, zu den Strolchen, nach denen sie auf der Lauer lägen, gehöre ich wahrscheinlich nicht. Aufgrund seiner Berufserfahrung nähme er aber an, daß ich ein entlaufener preußischer Soldat sei. Ich stritt das energisch ab. Da sagte einer aus der Bauerngruppe mit hämischem Lachen, er würde das an meiner Stelle auch bestreiten.

Der Gendarm legte mir ohne viel Federlesens Handschellen an, und zwei Mann begleiteten mich zur Ortskommandantur. Dort ließ mich der diensthabende Leutnant ins Stadtgefängnis sperren. Wegen meines Geldes und der mitgeführten Briefe war ich froh, daß ich keiner Leibesvisitation unterzogen wurde. Im Gefängnis blieb ich unter den üblichen Umständen länger als eine Woche, bis ein preußischer Leutnant in meine Zelle kam und mich etwas eingehender verhörte. Im Laufe dieser Befragung wurde ich mehrmals brutal geschlagen. Weil ich schließlich meine Lage als aussichtslos ansah, nannte ich am Ende die Nummer meines Regiments und die meiner Kompanie. Aus war der Traum vom Leben mit Lisa und einer gewissen Freiheit in einem bürgerlichen Dasein.

Wieder einige Tage später holten mich ein Unteroffizier und zwei Gemeine mit einem Pferdekarren ab und brachten mich nach Berlin in den Regimentsarrest. Dort wurde ich neu uniformiert. Ich war erstaunt, daß mich niemand nach dem Verbleib meiner alten Uniform fragte.

Schon am nächsten Tag brachte man mich zur weiteren Vernehmung und zur Verurteilung vor das Militärgericht des Regiments. Der Regimentskommandeur leitete die Gerichtsverhandlung persönlich. Obwohl das Verhör sehr ungeschickt geführt wurde, mußte ich doch zugeben, daß ich als Lakai verkleidet worden war und gemeinsam mit Armin fliehen "mußte". Woher die Kutsche kam, habe man mir nicht gesagt. Armin habe mich kurz hinter Köschitz abgesetzt. Dort sei er von der Hauptstraße abgebogen. Wohin er wollte, wisse ich nicht. Er habe nur einmal von einer Weiterfahrt nach Wittenberg gesprochen. Mehr könne ich über die ganze Angelegenheit nicht sagen.

Was ich mit diesen Worten "gestanden" hatte, war in entscheidenden Passagen falsch und irreführend. Armins Namen konnte ich nicht verschweigen, aber ich konnte die Häscher auf eine falsche Fährte führen. Das gelang mir auch. Bei allen meinen Antworten versuchte ich dümmer zu wirken, als ich bin. Wo es möglich war, flocht ich ein, daß ich nur ein gewöhnlicher Mühlenknecht sei, der einem klugen Studenten auf den Leim ging. Während der ganzen Gerichtsverhandlung hielt ich meinen Mund ein wenig offen und schaute meist stur auf einen Fleck. Ich hoffte, das Gericht würde einen so ausschauenden Menschen für besonders dumm und naiv halten.

Das sofort verkündete Urteil lautete auf einmaliges Durchlaufen einer Gasse von hundertachtzig Mann (*Spießrutenlaufen*). Als strafmildernd sah der Regimentskommandeur meine mangelhafte Bildung, meine Naivität und die Verführung durch einen Studenten an. Wenn ich geistig in der Lage wäre, die ganze Schwere meines Verbrechens zu erkennen, hätte das Urteil auf dreimaliges Gassenlaufen lauten müssen.

Am nächsten Morgen sollte die Strafe vollzogen werden. Auf dem Kasernenhof waren zwei lange Reihen Soldaten aufmarschiert. Kommandos veranlaßten diese beiden Reihen, sich einander zuzuwenden. Ich mußte Rock und Hemd ablegen und mich vor die Doppelreihe stellen. Nun wurde das Urteil nochmals verlesen. Danach hörte ich Kommandorufe und einen mehrmals an- und abschwellenden Trommelwirbel, nach dessen Verklingen ich meinen schweren Gang antreten mußte.

Vor mir ging ein Unteroffizier, der das Tempo meiner Schritte bestimmte, und hinter mir folgte ein zweiter Unteroffizier, der wohl aufpassen mußte, daß jeder kräftig genug zuschlug. Neben der Gasse ritt Hauptmann von Rabenau.

Dann klatschten die Schläge auf meinen bloßen Rücken. Die ersten Hiebe fühlte ich als brennende Schmerzen. Danach ging ich fast gefühllos wie ein Schlafwandler hinter meinem Schrittmacher her. Eine Welle von Wut und Scham über die menschenunwürdige Behandlung erfaßte mich und erhob mich über die körperlichen Schmerzen. Die halbe Gasse hatte ich wohl passiert, als ich bemerkte, daß Blut über meinen Rücken rann.

Ich war bemüht, den Exekutionssoldaten möglichst ins Gesicht zu schauen. Ich hoffte, ihre Schläge dadurch mildern zu können. Das gelang auch meist. Nur ein Schlag traf mich hart wie ein Säbelhieb mit scharfkantiger Klinge. Das Gesicht des Schlägers war mir schon aufgefallen, als ich auf ihn zu schritt. Das war ein Kerl, der mir früher einmal zugerufen hatte, er würde mir gern beim Eselreiten zuschauen. Mich beherrschte nur ein Gedanke, "nichts anmerken lassen". Später erfuhr ich, daß ich trotz dieses festen Vorsatzes bei jedem

Schlag gezuckt habe. Ich versichere, daß dies unbewußt geschah. Am Ende der Gasse angekommen, hörte ich wieder Kommandos und einen Trommelwirbel. Zwei Feldschere nahmen mich unter die Arme und führten mich in den Verbandsraum des Regiments. Jetzt erst überwältigten mich die Schmerzen. Einige Zeit war ich sogar besinnungslos.

Als ich wieder bei mir war, stand mein Korporal, unser "Papa Berg", neben mir. Anerkennend sagte er: "Du hast dich tapfer gehalten. Man hat keinen Schmerzenslaut von dir gehört. Manche schreien und winseln bei der Prozedur wie geprügelte Hunde. Gassenlaufen ist nicht ehrenrührig. Jetzt bist du wieder ein vollwertiger Soldat meiner Korporalschaft. Aber bitte keine Dummheiten mehr! Verstanden? Wenn deine Wunden geheilt sind, wirst du wieder zum Dienst geholt."

(Liebe Leser, in meiner Lebensgeschichte habe ich alles, was mir wichtig erschien, offen und frei geschildert. Mir scheint, daß nun der Zeitpunkt gekommen ist, zu dem ich demnächst meine kleine Schrift abschließen muß. Der Herr Oberchirurg sprach heute davon, daß ich in den nächsten Tagen in die Heimat entlassen werden soll. Die mir noch verbleibende Zeit will ich verwenden, um in knapper Form zu schildern, wie alles weiterging.)

Zunächst mußte ich im Verbandsraum bleiben. Ich bekam hohes Fieber. Ein Feldscher legte mir stündlich ein frisch mit Kamillensud getränktes Tuch auf den Rücken. Nach drei Tagen entließ man mich in meine Unterkunft. Wochenlang konnte ich nur auf dem Bauch liegend schlafen. Ein gewisser Franzek, der aus Polen stammte, zeigte mir seine Unterarme. Sie waren blutunterlaufen, und die Haut der Finger war aufgeplatzt. Dieser Stubenkamerad war mit zum Strafkommando befohlen worden. Er erzählte mir, aus Kameradschaft habe er nur so tun wollen, als ob er zuschlüge. Das habe der hinter mir gehende Unteroffizier bemerkt und wütend auf ihn eingedroschen. Ich dankte ihm. Da meinte er: "Macht nix. Vergett. Aber ich nix vergessen."

Nach einer guten Woche holte man mich schon wieder zum Dienst. Kein Vorgesetzter trug mir etwas nach. Bald wurde ich sogar wieder zum Wachdienst eingeteilt und dabei über das Erkennen und Einfangen von Fahnenflüchtigen belehrt.

Schon am ersten freien Tage ging ich zur Müllersfamilie Forgeur. Auf dem Wege dorthin bedrückte mich der Gedanke an dieses Wiedersehen. Als ich vor den Müllersleuten stand, bemerkte ich jedoch mit Erstaunen, daß alle für meinen Fluchtversuch Verständnis zeigten.

Immer wenn es meine Zeit erlaubte, durfte ich weiterhin in der Mühle arbeiten. Meine alte Uniform, die der Meister in einem sicheren Versteck aufbewahrt hatte, mußten wir nun doch verbrennen. Wie hätte ich ihre Wiederauffindung erklären können?

***

In den nächsten Monaten ereignete sich nichts Besonderes. Putzen, Scheuern, Wachdienst, Exerzieren, Mühlenarbeit, Felddienst, Kirchen- und Regimentsparaden und das Warten auf irgendwen oder irgendetwas füllten meine Zeit aus. Wenn wir hin und wieder abends gemütlich beisammen saßen, wurde oft von einem gewissen Blanchard erzählt, der im September 1788 vom Tempelhofer Feld aus mit einem Ballon in die Lüfte aufgestiegen sei. Ganz Schlaue meinten, der Mann habe sich von "heißer Luft" emportragen lassen.

Ich selbst habe den Ballon nicht gesehen. Einige sagten, das Ganze sei Schwindel oder Hexerei. Andere hielten die Sache für Gotteslästerung.

Ich glaube jedoch heute, daß dieser Blanchard nicht mit dem Satan, sondern vielmehr mit dem preußischen Militär im Bunde stand. Auf diesen Gedanken brachte mich Hauptmann von Rabenau, als er in einer Exerzierpause, in der es ums Marschtempo ging, beiläufig sagte, solche Ballons könnten künftig für kriegerische Zwecke nutzbar gemacht werden.

Ohne Armin war meine Dienstzeit bei den Preußen noch langweiliger als während der ersten Jahre. Einen so guten Freund, wie er es in gemeinsamer Notzeit war, habe ich nie mehr gefunden. Mitten im kalten Winter des Jahres 1792 zog ich mit meinem Regiment ins Feld. Wir marschierten über Magdeburg und Erfurt bis in die Gegend von Königstein. Von dort aus ging es nach Bacherach, wo wir den Rheinstrom überschritten. Einige vor uns ziehende Regimenter hatten von Königstein an schwere Kämpfe zu bestehen. Unser Regiment blieb jedoch verschont.

Vor Mainz bezogen wir unser letztes Feldlager. Die Franzosen hatten Preußen und Österreich den Krieg erklärt und hielten die Stadt Mainz besetzt. Weil die kaiserlichen Truppen diese Festung nicht einnehmen konnten, sollten wir sie befreien. Unser Verhältnis zu den aus vielen österreichischen Ländern rekrutierten kaiserlichen Truppen war nicht gut. Sie standen bei uns in dem Rufe, "mutig" gegenüber der wehrlosen Zivilbevölkerung, aber feige im Kampfe zu sein.

Vor Mainz wurde ich verwundet und kam in das preußische Kriegslazarett zu Bingen. Ich muß meinem Herrgott danken, daß ich dort die ersten Wochen meines Aufenthaltes überlebt habe. Die Zustände waren grauenhaft. Eines Tages änderte sich alles, und ein gnädiges Geschick hob mich hier in diesem Lazarett auf den Stuhl des Schreibers.

(Liebe Leser, hier muß ich schließen. Soeben hat mir Oberchirurg Klettheim, eröffnet, daß ich am heutigen Tage wegen Dienstunfähigkeit aus dem preußischen Heer in Ehren in die Heimat entlassen worden bin. Mir werde sogar ein Entlassungsgeld ausgezahlt.

Klettheim befahl mir, hier zu bleiben und zu warten, bis Bagagewagen in die Gegend Bruchsal-Durlach fahren würden. Die könnten mich mitnehmen. Meine Entlassungsdokumente und das Geld würde ich kurz vor der Abfahrt erhalten.)

*Bingen, am 10. Monatstag July, Anno 1794, Johannes Feld, Mühlenknecht und ehemaliger Musketier und Lazarettschreiber*

# III

## Hans Feld als Mitkämpfer für Recht und Gerechtigkeit

Hans bereitet unverzüglich alles für seinen Aufbruch in die Heimat vor. Sorgfältig rollt er den dicken Packen einer eng beschriebenen Manuskriptseiten zusammen, wickelt ihn in einen Leinenfetzen und verschnürt alles fest.

Die vierzehn Monate Lazarettzeit hat Hans geduldig ertragen. Das emsige Schreiben an seinem Lebensbericht hat ihm die Zeit nie lang werden lassen. Aber jetzt kann er die Abfahrt kaum noch erwarten.

Aus Weingarten hat er keine Nachricht erhalten. Die im Lande umherziehenden Kriegsvölker haben die schon in Friedenszeiten unsicheren Postverbindungen in einigen Landstrichen völlig unterbrochen. Daß während seiner Lazarettzeit eine wichtige Nachricht von Lisa an ihn beim Berliner Müller Forgeur eingetroffen ist, kann er nicht wissen. Er muß deshalb annehmen, daß Lisa und auch die Weingartener Müllersleute Rupp in Sorge um ihn sind. In diesen Zeiten zählt ein Menschenleben nicht viel. Das Land ist voll von Kriegsgeschrei und Haß, und der Tod ist allgegenwärtig.

Immer wieder hört Hans gerüchteweise von Fronfahrten nach Mannheim, Bruchsal oder Philippsburg. Seine Stimmung schwankt zwischen Niedergeschlagenheit und Hoffnung. Immer wenn sein Herz von Vorfreude erfüllt ist, summt oder pfeift er ein altes Lied vor sich hin: "Wenn ich ein Vöglein wär, flög ich zu dir." Er denkt: "Leider bin ich kein Vöglein, sondern ein gehbehinderter Invalide, der in Anbetracht des weiten Weges auf eine Fahrgelegenheit angewiesen ist." In Gedanken ist er oft bei Lisa.

Dem Oberchirurgen und Lazarettkommandanten Klettheim ist es sehr recht, daß Hans noch einige Zeit im Hause ist. Zwar hat ihm die Stadt Bingen für die Lazarettschreibstube einen städtischen Hilfsschreiber zur Verfügung gestellt, aber Hans muß den Burschen erst in sein neues Aufgabengebiet einarbeiten. Das erweist sich als schwierig, weil der junge Mann nicht an selbständige Arbeit gewöhnt ist und den Posten lustlos antritt.

Fast zwei Wochen sind seit der für Hans so erfreulichen Nachricht von der Entlassung aus der preußischen Armee vergangen. Man schreibt den 23. Juli 1794. Es ist Mittagszeit. Weil bisher keine Mitfahrgelegenheit gefunden werden konnte, ist Hans an diesem Tage besonders niedergeschlagen. Da kommt der neue Lazarettschreiber Heinrich Benkert aus der Stadt zurück. Er war in Klettheims Auftrag im Rathaus. Voller Freude darüber, seinem Vorgänger die ersehnte Nachricht überbringen zu können, platzt er in der Kanzlei mit der Neuigkeit heraus: "Morgen fahren schon um fünf Uhr in der Frühe mehrere Fouragewagen mit Kriegsgerät zur Reichsfestung Philippsburg. Sie werden einige Tage unterwegs sein, weil sie rechtsrheinisch fahren müssen. Ich habe gleich gefragt, ob sie einen Kriegskrüppel mitnehmen können. Sie haben ja gesagt."

Der Ausdruck Kriegskrüppel trifft Hans zwar hart, aber beinahe hätte er trotzdem und ohne Rücksicht auf seine Gehbehinderung einen Freudensprung vollführt.

Was den "Krüppel" anbetrifft, nimmt Hans sich vor, in Weingarten wieder möglichst normal zu gehen. Er denkt: "Die Humpelei kann ich mir nun abgewöhnen. Meine Militäruntauglichkeit haben sie mir bescheinigt. Das genügt. Als Soldat will mich niemand mehr."

Im Binger Lazarett hat Hans ganz bewußt das rechte Bein hinkend und steif hinter sich hergezogen, um keinen Zweifel an seiner Invalidität aufkommen zu lassen.

Er sucht umgehend den Lazarettkommandanten auf und meldet ihm, was Heinrich Benkert erfahren hat. Klettheim schickt sofort den redegewandten Feldscher Sauerbier ins Rathaus und läßt dort die Mitnahme des Hans Feld fest vereinbaren. Noch am selben Tage erhält Hans dreißig Gulden

Invalidenabfindung und das gesiegelte Entlassungsdokument. Im Lazarett verabschiedet er sich herzlich von allen, denen er durch lange gemeinsame Arbeit freundschaftlich verbunden ist.

Feldscher Sauerbier fragt ihn: "Hast du deine Lebensgeschichte abschließen können?"

Hans nickt. "Abgeschlossen habe ich sie. Zum Schluß mußte ich sie aus Zeitmangel allerdings sehr straffen."

Sauerbier schlägt vor: "Laß deine Niederschrift drucken, wie das ein gewisser Grimmelshausen nach dem Dreißigjährigen Krieg gemacht hat."

Hans wehrt ab: "Wer will schon wissen, wie es einem armen Mühlenknecht in unserer Zeit erging. Nein, ich habe nur für meine Nachkommen geschrieben."

In aller Herrgottsfrühe des folgenden Tages soll die Fahrt zur Reichsfestung Philippsburg beginnen. Nach wenigen Stunden Schlaf begibt sich Hans zum Rathausplatz, von dem aus abgefahren werden soll.

Die Reise auf den zerfahrenen Straßen ist zwar unangenehm, aber sie verläuft ohne Zwischenfälle.

In Philippsburg hat Hans großes Glück. Zufällig trifft er dort den Weingartener Schmied Friedrich Hurst, der einige Wochen als Fronhandwerker in der Festung gearbeitet hat und am nächsten Morgen abgelöst werden soll. Hans hat diesen Hurst noch von der Streifung nach Räubern her in guter Erinnerung. Mit ihm kann unser Heimkehrer bis nach Weingarten weiterfahren. Auf dem heimatlichen Marktplatz steigt Hans von Hursts Wagen und begibt sich erst einmal zur Mühle, um dort Frau Rupp zu begrüßen und sich nach der langen Fahrt gründlich zu waschen und zu rasieren. So verwildert wie er aussieht, will er nicht vor Lisa und Margaretha treten.

Je näher Hans der Mittelmühle kommt, desto heftiger schlägt sein Herz.

***

## Freudiges Wiedersehen und aufregende Neuigkeiten

Im Mühlenhof ist es still. Nur der Walzbach plätschert leise. Die einst so geschäftig klappernde Mühle scheint im Glanz der hinter dem Turmberg versinkenden Sonne zu träumen.

Hans geht auf die Haustür zu. Zähnefletschend und wütend bellend springt ein großer Hund auf ihn zu. Seine rasselnde Kette hält ihn mit hartem Ruck zurück und das furchterregende Tier bäumt sich an ihr auf.

Vom Hundegebell aufgeschreckt steht auch schon Frau Rupp in der Tür. "Hans", ruft sie. "Ja, du bist es. Daß ich deine Heimkehr noch erleben darf! Dich schickt der Himmel."

Der Frau rollen dicke Tränen über die Wangen. Liebevoll schließt sie Hans in die Arme."Komm ins Haus."

Hans berichtet schnell, daß er mit amtlichem Schein als Invalide aus der preußischen Armee entlassen wurde und soeben in Weingarten eintraf.

In der Küche erzählt Frau Rupp schluchzend: "Du kannst es noch nicht wissen. Mein guter Mann, mein Christian, hat im Mai im Alter von noch nicht sechzig Jahren das Zeitliche gesegnet. Er hatte ein großes und schönes Begräbnis. Unser Sohn Jacob, der bei Verwandten aufwuchs und den du deshalb nie kennengelernt hast, fand nach Christians Tod ins Elternhaus zurück. Er hat als gelernter Müller die Mühle betrieben, bis er vor drei Jahren, es war um die Weihnachtszeit, aus seinem irdischen Dasein abberufen wurde."

Während die Müllersfrau erzählt, setzt sie Kaffeewasser auf und stellt einen Teller "Mürbs" (Feingebäck) auf den Tisch. Dann fährt sie fort: "Katharina hat schon vor Jahren den tüchtigen Sattler Jacob Schneider geheiratet. Da ging sie aus dem Hause. So bewohne ich seit Jahren das große Anwesen ganz allein und das Mühlrad steht still. Ich muß dem Herrgott dankbar sein, daß mich nicht alle verlassen haben. Mein Bruder Melchior Langendörfer, der Obermüller und angesehene Kirchenälteste, kommt mit seiner lieben Frau oft zu mir.

Sie lassen mir manches zukommen." Dabei deutet sie auf den Kaffee und das Gebäck. "Ich habe trotzdem traurige Jahre hinter mir. Es ist schwer, einsam zu sein. Nun bist du, mein lieber Hans, der du bei uns wie ein eigenes Kind gehalten wurdest, wieder im Hause. So, nun trinke und greif zu!"

Beim Kaffee besprechen die beiden, daß Hans vorläufig in seiner alten Kammer schlafen wird. Die Ruppin fragt, ob Hans in den nächsten Tagen die Mühlenarbeit wieder aufnehmen kann. Sie erhält die freudige Zusage. Die Meisterin bestimmt darauf, daß der Büttel schon am nächsten Tage die Neuigkeit ausschellen soll.

Nach dieser ersten Unterredung geht die Ruppin in den Stall, um das verbliebene Vieh zu füttern. Hans steigt ins Waschfaß, reinigt und rasiert sich und zieht bürgerliche Kleidung an, die ihm Frau Rupp aus ihren Kleiderkisten zusammengesucht hat. Eine Stunde später steht Hans sauber und umgezogen im Stall vor der Müllerin. Er verabschiedet sich und geht frohen Herzens zum "Löwen".

Vor dem Rathaus begegnet er dem Gerichtsschreiber. Der Mann ist auf dem Wege in sein neues Haus, daß er sich vor wenigen Jahren am Marktplatz unweit des Rathauses errichten ließ. Seine Initialen "F/BH" hat er stolz über der Toreinfahrt einmeißeln lassen.

Zwischen den beiden Männern entspinnt sich ein ungutes Gespräch. Brackenheimer fühlt sich verpflichtet, Hans darüber zu belehren, daß er sich als Zivilist wieder zivilisiert benehmen müsse. Hans beherrscht sich und bleibt recht höflich: "Ich danke dem Herrn Kanzleivorsteher für die unnötige Belehrung und wünsche eine gute Nacht und gesunden Schlaf." Der Schreiber zischt zurück: "Vergiß bei deiner Lisa die Polizeistunde nicht." Dann verschwindet das Männchen blaß, gebückt und hüstelnd hinterm Hoftor.

Schnellen Schrittes und kaum noch hinkend strebt Hans dem neu erbauten "Löwen" zu. In der Gaststube sitzen nur einige fremde Männer und spielen Tarock. Den Eintretenden bemerken sie kaum.

Schnurstracks geht Hans hinter der Theke herum und schaut durch die offene Tür in die Küche. Dort sieht er die Wirtin, deren neunjährige Tochter Jacobina und ein schwarzhaariges hübsches Mädchen. Vor dem großen gekachelten Herd erblickt er Lisa, die knieend am Aschenrost rüttelt.

Frau Kiefer erkennt den Ankömmling zuerst: "Der Hans!" ruft sie. Dann versagt ihr die Stimme. Lisa blickt überrascht auf. In ihrem Gesicht spiegelt sich einen Augenblick ungläubige Verwunderung. Dann fällt ihr der Schürhaken aus der Hand und glückstrahlend fliegt sie auf Hans zu. Beide schließen sich wortlos in die Arme. Die Wirtin tritt zaghaft zu dem Pärchen hin und sagt zu Margaretha: "Komm her, Kind. Schau, dein Vater ist da, nach dem du so oft gefragt hast."

Als Hans sich zu dem Mädchen herunter beugt, sie in die Arme schließt und ihr einen väterlichen Kuß geben will, wirft Margaretha den Kopf in den Nacken und weicht ihrem Vater aus. Hans ist tief enttäuscht.

Frau Kiefer entschuldigt das Verhalten des Kindes: "Du mußt sie verstehen. Sie hat dich noch nie mit Bewußtsein gesehen. Laß ihr Zeit."

Nun begrüßt sie selbst den Heimkehrer herzlich: "Willkommen in Weingarten und im neu erbauten 'Löwen'. Schön, daß du wieder hier bist. Wir haben oft von dir gesprochen."

Dann wendet sie sich ihrer Tochter Jacobina zu: "Komm auch du her, mein Kind. Begrüße den Onkel." Zu Hans sagt sie: "Schau, wie groß auch unser Mädchen inzwischen geworden ist. Neun Jahre ist sie. Seit über einem Jahr geht sie zur Schule."

Mit niedergeschlagenen Augen reicht Jacobina dem Hans folgsam die Hand. Die Wirtin fordert Hans auf, am Tisch Platz zu nehmen. "Setz dich. Der Wirt muß jeden Augenblick kommen."

Schnell beginnt ein lebhaftes Fragen und Erzählen, das jedoch bald durch Christian Kiefers Rückkehr unterbrochen wird. Der Mann ist, wie schon sein verstorbener Vater Friedrich, Gerichtsverwandter (Angehöriger des Ortsgerichtes und Rates) und Kirchenältester der lutherischen Gemeinde.

Kiefer schüttelt dem Hans herzlich die Hand und ordnet an: "Frau, stell eine gute Brotzeit auf den Tisch. Der große Lackel wird Hunger haben. Lisa, du holst einen Krug Wein aus dem Keller, aber vom besten! Die Heimkehr unseres Hans wird gefeiert. Hier in der Küche gilt die Polizeistunde nicht. Schon gar nicht in der Küche eines Gerichtsmannes. Wenn der Wein ausgetrunken ist, bringe ich Hans persönlich zur Mittelmühle. Du wohnst doch jetzt wieder dort?" Hans nickt.

Alle setzen sich um den Tisch. Lisa muß bis zur Polizeistunde ab und zu nach den Gästen schauen. Hans ißt mit großem Appetit und erzählt dabei, wie er zu den Preußen kam, und wie es ihm dort erging. Er sitzt neben Lisa. Margaretha hat sich auf einen ihm gegenüberstehenden Stuhl gesetzt. Das Kind schaut nun mit zunehmender Bewunderung auf seinen Vater. Plötzlich steht das Mädchen auf, tritt hinter seine Mutter und flüstert ihr zu: "Darf ich mich neben Vater setzen?" Da rückt Frau Kiefer etwas beiseite und das Kind zwängt seinen Stuhl neben den des Hans.

Als es dunkel wird, stellt die Wirtin eine Kerze auf den Tisch. Jacobina und Margaretha werden in die Betten geschickt. Der Weinkrug ist geleert. Christian Kiefer hat inzwischen seine Absicht geändert und sagt: "Lisa, hol noch einen großen vollen Krug. Nicht jeden Tag kommt ein Totgeglaubter heim."

Lisa steht sofort auf und geht. Hans ruft ihr nach: "Warte, ich gehe mit. Ich habe den neuen Weinkeller noch nicht gesehen." Kiefer und seine Frau sehen sich verstehend und schmunzelnd an. Es dauert lange, bis die Weinholer wieder in die Küche kommen. Kiefer fragt: "Nun, Hans, hast du den großen Weinkeller gebührend betrachtet?"

Etwas verlegen antwortet der Gefragte: "Ja, Herr Kiefer. In dem Keller haben viele Fässer Platz." Dann bringt er das Gespräch schnell auf ein unverfänglicheres Thema.

Als der Nachtwächter die Mitternachtsstunde anbläst,

geht die Wirtin schlafen. Kiefer erzählt jetzt viel von den Kriegsnöten, unter denen der Flecken leidet, und von Unruhe, die sich immer mehr unter der Einwohnerschaft ausbreitet. Mit jedem Glase Wein spricht er offener. Schließlich sagt er: “Eine Welle des Hasses ist hier zu spüren. Dieser Haß richtet sich vornehmlich gegen den Gerichtsschreiber Brackenheimer, unseren grobklotzigen Forstmeister Scheyd, den rücksichtslosen angeblichen ‘Ökonomierat’ Joseph Kiefer und den großspurigen selbstherrlichen kurfürstlichen Amtskeller Erkenbrecht. Schlimm ist es, daß diese Gauner nicht nur sich, sondern auch uns sechs ehrliche Gerichtsleute aus den drei Konfessionen in Verruf bringen. Wir können wenig dagegen tun, weil wir nicht sagen dürfen, was wir von diesen Wölfen im Schafspelz halten. Wenn nicht unser Schultheiß Franz Volck in hohem Ansehen stände, und wenn die Bürger nicht seine Menschlichkeit, Gerechtigkeit und Klugheit kennen und schätzen würden, wäre schon längst großes Unheil geschehen. Für das Leben und die Gesundheit einiger der genannten Personen wollte ich dann nicht bürgen. Möge Gott uns den Franz noch lange in Gesundheit erhalten. In letzter Zeit geht es ihm leider gar nicht gut. Wenn eines Tages sein Sohn Joseph in das hohe Amt berufen werden sollte, sehe ich schwarz. Der ist nicht wie sein Vater.”

Kiefer setzte sein Glas zu einem tiefen Zug an. Da kommt Hans zu Worte: “Wenn der Schultheiß und alle Gerichtsmänner einmütig und energisch gegen die Gaunergruppe zusammenstehen würden, müßten sie, so meine ich, dem Recht und der Gerechtigkeit zum Siege verhelfen können.”

“Nein”, antwortet Kiefer sehr entschieden. “Der Schultheiß und wir Gerichtsmänner mögen das Volk hinter uns haben, oder wir könnten es hinter uns sammeln, aber hinter der Blutsaugergruppe, die durch die Obrigkeit von außen in die Gemeinde hineinversetzt wurde, steht alle Macht. Nicht zuletzt das Militär.”

Da bringt Hans etwas vor, was er in Berlin gehört hat: “Die Obrigkeit ist vielleicht deshalb besonders ängstlich und hellhörig, weil sie die neuen Gedanken fürchtet, die das Nachbarland Frankreich so tief erschüttert haben."

Kiefer geht darauf ein: "Das ist denkbar. Im ausherrischen (einer anderen Regierung unterstehend) Diefenbach mußte schon vor fünf Jahren ein revolutionärer Aufstand niedergeschlagen werden. Und in Knittlingen hetzt ein gewisser Schwarz ziemlich offen zur Revolution. Dieser Mensch ist eigentlich Württemberger, aber er war französischer Chasseur. Seine Aufsässigkeit hat er aus Frankreich mitgebracht.

Bei uns im Flecken machen zwei Männer vor Freunden keinen Hehl daraus, daß sie unerwünschte Gazetten und verbotene Flugblätter lesen, die angeblich durch französische Flüchtlinge heimlich verbreitet werden. Dir kann ich vertraulich die Namen nennen. Ich meine die beiden Brüder und Webermeister Georg und Jacob Hill.

Die Weingartener Bevölkerung will aber keine Revolution. Wir wollen das uns zustehende Brenn-, Bau- und Handwerkerholz. Die Verweigerung des Holzes kränkt und schädigt alle maßlos." Hier unterbricht Hans den Wirt: "Wie war es denn mit der Beschaffung des Bau- und Handwerkerholzes für Ihren Wirtshausneubau?"

"Erinnere mich nicht daran. Um jeden Balken und jedes Brett mußte ich feilschen und betteln, obwohl ich Gerichtsmann bin. Einigen aus der Gaunergruppe mußte ich heimlich gute Gulden zustecken und andere Gefälligkeiten erweisen. Diese Hundsfötter wollten geschmiert werden wie die Achsen eines Ochsenkarrens. Ja, ich hätte mich weigern, oder sie anzeigen können. Mir hätten aber vor dem Hofgericht alle Beweise gefehlt, und ich hätte dann gar kein Holz erhalten. Verständlich, daß viele vermuten, der Gerichtsschreiber und der Forstmeister würden bei den Holzgeschäften in die eigeneen Taschen wirtschaften und dabei ein abgekartetes Spiel treiben, bei dem auch der Amtskeller und Rat Kiefer mitmischen. Es geht aber nicht nur ums Holz. Wenn uns nach Naturkatastrophen oder nach Ausplünderungen nichts mehr zum Abgeben geblieben ist, verlangen wir Abgabennachlaß, oder in schweren Fällen völligen Abgabenerlaß.

Wir wollen unsere Felder in Frieden bestellen und von den aus vielen Ländern bei uns einfallenden Soldatenhaufen verschont werden. Wer selbst während der Zeit der Feldbestellung, der Ernte und der Weinlese in jeder Woche an drei oder gar an fünf Tagen Kriegsfron leisten muß, kann Bauernhof und Weinberg nicht mehr bewirtschaften.

Wir wollen, daß die fremden Militärwerber unsere männliche Jugend nicht wie Freiwild einfangen dürfen. Du kannst ja davon ein trauriges Lied singen. Vor diesen Menschenfängern soll man uns schützen, anstatt mit ihren Auftraggebern feierliche Verträge zu schließen.

Es ist schon arg genug, daß viele Söhne des Dorfes, und nicht nur Gesetzesfrevler, im kurpfälzischen Heer dienen und dort ihre Zeit als Offiziersdiener und mit Herumlungern sinnlos vertun müssen, während hier bei Bauern, Winzern und Handwerkern viel Arbeit auf sie wartet.

Wir wollen auch wieder Herr in unseren eigenen Häusern sein und in unseren Wohnungen nicht ständig rücksichtsloses Militärpack durchfüttern müssen, das unsere Frauen und Töchter belästigt, die Hausfrauen oft tagelang nicht an den Herd läßt und im Winter Fußbodendielen und Möbelteile im Ofen verheizt. Das ist es, was uns bedrückt.

Du siehst, wir wollen uns nicht versündigen und unseren von Gottes Gnaden eingesetzten Kurfürsten nicht vom Throne jagen oder gar köpfen, wie es die gottlosen Franzosen gemacht haben, als sie am Ende mit ihrer Guillotine die Köpfe zu Tausenden abschlugen.

Nun aber ein anderes Thema. Ich merke, daß ich mich in Wut geredet habe. Vielleicht willst du das alles gar nicht hören."

"O doch", sagt Hans. "Nach allem, was ich erlebt und durchgemacht habe, ist mein Verständnis für das Verhalten mutiger Männer groß, die sich gegen Ungerechtigkeit und Unterdrückung auflehnen. Ich meine sogar, man müßte gegen das Grundübel vorgehen und nicht nur gegen seine Folgen."

"Und was hälst du für das Grundübel?"

"Das darf ich einem kurfürstlichen Gerichtsmann nicht sagen."

Mit zunehmendem Weingenuß flachen die Gespräche ab. Lisa sitzt die ganze Zeit über still dabei und hält eine Hand des Hans in der ihren. Immer wieder treffen sich die Blicke der beiden verliebten jungen Menschen.

Als auch der zweite Weinkrug geleert ist, erhebt sich Kiefer und sagt: "Ich hole nun meinen Knotenstock und bringe dich zur Ruppin."

Kiefer geht und macht sich einige Minuten im Flur zu schaffen. Lisa und Hans nehmen liebevoll Abschied von einander. Kiefer führt Hans hintenherum über den Schuhmarkt. Falls Brackenheimer schlaflos am Fenster sitzt, soll er sie nicht sehen.

Draußen in der frischen Nachtluft spürt Hans den starken Wein. Der Boden unter seinen Füßen scheint zu schwanken und die Sterne am Himmel kreisen vor seinen Augen. Vor der Gasse, die zur Kelter führt, bleibt Kiefer stehen und erklärt: "Hier stehen wir vor dem jüdischen Gotteshaus. Die Juden sagen nicht Kirche, sondern Synagoge. Du warst noch in Weingarten, als sie eine alte Hütte aufgekauft haben. Vor wenigen Jahren sind sie mit dem Umbau und der inneren und äußeren Renovierung fertig geworden. Jetzt sieht das Haus sehr ansehnlich aus, aber lange werden die morschen Balken nicht halten."

Als die beiden Männer in den Mühlenhof kommen, ist Frau Rupp noch wach. Ihr fällt ein Stein vom Herzen, als sie Hans in Begleitung des mächtigen Gerichtsmannes erblickt. Hans dankt dem Wirt und will sogleich seine Kammer aufsuchen.

Frau Rupp warnt: "Sei auf der steilen Treppe sehr vorsichtig. Halte dich gut am Geländer fest. Schlafe dich morgen aus, bis du von allein erwachst. Ich wecke dich nicht."

Am nächsten Tage steht die Sonne schon hoch am Himmel, als Hans gut ausgeschlafen zu Frau Rupp in die Küche herunter kommt. Hans nimmt das verspätete Frühstück ein und die Müllersfrau sagt: "Du wirst bemerkt haben, daß ich dir deine wenigen Sachen in deine Kammer getragen habe. Sag mir, was ist das für ein schweres Papierpaket, das du so fest verschnürt mitgebracht hast?"

"Ich habe darin alles niedergeschrieben, was ich bisher erlebt habe. Die Menschen unserer Zeit werden nichts Besonderes darin lesen. Ich gehöre schließlich nicht zur dünnen Schicht der Prinzen, Feldherren und Adelspersonen oder anderweitig aus der duldenden Masse herausgehobenen Menschen, sondern ich bin nur einer aus der großen Menge der Untertanen, eben ein Mühlenknecht. Ich werde der Margaretha sagen, daß sie und ihre Kinder und Kindeskinder die Rolle gut aufbewahren sollen. Wenn man mich später längst vergessen haben wird, und im Lande hoffentlich erfreulichere Verhältnisse herrschen, werden sie gern lesen, wie es vor hundert oder gar zweihundert Jahren bei uns war."

Die gute, aber doch sehr einfache Frau weiß nicht recht, was sie davon halten soll. Nach einigem Nachdenken fragt sie: "Du sprichst von Kindern und Kindeskindern. Wie soll es mit dir und der Lisa weitergehen? Willst du sie heiraten? Sie hat doch nichts. Du wirst auch nicht viel bares Geld besitzen. Wenn ein Mann die Heiratserlaubnis beantragt, muß er mindestens 300 Gulden besitzen. Auch seine künftige Frau muß ein gewisses Vermögen nachweisen." Hans erklärt sehr bestimmt: "Ich werde Lisa zur Frau nehmen. Auf keinen Fall lasse ich sie mit dem Kind sitzen. Einen großen Teil der durch mich nachzuweisenden Summe habe ich im Laufe der Jahre zusammengespart. Ich hoffe, daß die Obrigkeit in meinem Falle nicht auf den vollen 300 Gulden besteht. Schon immer wurden Ausnahmen zugelassen. Außerdem bin ich fest überzeugt, daß die Familie Kiefer ihrer Magd finanziell etwas unter die Arme greift. Gestern sagte mir Lisa, daß auch sie einige Gulden zurücklegen konnte."

Da lenkt Frau Rupp ein: "Schon gut. Obwohl ich Wittib (Witwe) bin, habe ich doch einige Louisdor, Carolin und Gulden auf der hohen Kante und kann deshalb deinen Heiratsbetrag etwas aufbessern. Das Ortsgericht sollte auch bedenken, daß dir jetzt, da du älter als fünfundzwanzig Jahre bist, noch Geld aus dem Verkauf des Nachlasses deiner Eltern zusteht, und daß ihr später als Eheleute entweder bei mir oder im 'Löwen' kostenfrei wohnen könnt."

"Ich danke Ihnen, liebe Frau Rupp", sagt Hans. "Was Sie soeben erklärten, läßt mich hoffnungsvoll in die Zukunft schauen."

Nach diesem Gespräch begibt sich Hans mit seiner Entlassungsurkunde in der Tasche ins Rathaus. Der Schultheiß ist leider nicht anwesend. Er ist auf Fronfahrt nach Mannheim unterwegs. Hans klopft beim Gerichtsschreiber an. Der ist zunächst wider Erwarten nicht unfreundlich. Er prüft die Urkunde und trägt Hans ins Einwohnerbuch ein. Dann kann er allerdings einen stichelnden Ausspruch nicht unterdrükken: "Eigentlich müßte ich eine Untersuchung darüber einleiten, ob du dich dem kurpfälzischen Militärdienst aus eigenem Antrieb entzogen hast, oder ob du tatsächlich entführt wurdest. Ich will aber darauf verzichten, weil du mit deiner Verwundung genug gestraft bist. Wir werden demnächst auch die Alimentation festsetzen, die du für den –, also für dein Kind zu zahlen hast."

Gern hätte Hans den Schreiberling beim Kragen genommen und ein wenig geschüttelt. Die Ausdrucksweise "mit deiner Verwundung genug gestraft" hat ihn sehr beleidigt. Er beherrscht sich aber und verabschiedet sich, zwar ohne falsche Herzlichkeit, doch auch ohne sichtbare Wut.

Vom Rathaus aus sucht er sofort Pfarrer Textor auf. Den Geistlichen findet er in Arbeitskleidung im Kuhstall vor. Pfarrer Textor zeigt sich über die Heimkehr "des verlorengeglaubten Sohnes der Gemeinde" sehr erfreut. Hans dankt ihm für die Übermittlung der Briefpost. Der Pfarrer unterbricht seine Bauernarbeit und nimmt Hans mit ins Haus.

Dort reinigt er seine Kleidung und zieht seinen schwarzen Gehrock an. Dabei sagt er: "Wir wollen in unsere Kirche gehen und dort Gott dem Allmächtigen für deine glückliche Heimkehr danken."

Unterwegs trägt Hans vor, daß er bald heiraten möchte. Er bittet den Pfarrer, beim Herrn Schultheiß und bei den lutherischen Gerichtsverwandten ein gutes Wort für Lisa und ihn einzulegen. Lisa und Margaretha müßten allerdings auch weiterhin katholisch bleiben. Textor sieht das ein und sagt Hans seine Unterstützung zu.

Im Gotteshaus spricht der Pfarrer vor dem Altar ein Dankgebet und danach gemeinsam mit Hans das Gebet des Herrn. Dann ist Hans entlassen. Der Herr Pfarrer geht wieder an seine Arbeit.

Hans macht sich nun auf den Weg zum Hause des Webermeisters Georg Hill. Dort hat er Pech. Frau Hill sagt, daß ihr Mann in dringenden Geschäften nach Bretten geritten ist. Hans verspricht, demnächst wiederzukommen und trägt der Frau Grüße auf.

Er geht heim. In Frau Rupps Küche duftet es nach "Verheierten" (Dicke Suppe aus Kartoffelstückchen und eingeschabten Teigstreifen). Verheierte waren von Kindheit an sein Leibgericht. Frau Rupp hat das nicht vergessen. Bei den Preußen haben seine Kameraden nur das Gesicht verzogen, als er einmal von dieser heimatlichen Köstlichkeit geschwärmt hat.

Nach Tisch läßt sich Hans die Mühlenschlüssel geben. Er erschrickt über den heruntergekommenen Zustand des Gebäudes und der Räder- und Mahlwerke. Die Fenster sind blind vor Schmutz und Spinnweben. Straßenkot und Mäusedreck bedecken die einst weißen Fußbodendielen. Die ledernen Treibriemen fühlen sich ausgetrocknet und brüchig an. An den großen Kammrädern fehlen einige Holzzapfen, und die vorhandenen Zapfen stecken nur noch locker in den Radkränzen. Alle Mühlsteine sind nahezu glattgeschliffen und müssen samt und sonders geschärft werden.

Schnell vertauscht Hans seine Kleidung gegen eine alte Hose, deren Beinröhren ihm Frau Rupp knielang abschneiden muß. Mit allem versehen, was er für sein Reinigungsvorhaben braucht, will er wieder zur Mühle gehen.

Da sieht die Müllersfrau seinen narbenbedeckten bloßen Rücken: "Großer Gott! Was ist denn das? Blieben diese Narben von deiner Verwundung zurück?"

Hans will der Frau die Demütigung des Spießrutenlaufens nicht eingestehen und redet deshalb ablenkend von langen Gewaltmärschen mit schwerem Rückengepäck.

Während Frau Rupp sauber umgezogen zum Rathaus geht, um dem Gerichtsschreiber die bevorstehende Wiedereröffnung der Mühle anzuzeigen, beginnt Hans mit dem Fensterputzen und Dielenschrubben. Diese Reinigungsarbeiten, die in Berlin für ihn eine Plage waren, und die er deshalb höchst ungern verrichtete, gehen ihm hier leicht von der Hand, ja, sie machen ihm sogar Freude. In Berlin war das Schrubben allzuoft Selbstzweck, während es sich hier um eine dringend notwendige Arbeit handelt, zu der er sich selbst entschlossen hat.

Am Abend ruft ihn die Hausfrau zu einer kräftigen Brotzeit in die Küche. Schnell nimmt er zuvor im tieferen Walzbachwasser am Mühlenwehr ein erfrischendes und reinigendes Bad, zieht sich um und nimmt das Abendessen ein.

Frau Rupp fragt nach dem Zustand der Mühle. Hans berichtet wahrheitsgemäß. Da sagt die Frau zur Entschuldigung des letzten Müllers: "Du weißt, daß mein verblichener Sohn Jacob hier der letzte Müller war. Schon zwei Jahre vor seinem Tode begann er zu kränkeln. Er konnte nur noch die nötigsten Arbeiten verrichten."

Hans pflichtet ihr bei und fügt hinzu: "Während der Mühlenbetrieb ruhte, ist alles noch schlechter geworden." Nach diesem Gespräch bricht er auf, um Lisa und Margaretha zu besuchen. Schon von weitem vernimmt er von Kiefers Gasthaus her Geschrei und Gesang. In der offenen Tür stehend sieht er, daß die Gaststube mit kaiserlichen Soldaten überfüllt ist. Lisa und die Wirtsleute haben alle Hände voll zu tun. Der Wirt sieht Hans, tritt zu ihm hin und flüstert: "Bitte geh nach Hause. Die Soldaten hier sind Slowenen, die ihren Sold versaufen. Sie sind harmlos, wenn man sie nicht reizt. Ein Zivilist in der Gaststube würde sie reizen."

Hans geht enttäuscht heim.

Am nächsten Tag arbeitet er mit nur kurzen Pausen eifrig in der Mühle. Am Abend geht er zu seinem einstigen Zeitungslieferanten, dem Weber Georg Hill.

Als Hans auf Hills Anwesen zuschreitet, hat der Weber gerade sein Hoftor geöffnet. Zwei verwegen ausschauende Reiter, deren Gesichter dem Hans unbekannt sind, verlassen Hills Hof und traben in Richtung Untergrombach davon.

Hans wird sofort vom Webermeister erkannt: "Mon Dieu! Der Verschleppte ist wieder im Lande... Täusche ich mich, oder hinkst du etwas?"

"Grüß Gott, Herr Webermeister. In der Tat, ich hinke noch ein wenig. Ich bin wieder daheim, aber einen Teil meiner Gesundheit habe ich den Preußen geopfert. – Sie hatten Besuch?"

"Ich habe oft Freunde im Hause. Komm herein."

Der vom Hof aus steil zum Turmberg aufwärts führende Hang ist wie eh und je von Holler- und Fliederbüschen begrünt. Wie damals gehen die beiden durch Webstube und Küche in Hills gute Stube, und wie vor Jahren muß Frau Catharina einen Krug Most aus dem Keller holen. Ein anderer Mostkrug steht leergetrunken auf dem Tisch.

Hans muß von der sogenannten Anwerbung bis zur Entlassung alles erzählen. Beim Zuhören fährt sich Hill immer wieder mit seiner hageren Hand durchs wirre schwarze Haar. Sein stechender Blick ist dabei prüfend auf Hans gerichtet.

Als der Heimkehrer seinen Bericht beendet hat, poltert Hill wütend los: "Das stinkt doch zum Himmel. Wie lange sollen wir kurpfälzischen, preußischen und sonstigen Untertanen uns solche Behandlung noch gefallen lassen? Auch hier in Weingarten liegt vieles im argen. Eine kleine Clique reingeschmeckter (zugezogener) kurfürstlicher Kreaturen belügt, schikaniert, betrügt und bestiehlt uns seit Jahr und Tag. Ich meine den Altskeller Erkenbrecht, Forstmeister Scheyd, den kurfürstlichen Beständer des Meierhofes und Schafhofes, der zugleich Privateigentümer der Lohmühle ist und sich großkotzig 'Herr Ökonomierat Kiefer' titulieren läßt, und als Hauptschuldigen den Gerichtsschreiber Brackenheimer. Rat Kiefer hat sogar seine Ehefrau wegen angeblicher Giftmordabsichten einsperren lassen. Genaues weiß ich vorläufig nicht darüber. Alle diese Bastarde treiben es so arg, daß mittlerweile selbst die dümmsten Ochsen etwas gemerkt haben."

"Von den genannten Freveltätern hat mir schon der Löwenwirt einiges erzählt. Ich frage mich nur, warum der Schultheiß und die Gerichtsverwandten nichts dagegen unternehmen."

"Sie tun, was sie können. Hinter der Gaunerclique steht aber alle Macht, und wenn es die Obrigkeit für nötig hält, auch das Militär. Schultheiß Franz Volck hat der Regierung und dem Brettener Oberamt schon mehrmals mit der Niederlegung seines Amtes und der Ämter aller Gerichtsverwandten gedroht. Damit konnte er hie und da etwas abwenden, aber Grundsätzliches ist mit solchen Drohungen nicht zu erreichen. Offenen Widerstand kann sich die Ortsobrigkeit nicht leisten. Man würde sie zum Teufel jagen. Das Oberamt würde ihre Ämter mit ängstlichen und gefügigen Marionetten besetzen."

"Wenn die Ortsoberen, die aus der Sicht der Regierung auch nichts anderes als Untertanen sind, nichts erreichen können, müßte sich die Bürgerschaft eng zusammenschließen und Anführer wählen, die ihre Forderungen vertreten. Herr Hill, setzen Sie sich doch an die Spitze der Mutigen, die es wagen, energisch aufzubegehren. Sie können überzeugend reden."

"Junger Mann, das ist längst geschehen. Hat dir der Löwenwirt Christian Kiefer nichts davon erzählt?"

"Nein, kein Wort."

“Verständlich. Meinem Freund Christian wird das Eingeständnis peinlich gewesen sein, daß ihm als Gerichtsmann die Hände gebunden sind.

Nun höre gut zu. Ich persönlich und mein jüngerer Bruder Jacob haben anfangs des Jahres 1793 ohne Wissen und ohne Genehmigung des Brettener Oberamtes alle Bürger in den großen Saal des ‘Lamm’ einbestellt. Fast alle kamen. Ich habe zu den Leuten gesprochen und kein Blatt vors Maul genommen. Die Bürgerschaft wählte 36 Deputierte und ich wurde zu ihrem Sprecher bestimmt. Eingedenk der revolutionären Vorgänge in Frankreich wagte das Oberamt nicht, dagegen einzuschreiten. In Bretten hoffte man wohl, unsere Sache totschweigen zu können.

Wir haben aber eine geharnischte Beschwerde aufgesetzt, die direkt zu Kurfürst Karl Theodor nach München expediert wurde. Da stand zum Exempel drin, daß Gerichtsschreiber Brackenheimer seines Amtes völlig unwürdig ist und abgesetzt werden muß. Lange geschah dann nichts. Im Oktober kam schließlich ein gewisser Oberrevisor Mayer nach Weingarten, der angeblich die Zustände untersuchen sollte. Der Mann setzte sich ausgerechnet mit dem schwer beschuldigten Gerichtsschreiber zusammen und tat einige Wochen lang so, als ob er eine Revision der Akten vornähme.

Kaum war der Mann wieder abgereist, erhielt ich aus Bretten ein amtliches Schreiben, das an ‘Hill und Consorten’ gerichtet war.”

Der Weber kramt in einem Stoß beschriebenen Papiers. “Schau her. Hier ist der Wisch. Hier, wo ich mit dem Finger hindeute, steht zu lesen, Mayer habe alle aktenkundigen Vorgänge a.e.j. (anni eiusdem = des laufenden Jahres) und a.e. (anni elapsi = des vergangenen Jahres) servatis servandis (unter Beachtung des zu Beachtenden) gewissenhaft geprüft. Dabei habe er keinerlei Verfehlungen des Beschuldigten feststellen können. Das verdammte Latein, mit dem sich die Brettener Consorten schmücken, mußte ich mir erst vom katholischen Pfarrer übersetzen lassen. Natürlich stimmen in den Akten die Ausgabebelege mit den aufgelisteten Summen überein, aber es steht selbstverständlich nicht dabei, ob die Belege echt oder erfunden sind. Ebenso fällt es nicht auf, wenn Einnahmebelege fehlen, sofern das eingenommene Geld auch nicht da ist. Mit den Holzabrechnungen ist es nicht anders. Es leuchtet doch ein, daß niemand in seinen Akten vermerkt, 'wir haben Freveltaten begangen'.

Und hier an dieser Stelle kannst du nachlesen, die Deputierten hätten wegen leichtfertiger Anschuldigung ehrenwerter Amtspersonen die Untersuchungskosten in Höhe von 387 Gulden, 18 Kreuzern und 3 Hellern zu zahlen. Ist das nicht eine bodenlose Gemeinheit? Hans, ich sage dir, wir werden nicht klein beigeben. Wir werden um unser Recht und um Gerechtigkeit kämpfen."

Hans fragt, ob die Obrigkeit die Deputierten vielleicht für jugendliche Heißsporne halte.

Einen Augenblick braust Hill ärgerlich auf. Gleich darauf entschuldigt er sich bei Hans. Er kramt die Liste der Deputierten hervor und sagt: "Schau dir das an. Alles, was hier steht, wurde auch den Unterschriften hinzugefügt. Da liest du nicht nur die Namen, sondern auch das Geburtsdatum, Ehrenämter und Berufe. Unter den sechsunddreißig Beschwerdeführern sind die Kirchenältesten aller Konfessionen und alle Gastgeber (Wirte) der Schildwirtschaften (ständige Gasthäuser) außer Gerichtsmann Kiefer. Sogar der Almosenpfleger Georg Ziegler gehört zu uns. Und hier, wirf einen Blick auf die Berufe. Die Deputierten sind entweder Bauern oder ehrsame Handwerksmeister. Kein Knecht, kein Arbeiter und kein Hintersasse ist dabei. Das durchschnittliche Alter der Männer dürfte um vierzig Jahre liegen. Du siehst, diese Leute sind keine leichtsinnigen Heißsporne. Die meisten haben Familie und jeder von ihnen hat etwas zu verlieren."

Hans denkt an Pfarrer Textor und fragt: "Wo stehen in diesem Streit die Geistlichen der drei Konfessionen?"

"Pfarrer Textor hat einmal zu mir gesagt, er halte sich aus

allem weltlichen Streit heraus. Durch seine Parteinahme würde er in diesem oder in einem anderen Falle eine mehr oder weniger große Zahl seiner um geistlichen Rat und Beistand bittenden Glaubensbrüder dazu zwingen, sich an ihn als ein Mitglied ihrer weltlichen Gegenpartei zu wenden, oder sich von ihm und damit wohl auch von der Kirche überhaupt abzuwenden. Wenn allerdings eine Seite eindeutig gegen Gottes Gebote verstoße, stände er auf der Seite Gottes. Dabei müsse er sich auch an das Bibelwort halten, das da laute, 'jedermann sei untertan der Obrigkeit, die Gewalt über ihn hat'.

Die anderen Pfarrer dächten wie er. Hans, ich meine, wir müssen dafür Verständnis haben."

Nachdenklich sagt Hans: "Wenn man von den Geistlichen absieht, die für ihr Verhalten gute Gründe haben, dann stehen die besten Männer der Gemeinde auf Eurer Seite. An den gewählten Personen kann die Beschwerdeschrift demnach nicht gescheitert sein."

Hill äußert darauf: "Ich sage dir, sie ist gescheitert, weil alle Untertanen rechtlos sind. Wenn sie auf dem bestehen, was ihr gutes Recht ist oder ihr gutes Recht sein sollte, wird ihnen ihr Tun als sträfliche Rechthaberei und Querulantentum ausgelegt. Als sich der Mayer, dieser Ganove mit Spitzenkragen und Perücke, auf den Weg nach Weingarten machte, kannte er schon das Ergebnis seiner Untersuchung. So wahr ich hier sitze.

Ein weiterer Beweis für die Rechtlosigkeit der Untertanen ist der Ausgang des jahrzehntelangen Streites um unseren Wald. Ein halbes Jahrhundert lang versuchte die Gemeinde, ihr Eigentumsrecht am Weingartener Wald gegen die Kurfürsten einzuklagen. Klagen konnte sie nur beim Hofgericht oder beim kurfürstlichen Oberhofgericht, also bei kurfürstlichen Instanzen gegen die kurfürstliche Regierung.

Ist es dann verwunderlich, daß die Klage bisher praktisch abgewiesen wurde? Der sogenannte Waldvergleich ist kein Vergleich, sondern tatsächlich eine Ablehnung der Klage.

Alle Gewalt liegt in einer Hand."

"Besteht die Deputiertengruppe noch?" will Hans wissen.

"Ja." sagt Hill. "Einige wenige sind zwar durch Krankheit oder Tod oder aus Mangel an Courage ausgeschieden, aber für sie wurden andere nachgewählt. Einige aus meiner Gruppe kennst du übrigens sehr gut. Ich denke an Joseph Kohl und Joseph Gröbel. Wie ich hörte, sind sie seit eurer Jugendzeit mit dir befreundet. Was wird eigentlich jetzt mit dir und deiner Lisa?"

"Wir werden heiraten. Noch in diesen Tagen werde ich beim Gerichtsschreiber die Auszahlung des Erlöses aus dem Verkauf des Nachlasses meiner Eltern beantragen. Vor Vollendung meines fünfundzwanzigsten Lebensjahres war das leider nicht möglich."

"Beantragen kannst du das. Man wird sich deines Guthabens erinnern müssen. Bekommen wirst du nichts, weil die Gemeinde zahlungsunfähig ist. So weit hat es diese Obrigkeit gebracht. Aus uns Bürgern hat sie bettelarme Leute gemacht und die Gemeindekasse hat sie ausgeplündert."

Hans sitzt schon seit einiger Zeit wie auf glühenden Kohlen. Er erhebt sich deshalb, dankt für die freundliche Bewirtung und sagt, daß er noch zu Lisa in den "Löwen" gehen will.

Hill hält ihn jedoch zurück: "Mein lieber Hans, mit dir habe ich etwas vor. Die Deputierten brauchen einen guten Schreiber. Du hast erzählt, daß du länger als ein Jahr Lazarettschreiber warst. Dann bist du der richtige Mann. Daß du nicht Deputierter werden kannst, sollte eine Beruhigung für dich sein. Wenn wir noch einmal zahlen müssen, trifft es nur die eingetragenen Deputierten. Viel gibt es nicht zu schreiben. Allerdings müßte die Deputiertenliste in den nächsten Tagen neu angelegt werden. Würdest du mir und der ganzen Gemeinde den Gefallen tun und das Amt annehmen?"

Hans sagt sofort zu. Dann verabschiedet er sich.

Als er im Mühlenhof auf die Haustür zugeht, hebt der vor seiner Hütte liegende Kettenhund nur den Kopf, aber er bellt nicht mehr. Wenn er sich auch noch nicht mit Hans angefreundet hat, so erkennt er ihn doch bereits als Mitbewohner seines Reviers an.

Hans sucht seinen Strohsack auf und schläft fest, bis ihn Frau Rupp am nächsten Morgen zum sonntäglichen Kirchgang weckt.

## Heiratspläne, Einquartierung und ein Hagelsturm

Auf dem Weg zur Kirche und vor dem Gotteshaus wird Hans von vielen Leuten neugierig bedrängt. Alle wollen ihm die Hände schütteln und ihre große Freude über seine glückliche Heimkehr ausdrücken. Er ist froh, als er im kühlen Kirchenraum seinen Platz auf der Männerseite der Empore eingenommen hat.

Frau Rupp hat ihm kürzlich einige Leute genannt, die sich nach seiner Entführung in aller Öffentlichkeit geringschätzig und schadenfroh über ihn geäußert haben. Einige von denen hat er draußen unter den Händeschüttlern erkannt. Die wetterwendische Herzlichkeit solcher Menschen ist Hans zwar zuwider, aber er will nicht nachtragend sein.

Während er still dasitzt und auf den Beginn des Gottesdienstes wartet, fällt ihm auf, daß in den Jahren seiner Abwesenheit die gesamte Empore erneuert wurde.

Nach dem Schlußgebet wartet Hans vor der Kirchentür auf Frau Rupp. Sie will ihn zum Friedhof begleiten. Dort suchen beide die Gräber seiner Eltern auf. Auf dem Gottesacker geht Hans ohne suchen zu müssen auf die beiden flachen Hügel zu, die sich durch nichts von der großen Zahl der anderen grabsteinlosen Gräber unterscheiden.

Frau Rupp hat sie stets von Unkraut freigehalten und mit Blumen bepflanzt.

Vor der letzten Ruhestätte seiner Eltern stehend, betet Hans ein Vaterunser und verharrt danach noch einige Minuten mit gefalteten Händen. In seiner Erinnerung steigen dabei Bilder aus der Kindheit auf.

Beim Verlassen des Gottesackers schaut er zur Kinderecke mit den vielen kleinen Gräbern hin.

Frau Rupp geht heim, und Hans wendet sich nach kurzer gemeinsamer Wegstrecke dem "Löwen" zu. Dort sitzen inzwischen schon viele Kirchgänger vor ihrem Wein. Während er an den Tischen vorbei zur Küche geht, vernimmt er, daß sich die Gespräche der Bauern vor allem um die anhaltende Trokkenheit und die beginnende Notreife des Getreides drehen.

In der Küche trifft Hans sein Töchterchen an. Weil Lisa und die Wirtsleute beschäftigt sind, kann er ungestört mit Margaretha plaudern. Das Kind tritt an diesem Tage ihrem Vater erstmals völlig unbefangen entgegen.

Hans fragt, ob sie weiß, daß sie vom nächsten Frühjahr an die katholische Schule besuchen soll. Margaretha antwortet, daß ihr Mutter das schon angekündigt habe. Stolz sagt sie, daß sie sogar den Namen des katholischen Herrn Lehrers kennt. Der strenge Mann heiße Werner und habe den Unterricht bisher im Rathaus abgehalten.

Hans erfährt später, daß die katholische Kirchenadministration im vergangenen Herbst das Haus unmittelbar am Fuße des Turmberges schräg gegenüber dem "Lamm" als Schulgebäude erworben hat. Dieser Hauskauf sei notwendig geworden, weil das Militär das Rathaus oftmals monatelang belegt habe. Dann habe der Schulunterricht immer ausfallen müssen.

Seinem Töchterchen erklärt Hans: "Du bist zwar ein Mädchen, und die meisten Leute sind der Ansicht, Mädchen brauchten gar nicht zur Schule zu gehen. Das ist aber Unsinn. Ich will, daß du von Anfang an fleißig lernst. Jeden Tag werde ich deine Schularbeiten durchsehen."

Das Gespräch der beiden wird durch Joseph Gröbel unterbrochen, der in der Küchentür steht: "Da schau her. Vater und Tochter erörtern Zukunftspläne. Ich sitze mit Freunden am runden Tisch in der hinteren Ecke. Wir haben dich durch die Gaststube gehen sehen. Jetzt lade ich dich zu einem guten Schoppen Wein ein. Auf! Komm!"

Hans geht mit ihm. Schon auf dem kurzen Weg zum Tisch erfährt er, daß Joseph seit einem Jahr verheiratet ist. Stolz sagt der Jugendfreund: "Auch ich bin Vater. Es ist sogar ein Junge." An Gröbels Tisch sitzen außer Joseph Kohl noch andere Jungbürger, die Hans gut kennt. Einer meint: "In den Jahren deiner Abwesenheit hast du hier nichts Gutes versäumt. Wir hatten nur Arbeit und viel Ärger."

"Lieber hätte ich eure Arbeit gemacht und den Ärger ertragen als das, was mir bei den Preußen geboten wurde", gibt Hans zurück.

Dann muß er erzählen. Inzwischen kommt Lisa an den Tisch und nimmt Gröbels Bestellung entgegen. Als sie den Wein bringt, flüstert sie Hans ins Ohr: "Der Wirt will heute Abend mit uns beiden reden."

"Ich werde rechtzeitig kommen", sagt Hans. Dann wendet er sich wieder seinen Freunden zu. Als er von den Umständen seiner Verwundung erzählt, unterbricht ihn der Jüngste am Tisch: "Das hätte ich gern erleben mögen, wie die Granate einschlug und die Bude zusammengekracht ist. Allerdings hätte ich dabei nicht selbst verwundet werden wollen."

"Deinen Bedarf an aufregenden Abenteuern wird das Leben noch befriedigen. Das menschliche Dasein ist auch ohne solch grausame Zwischenfälle aufregend genug", weist Hans ihn nachsichtig zurecht.

Als er geendet hat, wollen alle gleichzeitig erzählen, was sie inzwischen erlebt haben. Alles schreit durcheinander, bis sich Gröbel durchsetzt und mit temperamentvollen Worten ein lebendiges Bild zeichnet von gefährlichen Schlägereien mit kaiserlichen und kurpfälzischen Soldaten, von erlittenen Körperstrafen, riskanten Unternehmungen zur ungesetzlichen Holzbeschaffung und von der wachsenden Spannung zwischen der hohen Obrigkeit und der Bürgerschaft. Joseph sagt: "Wir haben nichts gegen unseren Schultheiß. Wir unterstützen vielmehr seine Bemühungen mit Mitteln, zu denen er als Ortsoberhaupt nicht greifen kann, ja, die er nicht einmal zulassen darf, wenn er vorher davon erfährt. Einige im Ort können sich aber noch auf etwas gefaßt machen. Denen werden wir es zeigen, wenn die Zeit dazu reif ist."

Gröbel beendet seinen Redeschwall mit den Worten: "Hier an diesem Tisch können wir frei sprechen. Unter uns gibt es keinen Spitzel. Wir stehen alle hinter unserem Deputiertensprecher Georg Hill. Der Kohl Joseph dir gegenüber gehört sogar zu unseren gewählten Vertretern. Dabei ist er noch keine fünfundzwanzig. Du, Freund Hans, besitzt zwar nicht das Bürgerrecht, aber einen wie dich können wir in unseren Reihen brauchen. Machst du mit, und können wir uns auf dich verlassen, auch wenn es eines Tages ernst wird?"

Anstatt die Frage zu beantworten, fragt Hans zurück: "Zweifelst du daran?"

Als zur Mittagessenszeit alles aufbricht, geht Hans in die Küche, um dort nochmals mit Lisa sprechen zu können. Übers ganze Gesicht strahlend sagt sie ihm rasch, daß es am Abend um die Heiratserlaubnis und um ihre Mitgift gehen soll.

In Gedanken versunken verläßt Hans den "Löwen". Wenige Ruten (1 Rute = rd. 4,8 m) hat er erst zurückgelegt, als ihm Barbara Mützel von der Tür des "Adler" her zuruft: "Ich dachte, der Heimgekehrte würde auch mir guten Tag sagen kommen."

Schnell springt Hans zu ihr über die Straße: "Wenn es mir nicht als sträfliche Sittenlosigkeit ausgelegt werden könnte, bekämst du jetzt von mir einen Begrüßungskuß. Natürlich wäre ich auch zu dir gekommen. Du hast bei mir immer ganz vorn in der Reihe der lieben Menschen gestanden, die ich nach meiner Ankunft in Weingarten sofort aufsuchen wollte".

"Nichts für ungut! Ich kann mir vorstellen, daß eine Heimkehr nach so vielen Jahren anstrengend ist."

Beide plaudern ein wenig. Barbara, der einstige "Anstandswauwau" vom "Alten Schloß", ist jedoch in Eile. Im Wirtshaus wartet viel Arbeit auf sie.

Zu Hause sitzt Frau Rupp niedergeschlagen am Küchenherd. Weinend erzäht sie: “Vor einigen Minuten war der Gendarm im Auftrage des Gerichtsschreibers hier. Weil jetzt ein Mann im Hause ist, muß auch ich Soldaten ins Quartier nehmen. Gegen Abend werden mir drei Kaiserliche zugewiesen. Nach Weingarten kommen mehr als zweitausend Männer, viele Pferde und einige Kanonen.”

Hans versucht, die besorgte Frau zu beruhigen: “Unter den Kaiserlichen gibt es nicht nur die wilden Gesellen aus den dunklen Wäldern des Balkans, sondern auch Menschen wie wir, die aus den österreichischen Kernlanden stammen. Auf die Mühlen hat man schon immer besondere Rücksicht genommen. Wir werden deshalb nicht gerade die verwegensten Gestalten aufnehmen müssen.”

Die Müllersfrau horcht auf: “Der Gendarm hat gesagt, ich bekäme Tiroler Scharfschützen. Sprechen die deutsch, und sind die nicht so gefährlich?”

“Das sind eigentlich auch Deutsche. In der österreichischen Hauptstadt hat sogar der deutsche Kaiser seinen Regierungssitz. Wenn wir Glück haben, können wir uns mit den Tirolern arrangieren.”

Frau Rupp ist sichtlich erleichtert. “Jetzt essen wir schnell etwas. Dann mußt du mir helfen, einiges umzuräumen und wertvollere Sachen zu verstecken. Die Order lautet, daß die Betten den Soldaten zur Verfügung stehen müssen. Die Kerle haben das Recht, auf meinem Herd und in meinen Töpfen und Pfannen zu kochen und zu braten. Für das nötige Holz habe ich zu sorgen. Die Holzbeschaffung bereitet mir große Sorge. Erst vergangene Woche traf ich beim Materialisten (Krämer) die Balbina Spohrer. Du wirst sie kennen. Das ist eine geborene Guthier, so eine kleine freundliche Frau. Sie erzählte mir, daß ihr einquartierte Kaiserliche einen Tisch und eine Kleiderkiste zerhackt haben, um mit dem Holz den Küchenherd zu schüren. Vorher habe sie rechtzeitig beim Forstmeister Scheyd um Holz gebeten. Der habe sie wüst beschimpft und rausgeworfen. Wahrscheinlich werden die Soldaten meine geringen Nahrungsvorräte schnell aufgezehrt haben."

Hans sagt: "Warten wir's ab. Jammern hilft uns nicht weiter. Im Augenblick ist es wichtig, zu wissen, wo wir schlafen werden, wenn unsere Betten diesen Landsknechten zustehen."

"Ich habe noch zwei Strohsäcke. Die werden wir stopfen und jeden Abend in der Küche für uns ausbreiten."

"Hat der Gendarm gesagt, wie lange die Kerle voraussichtlich in Weingarten bleiben?"

"Das wußte er nicht. Er erzählte, daß der Schultheiß von seiner Fronfahrt zurück ist und sich am Nachmittag zusammen mit dem Gerichtsschreiber im Rathaus aufhält. Wenn ich noch Fragen habe, könne ich mich an Franz Volck persönlich wenden."

"Dann melde ich mich heute noch bei ihm zurück", sagt Hans. Nach Tisch geht er los. Im Rathaus würdigt ihn der sauertöpfische Gerichtsschreiber keines Blickes. Brackenheimer hält es nicht für nötig, von seinem Schriftkram aufzuschauen. Er läßt Hans ganz einfach unbeachtet stehen. Während Hans einige Minuten warten muß, hört er in der Stille des Hauses nur die Gänsefeder des Schreibers übers Papier kratzen.

Als Franz Volck das Zimmer betritt, geht er mit ausgestreckter Hand auf Hans zu: "Unser Schriftgelehrter ist wieder da. Auch wenn ich jetzt keine Zeit habe, deinen Bericht anzuhören, weiß ich doch, was du in den Jahren bei den Preußen durchgemacht hast. Als Schultheiß hört man von vielen Erlebnissen ähnlicher Art. Wenn wir jemals wieder ruhigere Zeiten haben sollten, mußt du mir trotzdem alles erzählen. Mein Kanzleivorsteher sagte mir bereits, daß er dich als eintausendneunhundertachtundneunzigsten Einwohner registriert hat. Seit heute hat unser Marktflecken nach zwei Sterbefällen und vier Lebendgeburten genau zweitausend Seelen."

Hans bringt schnell noch sein wichtigstes Anliegen vor:

"Herr Schultheiß, darf ich demnächst um Heiratserlaubnis nachsuchen?"

"Du willst also die hiesige Einwohnerzahl weiter vergrößern? Wie steht es bei euch mit dem Nachweis des Heiratskapitals? Du wirst wissen, daß Lisa und du zusammen etwa sechshundert Gulden auf der Kante haben solltet."

"Ich weiß es. Aber leider werden wir niemals eine so hohe Summe aufbringen können. Zur Gründung unseres Hausstandes benötigen wir zum Glück nicht viel Geld. Ich nehme an, daß wir nach der Hochzeit mietfrei im 'Löwen' wohnen können. Dort müßten wir uns keine eigene Kücheneinrichtung anschaffen. Ich hoffe deshalb, daß unser Kapital mit dem, was mir aus der Erbschaft zusteht, ausreichend ist."

"Er hofft", brummt Brackenheimer bissig, ohne von seiner Schreiberei aufzublicken.

"Wir alle hoffen unser ganzes Leben lang auf etwas", bemerkt der Schultheiß. "Ich hoffe seit Jahren auf einen größeren Kredit für meine Gemeinde. Zur Zeit ist unsere Kasse völlig leer. Selbst Gendarm, Büttel, Nachtwächter und Schützen warten vergeblich auf die Auszahlung der wenigen Gulden ihrer Entlohnung. Ich denke, du kannst trotzdem der Zukunft ruhig entgegensehen. Solange ich noch Schultheiß bin, werde ich dir als einem elternlosen Einwohner der Gemeinde behilflich sein."

"Solange Sie noch Schultheiß sind?"

"Richtig. Ich weiß nicht, wie lange meine angegriffene Gesundheit den endlosen Ärger und die Fülle der Arbeit weiterhin erträgt. Meinem Beruf als Gerber muß ich nachgehen, um mein Weib und mich ernähren zu können. Bis in die Nächte sitze ich im Rathaus. Dort muß ich mir von früh bis spät Klagen und Beschwerden anhören. Die hohe Obrigkeit stellt ständig Forderungen, die ich vor der Bürgerschaft vertreten muß, als wären sie auf meinem Mist gewachsen. Niemand nimmt mich vor der Wut der aufgebrachten Untertanen in Schutz. Wenn ich nie Schultheiß geworden wäre, dann wüßte ich nicht, wie selbstsüchtig, ängstlich und unterwürfig die Menschen sein können. Vielleicht jagt mich die Obrigkeit eines Tages aus dem Amt. Aber das sollen nicht deine Sorgen sein. Grüß die Ruppin." Hans ist entlassen.

Am Abend kommen tatsächlich die angekündigten Tiroler ins Haus. Die Burschen machen keinen schlechten Eindruck. Es sind Bergbauernsöhne, die zwangsweise zum Kriegsdienst eingezogen wurden. Für die Lage der Müllersfrau zeigen sie Verständnis. Frau Rupp freut sich, daß die Soldaten in den fremden Uniformen tatsächlich deutsch sprechen. Wegen der ungewohnten Mundart der Männer ist die Verständigung trotzdem manchmal schwierig.

Die Tiroler sind damit einverstanden, daß Frau Rupp das Essen für sie zubereitet. Einer, den seine Kameraden "Wildschütz" nennen, verspricht, demnächst etwas für den Kochtopf zu erlegen. Leider bestehen alle drei auf eigenen Betten.

Später gehen sie ins Gasthaus. In der Zeit ihrer Abwesenheit räumen die Müllerin und Hans einiges um und bringen wertvollere Sachen in Sicherheit. Gute Wäsche stopfen sie mit in die Strohsäcke. Nach getaner Arbeit eilt Hans in den "Löwen". Die Unterredung mit dem Wirt verläuft zu Hans Felds voller Zufriedenheit. Christian Kiefer sagt seiner Magd zur Hochzeit fünfzig Gulden bares Geld, zwei Betten mit Bettwäsche, einen Tisch, eine Kleiderkiste und vier Stühle zu. Das Kinderbett der Margaretha dürfen sie behalten. Er will ihnen im oberen Stock zwei größere Kammern zuweisen. Die Miete soll ihnen erlassen werden. Für ihre Kleidung muß die junge Familie selbst sorgen. Beim Ortsgericht will er sich energisch für die Erteilung der Heiratserlaubnis einsetzen. Zufrieden geht Hans heim.

In der ersten Nacht, die er gemeinsam mit Frau Rupp in der Küche auf den Strohsäcken zubringt, erinnert er sich an die Anfangszeit im Binger Lazarett.

Bis zum Morgengrauen kehrt im Haus keine Ruhe ein. Ständig trampelt jemand irgendwo im Haus herum. Den Hofhund hat Hans zwar in einen der unteren Mühlenräume gesperrt, aber dort schlägt er trotzdem ständig an.

Am nächsten Tag schafft Hans wieder fleißig in der Mühle. Es ist der für Weingarten lange Zeit unvergeßliche 3. August anno 1794.

Am Nachmittag verdunkelt sich der Horizont in allen Himmelsrichtungen. Die Sonne sticht unerträglich. Besonders im Westen türmen sich auf giftiggelbem Himmel schwarze Wolkenberge. Überall zucken Blitze. Sturmböen wirbeln den Straßenstaub auf und schütteln die Baumwipfel.

Nach kurzer Zeit steht das Unwetter über Weingarten. Die Luft ist vom peitschenden Knall naher Blitzschläge und von grollendem Donner erfüllt.

Hans läuft schnell ins Haus. Frau Rupp sitzt mit einem frommen Buch in der Hand auf der Ofenbank und sagt ängstlich: "Geh nicht ans Fenster. Rühre kein Messer und keine Gabel an. Setz dich zu mir."

Plötzlich prasselt es wie pausenloses Gewehrfeuer aufs Dach und auf den Hof. Hans geht zur Tür. Kälte schlägt ihm entgegen. Draußen ist alles weiß von großen Hagelstücken. Voller Angst ruft Frau Rupp: "Komm ins Haus. Mach die Haustür zu. Es heißt, daß durch Zugluft die Blitze angezogen werden."

Nach kurzer Zeit ist das Hagelwetter vorüber. Nur heftiger Regen rauscht herab. In der Ferne hört man es noch donnern.

Von der Mühle aus sieht Frau Rupp, daß der Hagel die junge Linde im Garten der Badstube fast völlig entlaubt hat. Tief betrübt sagt sie: "Dieses Jahr werden die Bauern kaum etwas zu ernten haben. Das Dreschen hat der Hagel schon besorgt. Wenn es nichts zu ernten gibt, dann haben wir auch nichts zu mahlen. Die Winzer werden keine Weinlese halten können. Hans, uns steht eine schlimme Zeit bevor."

## Die Hochzeit

Gemeinsam mit Vonderlöhr, dem einzigen Vollbauern im Ortsgericht, reitet der Schultheiß sofort nach dem Unwetter durch Felder und Weingärten. Die beiden Männer wollen sich ein Bild vom Ausmaß der Verwüstungen machen.

Die Halmfrüchte vom Dinkel bis zum Korn sind vernichtet. An den nahezu entlaubten Rebstöcken hängen nur noch die zerfetzten Reste der in diesem Jahr besonders schnell gereiften Trauben. Einzig das Gewann "Zollstock" hat der Hagel verschont.

Noch am späten Abend ruft Franz Volck die Gerichtsmänner ins Rathaus. Er will, daß sie einen an den Kurfürsten und das Oberamt gerichteten Schriftsatz beschließen.

In dem Brief wird der Hagelschaden gemeldet und dringend um völligen Abgabenerlaß sowie um Verschonung von Einquartierungen und Entbindung von der Pflicht zur Atzung (Verpflegung) durchziehender Soldatenhaufen gebeten.

Die schon mehrmals geäußerte Bitte um einen größeren Kredit zur Auffüllung der leeren Gemeindekasse wird nachdrücklich wiederholt.

Der Schultheiß besteht darauf, daß folgende Sätze in das Schreiben aufgenommen werden: "Seit Monaten schon haben die Ortsbediensteten keinen Heller ihres Lohnes erhalten. Wer für Ruhe und Ordnung zu sorgen hat, aber dabei die anbetteln muß, die seiner Aufsicht unterstellt sind, kann sein Amt nicht verordnungsgemäß ausüben.

Einige Bauern und Professionisten (Handwerker) haben sich in den letzten Jahren hoch verschuldet. Der Hagelschlag wird sie in noch höhere Schulden treiben.

Die ärmeren Einwohner Weingartens fristen schon heute ihr armseliges Leben durch Bettelei. In Bälde wird es im Flecken niemanden mehr geben, der ihnen und den Scharen fremder Bettelfrauen, die mit ihren hohlwangigen Kindern durch den Ort ziehen, ein Stück trockenes Brot zustecken kann.

Wir bitten deshalb die hochedelen Herren in demütiger Untertänigkeit und tiefstschuldiger Erniedrigung, unser verzweifeltes Flehen gnädigst erhören zu wollen."

Bevor zum Schluß alle Gerichtsmänner nach dem Schultheiß unterschreiben, muß Brackenheimer den Brief im Zusammenhang vorlesen.

Darauf kann sich Vonderlöhr, der in seiner Jugend studiert hat, die Bemerkung nicht verkneifen: "Es kotzt mich an, wenn ich höre, welcher Floskeln wir uns bedienen müssen. Wer immer so schreibt, denkt allmählich auch so und verliert schließlich den aufrechten Gang." Brackenheimer begehrt auf: "Die Obrigkeit hat Anspruch auf unseren Respekt."

Franz Volck wendet ein: "Die Obrigkeit hat Anspruch auf korrekte Untertanen, die ihr Amt treu und ohne Eigennutz verwalten, aber nicht auf schmierige Kriecher, und die Untertanen haben Anspruch auf eine verständnisvolle und gerechte Obrigkeit. Brackenheimer, denke in einer ruhigen Stunde darüber nach."

Löwenwirt Christian Kiefer soll am nächsten Morgen persönlich mit dem Schriftstück nach Bretten reiten. Zum Schutze gegen Räuber wird ihm Gendarm Digiser beigegeben. Beide sollen sich mit Flinten bewaffnen.

Hans schreibt an einem der nächsten Abende bei Georg Hill dessen Deputiertenliste und bringt bei dieser Gelegenheit sein Heiratsgesuch zu Papier. Unmittelbar nach seiner Heimkehr war er innerlich so aufgewühlt, daß ihm gar nicht aufgefallen ist, wie zerlumpt, mager und blaß die meisten Menschen sind. Jetzt erst sieht er es. Überall drücken sich Gruppen kaiserlicher Soldaten herum, von denen nicht wenige in fremden Sprachen parlieren. Sie belästigen jedes an ihnen vorbeigehende Mädchen. Kein Obstbaum und kein Krautgarten ist vor ihnen sicher.

In jedem zweiten Hause haben sich französische Emigranten breitgemacht. Meist gehören sie den vornehmen Ständen an, und viele von ihnen haben in ihre Kleidung eingenähtes Geld und Gold mitgebracht. Die aus der linksrheinischen Pfalz verjagten ärmeren Kurpfälzer haben es unter diesen Umständen schwer, eine bessere Bleibe als nur Strohschütten auf Tennen zu ergattern.

In der "Krone" logiert sogar ein ehemaliger französischer

Marschall mit seinem Bedienten. In Rat Kiefers Lohmühle hat sich ein Kurpfuscher eingenistet, der sich als vertriebener französischer Geistlicher ausgibt und mit "Abbé" angesprochen werden will.

Der Alltag hat Hans so schnell wieder eingeholt, als wäre er nie in der Fremde gewesen.

Als er das Mühlenhaus und dessen gesamte Einrichtung gesäubert, die Radkränze erneuert, die Mühlsteine handwerksgerecht geschärft und die Treibriemen wieder geschmeidig gemacht hat, bessert er noch einige Schäden am Wasserrad aus. Er dichtet auch an den Dächern regendurchlässige Stellen ab und gräbt in Frau Rupps Krautgarten die Beete mit dem vom Hagel zerschlagenen Gemüse um.

Im Anwesen des "Löwen" hilft er dem Wirt beim Bau eines kleinen Geißenstalles. Die Vorfreude auf die täglichen Besuche bei Lisa und Margaretha beflügelt alle seine Arbeiten.

Ortsgericht und Oberamt haben nach einigen Rückfragen sein Ehegesuch genehmigt. Die Heirat wird auf Mitte September festgesetzt. Bei der üblichen Ehestandsbelehrung weist der Herr Pfarrer darauf hin, daß Lisa als Braut kein Kränzchen tragen darf. Er sagt, daß ihr der Jungfernkranz wegen ihres Fehltrittes nicht mehr zusteht.

Das glückliche junge Paar tritt seinen Weg zum Traualtar an einem sonnenüberstrahlten Samstag beinahe unbemerkt an. Der Weg zum "Löwen" durch den oberen Teil der Kirchgasse zum Gotteshaus ist kurz.

Neben seiner Lisa vor dem Geistlichen knieend versucht Hans krampfhaft aber vergeblich einen lächerlichen Leseblattreim aus seinen Gedanken zu vertreiben, der sich jedoch wie eine lästige Schmeißfliege immer wieder in seinem Kopf festsetzt: "Der Iltis raubet in der Nacht, die Jungfer nimmt den Kranz in acht."

Erst bei der Frage des Pfarrers, ob sie einander treu bleiben wollen, bis der Tod sie scheidet, verdrängt der Ernst der feierlichen Handlung den albernen Vers.

Lisa und Hans schauen sich liebevoll an, und beiden treten Tränen der Rührung in die Augen. Die Müllersfrau und die Wirtin schluchzen hinter ihnen leise und schneuzen sich.

Gefeiert wird im kleinsten Kreise in Kiefers guter Stube. Außer dem jungen Paar und Margaretha sind nur die Eheleute Kiefer mit den zwei noch im Hause befindlichen kleinen Kindern, Frau Rupp und Webermeister Georg Hill zugegen. Hill hat sich unter Hinweis auf ein wertvolles Hochzeitsgeschenk selbst eingeladen.

Frau Rupp hat eine beträchtliche Summe zum Heiratskapital beigesteuert und einen Packen noch guter Bettwäsche mitgebracht. Webermeister Hill überrascht das Brautpaar mit verschiedenen Stoffen, aus denen die Störnäherin (ambulante Schneiderin) Kleidungsstücke für die ganze Familie machen kann.

Das Hochzeitsmahl ist aus wohlüberlegten Gründen sehr einfach. Vom üblichen Essen der Familie Kiefer unterscheidet es sich nur durch den festlichen Rahmen. Den Wirtsleuten wäre es trotz der Notzeit möglich gewesen, einen deftigen Braten aufzutischen, aber Kiefer will nicht den Neid der verarmten hungernden Bevölkerung wecken. Eine große Tafelei hätte sich trotz größter Heimlichkeit schnell im Ort herumgesprochen.

Als alle beim Kaffee sitzen, kommt Schultheiß Volck mit einem persönlichen Geschenk unterm Arm und gratuliert dem jungen Paar. Vor der Tischrunde packt er einen wundervoll bemalten metallenen Kerzenleuchter und drei Kerzen aus. Das Ortsoberhaupt wird sehr bald von Georg Hill in ein Gespräch gezogen. Der Webermeister fragt: "Franz, wann befreist du uns von der ortsbekannten Gaunerclique?"

Der Schultheiß wehrt gereizt ab: "Glaube mir, ich weiß selbst, was zu tun wäre. Wenn ich so agieren würde, wie ihr das von mir erwartet, entstände der ganzen Gemeinde großer Schaden. Nach oben sind meiner Macht enge Grenzen gesetzt. Georg, ich bitte dich, laß uns in diesem Kreise, in dem zwei so glückliche Menschen sitzen, von etwas anderem sprechen, als von meinen täglichen Sorgen. Viel bedrückender als das Verhalten jener Leute ist es für mich im Augenblick, daß der Kurfürst und das Brettener Oberamt alle meine Gesuche um Erleicherungen für die Gemeinde zurückgewiesen haben. Man schrieb mir, daß meine Gründe 'nicht platzgreifig' seien."

Im Verlaufe des Nachmittags berichtet Franz Volck, daß die Frau Kurfürstin schon Mitte August in Weinheim verstorben ist. Die Regierung habe allen Gemeinden im Lande mitgeteilt, die gesamte Bevölkerung der Kurpfalz sei ob des herben Verlustes in tiefste Trauer gestürzt worden.

Georg Hill bemerkt bissig: "Hätte ich doch nur rechtzeitig vom Dahinscheiden der hohen Frau erfahren, dann wären alle meine persönlichen Sorgen und Nöte und all mein Mitleid mit der gequälten Bevölkerung im Vergleich mit meiner Untröstlichkeit um den Tod jener Person 'nicht platzgreifig' gewesen." An dieser Stelle schluchzt Frau Rupp aus ehrlichem Herzen.

Später kommt der Schultheiß auf den Schaden zu sprechen, den die Gemeinde seit Jahren aufgrund des Ausfalles der beiden großen Jahrmärkte hinnehmen muß. Er sagt: "Der Weinbau und die Märkte haben unseren zeitweiligen Wohlstand begründet. In diesen Jahren, in denen es nichts zu handeln gibt und die Straßen unsicher geworden sind, können wir keine Märkte abhalten."

Bei Einbruch der Dunkelheit endet die kleine Feier. Auf Vorschlag der Wirtin soll Margaretha noch einige Zeit in ihrer bisherigen Kammer schlafen. Frau Kiefer sagt mit verständnisvollem Lächeln: "Die jungen Leute wollen bestimmt während der ersten Nächte ihrer Ehe ungestört sein und niemanden stören."

Am 26. September stirbt völlig unerwartet Lehrer Friedrich Mößner, der Hans und vielen Jahrgängen Weingartener Schüler und Schülerinnen recht und schlecht das Schreiben, Lesen und Rechnen eingepaukt hat.

Bader Burghard sagt am Wirtshaustisch: "Wenn der arme

Mann einen Grabstein erhalten würde, müßte der Steinmetz darauf einmeißeln: 'Er starb mit nur 48 Jahren, weil seine schwache Brust den Schulstubengestank nicht ertrug.' Leute, welch luftige Schulräume könnten wir bauen, und wie viele Schulmeister könnten wir beschäftigen, wenn wir nicht seit Menschengedenken von einem sinnlosen und mörderischen Krieg in den anderen gezogen würden."

Im Dezember fällt den Franzosen die Mannheimer Rheinschanze kampflos in die Hände. Georg Hill erklärt später seinen Deputierten bei einer Zusammenkunft: "All der Schweiß, den wir Weingartener und alle anderen Froner dort vergossen haben, ist nutzlos geflossen. Unser kurpfälzisches Militär trägt nur seine Uniformen zur Schau und gibt selbst dabei noch oft genug ein bedauernswertes Bild ab. Unsere hochadligen höchsten Offiziere sind vergreiste knieschlotternde Trottel. Dem Elan der revolutionären französischen Armee sind Truppe und Führung nicht gewachsen.

Die Preußen, die bisher den Franzosen hin und wieder Paroli boten, spielen in letzter Zeit nicht mehr recht mit. Kürzlich habe ich etwas Gedrucktes gelesen, in dem angedeutet wurde, die Preußen wollten demnächst ganz aus der Koalition ausscheiden. Wenn es dazu kommen sollte, werden wir eines Tages die Franzosen auch in Weingarten haben."

## Lisa in Lebensgefahr

Das junge Ehepaar Feld hat sich in seinen beiden Kammern so behaglich wie möglich eingerichtet. Im Winter ist es allerdings dort eiskalt. Die Wände sind dünn und die Räume nicht heizbar. Die Familie hält sich deshalb während er rauhen Jahreszeit tagsüber hauptsächlich in der Wirtshausküche auf. Die Liebe zueinander läßt ihnen diese Verhältnisse erträglich erscheinen. Außerdem wissen sie, daß in diesen Jahren viele Einwohner des übervölkerten Dorfes schlechter untergebracht sind als sie.

Lisa fühlt sich schon seit Monaten schwanger. Um Hans

keinen Kummer zu bereiten, hat sie bisher ihm und allen anderen im Hause ihren Zustand verschwiegen. Im Januar bringt sie es Hans schonend bei, daß er nochmals Vater wird.

Hans beruhigt sie: "Wenn Gott uns weitere Kinder schenkt, werden wir sie als liebende Eltern annehmen."

Den Weber Hill sucht Hans auch weiterhin auf. Zeit dazu hat er mehr als genug. Die Mühle steht nach der Mißernte still. Hill erzählt Ende März seinem politischen Freund Hans, er habe erst jetzt erfahren, daß der Kurfürst im österreichischen Innsbruck eine Tochter des Erzherzogs Ferdinand, also eine Enkelin der Kaiserin Maria Theresia, geheiratet hat.

Seine Meinung zu dieser ehelichen Verbindung gibt er mit den Worten kund: "Der alte Mann hat sich mit dem jungen Frauenzimmer schnell über den 'tieftraurigen Heimgang' seiner Kurfürstin hinweggetröstet. Die muntere Person liegt ihm bestimmt mehr am Herzen als das Schicksal seines gequälten Landes. Hier bei seinen Soldaten müßte er sein und sich vom Elend seiner Untertanen persönlich überzeugen, anstatt sich in seinem Alter nochmals als Flitterwöchner zu versuchen."

Als Hans an diesem Abend von seinem Besuch bei Webermeister Hill heim kommt, sitzt Margaretha bitterlich weinend am Tisch. Das Kind fällt ihm um den Hals und bringt von Schluchzen unterbrochen hervor: "Unsere Mutter liegt oben im Bett. Sie hat große Schmerzen. Die Hebamme war schon da. Mutter wartet auf dich."

Hans springt angstvoll zu Lisa hinauf. Er findet Lisa blaß und in Schweiß gebadet vor. Sie erzählt, daß es in der Wirtschaft unter kurpfälzischen und kaiserlichen Soldaten eine Schlägerei gab. Der Wirt sei gerade nicht im Hause gewesen. Sie habe die Kampfhähne um Ruhe gebeten. Da habe ihr ein Unbekannter einen wüsten Tritt versetzt. Jetzt habe sie starke Leibschmerzen. Die Hebamme sei der Meinung, in solch einem Falle müsse man zuwarten, ob es wieder besser werde.

Am nächsten Tag fühlt sich Lisa gesund genug, um die Arbeit aufnehmen zu können.

An einem kalten regnerischen Apriltag bringt der Wirt aus dem Rathaus die Nachricht mit, daß Preußen aus der gegen Frankreich gebildeten Schutzkoalition ausgeschieden ist. Die Neuigkeit veranlaßt ihn zu der Äußerung: "Jetzt haben uns die Wachhunde im Stich gelassen. Die Meute der Möpse wird uns nicht schützen können."

Margaretha geht seit Ostern zur Schule. Ihr fürsorglicher Vater hat trotz seiner Sparsamkeit einen schönen Schulranzen und eine gute Tafel mit Schiefergriffeln angeschafft. Die einst von ihm selbst benutzte Tafel ist nicht nehr auffindbar. Was der katholische Schulmeister Johann Werner den Kindern im Unterricht beizubringen versucht, übt Hans täglich mit seinem aufmerksamen und gelehrigen Töchterchen.

Anfang Mai ziehen aus Richtung Bruchsal Scharen Mannheimer Flüchtlinge durch Weingarten. Einige finden trotz der Überfüllung des Ortes noch einen Unterschlupf. Sie berichten, daß die alte Residenzstadt von französischer Artillerie beschossen worden sei und an allen Ecken und Enden brenne. Die statthalterische Regierung des in München residierenden Kurfürsten habe sich ins weniger gefährdete Hinterland zurückgezogen. Wie sie unterwegs von Reitern erfahren hätten, habe die französische Armee die Stadt inzwischen eingenommen und besetzt.

In Weingarten gibt es unter den Alteingesessenen einige, die im Gottesdienst mit tiefer Rührung dem Gleichnis vom barmherzigen Samariter lauschen, aber allen Flüchtlingen hartherzig begegnen. Kaum ein Haus, in dem es nicht täglich Streit gibt.

Unter den herrschenden Umständen treten im ganzen Lande und auch im Marktflecken Sittenlosigkeit und Verrohung immer offener zutage. Ein Fall erregt besonderes Aufsehen. Der bisher brave achtzehnjährige Sohn eines angesehenen Weingartener Bauern überfällt eines Tages auf dem nach Obergrombach führenden Wege den Münzesheimer Apotheker Sebastian, mißhandelt den Mann und beraubt ihn seiner Barschaft. Die seltsame Kleidung des unerfahrenen Straßenräubers, weiße Hose und leuchtendgrüner Wams, führt den Gendarm schnell auf die Spur des Täters. Nach kurzer Verhandlung vor dem Brettener Gericht verschwindet der junge Mann für lange Zeit im Zuchthaus. Als Grund für seine Tat hat er angegeben, er habe auch einmal ein paar Gulden im Hosensack haben wollen.

Lange vor dem Zeitpunkt, den Lisa errechnet hat, setzen bei ihr die Geburtswehen ein. Als Hans das erfährt, rennt er im Sturmschritt los, um die katholische Hebamme zu holen. Noch in der selben Nacht bringt Lisa ein Bübchen zur Welt, das bald nach der Geburt stirbt.

Die erfahrene weise Frau sieht die Ursache für die zu frühe Geburt und den alsbaldigen Tod des Kindes in dem brutalen Fußtritt. Lisa übersteht alles und kann nach wenigen Tagen wieder arbeiten. Sie ist jedoch sehr bedrückt und weint oft. Hans bemüht sich besonders fürsorglich um sie und ist sehr lieb zu ihr. Wenn er jetzt irgendwo betrunkene Soldaten sieht, denkt er haßerfüllt daran, daß solche Kerle am Tode seines Kindes schuldig sind.

Im Sommer ertappt Rat Kiefer einen armen Hintersassen beim Heudiebstahl. Es handelt sich nur um einen einzigen Armvoll. Das Diebesgut ist für die magere Geiß des Mannes bestimmt. Ein Sachverständiger wird zugezogen, der den Wert des Heues auf fünfzehn Kreuzer schätzt. Der Freveltäter muß an Kiefer einen Gulden (sechzig Kreuzer) Schadenersatz zahlen, und bei der Gemeinde solle er als Herrschaftsstrafe drei Gulden abliefern. Weil der Mann nur einen Gulden aufbringen kann, wird die Herrschaftsstrafe auf dem Gnadenwege in zehn Tage Haft im Armsünderstübchen des Rathauses umgewandelt. Der reiche Rat Kiefer erhält sein Geld.

Nach der Ernte beginnt für Hans die Arbeit in der Mühle. Da er dort ganz allein ist, muß er von früh bis spät sehr fleißig schaffen.

Kaum ist der Heudiebstahl geahndet, kommt Rat Kiefer

schon wieder in heller Aufregung ins Rathaus. Einbrecher hätten ohne Spuren zu hinterlassen den wertvollen Goldschmuck seiner noch abwesenden “Frau Gemahlin” gestohlen. Der Wert der Ringe und Ketten betrage über dreihundert Gulden. Mit tückischem Blick auf den Schultheiß erklärt er: “Ich erstatte gleichzeitig schriftliche Meldung ans Oberamt, damit niemand etwas vertuschen kann.”

Volck läßt Kiefers Verlust ausschellen und befiehlt unverzügliche Rückgabe. Bei einigen Leuten werden nächtliche Haussuchungen vorgenommen. Niemand meldet sich und nichts wird gefunden. Die Bevölkerung ist schadenfroh. Spaßvögel rufen sich auf der Straße zu: “Heiner, wohin?”

“Ins Rathaus. Ich bringe dem Herrn Rat das Geschmeide seiner heißgeliebten Gemahlin zurück.”

Franz Volck weigert sich, weitere Schritte zu unternehmen. Vor dem Ortsgericht bezweifelt er sogar Kiefers ganze Aussage. Falls überhaupt etwas gestohlen wurde, hält er es für möglich, daß Kiefers Freund und Logiergast Colmet der Dieb war.

Der genießt leider den besonderen Schutz des Oberamtes. Jetzt verweisen die Brettener auf eine Verordnung aus dem Jahre 1785. Darin ist verfügt worden, daß im Falle nicht aufklärbarer Diebstähle der gesamte Verlust durch die Einwohnerschaft zu ersetzen ist. In diesem Falle habe der Schultheiß von jedem Einwohner ohne Rücksicht auf dessen Alter zehn Kreuzer Zwangsabgabe einzuziehen.

Der Rentmeister ist viele Tage und lange Abende unterwegs, um das Geld einzutreiben.

Zum Schluß stehen ihm für diese Tätigkeit ganze drei Gulden zu. Dafür muß er sich in den meisten Häusern die ärgsten Beschimpfungen anhören. Erst wenn er die Zusammenhänge eingehend und meist mehrmals erklärt hat, richtet sich der Volkszorn gegen die wahren Schuldigen.

Im August stirbt Bauer und Gerichtsmann Henrich Vonderlöhr im Alter von sechsundsiebzig Jahren. Noch einen Tag vor seinem Tode hat er an einer vielstündigen und erregten

Nachtsitzung des Ortsgerichtes teilgenommen. Hans trauert um den pflichtbewußten, aufrechten und klugen Mann.

Gendarm Digiser wird im November auf höhere Weisung fristlos entlassen. Das Oberamt begründet diesen Schritt mit seiner zu großen Nachsichtigkeit. Er habe in mehreren Fällen die Härte vermissen lassen, die man vom bewaffneten Arm der Obrigkeit erwarten müsse. Im Entlassungsschreiben wird erwähnt, daß der Gendarm sich schon vor zehn Jahren als zu weich erwiesen habe. Alle im Dorf bedauern die Entlassung, ja sogar jene, denen Digiser in der Vergangenheit gelegentlich dienstlich auf die Zehen treten mußte.

Von mehreren Männern aus Hills Deputiertengruppe hört Hans die Meinung: "Die da oben wollen in ihrer Verblendung hartherzige Schergen. Sie verkennen die Zeichen der Zeit."

An den Wirtshaustischen wird gerätselt, wer den Gendarm beim Oberamt angeschwärzt haben könnte. Der Schultheiß und die Ortsrichter kommen nicht in Frage. Man traut diese Gemeinheit nur dem Gerichtsschreiber Brackenheimer und dem Amtskeller Erkenbrecht zu.

## Anno 1796: Weingarten unter französischer Besatzung

Der Januar des neuen Jahres ist schneereich und kalt. Die Schulkinder der drei Konfessionsschulen müssen das Brennholz zum Beheizen der Unterrichtsräume mitbringen. Auch Margaretha packt deshalb täglich ein großes Scheit in ihren Ranzen. Am Ende des Monats entfacht Amtskeller Erkenbrecht im Ort einen Sturm der Entrüstung. Bereits einen Tag vor dem ärgerlichen Ereignis wird unter Aufsicht von Gerichtsmann Rohrbacher und Deputiertensprecher Hill bei den Bauern das Bedkorn (Naturalabgabe) abgeholt. Am frühen Morgen des nächsten Tages wird die erste Hälfte des Abgabegetreides in den Kellereihof gefahren. Erkenbrecht schaut in jeden Sack, läßt eine Probe durch seine Hände rinnen und erklärt das Korn für "speichermäßig".

Die Männer schleppen die schweren Säcke die Treppe hinauf und schütten ihren Inhalt in die großen Zuber. Nach der Essenspause bringen sie die zweite Hälfte des Bedkorns. Erkenbrecht nimmt wieder seine Prüfungen vor, und die Bauern tragen alles auf den Speicher. Rohrbacher, Georg Hill und Kellereibaumeister Adam Knöpple überzeugen sich ständig von der gleichbleibenden Qualität und Reinheit des Getreides. Am Abend kommt Erkenbrecht mißmutig gelaunt aus seiner Kanzlei und schaut in alle Zuber. Mit scheinbarer Entrüstung erklärt er: "Ich erlaube nicht, daß so verdrecktes Korn abgeliefert wird. Seht ihr nicht, daß alles voller Gesitt (Unreinheiten) ist? Morgen faßt ihr wieder alles in die Säcke ein und bringt es den liederlichen Bauern zurück. Wenn es die Abgabepflichtigen mit ihren Windmühlen (handbetriebene Gebläse) gereinigt haben, könnt ihr das Zeug nochmals bringen."

"Das werden wir sehen", sagt Rohrbacher. "Ihr wollt uns und die Bauern nur schikanieren. Das Korn bleibt hier."

Hill wird deutlicher: "Er kann uns am A... lecken." Erkenbrecht brüllt: "Diesen Ausdruck wird er bereuen. Ich verlange Bestrafung und Satisfaktion (Genugtuung)."

Darauf entgegnet ihm Hill: "Was ich Euch empfahl, kann nichts Beleidigendes sein. Wenn mein Vorschlag so respektlos wäre, hättet Ihr nicht vor einigen Wochen in der Öffentlichkeit bekanntgegeben, Euer hoher Vorgesetzter, der Herr Oberhofkellermeister könne Euch kreuzweise und überzwerch am A... lecken. Wir werden uns schriftlich beim Oberhofkellermeister nach dessen Ansicht erkundigen."
"Macht was ihr wollt", schreit Erkenbrecht. "Morgen wird auf alle Fälle alles wieder abgeholt. Habt ihr das begriffen?"
Am nächsten Tag nimmt sich der Schultheiß des Streites an. Er sucht den Amtskeller auf und erklärt ihm, daß er eine solch schikanöse Behandlung der Bauern nicht zuläßt. Das Korn bleibe auf seine Verantwortung in den Zubern, oder das Oberamt könne sich einen neuen Schultheiß suchen. Er werde sich umgehend an die Brettener wenden.

Hans formuliert bei Webermeister Hill die dem Amtskeller angekündigte Nachfrage beim Oberhofkellermeister und bringt sie schwungvoll und sauber zu Papier.

Wenige Tage später erscheint bei Erkenbrecht auf Weisung jenes Oberhofkellermeisters ein unnahbar ausschauender Oberrevisionsrat, der sich alle Rechnungen, Quittungen und Schriftstücke vorlegen läßt. Erkenbrecht kann seine Wut und Erregung nur mühsam unterdrücken. Aus Bretten kommt ein Kornsachverständiger, prüft das Bedkorn und erklärt es für 'speichermäßig'.

Erkenbrecht muß erkennen, daß er die Weingartener Bauern in rasende Wut versetzt hat. Obwohl die Polizeistunde für ihn nicht gilt, traut er sich abends nicht mehr auf die Straße. Er begreift, daß er selbst in die Grube gefallen ist, die er anderen graben wollte. Die Tätigkeit des schweigsamen Oberrevisionsrates beobachtet er mit größter Sorge. Nach zwei Wochen reist der hohe Herr mit der Postkutsche ab, ohne sich von Erkenbrecht zu verabschieden.

Abends muß Hans oftmals Lisa und der Wirtin aus seinem im Lazarett geschriebenen Lebensbericht vorlesen. Einige Abschnitte, die nicht für das Ohr der Wirtin bestimmt sind, überspringt er. Die beiden Frauen hören stets aufmerksam zu.

Seit Monaten werden immer mehr junge Männer zum kurpfälzischen Militär ausgehoben. Die Musterungsverordnung besagt, daß vornehmlich Nachtschwärmer, Burschen mit unsittlichem Lebenswandel und Kerle, die leichtere Verbrechen begangen haben, zu den Soldaten müssen. Weil es von dieser Sorte nicht genug gibt, trifft es schließlich auch etliche, die als sehr ordentlich gelten.

Wer nicht zur Truppe will, muß einen Vertreter stellen. Der Musterungskommission ist es gleich, wer einrückt. Nur die Zahl muß stimmen, und die Vaterlandsverteidiger sollen möglichst gesund sein.

Die Ersatzleute verlangen anfangs von den ursprünglich zum Kriegsdienst bestimmten Kandidaten etwa 20 Gulden sofort bar auf die Hand und zweihundert Gulden bei Abberufung. Die Beträge werden schnell auf fünfzig Gulden bei Vertragsabschluß und dreihundert Gulden bei Einberufung erhöht. Dieses Verfahren ist in der ganzen Kurpfalz gleich. Mancher läßt sich als Ersatzmann anwerben und verschwindet nach kurzer Zeit mit seiner Flinte. Den Fahnenflüchtigen bleibt meist kein anderer Ausweg als der Anschluß an eine Räuberbande. Ihre Flucht in ein angrenzendes Land wäre sinnlos, weil die Kurpfalz für diesen Fall mit ihren Nachbarn auf Gegenseitigkeit geltende Auslieferungsverträge abgeschlossen hat. Das Raubgesindel nimmt überhand. In immer kürzeren Zeitabständen müssen Streifungen (Razzien) unternommen werden. Sie verlaufen nahezu ergebnislos.

Hans, der sich wieder den hinkenden Gang angewöhnt hat, klagt bei jeder Gelegenheit über schreckliche Schmerzen im Knie. Dieses Verhalten bewahrt ihn vor der Teilnahme an solchen Streifungen und auch vor jeder Musterungskommission. Im Falle einer Einberufung hätte er nicht das Geld, um sich freikaufen zu können. Am 13. Februar brennt Rat Kiefers Krappfabrik (Anlage zur Herstellung roten Farbstoffes aus der Krappwurzel).

Um die Mittagszeit stehen zufällig Zimmermeister Sebold und Maurermeister Kleiber in der Nähe der Lohmühle auf der Straße. Beide sind im Ort als "Brandverständige" bekannt. Während sie lebhaft diskutieren, sehen sie aus dem Dach der Krappfabrik dicken Rauch quellen. Kurz darauf lodern helle Flammen. Mit Sachverstand schauen sie zu, wie Kiefer persönlich seine Arbeitsbuben und Hausmädchen mit Feuereimern zum Löschen antreibt.

Immer mehr Neugierige gesellen sich zu den beiden Handwerkern. Niemand kommt dem Ökonomierat zu Hilfe. Für andere Anwesen besteht keine Gefahr, weil die Lohmühle weit genung vom nächsten Haus entfernt ist.

Belustigt beobachten die Leute, wie auch der exkommunizierte Colmet kopflos mit einem Feuereimer in der Hand herumrennt. Ab und zu stellt er seinen Eimer ab und erhebt die zum Gebet gefalteten Hände eindrucksvoll zum Himmel.

Der Dachstuhl der Krappfabrik brennt völlig ab. Niemand benachrichtigt den Schultheiß oder gar die Löschmannschaften. Weil die Gemeinde nach jedem Schadenfeuer einen Bericht nach Bretten einreichen muß, beauftragt der Schultheiß die Brandverständigen Sebold und Kleiber mit der Erforschung der Ursache und des Ausmaßes des Schadens. Die beiden stellen fest, daß alle Heizungskanäle undicht und voller Ruß sind. Franz Volck begibt sich deshalb in Begleitung des Gerichtsmannes Rohrbacher zur Lohmühle. Er wirft dem Rat eigenes Verschulden vor. Seit Jahr und Tag habe er die Kosten für den Brettener Kaminkehrer gespart und nur kleine Jungen durch die Kanäle und Kamine gejagt.

Kiefer tobt. Niemand sei ihm zu Hilfe gekommen. Einbrecher seien es gewesen, die das Feuer heimtückisch gelegt hätten. Der Schultheiß entgegenet ihm darauf: "Helfen wollte keiner, weil der Herr Rat allen mit der Reitpeitsche gedroht haben, die jeweils das Mühlenanwesen betreten. Was die angeblichen Einbrecher anbetrifft, so suche er sich einen Dümmeren, der ihm das glaubt. Es kann höchstens der Fall gewesen sein, daß die ehemaligen Schmuckdiebe das Gold zurückbringen wollten." Kiefer brummt mit hochrotem Kopf "Bauern-Gerber" und stapft wütend davon.

Am 15. Juli herrscht unter den in Weingarten einquartierten Soldaten größte Aufregung. Melder galoppieren durchs Dorf. Überall wird Militärgut gepackt und verladen. Am Spätvormittag treten die Einheiten zum Appell an und marschieren über Grötzingen zum Dorfe Mühlburg. Dort beziehen sie Quartier.

Die französischen Emigranten raffen ihre wenigen Sachen zusammen und schließen sich den fliehenden Soldaten an. Über Mittag herrscht im Flecken tiefe Ruhe, aber alle zittern vor den kommenden Ereignissen.

Hans hat die Mühle abgestellt und ist in den "Löwen" gegangen. Erst als die Sonne schon weit im Westen steht, marschieren aus Richtung Staffort französische Truppen durchs Unterdorf ein. Die fremden Soldaten winken den Einwohnern freundlich zu. Viele von ihnen sind barfüßig. Das Äußere der Truppe deutet auf eine eilig zusammengestellte Streitmacht hin.

Der französische Kommandant behandelt den Schultheiß sehr zuvorkommend. Brackenheimer muß sofort Quartierzuweisungen ausfertigen. Jetzt bewährt sich die in den letzten Jahren durchgeführte Hausnumerierung. Die Offiziere werden in den Häusern der Weingartener Honoratioren untergebracht. Von jetzt an brennen allabendlich rund ums Dorf die französischen Wachfeuer. In höchster Eile muß unter militärischer Aufsicht im Walde viel Holz geschlagen werden. Der Ortskommandant hat gedroht, er werde bei Holzmangel die Obstbäume und Weinbergpfähle verheizen lassen.

Bei den Bauern wird viel Vieh gegen nichtsnutzige Quittungen requiriert und abgeschlachtet. Alle Gewehre müssen in einer Durlacher Sammelstelle abgeliefert werden. Ab sieben Uhr abends herrscht völlige Ausgangssperre.

Trotzdem kann die Ernte sicher eingebracht werden. Unter den französischen Soldaten gibt es viele Bauernsöhne. Sie helfen fleißig bei der Feldarbeit. Das hat kein Kaiserlicher getan, und nur wenige kurpfälzische Soldaten haben sich dazu bequemt. Georg Hill meint, daß die Franzmänner damit für ihre revolutionären Ziele werben wollen.

Alle, die bisher ihren Lebensunterhalt zum Teil aus Denunziationsgebühren bestritten haben, schimpfen über das Versiegen dieser Geldquelle. Sie haben keine Möglichkeit, andere anzuzeigen.

Das persönliche Verhalten der Besatzungssoldaten ist ohne Tadel. Es gibt keine Schlägereien. Die Gemeinen gehorchen ihren Offizieren, ohne daß diese prügeln und brüllen müssen. Die Franzosen zahlen in den Gasthäusern anstandslos ihre Zechen. Freigebig verteilen sie in deutscher Sprache verfaßte Flugblätter revolutionären Inhaltes. Mit Betroffenheit lesen die Leute, daß Kurfürst Karl Theodor von München aus an den sächsischen Hof nach Dresden geflohen ist. Wörtlich heißt es in einem dieser Blätter: “Euer Kurfürst ist fahnenflüchtig. Wollt ihr als geknechtete Untertanen im Kampf gegen das von der Fürstenknute befreite Frankreich für diesen Karl Theodor sterben?"

Den Mädchen stellen die Franzosen nicht gewaltsam nach, sondern mit Charme. Die Bitte "Visitez ma tente" (besuchen Sie mein Zelt) wird bald zum geflügelten Wort und in "Viesematenten machen" eingedeutscht. Allen behüteten Töchtern wird eingeschärft: "Mach koi Viesematente!"

Eines Abends kommt der französische General Scherb persönlich ins Rathaus und übergibt dem Schultheiß mit freundlichen Worten Plakate zum Aushang. Darauf wird mit fetten Buchstaben die Todesstrafe für jene angedroht, die sich der Besatzungsmacht mit der Waffe entgegenstellen.

Die arbeitsfähigen Männer müssen weiterhin Vorspanndienste und sonstige Fronarbeit leisten. Der Bedarf der Franzosen an Wein und Lebensmitteln ist unvorstellbar groß. Bezahlt wird nur mit Quittungen.

So vergehen beinahe zwei Monate. Am 13. November rücken die Franzosen wieder so still wie sie gekommen sind ab. Leider nehmen sie acht gute Ackerpferde mit und fertigen dafür nicht einmal Quittungen aus. In den nächsten Tagen kommen die kaiserlichen Truppen und in ihrem Gefolge die Emigranten und einige kurpfälzische Soldaten in den Ort zurück.

Frau Rupp stellt zu dieser Zeit einen aus der linksrheinischen Pfalz vertriebenen neunzehnjährigen Burschen als Mühlenhelfer ein. Der junge Mann erweist sich als anstellig, freundlich und gut erzogen. Er ist Vollwaise und stammt aus gutem Hause.

Das Weihnachtsfest feiert Hans mit seiner Familie im Kreise der Wirtsleute, die dazu auch Frau Rupp eingeladen haben.

## Ein Jahrhundert der Kriege und Nöte geht zu Ende

Im Jahr darauf, also 1797, ist Lisa wieder sichtbar schwanger.

Hans ist nach dem, was seiner Frau durch Soldaten zugefügt wurde, sehr um ihre und des Kindes Gesundheit besorgt. Am 23. August geht die Nachricht vom Tode des verhaßten Rates Kiefer durchs Dorf.

Am 27. Oktober wird Amtskeller Erkenbrecht wegen nicht mehr vertuschbarer Unterschlagungen seines Amtes enthoben. Sein Vermögen wird beschlagnahmt.

Obwohl der Krieg eigentlich beendet ist, geht die Ausplünderung der Bevölkerung durch umherziehende Soldaten weiter. Die Festung Philippsburg wird erneut im Frondienst ausgebaut. Lisa bringt am 10. November einen gesunden Jungen zur Welt, der auf den Namen Georg getauft wird.

In diesen Notzeiten sind die zwölf im Ort ansässigen Metzger und deren große Hunde am wohlgenährtesten. Die hohlwangigen Weingartner argwöhnen, den Metzgerhunden werde mancher Brocken zum Fraße vorgeworfen, den sie selbst gern in ihren wäßrigen Suppen gehabt hätten.

Das Ortsgericht muß sich mehrmals mit Steinwürfen wütender Hungerleider auf die vollgefressenen Köter befassen. Aus vorgelegten Gerichtsprotokollen erfährt das Oberamt von diesem Ärgernis. Daraufhin wird durch die Obrigkeit verfügt, daß alle auf den Straßen herumschnüffelnden Hunde, vor allem die der Metzger, totgeschlagen werden sollen.

Die finanzielle Lage des Marktfleckens Weingarten ist so hoffnungslos, daß die kürzliche Beschlagnahme des großen Schuhvorrates eines aus dem badischen Ausland stammenden Händlers weniger als ein Tropfen auf einen glühenden Stein ausmacht.

Im Mai 1798 wird der kleine Georg sechs Monate. Das Kind hat sich gut entwickelt. Lisa muß den kleinen Knirps nicht mehr stillen. Frau Rupp behält ihn meist den ganzen Tag bei sich im Haus und bemuttert ihn. Hans springt oftmals von der Mühle aus in Frau Rupps Küche hinüber. Dann lachen sich Vater und Sohn an, und Hans ist sehr glücklich. Auch die inzwischen schon elf Jahre alte Margaretha liebt ihr kleines Brüderchen innig.

Anno 1799 ist die allgemeine Not noch immer unverändert groß. Hans und seine Familie spüren sie allerdings nicht am eigenen Leibe, weil sich nicht nur die Metzger und Bäcker, sondern auch die Müller und Wirte besser als alle anderen Menschen selbst helfen können.

Immer wieder werden im Lande, nicht nur auf der Weingartener Gemarkung, ausgesetzte Säuglinge meist tot aufgefunden.

Das benachbarte Untergrombach ist noch von Franzosen besetzt. Eines Nachts werden sie überraschend von österreichischen Truppen angegriffen.

Im Dezember muß die Gemeinde das Rathaus räumen. Die österreichische Ortsbesatzung richtet darin ein Lazarett ein. In großer Eile werden alle Akten zusammengerafft und ins nahe Privathaus des Gerichtsschreibers getragen.

Am Abend des 29. April 1800 bricht Franz Volck auf dem Podest der Rathaustreppe zusammen. Brackenheimer hört in seinem Dienstzimmer den Sturz. Er springt auf, sieht seinen Schultheiß liegen und will ihn ins Zimmer ziehen. Da bemerkt er, daß Franz Volck schon tot ist. Weder Atem noch Herzschlag sind spürbar. Sein Sohn Joseph wird sofort zu seinem Nachfolger ernannt.

Vorläufig von der Bevölkerung noch unbemerkt geht der im Vorjahr ausgebrochene Zweite Koalitionskrieg zu Ende. Rußland, das die Koalition auf diplomatischem Wege zusammentrommelte, hat sich schon im Jahre des Kriegsausbruches wieder aus ihr zurückgezogen

Der Rest zerbröckelt langsam.

Hans und Lisa sind sich immer noch so herzlich zugetan wie in den ersten Tagen ihrer vor sechzehn Jahren erblühten ersten Liebe. Margaretha wird Ostern ihr letztes Schuljahr beenden. Der kleine Georg ist von allen Kinderkrankheiten verschont geblieben. Frau Rupp nimmt weiterhin bei ihm die Stelle einer behütenden Großmutter ein.

Die Müllersfrau sagt zu Lisa und Hans: “Mit seinen drei Jahren ist euer Georg so flink und unberechenbar, daß ich ihm ständig nachspringen muß. Aber ich tue es gern. Der Kleine macht mir viel Freude. Er hält mich altes Weib beweglich."

## Gerichtsakten gewaltsam gesichert

Am ersten Tage des neuen Jahrhunderts reitet ein finster dreinblickender Mann mit wehendem schwarzem Umhang und tief in die Stirn gedrücktem Hute in eiligem Galopp durchs Weingartener Oberdorf in den Ort. Vor der Untermühle hält er an und fragt einen größeren Buben nach dem Hause des Webers Georg Hill. Der Junge weist den Weg, und der Reiter galoppiert wortlos weiter. Vor Hills Haus zügelt er seinen Rappen und lenkt ihn im Schritt durchs offene Tor in den Hof.

Hill sieht den Mann vom Fenster aus und begibt sich zu ihm. Der Fremde sitzt mit behendem Schwunge ab und fragt: "Seid Ihr der Weber Georg Hill?"

"Der bin ich."

"Laßt mich mein Pferd bei Euch einstellen und trockenreiben. Ich habe etwas höchst Wichtiges mit Euch zu reden", sagt der Mann geheimnisvoll.

Der Weber zeigt ihm im Stall einen geeigneten Platz für den dampfenden Gaul, und die Männer begeben sich in Hills Wohnzimmer.

"Ich will immer wissen, mit wem ich es zu tun habe", sagt Hill. "Also, wer seid Ihr?"

"Ich heiße Schwarz. Komme aus Knittlingen. War französischer Chasseur (Jägersoldat). Stamme aber aus Heimerdingen. Führe die Knittlinger Revolution. Dort stehen die Bürger hinter mir. In den nächsten Tagen geht es unter Waffen nach Stuttgart. Wir stürzen die Regierung. Die Zeit ist günstig. In Württemberg, Baden und der Kurpfalz ist die Obrigkeit durch die Kriegsereignisse gelähmt. Freiheit, Gleichheit, Brüderlichkeit heißt unsere Devise. Fort mit aller Obrigkeit. Vergeßt Euern Untertanengehorsam. Ich spreche offen, weil ich weiß, daß auch Ihr diese Ziele anstrebt. Man hat es mir verläßlich zugetragen."

Hill unterbricht ihn: "Wer hat Euch über mich berichtet?" Schwarz schüttelt den Kopf, sodaß ihm seine langen schwarzen Haare tief in die Stirn fallen: "Bürger Hill, Revolutionen macht man auf offenem Markt, aber eingefädelt werden sie im Geheimen. Ihr versteht, daß ich meinen Informanten nicht nennen kann." Dann fährt er fort: "Wir wollen künftig weder Zehnt noch Bede (Steuern und Naturalabgaben) abliefern. Jetzt bin ich hier, weil ich wünsche, daß Ihr am Abend die Glocken läuten laßt und alle Bürger zusammenruft. Ich will von der Rathaustreppe aus zu ihnen reden. Wenn sich uns der große Marktflecken Weingarten anschließt, werden wir um so sicherer siegen. Vermutlich wird sich uns auch Derdingen wieder zuwenden. Auf unserem Marsch nach Stuttgart werden sich Tausende zu uns gesellen. Bürger Hill, sagt mir jetzt, wie Ihr es angehen wollt."

"Herr Schwarz, ich..."

Der Knittlinger fällt ihm ins Wort: "Nicht 'Herr', sondern 'Bürger' Schwarz. Wir wollen weder Herren über uns haben, noch Herren sein."

"Auch recht. Bürger Schwarz, was Ihr wollt, will ich nicht, und es wäre hier im Flecken undenkbar. Ich wage sogar vorauszusagen, daß auch bei euch in Knittlingen die jetzt hell lodernde Flamme des Freiheitswillens schnell verlöschen wird, wenn die Obrigkeit das Wasser ihrer Versprechungen und Beschwichtigungen kübelweise über das kleine Strohfeuer gießen wird. Die Zeit ist in den deutschen Landen längst noch nicht reif zum Abstreifen der Fesseln. Außerdem glaube ich, Ihr geht in vieler Hinsicht zu weit. Ich sage Euch, Bürger Schwarz, es wird unschuldiges Blut fließen. Am Ende werdet Ihr allein dastehen. Die Euch jetzt zujubeln, werden Euch verfluchen. Übrigens, wenn ich recht informiert bin, gibt es in Frankreich, dessen Revolution Ihr nacheifert, längst wieder mächtige Herren, Herren über Leben und Tod. Von Euerem Napoleon ganz zu schweigen. Nein. Ich will mich

Euch nicht anschließen. Haltet auch Ihr ein, ehe es zu spät ist."

"Was hat man mir dann berichtet? Wohin zielt Euere Aufsässigkeit, die Ihr doch offenbar bewiesen habt?"

"Wir in Weingarten wollen haben, was uns zusteht. Bei uns geht es hauptsächlich um das Bürgerholz. Außerdem wollen wir zu keinen höheren Abgaben gezwungen werden, als wir in dieser Zeit ständiger Einquartierungen, Requirierungen und Naturkatastrophen wie Hagelschlag und Überschwemmung aufbringen können. Weiter wollen wir unterbinden, daß ein ungetreuer Gerichtsschreiber die Akten derart fälscht,daß die Veruntreuung unserer Zehntabgaben, Bede und Holzzuteilungen verschleiert werden kann."

Schwarz ist ärgerlich: "Kleinkram. So. Keine Revolution. Bleibt gehorsame Knechte...Bringt mich zu meinem Pferde. Vertane Zeit."

Hill gefällt die ganze Art des Mannes nicht. Er sagt: "Ich habe Euch nicht rufen lassen." Schwarz galoppiert davon. Erst viel später erfährt Hill, daß der ehemalige Chasseur bereits drei Tage darauf, am 4. Januar, in Knittlingen tatsächlich unter Glockengeläut eine große Volksmasse um sich versammelt und eine zündende Rede gehalten habe, in der er zur Revolution aufrief. Alle Bürger seien teils aus eigener Überzeugung, teils unter dem Eindruck der Massenstimmung bereit gewesen, mit ihm nach Stuttgart zu marschieren.

Herzog Friedrich von Württemberg sei danach gerade noch rechtzeitig persönlich in Knittlingen erschienen und habe vor den Bürgern eine geschickte und begeisternde Rede gehalten. Er habe vieles versprochen und sei auf alle Wünsche eingegangen. Darauf habe ihm die Bürgerschaft ihr Treueversprechen zugerufen. Schwarz sei verhaftet und vermutlich längst hingerichtet worden.

Am ersten Sonntag im Januar sitzt nachmittags nur ein Gast in der Wirtsstube des "Löwen". Einige Männer haben zwar kurz hereingeschaut, sind aber sofort wieder gegangen. Da kommt der Weber Georg Hill und setzt sich weitab von dem anderen Gast. Hans sieht seinen Freund von der Küche aus und setzt sich zu ihm. Hill hat Lust aufs Mühlespiel. Lisa bringt Brett und Steine und Hill und Hans spielen mit großem Eifer. Hans bemerkt bewundernd, wie überlegt sein Spielpartner vorgeht. Sehr geschickt besetzt der Weber immer sofort die Kreuzungspunkte zweier Mühlenlinien und zwingt dadurch Hans in die toten Ecken. Es kommt vor, daß er schon nach dem Setzen nicht mehr ziehen kann. Nach einiger Zeit hat Hans seinem Gegner dessen Vorgehen abgeschaut, und Hill muß hart kämpfen, wenn er nicht verlieren will.

Während Hill und Hans in ihr Spiel vertieft sind, kommt der andere Gast an ihren Tisch. Es ist der ehemalige Gemeindedeputierte Friedrich Stupps. Er fragt: "Darf man bei euch etwas lernen?"

"Dürfen darf man", brummt Hill. Vielleicht lernst du tatsächlich etwas. Dir entgeht ja bekanntlich nichts."

Stupps rückt einen Stuhl heran und setzt sich zu den Spielern. Über seinem Schafsgesicht liegt ständig ein eingefrorenes Grinsen. Nach kurzer Zeit sagt Hill zu dem Kiebitz: "Schade, daß du unseren Tisch schon wieder verlassen mußt. Wir haben gerade unser letztes Spiel beendet. Lieber Friedrich, bitte erhebe dich. Ich muß das Brett und die Steine auf diesen Stuhl legen."

Stupps steht auf: "Bedauerlich. Aber ihr spielt ja gelegentlich wieder. Dann schaue ich gern zu." Mit flüchtigem Gruß geht er an seinen Tisch zurück.

Als Hill und Hans wieder allein sind, fragt der Weber mit zum Fenster gewandtem Gesicht: "Weißt du, warum ich den Stupps weggeekelt habe?"

"Ich glaube, weil er ein Dummkopf ist."

"Das ist er auch. Aber von der Sorte gibt es viele. Der eigentliche Grund ist seine Spitzelei für das Oberamt. Daß er ein Spitzel ist, wissen wir zuverlässig. Er war einmal Gemeindedeputierter. Die Brettener hatten ihn zum Dank für gute Dienste eingesetzt. Gewählt ist er niemals worden. Vor zwei

Jahren haben ihn Unbekannte nachts überfallen und arg verprügelt. Weil man ihm einen Sack über den Kopf gezogen hatte und alles schweigend geschah, konnte er keine Täter nennen. Danach lag er lange mit Rippenbrüchen im Bett. Der Vorfall wurde geheimgehalten. Es hieß nur, Stupps sei schwer erkrankt. Bei dieser Gelegenheit hat ihn Franz Volck wegen Krankheit abgesetzt. Sonst hätte der Bursche sein Amt auf Lebenszeit innegehabt."

Hans erzählt: "Ich kenne den Stupps noch aus seiner Tätigkeit als Gemeindedeputierter. Bei einer Streifung war ich ihm zugeteilt. Seit damals verabscheue ich ihn als feige, naiv und großmäulig."

"Das paßt in sein Charakterbild. Halte dich von ihm fern. Was du dem erzählst, kannst du auch gleich dem Oberamt mitteilen. Das kommt auf eins heraus. Er hatte einen Vorgänger. Der ist verstorben. Auch dieser Kerl hat alles brühwarm dem Oberamt berichtet."

Danach erzählt Hill vom Besuch des Knittlinger Volksaufrührers Schwarz. Der Weber vertritt die Meinung: "Der Mann kennt seine Grenzen nicht. Er überschätzt die Augenblicksstimmung des Volkes. Wie ich hörte, leugnet er sogar unseren Herrgott, und er will die Kirchen und die Geistlichkeit bekämpfen. Mit dem Mann will ich nichts zu tun haben. Er wird scheitern."

Lisa ist aus der Küche gekommen und neben Hans getreten. Zärtlich legt sie eine Hand auf seine Schulter: "Komm zum Essen. Es gibt etwas sehr Gutes."

Hill zahlt und verabschiedet sich, und Hans folgt Lisa in die Küche. Frau Kiefer erzählt, daß sich fünf vornehme Herren aus Mergentheim zum Essen angesagt haben. Unter ihnen seien zwei hohe Geistliche. Die Gäste befänden sich noch im Hause des Deutschordensverwalters Mersy. Potthast (eingelegtes Schweinefleisch) mit Sauerkraut hätten sie zum Abendessen bestellt. Bei dieser Gelegenheit gäbe es für die Familie und das Gesinde das gleiche.

Bei Tisch ist die Unterhaltung lebhaft. Die Kinder und das

jüngere Gesinde müssen allerdings schweigen. Das erfordert der Anstand. Als alle satt sind, das Geschirr abgeräumt ist und Lisa den Tisch trockengerieben hat, holt Hans das Mühlebrett. Er versucht, Margarrtha die Kniffe beizubringen, die er dem Webermeister abgeschaut hat.

Der dreijährige Georg ist auf einen am Tisch stehenden Stuhl geklettert und schaut zu. Mitten im spannenden Spiel zieht er hell aufjauchzend das Mühlebrett weg, und alle Steine fallen zu Boden. Das hätte sich bei Hans niemand außer seinem Söhnchen erlauben dürfen. In diesem Fall ruft der stolze Vater nur: "Lisa, hast du gesehen, wie flink unser Georg ist?"

Margaretha und Hans rutschen auf den Dielen herum, bis sie alle Spielsteine mühsam zusammengesucht haben.

Vater und Tochter vertreiben sich die Zeit mit dem Brettspiel, bis die Wirtin und Lisa die Gäste bedient und das abgewaschene Geschirr in die Schrankfächer gestellt haben. Die fünf hohen Herren haben gutes Trinkgeld gegeben und sich verabschiedet. Lisa bringt die Kinder zu Bett. Gäste sind nicht mehr im Hause. Eine Gruppe Soldaten schickt der Wirt fort. Er sagt ihnen, in wenigen Minuten werde der Wächter die Polizeistunde anblasen. Die Wirtschaft müsse schließen. Als völlige Ruhe eingekehrt ist, suchen auch Lisa und Hans ihre Schlafkammer auf. Sie sprechen noch lange im Flüsterton über die Ereignisse des Tages und die Zukunft. Hans sagt: "Wir haben wohl beide manches Mal nicht gedacht, daß alles so gut ausgehen würde. Es gab Zeiten, die ich nicht nochmals erleben möchte. Dir wird es ähnlich gehen. Nun wünsche ich, daß bald dauerhafter Friede einkehrt. Ich habe immer ein schlechtes Gewissen, wenn wir hier in der Wirtschaft noch so gut und reichlich zu essen haben, während andere hungern oder gar verhungern. Liebe Lisa, danken wir Gott, daß wir gesund sind und gesunde Kinder haben. Es wäre wunderbar, wenn wir beide gemeinsam alt werden und sehen könnten, wie unsere Kinder heranwachsen und es zu etwas bringen."

Lisa drückt Hans an sich und flüstert: "Daß wir arm sind, kümmert mich wenig. Wenn dir die Gemeinde eines Tages doch das Geld auszahlen sollte, was dir aus dem Verkauf deiner Erbschaft zusteht, besitzen wir sogar wieder einige Gulden."

"Du hast recht. Aber besser keine Gulden unterm Strohsack, aber glücklich", meint Hans, "als mit schmerzverzerrtem Gesicht und unzufrieden auf Geld und Gold liegen. Gute Nacht."

Lisa küßt ihren Hans und beide schlafen fest und tief.

Während der nächsten Wochen ist es in Weingarten sehr still. In Brackenheimers Haus werden einige unkeusche Pärchen vernommen. Bei diesen Sittlichkeitsuntersuchungen ist das Gericht meist voll besetzt.

Reisende berichten in den Wirtshäusern, daß der Krieg ohne Sang und Klang zu Ende gehen werde. Nach Rußlands Ausscheiden aus der Koalition seien die restlichen Mächte den Franzosen nicht gewachsen.

Im Morgengrauen des 2. März schickt der Ortskommandant einen Melder ins Haus des neuen Schultheißen Joseph Volck und läßt ihm ausrichten, das Lazarett werde verlegt. Die Gemeinde könne das Rathaus reinigen lassen und wieder darüber verfügen. Das ist der Augenblick, in dem der Zweite Koalitionskrieg für Weingarten zu Ende geht. Ein neues Kapitel der Ortsgeschichte wird aufgeschlagen.

Georg Hill erfährt von den Ereignissen. Er berät sich kurz mit einigen Freunden. Die Deputierten beschließen, die Gerichtsakten unverzüglich aus Brackenheimers Wohnung zu holen, ins Rathaus zu bringen und dort zu bewachen. Zwei junge Männer aus Hills Gruppe laufen zu den Deputierten und bestellen alle zum Sammelplatz an der Kirchhofmauer. Waschkörbe oder Kisten sollen mitgebracht werden. Hans Feld wird durch seinen Jugendfreund Joseph Gröbel alarmiert. Gröbel ruft: "Eile dich. Heute ist endlich etwas los."

Alle folgen Hills Aufforderung. Friedrich Stupps gesellt sich ungerufen zur Gruppe und fragt, was es gäbe. Von Jacob

Hill, dem Bruder des Deputiertensprechers erfährt er: "Wir helfen dem Brackenheimer, die Gerichtsakten ins Rathaus zu schaffen. Wenn du ein guter Untertan bist, packst du mit an."

Als alle versammelt sind, ziehen sie vor Brackenheimers Haus. Georg Hill klopft an die verriegelte Haustür. Der Schreiber öffnet und steckt den Kopf heraus. Er hat noch die Nachtmütze auf dem Kopfe. Hille erklärt ihm: "Wir holen alle Akten. Widerstand ist zwecklos." Brackenheimer will die Tür wieder zuschlagen und ruft dem Weber zu: "Nur über meine Leiche." Hills stößt den schwächlichen Mann zur Seite: "Wir wollen keine Leiche, sondern die Rechnungen und Akten."

Friedrich Stupps wird Zeuge des Vorfalles und wendet sich ärgerlich an Jacob Hill: "Haltet mich nicht für dumm. Ich merke wohl, Ihr habt mir den Kunzen spielen wollen (zum Narren halten)." Dann verdrückt er sich.

Alle anderen folgen den Brüdern Hill ins Haus, raffen sämtliche Akten in die Körbe und Kisten und tragen die Lasten schweren Schrittes über den Marktplatz ins Rathaus. In der Eile werden sogar Brackenheimers persönliche Briefschaften und Papiere mitgenommen. Auch die noch unbeschriebenen Akzisebogen (amtliches Schreibpapier) werden mit eingefaßt.

Mitten in der Arbeit erscheint Joseph Volck. Er versucht, Georg Hill zur Rede zu stellen: "Was soll das? Laßt ab von Euerem ungesetzlichen Tun. Ihr macht euch alle zuchthausmäßig."

Hill entgegnet: "Wir werden später darüber sprechen, wer gefrevelt hat. Jetzt tragen wir alles ins Rathaus und werden dort die Bewachung selbst übernehmen. Eure Amtsgeschäfte müßt Ihr weiterhin im Hause des Gerichtsschreibers erledigen."

Mit Leidensmiene antwortet der Schultheiß: "Gott ist mein Zeuge. Ich weiche nur der Gewalt."

"Dann weicht", bekommt er zu hören.

Draußen haben sich trotz der frühen Stunde viele Menschen versammelt. Immer wenn ein Korb oder eine Kiste vorbeigetragen wird, spenden sie laut Beifall. Einige rufen: “Recht so. Bringt uns im nächsten Korbe den Brackenheimer. Wir wollen ihm geben, was er verdient.”

Nach kurzer Zeit stapeln sich die Aktenberge im Rathaussaal zu hohen Haufen.

Georg Hill teilt als erste Wächterschicht zwölf Deputierte ein. Seine Leute sollen sich alle acht Stunden in drei Schichten ablösen.

Die Aktenwächter lassen sich von ihren Frauen oder Kindern gefüllte Most- oder Weinkrüge, Spielkarten, Würfelbecher, Mühlebretter und gestopfte Strohsäcke bringen. Im Rathaus dürfte es seit undenklichen Zeiten nicht so lustig zugegangen sein wie von jetzt an. Es wird gezecht, gespielt und viel gelacht. Georg Hill muß die Männer ständig ermahnen, beim Trinken Mäßigung walten zu lassen.

Hans hat um Befreiung vom Aktenwachtdienst gebeten. Seine Arbeit in der Mühle kann ihm niemand abnehmen.

Am Abend faßt der Weber gemeinsam mit Hans einen Brief ans Oberamt ab. In dem Schreiben fordert er, daß mindestens zwei Rechnungsverständige nach Weingarten geschickt werden. Diese Herren sollen im Beisein von Deputierten alle Rechnungen und Akten genau prüfen. Hill fügt hinzu, bis zum Ende der Kontrolle dürfe niemand den Aktenraum ohne seine Genehmigung betreten.

## Sturmglocke und Sterbeglöcklein

Das Brettener Oberamt reicht Georg Hills Forderungen “mit der gehorsamsten Bitte um Rückbedeutung” an das “Kurpfälzische Landeskomissariat Mannheim” weiter.

Dort beraten am 6. März die Exzellenzen unter Vorsitz des Freiherrn von Neibelts diesen zwar ärgerlichen, aber für sie letztlich unwichtigen Vorgang am Ende einer langen Tagesordnung.

Weil der Kurfürst im fernen München residiert, ist von Neibelts aufgrund seiner Mannheimer Amtsstellung der mächtigste Mann in der Kurpfalz. Als Zeichen allerhöchster Wertschätzung glänzt der "Pfälzer Löwenorden" auf seiner Brust. Der Freiherr macht es kurz. Er eröffnet seinen Beratern: "In unserer Exklave Weingarten verhalten sich einige Bauernlümmel aufsässig. Der junge Schultheiß wird ihrer nicht Herr. Die Brettener sollen einen Oberamtsschreiber in gedachten Flecken entsenden, der mit fester Hand Ruhe und Ordnung wieder herstellt. Zur Besorgnis besteht kein Anlaß."

Am 8. März reitet ein Brettener Schreiber nach Weingarten und will sich ins Rathaus begeben. Schon auf halber Treppenhöhe wird er abgefangen. Der Deputierte Geggus fragt ihn nach seinem Begehr. Der Brettener versucht, seinen Auftrag vorzubringen. Während er redet, treten ihm immer mehr Aktenwächter entgegen. Einer unterbricht den Redefluß des Abgesandten und schreit ihn an: "Fort mit Ihm. Das Oberamt weiß, was wir wollen. Von Plaudereien mit einem subalternen Schreiberling war keine Rede."

Die Deputierten rücken dem Mann gefährlich nahe auf den Leib. Der tastet sich ängstlich am Geländer entlang rückwärts die Rathaustreppe hinunter. Im Davonreiten hört er hinter sich spöttisches Gelächter.

In Bretten macht er seinen Vorgesetzten Meldung. Mehrmals reiten Boten zwischen dem Oberamt und dem Landeskommissariat hin und her. Dem Schreiber werden Unfähigkeit und Feigheit vorgeworfen. Er soll sich nochmals nach Weingarten begeben und nicht ohne Erfolg zurückkehren.

Der Unglücksrabe erscheint deshalb knapp zwei Wochen nach seinem ersten Besuch wieder vor dem Weingartener Rathaus. Dieses Mal erreicht er zwar den oberen Treppenpodest, aber weiter kommt er nicht. Der Deputierte Ludwig Hell erklärt ihm, alles müsse wie schriftlich gefordert geschehen. Mehr gäbe es nicht zu sagen. Ein anderer Aktenwächter ruft ihm zu: "Schere Er sich zum Teufel. Aber schnell! Dann erreicht Er seinen Gaul noch mit heilen Knochen."

Eilig stolpert der verängstigte Schreiber die Treppe hinunter. Er ist so aufgeregt, daß er kaum in den Sattel kommt. Erst draußen auf freiem Felde hinter dem "Alten Schloß" atmet er erleichtert auf.

Forstmeister Scheyd wird am 1. April wegen angeblicher Krankheit seines Postens enthoben. Graf von Chester steht im Range eines Forstmeisters und wohnt schon lange Jahre in Weingarten. Er übernimmt Scheyds Amt. Bisher hat er nichts zu sagen gehabt. In der Öffentlichkeit hat er sich selten blicken lassen. Mit dem groben ungehobelten Scheyd ist der vornehme Graf nicht zu vergleichen. Wer nach diesem Amtswechsel auf reichliche Holzzuteilung gehofft hat, sieht sich jedoch bitter enttäuscht. Nichts geschieht. Schultheiß Joseph Volck wird deshalb beim Grafen vorstellig. Von Chester macht ihm klar: "Der Wald gehört weder mir noch Eurer Gemeinde. Ohne Genehmigung der Hofforstkammer darf ich kein Holz schlagen lassen. Ich bitte Euch inständig um Verständnis für mein pflichtgemäßes Handeln."

Frau Rupp stellt mit Bedauern fest, daß ihr kleiner Brennholzvorrat in den nächsten Tagen zu Ende geht. Sie zeigt Hans die restlichen Scheite und sagt: "Bald kann ich kein Essen mehr kochen. Ich war schon beim neuen Forstmeister und habe um mein seit langem ausstehendes Bürgerholz gebeten. Der Herr Graf war zwar freundlich, aber er beschied mich abschlägig. Was soll nur werden?"

Hans kann sie beruhigen: "Ich werde gleich morgen damit beginnen, am Steilhang hinter der Mühle alle Bäumchen zu fällen und zu zersägen. Sie sind zwar noch sehr dünn, aber etwas Holz gibt es doch. Unser junger Mühlenknecht kann mir dabei helfen." Die Ruppin muß das viel zu grüne Holz hinterm Küchenherd zum Trocknen stapeln. So wie es geschlagen wurde, brennt es kaum.

Die Aktenwache ist längst zu einer Dauereinrichtung geworden. Alle Amtsgeschäfte des Ortsgerichtes ruhen. Zehnt, Bede, Feuerschutzgelder, Schutzgebühren der Judenschaft und auch alle anderen Abgaben werden nicht mehr eingefordert. Kein Mensch hält sich an die Polizeistunde. Jeder Wirt schenkt aus, solange er will. Junge Burschen stehen oft noch spät nachts auf den Straßen herum. Niemand verurteilt sie deshalb zur Nachtguldenzahlung oder zu Körperstrafen. Der Gendarm versucht nur in Fällen von Raub und Diebstahl oder schweren Schlägereien einzugreifen. Die Nachtwächter sind die einzigen, die nach wie vor einigermaßen regelmäßig ihren Dienst versehen. Manche älteren Leute beklagen das Schwinden von Zucht und Ordnung. Selbst in den Schulen der drei Konfessionen wird nur noch unregelmäßig unterrichtet. Alles scheint auf ein großes unbekanntes Ereignis zu warten. In den Wirtschaften wird hitzig diskutiert. Die unsinnigsten Gerüchte werden weitererzählt.

Der Schultheiß und die Gerichtsverwandten stecken den Kopf in den Sand. Sie wollen sich aus allem heraushalten. Ihre Amtspflichten verbieten ihnen, offen zu denen zu stehen, für deren Sache auch ihr Herz schlägt.

Am 21. April trifft mit einer noblen Karosse ein höherer kurpfälzischer Beamter in Weingarten ein. Auch er wird auf der Rathaustreppe abgefangen. Der Deputierte Georg Streit fragt: "Wer seid Ihr?"

"Ich bin ein Freiherr und komme vom Landeskommissariat. Genügt Euch das? Und wer seid Ihr?"

"Ich möchte ein freier Bürger sein, aber ich wohne im kurpfälzischen Marktflecken Weingarten. Das wird Euch genügen."

Die Leute lassen den vornehmen Herrn ins Gerichtsschreiberzimmer. Den Bürgersaal, in dem die Akten lagern, darf auch er nicht betreten. Georg Hill wird herbeigeholt. Der Freiherr droht ihm und allen Deputierten mit Zuchthausstrafen, wenn sie sich weiterhin weigern, die Akten freizugeben und die Papiere des Gerichtsschreibers in dessen Haus zurückzubringen. Er gibt zu bedenken: "Im Zuchthaus werdet ihr es hinter Gittern und unter Stockschlägen bitter bereuen, wenn ihr jetzt nicht Vernunft annehmt."

Georg Hill bleibt unbeeindruckt: "Erst müssen die Rechnungen und Akten im Beisein verläßlicher Deputierter geprüft werden. Bis dahin bleibt alles, wo und wie es ist. Eure Drohung schreckt uns nicht. Nach der Aktenprüfung wird es sich erweisen, wer ins Zuchthaus gehört."

Der hohe Herr verläßt Weingarten unverrichteter Dinge. Er meldet Exzellenz von Neibelts, ganz Weingarten sei verstockt und aufsässig. Der Marktflecken sei völlig in der Hand der Aufrührer. Er empfehle gehorsamst, die Lage für viel gefährlicher zu halten, als man zunächst angenommen habe. Von dummen Bauernlümmeln könne keine Rede sein. Die Männer würden sich zwar höchst strafwürdig verhalten, aber dumm seien sie nicht.

Am 7. Mai erhält das Landeskommissariat einen Brief des Kurfürsten Max Joseph. Der Landesherr befiehlt, daß eine Untersuchungskommission einzusetzen und "den Beschwerden der supplizierenden (bittenden) Gemeinde gründlich abzuhelfen" ist.

Die Beamtenschaft ist fassungslos. Die Herren halten die kluge Weitsichtigkeit des Herrschers für unerträgliche Nachsichtigkeit. Nur der schuldige Respekt verbietet ihnen, laut über diesen Brief zu schelten. Manche flüstern sich zu: "Durchlaucht ist halt ein Bayer und keiner von uns."

Max Josephs Brief wird stillschweigend zu den erledigten Akten gelegt.

Das Landeskommissariat schickt einen schriftlichen Befehl an "Hill und Consorten". Ein reitender Bote bringt das Schreiben zu Hill ins Haus. Der Weber lädt den Reiter zu sich in die Küche zu einem Glase Wein ein. Er wolle den Brief sofort lesen und beantworten. Das gesiegelte Papier enthält die Aufforderung, Hill solle sich am nächsten Morgen schon um sieben Uhr früh mit allen Deputierten in Bretten beim Oberamt melden. Der Weber denkt: "Damit sie uns festnehmen und einsperren können."

Dem Boten hämmert er folgende Nachricht an das Landeskommissariat ein: "Die Weingartener gehen nicht nach Bretten. Alles muß so geschehen, wie die Deputierten es gefordert haben. Außerdem soll Forstmeister Graf von Chester den Befehl erhalten, den Weingartener Einwohnern das längst fällige Brenn-, Bau- und Handwerkerholz anzuweisen. Wenn das nicht binnen weniger Tage geschieht, werden sie sich selbst helfen."

Während der folgenden Abende sitzen Georg Hill, Hans, Ludwig Hell und wechselseitig noch andere Deputierte in Hills Wohnzimmer zusammen. Als Ergebnis langer Dispute bringt Hans ein mehrseitiges, an Kurfürst Max Joseph gerichtetes Schreiben mit über dreißig Beschwerdepunkten sauber zu Papier. Als der Brief zum Absenden bereit ist, läßt Hill alle seine Freunde in den "Adler" kommen und liest ihnen die Eingabe vor. Er ruft den Deputierten zu: "Das Recht ist auf unserer Seite. Jetzt muß es sich erweisen, ob Macht über Recht geht."

Am nächsten Morgen erfährt der Weber zufällig, daß sich der Kurfürst in der nahen badischen Residenz Karlsruhe aufhält. Hill legt seine besten Kleider an, reitet zum Landesherrn und wird tatsächlich vorgelassen. Der Kurfürst empfängt ihn sehr gnädig und läßt sich den überreichten Brief vorlesen. Dann sagt er: "Wir wollen, daß Euerem Flecken Gerechtigkeit widerfährt. Eueren Beschwerden ist abzuhelfen. Aber sagt, warum gibt es so viel Aufregung um das Holz? Hat Weingarten nicht große Waldungen?"

Hill antwortet höflich: "Durchlaucht halten zu Gnaden, wir selbst dürfen in unserem großen Walde kein Holz schlagen, sondern wir müssen die Holzuteilung abwarten. Man teilt uns jedoch nichts zu. Unsere Frauen können ohne Holz nicht kochen. An kalten Tagen frieren besonders unsere Kleinkinder und die altersschwachen Leute. Viele sind deshalb krank geworden und manche sind gestorben. Der Bauholzmangel macht die Reparatur unserer Häuser unmöglich. Schreiner und Böttcher können wegen des fehlenden Handwerkerholzes ihrem Beruf nicht nachgehen. Unsere Lage ist verzweifelt."

Max Joseph schaut seine neben ihm stehenden Räte mißbilligend an und befiehlt: “Meine Herren, sorgen Sie dafür, daß unsere treuen Untertanen das ihnen zustehende Holz bekommen.”

Hill verbeugt sich und ist gnädig entlassen.

Seine Audienz beim Kurfürsten spricht sich schnell im Dorf herum. Weil der Weber weiß, daß es der Sache Weingartens nützt, wenn ihn der Widerschein kurfürstlichen Glanzes umstrahlt, beginnt er während der folgenden Tage alle Gespräche etwa mit den Worten: “Als ich mich kürzlich ausführlich und vertraulich mit unserem Herrscher unterhielt, ...”

Damit festigt er seine Autorität nicht nur vor den Deputierten, sondern auch vor der gesamten Einwohnerschaft. Mancher, der sich bisher noch nicht öffentlich zu Hills Gruppe zu bekennen wagte, macht jetzt keinen Hehl mehr aus seiner Verbundenheit mit ihr. Es gibt kaum jemanden im Dorf, der sich nicht enger Freundschaft mit Georg Hill rühmt.

Gerichtsschreiber Brackenheimer steht arge Ängste aus. Er denkt: “Was wird der vermaledeite Weber unserem Serenissimus wohl alles erzählt haben?” Seine Verfehlungen lasten nun besonders schwer auf ihm.

Hans fragt den Weber nach dessen Eindruck vom Kurfürsten. Hill erklärt ihm: “Ich bin davon überzeugt, daß Max Joseph ein verständnisvoller Herrscher ist, der das Beste für seine Untertanen will. Leider stehen zwischen ihm und dem Volke die Hofschranzen und der Adelsklüngel. Diese Leute haben noch nie Verbindung zu den einfachen Menschen gehabt. Den Kurfürst versuchen sie geschickt von seinen Untertanen abzuschirmen. Ich hatte maßloses Glück, als ich vor Serenissimus treten durfte. Mit aller Gewalt will die Kamarilla (Günstlingsgruppe) alles unterdrücken, was ihre Plätze im Zentrum der Macht und an den Futterkrippen gefährden könnte. Uns werden sie beweisen wollen, daß sie niemand beleidigen oder übergehen darf. Trotzdem war es richtig, daß ich mich an den Herrscher persönlich gewandt habe. Ich hatte keine andere Wahl. Von der Sippschaft, die den Landesvater umgibt, haben wir nichts Gutes zu erwarten. Hoffentlich gelingt es diesem hinterhältigen Gesindel nicht, Max Joseph vorzulügen, wir seien Umstürzler."

In Mannheim und im Oberamt schäumt man vor Wut, weil Hill alle Instanzen umgangen hat. Am 25. Juni treffen in Weingarten mit der Extrapost der Mannheimer Commissar von Schmiz und Criminalkommissarius Wolf ein. Von Schmiz ist ein aalglatter gewandter Fuchs. Er kleidet sich nach französischer Art. Wolf dagegen ist ein strohtrockener Jurist, dürr, lang und von gelblich ungesunder Gesichtsfarbe. Die Aktenwächter weisen den beiden das Gerichtsschreiberzimmer zu. Der Aktensaal bleibt auch ihnen verschlossen.

Von Schmiz ordnet an, daß sich Georg Hill, Ludwig Hell und zehn weitere Deputierte am nächsten Morgen schon um sieben Uhr bei ihm im Rathaus zu melden haben. Die Männer befolgen diese Anweisung.

Der Kriminalcommissarius befiehlt: "Schafft sofort die Papiere des Gerichtsschreibers eigenhändig in dessen Haus und gebt die übrigen Akten frei."

Alle lehnen das Ansinnen ab. Von Schmiz will ihnen zureden: "Wenn ihr ergebene und treue Untertanen seid, dann führt gefälligst unsere Befehle aus. Oder wollt ihr ungehorsam sein?"

Hill hebt die Schwurhand, und die anderen folgen seinem Beispiel. Die Männer erklären in feierlichem Tone: "Wir schwören unserem Fürsten und Herrn die Treue, aber mit den Akten muß alles so bleiben, wie es ist."

Darauf sollen die Deputierten durch ihre Unterschrift "ad Protokollum" abstimmen, ob sie gehorchen wollen oder nicht. Nur zwei sind zum Einlenken bereit. Die anderen zehn bleiben bei ihrer Weigerung. Während die letzten Unterschriften geleistet werden, drängen zahlreiche Männer ungerufen und gewaltsam in das kleine Zimmer. Den Mannheimer Herren wird es ungemütlich. Sie erheben sich. Mann steht an Mann. Von Schmiz und Wolf erhalten zahlreiche

Rippenstöße, und mehrmals wird ihnen mit schweren Arbeitsstiefeln auf ihre vornehmen dünnen Schuhe getreten.

Die Herren verlassen eilig das Rathaus und humpeln mit schmerzenden Zehen zur Amtskellerei, wo sie sich eingemietet haben. Von Schmiz schreibt nach Mannheim: "Die aufsässige Bevölkerung läßt jeden Untertanenrespekt vermissen. Man hat uns bedroht, herumgestoßen und auf die Füße getreten. Im Guten ist in Anbetracht der Volksstimmung nichts zu erreichen. In Weingarten herrscht Aufruhr." der Commissar schließt sein Schreiben damit, daß er "in tiefschuldigster Erniedrigung treugehorsamst Euer Durchlaucht allerhöchste Entscheidung" erwarte. Die Mannheimer erhalten das Schreiben durch Sonderboten. Eine Abordnung des Landeskommissariats setzt beim Kurfürsten den Befehl "zur Mitwirkung der Militari" durch.

Die Hofclique hat dem Kurfürsten die Lage fälschlich so geschildert, als stünde in Weingarten die Revolution bevor.

Im Dorf weiß man zwar nicht, was vorgeht, aber trotzdem herrscht höchste Erregung. Kein Handwerker, kein Bauer und kein Winzer geht geordneter Arbeit nach. In allen Wirtschaften sitzen die Männer mit hochroten Köpfen diskutierend beisammen. Überall stehen Gruppen von Weibern, die über die ungewisse Lage reden.

Einige besonnene Deputierte, darunter Georg Hill, versuchen, beruhigend auf die Leute einzuwirken. Beschwichtigende Worte will jedoch niemand hören. Manche Einwohner haben zwar immer noch nicht ganz begriffen, um was es geht, aber gerade sie schreien besonders laut, und einige von ihnen fordern den Umsturz.

Am 13. Juli wird Hans zu Georg Hill gerufen. Ein neues Schreiben an den Kurfürsten soll aufgesetzt werden. Ludwig Schuhmacher und David Kärcher haben sich bereit erklärt, den Brief als reitende Boten nach München zu bringen.

Es spricht sich herum, daß zwei Männer in die Residenz abgesandt werden. Auch die Commissare erfahren davon. Jetzt halten sie höchste Eile für geboten. Sie wollen vollendete Tatsachen schaffen, ehe sich der Kurfürst vielleicht durch das Schreiben der Weingartener zu deren Gunsten umstimmen lassen kann.

Von Schmiz läßt sich deshalb ein Pferd satteln und reitet nach Bretten. Dort sucht er den Obristen der "Kurfürstlichen Dragoner" auf und ordnet unter Berufung auf den Befehl des Landesherrn sofortigen Truppeneinsatz an.

Das Regiment wird im Morgengrauen des 16. Juli alarmiert und reitet über Wössingen und Jöhlingen nach Weingarten. In Jöhlingen legen die Soldaten eine Marschpause ein. Ein dortiger Handwerker hört vom Marschziel der Truppe und galoppiert zum Weingartener Rathaus. Dort meldet er, was er erfahren hat. Gröbel informiert sofort Georg Hill. Einige jüngere Leute laufen zur Kirche und läuten die Sturmglocke. In Windeseile weiß das ganze Dorf, was bevorsteht. In allen Straßen hört man Alarmschüsse. Die Weingartener Einwohnerschaft, Männer, Frauen und Kinder, strömt auf den Marktplatz und in den angrenzenden Straßen zusammen.

Glasscheiben klirren. Größere Jungen werfen dem Gerichtsschreiber die Fenster ein. Brackenheimer hat sich währenddessen mit seiner Familie in den Keller verkrochen. Er zittert um sein Leben.

Hans stellt die Mühle ab und springt zum "Löwen". Zu Lisa sagt er, daß er zum Rathaus gehen will. Sie bittet ihn, bei ihr zu bleiben. Er küßt sie zärtlich und sagt, daß er seine Freunde in der Gefahr nicht im Stich lassen darf. In diesem Moment bemerken die beiden, daß Margaretha auf die Straße gelaufen ist. Hans sagt: "Ich suche sie und passe auf sie auf."

Das Geläut der Sturmglocke dröhnt noch immer übers Dorf. Kaum steht Hans in der wogenden Menschenmenge, da reitet die erste Esquadron von der Durlacher Straße her in den Marktplatz ein. Das Regiment hat seinen Weg über die Hügel und den Kirchberg genommen. Die Truppe stellt sich in mehreren Reihen vom "Löwen" bis zum Walzbach auf. Auf Kommando werden die Pferde dem Rathaus zugewandt. Andere Esquadrons stellen sich in den Nebenstraßen auf. Einige Dragoner haben die Kirche besetzt. Die Sturmglocke verstummt.

Jemand brüllt über die Menge hinweg: "Soldaten, laßt uns in Ruhe. Auch ihr seid Bauernsöhne. Vergießt nicht das Blut eurer Brüder und Schwestern!"

Hans sieht plötzlich unweit von sich die blonden Zöpfe seiner Margaretha. Er drängt sich zu ihr vor. Sie bittet ihn: "Vater, laß mich bei dir bleiben. Ich möchte auch den Reitern zuschauen."

Hans sieht, wie etwa zwei Dutzend Soldaten unter Führung eines Offiziers die Rathaustreppe hinaufgehen. Der Offizier ist Rittmeister Blattner.

Draußen auf dem Platz und in den Straßen kehrt unheimliche Ruhe ein. Die Deputierten, die immer noch den Bürgersaal besetzt halten, geben auch jetzt die Akten nicht frei. Einer erklärt dem Rittmeister: "Lieber sterben wir, als daß wir uns hier verdrängen lassen." Die anderen rufen: "So ist es."

Der Oberst begibt sich darauf selbst ins Rathaus. Auf dem Marktplatz wird es wieder laut. Das aufgebrachte Volk tobt, flucht und schreit.

Erst nach langer Zeit kommt der Regimentskommandeur die Treppe herunter. Soldaten folgen ihm mit Kisten voller Akten, die sie in Brackenheimers Haus tragen. Das Toben der Volksmassen wird noch ärger.

Der Oberst meint es gut, als er sich mitten unter die Menschen begibt und ihnen zuzureden versucht. Kaum ist der Mann noch in der Menge zu sehen. Das Gedränge wird immer schlimmer. Von hinten her wird sinnlos nachgeschoben. Auch Hans und Margaretha werden weit nach vorn bis vor die Pferde gedrückt.

Jemand ruft laut etwas Unverständliches. Der Ruf setzt sich als wildes Geschrei durch die Menschenmassen fort. Die Dragoner befürchten, ihr Oberst sei in Gefahr. Einige glauben, den Ruf "Attacke" gehört zu haben. Die Soldaten reiten in die wehrlose Menge. Einige rabiate Kerle unter ihnen teilen blindlings Säbelhiebe aus.

Hans stellt sich vor sein Töchterchen. Vor ihm hat sich ein Gaul hoch aufgebäumt. Hans reißt Margaretha beiseite und versucht, selbst auszuweichen.

Da trifft ihn ein schwerer Huftritt auf die linke Brustseite. Unter den Rippen spürt er einen stechenden Schmerz. Es gelingt ihm, den Platz gemeinsam mit Margaretha zu verlassen. Dem Kind ist nichts geschehen.

Im Weggehen sieht Hans, daß einige Männer, Frauen und Kinder am Boden liegen. Ein kleines Mädchen blutet am rechten Arm aus einer tiefen Säbelwunde.

Im "Löwen" legt sich Hans in der Kammer aufs Bett. Lisa sieht, daß er sehr blaß ist. Sie macht sich Sorgen und muß ihre Tränen unterdrücken.

Während der nächsten Tage steht Hans zwar immer wieder kurze Zeit auf, aber er fühlt sich so schwach, daß er stets sogleich ins Bett zurück muß.

Lisa hat den Chirurgen geholt. Der tröstet sie: "Dein Hans hat eine schmerzhafte Prellung der Milz davongetragen. Es wird noch Tage dauern, bis er ganz gesund ist."

Im Ort haben die Dragoner die Oberhand gewonnen. Die Weingartener Einwohnerschaft ist verzweifelt. Im Dorf herrscht Friedhofsruhe. Die Bürger haben den Kampf um ihre Rechte verloren.

Am Abend des 23. Juli befällt Hans plötzlich schweres Unwohlsein. Er schleppt sich zu Lisa und der Wirtin in die Küche. Dort bricht er zusammen. Die Frauen heben ihn auf die Ofenbank und legen ihm ein Kissen unter den Kopf. Er hält die Augen geschlossen und sein eingefallenes, spitz gewordenes Gesicht ist bläulich-weiß.

Mit großer Anstrengung hebt er eine Hand und streicht der neben ihm knieenden Lisa übers Haar. Dabei bewegt er die Lippen, aber er bringt kein Wort mehr hervor. Seine Hand fällt schlaff herunter.

Er ist ohnmächtig geworden. Christian Kiefer ist hinzugekommen. Er rennt zum Chirurgen. Als der eintrifft, ist Hans schon tot.

Drei Tage später folgt eine große Trauergemeinde unter dem Geläut des Sterbeglöckleins seinem Sarge.

Pfarrer Textor trägt in sein Kirchenbuch ein:

*Anno 1801 – 23. Juli.*
*Verstorben: Johannes Feld, Müller.*
*33 Jahre. Dahingerafft durch einen Pferdetritt.*
*Hinterläßt eine junge Wittib und zwei Kinder.*

## Erfolgreiche Titel aus einem vielseitigen Verlagsprogramm

INFO

**Das badische Ständehaus,** Text- und Bilddokumentation über das erste deutsche Parlamentsgebäude, mit Textbeiträgen von Ernst Otto Bräunche,Gerhard Everke, Heinrich Hauß, Reiner Haehling von Lanzenauer, Wolfgang Leiser, Hans Georg Zier. Herausgegeben von Udo Theobald, 144 Seiten, 88 Abbildungen, gebunden

**Die Bauhaus-Künstlerin Margaret Leiteritz,** Gemalte Diagramme, Kunstband, 120 Seiten, 40 Farbmotive, gebunden. Mit Beiträgen von Klaus E.R. Lindemann, Hans Fischli, Dr. Peter Hahn, Toni Peter Kleinhans, Dr. H. P. Mühlmann – Galerie Karlsruher Künstler

Hans Ewers, **China rückt immer näher,** Vorwort Dr. Franz Alt, Länder-Dokumentation, 144 Seiten, Paperback

Hansjörg Frommer, **Die Illyrer,** Viertausend Jahre europäischer Geschichte. Vom dritten Jahrtausend bis zum Beginn der Neuzeit, Reihe: Dokumente der Geschichte, 160 Seiten, bebildert, Paperback

**Sun Tsu – Über die Kriegskunst.** Aus dem Chinesischen übersetzt und kommentiert von Klaus Leibnitz, 160 Seiten, bebildert, Paperback

Gerhard Lanzenberger, **Schöpfung ist Evolution,** Ein Buch von brisanter Aktualität, 240 Seiten, Paperback, 2. Auflage

Migjeni, **Der Selbstmord des Sperlings** und andere Prosaskizzen. Aus dem Albanischen von Joachim Röhm, mit Illustrationen von Barbara Pier, 80 Seiten, Paperback

Danièle Cardonne, **Ettlingen Stadtansichten,** Bildband, Edition Stadt und Landschaft, 65 Farbmotive, Großformat, gebunden

**Alles über Ettlingen**, Ein Wegweiser für die Bürger und Besucher der Großen Kreisstadt, 4. Auflage, 160 Seiten, Taschenbuch

Danièle Cardonne, **Die neue Bühlerhöhe,** Bildband, Edition Stadt und Landschaft, 39 Farbmotive, Großformat, gebunden

**Luisenpark – Mannheims blühendes Freizeitparadies,** aktualisierte Neuauflage, Fotobildband, über 200 Farbfotos, Großformat, gebunden

**Wenn das der Kaiser Caracalla wüßte...** Der kleine Römer Therminus plaudert über den neuen Baden-Badener Badetempel. 52 Seiten, 40 Fotos, gebunden

**Die Merkur-Bergbahn Baden-Baden,** Eine historische Dokumentation, 144 Seiten, 153 Abbildungen, gebunden

**Der Karlsruher Hauptbahnhof** – 1913 bis heute. Das offizielle Jubiläumsbuch, 160 Seiten, 150 Fotos, gebunden

**Die Turmbergbahn Durlach** – Eine Text- und Bilddokumentation, 180 Seiten, 110 Abbildungen, gebunden

**World Games 1989** – Handbuch der 3. Weltspiele. Auch nach dem erfolgreichen Festival des Sports ein wertvolles Nachschlagewerk mit sämtlichen WG-Sportarten von Aikido bis Wasserski, 168 Seiten, reich illustriert, Paperback

**Das Karlsruher Zoobuch**, Begegnungen mit Tieren und Pflanzen auf 120 Seiten, 185 Farbmotive, gebunden

**Ein Krokodil kriegt Post**, Fröhliches Kinderbuch mit bunten Zeichnungen illustriert, gebunden

Franzsepp Würtenberger, **Die Architektur der Lebewesen**, 300 Seiten, 400 Illustrationen, gebunden, Großformat, Kunstband

Claude d'Esplas, **Tristan und Isolde,** von Bayreuth bis Monsegur, Eine literarisch-musikalische Studie, 160 Seiten, bebildert, Paperback

Arnold Grömminger, **Im goldenen Kinderland**, Das pädagogische Weltbild in Fibeln aus 500 Jahren, 200 Seiten, mit zahlreichen farbigen Abbildungen, gebunden

Jürgen Kleist, **Nietzsche in Turin**, Novelle, Reihe Literarisches Forum, 100 Seiten, Paperback

Toni Peter Kleinhans, **Sylvia – Das Tulpenmädchen**,Ein heiterer Roman aus der Gründerzeit der Stadt Karlsruhe, 160 Seiten, mit Zeichnungen von Zoran Petrovic, Paperback

**Kunst und Künstler in Karlsruhe**, Ein Streifzug durch die Kulturszene der Fächerstadt. Zusammengestellt von Jan Merten Maleike, 240 Seiten, über 100 Fotos, Paperback

**Hierzuland** – Badisches und Anderes von Rhein, Neckar und Main, Zeitschrift des Arbeitskreises Heimatpflege Nordbaden/Regierungsbezirk Karlsruhe, erscheint zweimal jährlich, 96 Seiten, zahlreiche bebilderte Fachbeiträge, 4. Jahrgang

**Rechtsfibel für die Jugend**
Die völlig neu überarbeitete 15. Auflage der in Zusammenarbeit mit dem Stadtjugendausschuß Karlsruhe herausgegebenen Rechtsfibel gibt Auskunft über alle wichtigen rechtlichen Fragen, mit denen junge Leute, Eltern, Lehrer und Ausbilder konfrontiert werden; 160 Seiten, illustriert, Paperback

**Profile der Region**
Das politische, wirtschaftliche und kulturelle Leben in der Region wurde und wird maßgeblich von profilierten Persönlichkeiten geprägt. Ihnen ist die Reihe »Profile der Region« gewidmet.
Zu diesem Kreis gehören Politiker, die das Bild ihrer Städte nach dem Krieg neu gestaltet haben und die durch außergewöhnliche kommunalpolitische Leistungen hervorgetreten sind, wie Hugo Rimmelsbacher in Ettlingen, Günther Klotz und Otto Dullenkopf in Karlsruhe, Karl Faller in Emmendingen oder Dr. Adolf Bieringer in Bruchsal. Aber auch Künstler, Unternehmer und Wissenschaftler, werden in dieser Reihe gewürdigt
Zuletzt erschienen:
„Heinz Bubel – Bahnstationen" und der Band über den Staatsschauspieler und Intendanten der Ettlinger Schloß-Festspiele Kurt Müller-Graf: „Ein Theaterleben".

**Tagebuch der Fächerstadt**
Im Lebenslauf einer Stadt ereignet sich Jahr für Jahr vieles, das wert ist, in Text und Bild festgehalten zu werden: Aufregendes und Spektakuläres, Harmonisches und Kontroverses, Heiteres und Besinnliches, und dies aus allen Bereichen von Politik und Wirtschaft, Sport, Kultur und Kunst.
Sachkundig und engagiert berichten bereits seit 13 Jahren namhafte Karlsruher Journalisten und Autoren über die jeweils wichtigsten Ereignisse des Jahres. Sie beziehen Stellung, erhellen Hintergründe, erläutern Zusammenhänge, kommentieren Daten, Fakten, Personen und wagen Prognosen.
Für alle, die am Karlsruher Geschehen interessiert sind, ist das »Tagebuch der Fächerstadt« auch nach Jahren noch eine echte Fundgrube. Jeweils ca. 250 Seiten, 160 Abbildungen, Paperback

---

**INFO Verlagsgesellschaft**
Postfach 33 67 · 7500 Karlsruhe 1
Telefon (07 21) 2 43 50 · Telefax (07 21) 2 31 91